Samuel von Butschky

Fünfhundert Sinnen-, Geist- und lehrreiche Reden

Samuel von Butschky

Fünfhundert Sinnen-, Geist- und lehrreiche Reden

ISBN/EAN: 9783743661011

Hergestellt in Europa, USA, Kanada, Australien, Japan

Cover: Foto ©Andreas Hilbeck / pixelio.de

Weitere Bücher finden Sie auf **www.hansebooks.com**

FÜNFHUNDERT SINNEN-, GEIST- UND LEHR-REICHE REDEN

...

Samuel von Butschky

Dem
Hoch= und Wohlgebohrnen
Herren/ Herren
Christoph = Leopold
Schaffgotsch
genant;
Des Heil. Röm. Reichs Semper Frey/ von und auf Kynast; Frey Herren von Trachenberg; Herren der Herrschafften Kynast/ Greiffenstein/ Rauschter/ Hertzogwaldau/ und Bober=Rörsdorff; der Röm. Käiserl. auch zu Hungarn und Bohaimb Königl. Majest. Raht/ Cämmerern/ und Cammer=Præsidenten im Hertzogtuhm Ober= und Nieder=Schlesien; wi auch derer Fürstenthümer Schweidnitz und Jauer Landes Hauptmann/ und Obr. ErbLand Hofmeistern.

Ihrer Hoch=Gräflichen
Excellentz.

Excellenß

Leopold

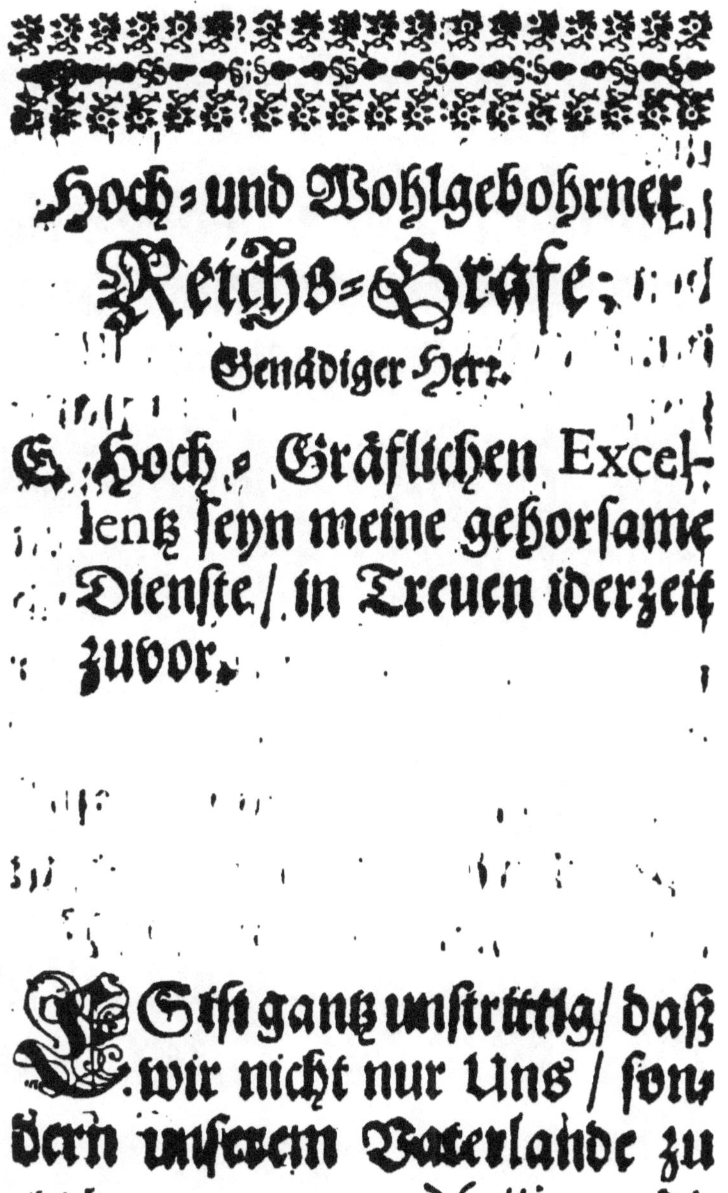

Hoch- und Wohlgebohrner,
Reichs-Grafe;
Genädiger Herr.

E. Hoch- Gräflichen Excel-
lentz seyn meine gehorsame
Dienste/ in Treuen iderzeit
zuvor.

ES ist gantz unstrittig/ daß
wir nicht nur Uns/ son-
dern unserem Vaterlande zu

 Di-

binen/ in dise Welt gebohren/
und höchst verpflichtet seyn/ al-
les unser Thun und Vorha-
ben/ desselben gemeine Nuzze/
dankbarlich zuzueignen: maf-
sen solche Schuldigkeit/ nimand
also abstatten kan/ daß er nicht
ein mehres zu leisten gehalten
seyn solte: denn ja alles und
ides/ was wir haben/ vonder
Gütte unseres Vaterlandes
herrühret; darinnen wir auch
am sichersten zu seyn/ Uns/ in
verborgener Zuneigung/ di Na-
tur selbst in das Herze gege-
ben.

Solche angebohrne Schul-
dig-

igkeit / haben di Weltberühm-
testen/ Streitbahresten Helden/
allezeit wohlbedächtig erken-
net; sich nicht gescheuet / so gar
ihr Leben (mit welchem sich al-
le zeitliche Hoffnung endiget)
für ihr Vaterland / in Noht
und Todes-Gefahr/ grosmü-
tig dahin zu wagen.

Solche angebohrne Schul-
digkeit/ hat auch denen Gelehr-
ten di Feder in di Hand gege-
ben/ das Si mehrmahls / mit
Nachteil ihrer Gesundheit; mit
Hindanstellung ihrer Geschäff-
te/ und mit Verabseumung an-
derer sonderbahrer Angelegen-

het-

hätten/ höchst betrachtet seyn sol-
le Zungen und Sprachen zu
untersuchen; alß Geheimnisse
der Natur zu erforschen; des
Himmel und die Erde/ in richtt-
ger Kunstverfassung zu begreif-
fen; die Sitten und die Tugenden
beweglichst fürzustellen; di
Haus- und Regiments-Lehre/
mit richtigen Grund-Sätzen
zu beleuchten; di Gütter des
Gemüttes/ mit Gottes Worte
zu vermehren; di Gütter des
Leibes mit der Artzney-Kunst
zu erhalten; di Gütter des
Glükkes/ mit Gesätzen und
heilsamen Ordnungen zu hand-

Ha 1

haben / und bey der Nach...
mit beharrlicher Ersprieß...
nus zu bekräfftigen helffen.

Der Grosse Monarch / der
Römische Kayser / unser aller-
gnädigster Herr / hat / in Gött-
licher Regung / E. Hoch-Gräfl.
Excellentz / im Regiment unse-
res Hochgeehrtesten Vater-
landes Schlesien / als eine der-
doppelte Seule / wohl befestet;
das Sie Dero angebohrne Hoh-
heit / anererbte Grosmütig-
keit / und Sinnreiche Erfahren-
heit / durch den Zweck Poli-
tischen Wohlstandes / mit

Ehre

Ehre und Verdinst/

als köstlichsten Salben/ wah-
rer Weißheit und Verstandes/
mehr verewigen können: Wie
dann ohne dis beglaublich/das
dergleichen fürtrefliche Ge-
mütter/ bald in der Natur ein-
gepflanzet; mit derselben von
Mutter Leibe auf di Welt kom-
men; von Gott zu grossen Ge-
schäfften ersehen/ mit starckem
Arm gehalten/ regiret/ und
gelenket werden; deren Ruhm/
Lob und Ehre/ auch in der Wi-
ge nicht verborgen bleiben;
sondern für andern zeitlich

her.

herfür steigen : maßen die Glei-
he des innerlichen Gemüthes
mit der Sele also verknüpfet
ist ; das / so bald das eine sich
merken lässet / in dem Menschen
zu seyn ; das andere sich eben er-
maßen offenbahret.

An disen Vaterlandes An-
ker nun / mit andern Treu-ge-
horsamen / sich auch fest zu hal-
ten ; leget E. Hoch-Gräfl. Ex-
cell. disen wenigen Feder-Ar-
beits Zehenden / gehorsamlich
ab ; und bittet anruflich / Di-
selbe geruhen Genädig / Dero
hohe Gewohnheit dahin zu er-
strekken / und Solchen Schuz-
hält-

...an und aufzunehmen,
... Walther Obhut Erge,
... erlauben ...

Ew. Hoch-Gräfli-
chen Excellenz

gehorsamer und dienst-
ergebener
Bn.

Sam. Butschky von
Ruchfeld.

[illegible] [illegible] [illegible]
[illegible] der [illegible] [illegible]
[illegible] in [illegible] das [illegible] sich
[illegible] [illegible] [illegible]
[illegible] [illegible] [illegible]
[illegible] [illegible] [illegible]

[illegible] [illegible] blatter [illegible]
[illegible] [illegible] nachen Herr go
[illegible] [illegible] [illegible] [illegible]
[illegible] [illegible] [illegible] [illegible]
[illegible] [illegible] [illegible]
[illegible] [illegible] [illegible]
[illegible] [illegible] anmutich / wl
[illegible] [illegible] [illegible]
[illegible] [illegible] [illegible]
[illegible] fw.
hat

Einführung.

Weil wir Ménschen / von Natúr / nichts
mehr / als glükśélig zu seyn wúndśchen:
hirzú aber / in díser Wélt / durch kein an-
der Mittel gelangen können / denn das wir / mit
allerhand gútten Gemütts-Übungen / und Ré-
den / unsere Begirden saubern; díse in eine ge-
sunde und lóbwúrdige Ordnung bringen / und al-
so unsere Sele in Rúhe śázzen: So hát mán nicht
unbillich / alle Gedanken / auf dísen Zwék zu rich-
ten; als einen récht Eliseischen Ohrt / worauf dí
belóbten Gemútter / unserer VórEltern (und
zwár nicht alleine di/wélchen di Sonne der Wahr-
heit / durch den Glauben / unverfälscht offenbah-
ret; sondern auch dí / So keine / dann Natúr-
liche Erleuchtung gehábt) gegangen / sich geúbt /
und di Fruchtbringende Geséllschaft / ihre Ar-
beit wohl ángeléget und ausgebreitet :: daraus
dann di lébhafften Blúmen / und śmákhafsten
Frúchte / hóchster Glükśéligkeit entsprungen/ und
männiglichen zu Nuzze erreifet: Ich also davoñ
kin vorüber gehen / dis wénige/nach Gelégenheit
der Zeit/gesamlet; den Saft vollends heraus ge-
brukt / und hirinnen/ als in einem verewigten
Behalter verwahrt: der Gedanken/ (kleiner es

A   wáre/

wáre / í mehr Anmuttigkeit es mit sich bringen
wirde : weil di Arzneyen / So wir / zu bestéll-und
Befridigung unserer Selen suchen/ in den wenig-
sten Wörten / als es immer möglich / und gár
kurzen Sprüchen zusammen gezogen / und gefaßt
wérden sollen : mássen gemeiniglich di Unruhe
(So den Ménschen am meisten án réchrer Glük-
séligkeit verhindert / und damit Er auch immer
zu streiten hát) unversehens Uns überfället / und
so hart zúsázt ; das / wann mán nicht kurz - be-
kwéhmliche Wáffen gebrauchte ; unmöglich wá-
re / sich íhrer zu erwéhren.

  Mit göttlicher Verleihung/ sól fúrohin/ in díser
Fruchtbringenden Arbeit / weiter fortgefahren
wérden : der Sriftlibende Léser / belíbe / nach Ge-
légenheit / in meines *Seneca* Weisheit-Lehr-und
Tugend-Blúmen ; wi auch *Euthymiä*, oder/ von
einem Srillen und rúhigen Gemütte / ein
mehres náchzuslagen :

GOTT mit Uns allen!

1.

Gegen GOtt/ dem Anfange unseres Lebens; dem Meister unserer Weisheit; dem Trö-
ster unserer Trübsahle; gebühret sich di Erste
und genauste Beobachtung/ unseres Verhaltens;
ohne welche wir für lebendig töd zu halten seyn.
Lasse derowegen Gott/ den Anfang und das En-
de alles deines Tuhns seyn/ und fange also an/ das
du am Ende seiner Hülffe gewis seyst: sonst zwei-
felt mir nicht/ es wäre besser gewesen/ du hät-
test nimmer angefangen.

2.

Damit wir Gotte leben; müssen wir der Sün-
de absterben: das wir seiner Majestät gefal-
len müssen wir täglich Busse tuhn: und wann
Uns ein unmenschlicher Fehler übereilet; Solchen
erkennen; bereuen/ und nicht einigen Augenblik
in Gottes Ungenade beharren; damit wir seiner
Barmhärzigkeit nicht ewiglich enthalten werden;
wi leider vilen/ di nicht behärzigen/ was zu ih-
rem Friede dinet/ begegnet.

3. Anfang/ bedänke das Ende.

Ubereile dich nicht in deinen Werken: dann/
sonst wirst du/ in solcher Eile/ fallen; dein
Unglük/ manche weile/ beweinen. Sihe vilmehr
auf das Ende/ in allem/ was du anfängest: und

wann du rechten Raht darzu getahn haſt; ſo be-
kümmere dich nicht um den Ausgang. Ein gutter
Tag fänget des Morgens an; da man dann bey-
leuftig bald ſihet / ob und wi ſchön er wérden / o-
der ablauffen wil.

4. Buſſe.

Jhrer vil verlaſſen ſich auf des Schächers Pa-
radis; vermeinende: Si wollen / den Herren
Chriſtum / zeitlich genug / an ſeinem Kreuze / und
di Séligkeit auf ihrem Tód-Bétte finden: ſpah-
ren alſo ihre Buſſe / als den lézten Biſſen / bis
aufs lézte: ja / Si tröſten ſich déſſen / das Si von
diſer Wélt / und ihren Sünden zugleich ſcheiden
wérden. Wi ſolte aber GOtt diſe Leute hören?
Jn diſem Falle / iſt das béſte / der Erſte zu ſeyn.
Und warum wolteſt du deine Buſſe / bis auf den
morgenden Tag aufſchiben; da dir doch zu wiſſen
gebühret: das deine Sele / ohne Solche / auch
wohl diſe Nacht / könne zur Hölle fahren? Böſe
iſt / und tuht dér; So ſich nicht bey zeiten béſſert.

5. Das Gebéte.

Jn Göttlicher Schrifft liſet man / das der gekreu-
zigte Chriſtus ſey das réchte Buch dés Lébens /
und der ewigen / unbetrüglichen Wahrheit / dar-
aus wir récht gleuben / und Chriſtlich lében lér-
nen; wollen wir anders wahre / lebéndige und nicht
tödte Glider / an dem Leibe unſeres Erlöſers ſeyn:
ja / wollen wir anders / das ſein Lében und Tód in
Uns wirken / und lebéndige Früchte bringen ſolle.

Nun

Nun kán das lébéndige Erkéntnis Gottes / und
auch des gekreuzigten Christi / nicht erlanget wér-
den; mán lése dann táglich / ohne aufhören / in
dem Buche des Unschuldigen und Heiligen lé-
bens JEsu Christi unseres Herren: wélche Be-
trachtung und Erhébung des Gemütes zu Gott
denn geschéhen mus / durch ein ándáchtiges/gleu-
biges/ und dómütiges Gebéte / So nicht alleine
ein Gespráche des Mundes; sondern vilmehr des
gleubigen Hérzens/ Gemütes / und aller Kräffte
der Selen Erhébung ist: dahér von nöhten / dás
mán di Art und Túgend des Gebétes verstehen
lérne.   Dann / ohne Gebéte findet mán GOtt
nicht.   Das Gebéte ist der Selen Jacobs-léiter/
darán Si zu Gotte auf und absteiget / und sich
mit Ihme unterréder; ein solches mittel/dadurch
mán Gott suchet / und findet.

6. Wóhl Lében.

Der einige Wég zum Ewigen lében ist : Wóhl
lében. Nicht / wi der Reiche Mann; und
das mán ihme mit Saulo einbilde / mán kön-
ne den Teufel mit Seiten-Spile vertreiben. Gott
fraget nicht / wi Reich / oder wi Arm; sondern
alleine / wi frohm Du seyest. Drüm solten wir al-
hir dergestalt lében / dás wir dises Lébens erfreue
und des jénigen hérnáchmahls / So kein Ende
néhmen wird/ teilhaftig wérden können. Vor ein
gutt Stükke am Ménschen / mus mán fünff böse
abréchnen.

A 3

7. Wer Gotte dinet; dinet Jhme selbst.

Gott der Herr / hat sich / freybelibig / mit Uns / in dises gedinge / eingelassen; **Wer Mich Ehret; Den wil Ich wider Ehren.** Gottes Ehre ist der Weg zu unserer selbst-eigenen Ehre: Er wird Uns nöhtwendig segnen müssen; so wir Uns nur Ehr-erbötig / gegen Jhm erzeigen. Wann Ich mich derohalben / Jhme zu dinen: bemühe; so bin Ich versichert / das Ich mir selber dine; weil nimals / einiger Mensch / bey dem Dinste seines Gottes / im wenigsten nichts nicht eingebüsset hat.

8. Der Eltern Segen und Fluch.

Ein Baum des Lebens / ist: di Segnende El-tern-Zunge; worvon / gehörsamen Kindern/ langes Leben / und tausendfaches Gedeyen zu-wächst. hingegen / wi ein schädlicher Mehl-Tau/ di / aufs ganze Jahr verhofte / auch des schönsten Baumes Früchte / auf einmahl zu nichte macht: also trifft/ der verdinte/ und abgedrungene Eltern-Fluch / unverwindlich.

9. Di übel-bedachte Ewigkeit.

Der Sündliche Welt-Lauff/ ist gleich / einem Tanz-Spile/ der *Ballet de tempore*; auf dessen lezten Rehten /(nachdehm ordentlich di Augen-blikke/ Minuten/ Stunden/ Tage / Wochen/ Monate/ Jahre/ in aller Sicherheit/ ab-und durch getanzet) ein Abtrit / zu der unwiderkehrlichen Ewigkeit folget. Di verblendeten Laster-Buhler/ folgen/ ihrem Auf-Spiler und Fürgän-
ger/

ger / dem Fúrſten der Wélt / in aller Luſt und follen Sprúngen / ſo lange nách; bis / der mirbe Tanz-Boden / di verbrichliche Zeit / nách ofters umzirkeltem Mittel-punkte (wélches der / fúr íhren Augen bedékter Abgrund iſt) einen nach dem andern hindurch fallen láſſet; der peinlichen E-wigkeit heimſchikt. Zu Gotte hinken di Leute/und zum Teufel lauffen Si.

10. Des récht=gleubigen Gebéhte.

Kein máchtiger Ding / iſt auf der Erde; als ein récht gleubiges Gebéhte. Dann / es bringet durch di Wolken / Syr. 35. 2. trénnet das un-wégſame Mér / Exod. 14. macht ſtehend di Sonne / Joſ. 10. bindet der Leuen Rachen / Dan. 6. dámpfet des Feuers Krafft / Dan. 3. lóſet Ketten und Bande; tuht eiſerne Túhren auf / Act. 12. erwékket Todten / Act. 9. bindet den Teufel / Tob. 8. ja/es úberwindet den Almáchtigen Gott/Exod. 32. 10. Ich wil nicht nách laſſen / das Almoſen góttlicher Barmhérzigkeit/fort und fort zu bétten: gleube féſt / erhóret zu wérden.

11. Reichtuhm.

Reichtuhm gíb mír nicht; ruffte der Weiſe Agur/ zu Gott / Prov. 30.

Solte ihm aber imand kúhnlich / und mit réch-tem Ernſte / nachbéten wollen; ohne der / So fleiſſig nachbánket: das auch wóhl-erworben/und mit allem Réchte zuſammen gebrachtes; nicht a-ber wohl-gebrauchtes Gutt / der jénige/ in di Er-

de gelégter Strik sey (Joh. 18.10.). wodurch/zum
Himmel gehörige Selen/ liderlich abgefangen;
ins Verdamnis versénkt wérden?

Findet nicht/ iдwedes Láster/ in Zeitlichem Ü-
berflusse/seine reiche Fund-Grüben/dem Jénigen
SklavenMittel zu verschaffen/dén es fürnéhmlich
behérrschet? Bekömmt nicht/ der **Prasser**/fétte
Opffer/ für seinen Bauch: dem Er táglich alß
seinem gröſten Abgotte/ dinet: der **Prahler**/
teuer Würm-Gewöbe/ im Snékken-Blute ge-
fárbet; úm/ damit sich zuverhüllen; roht und
weiſse Erde/désto swérer zu behängen: der **Hóch-
drabende**/ seine Swing-Fédern; sich/ aus
dem Nidrigen zu erhében/ und hóch áns Brédt zu
swingen: Der **Wütterich**/ ein folles Zeug-
Haus/ seine Mord-Hände zu bewáfnen/ und dé-
sto mehr Ménschen-Blut zu stürzen/ u. w.

Weil dann Reichtühm nicht der Wég zum
Himmel; sondern der Wég vom Himmel: so wil
Ich allen meinen Fleis dahin ánwénden/ wi Ich
wól lében möge; und dér gestalt bin Ich versichert/
dás Ich nimmer arm stérben wérde.

12. Libe/ zum Jrdischen.

Es ist di Ménschliche Natur/ so unersättlich/
und aufdas Jrdische so arg verpicht; das Sí
mit keinem/ auch dem Hóchsten/ zeitlichen Glük-
ke/ nicht begnügt ist. Es suchen di Geizigen/ihr
bescheidenes Teil/ bis in di Grübe: séhen nicht/
das viler Armen Teil/ in ihrem Kasten besloſ-
sen ist.
Wér

Wér trachtet so eifrig darnach/ das Er möge
in GOtt reich seyn? Ja/ wér erkénnet wóhl/ wi
hóch Er bereit von Gott begábt sey; wi Er Uns so
reichlich geségnet hát/ mit allerley geistlichen Sé-
gen/ in Himmlischen Gütern/ durch Christum/
Eph. 1.

**Wi wollen wir entflihen/ so wir eine
solche Séligkeit nicht achten?** Aber/ un-
sere vertérbte Selen/ vernéhmen nichts/ nách dem
natürlichen Ménschen/ was des Geistes Gottes
ist; seyn darüber/ von der Wélt Dunst/ so ver-
bléndet/ das Si/ ihre eizene Blösse/ Hunger und
Gebruch/ nicht empfinden; wo nicht/ Göttliches
Erkántnis/ unsere Hérzen erleuchtet/ *Apoc.* 3.
Wann inán di Natúr im gutten nicht stéts übet;
so verschimmelt Si gár leicht.

13. Di Göttliche Vórsorge.

Es wird/ di Treue und Vätterliche Vór-Sorge
Gottes/ so alle Augenblik über Uns/ vergésli-
che und ündankbare Ménschen/ wachet und wal-
tet/ nimals so hérzlich erwogen und fleissig ánge-
mérket; als wann/ zu Zeiten/ di Kwälle der gött-
lichen Wóltahten/ sich verstopft; oder gár smahle
le Ausgänge/ zu Uns abgeleitet wérden: auch sol-
che Meister über uns kommen/ di Uns/ das Sélbst-
erkántnis lehren; oder Uns récht sélber fürstél-
len/ was wir seyn; némlich: elende Geschöpffe;
di/ sich sélbst zu versorgen/ kein vermögen haben;
sondern allein/ von der milden Handreichung
Gottes/ lében müssen.

A 5

Als-

Alsdann ſmäkkt und ſihet mán/ wi freundlich
der Herr iſt/ wann Uns/ unbeſorgter Mangel/ di
Augen/ ſo ein Uberflüſſiger/ ſolauf/ bey gutten
Tägen eingeſläfet/ heilſamlich aufmuntert. Da
keine Nóht iſt; da iſt Hülfe unwéhrt.

14. Di Göttliche Verſuchung.

Von der Prüf-Schule/ der göttlichen Weis-
heit/ ſaget Syrach/ Kap. 4. v. 18. Wann/ Si/
gegen ihrem Libháber (v. 13.) zum erſten/ ſich an-
ders ſtellet; macht ihme angſt und bange/ und prü-
fet Ihn/ mit ihrer Rutte/ und verſucht Ihn/
mit ihrer Züchtigung/ bis Si Ihn beſindet/ das
Er ohne falſch ſey; ſo wird Si denn wider zu Ihm
kommen/ auf dem réchten Wége; Ihn erfreuen/
und Ihme offenbahren ihr Geheimnüs.

Es führet aber/ di göttliche Weisheit/ noch
auf heutigen Tag/ ihre Libhaber/ in ihre Zucht-
und Prüf-Schule; macht diſen zu einem verfolg-
ten Jacob; den andern: zu einem verhaſſten Jo-
ſeph; flüchtigen David; abgebrandten Hiob; ge-
neideten Daniel; béttelnden und kranken Laza-
ro / u. ſv.

Wann Si nun/ durch Ánfechtung/ alſo geprü-
fet wérden; ſo lérnen Si/ was der Glaube ſey: und
wann Si verſucht wérden; ſo wérden Si ſtark uñ
kräftig; das Si/ in der Nóht und Widerwértig-
keit nicht weniger ſich freuen/ und rühmen kön-
nen/ als im Glük und Wóhlergehen: ja/ das
Si/ eine ide Ánfechtung/ nur für eine finſtere

Wol-

Wolke/ oder Nébel halten / so bald verſwinden/
und für bey gehen wérde.

15.   Bezeichnung/ mit dém H. †.

Das blöſſe Kreuz machen / iſt nicht der Sig/
wordurch der Teuffel/ und ſeine Wérke über-
wunden und zerſtöret wérden; ſondern di gleubige
Erinnerung darbey/ und inbrünſtige Anruffung/
im Nöhtfalle/ des aller-heiligſten Nahmens JE-
Su Chriſti: Das tuht dem Teufel den Stós/
iſt das féſte Slós/ dahin der/ im Glauben geréchte
Ménſch / lauft / und beſchirmet wird.

16.   Das plözliche Abſtérben.

Ob ſich ſchon éute geſunden / wélche einen un-
verhofften Tód gewündſchet; wi/ vom *Julio
Cæſare*, gemélbet wird: das Er/ in gehaltener
Umfrage / wélche Art des Tódes di béſte? den un-
beſorgten erwählet; der ihm auch widerfahren iſt:
Gleichwöhl/ (in Betrachtung/ das nicht nur ein-
mahl zu ſtérben/ dem Ménſchen geſäzt iſt; ſondern
auch das Gerichte/ worzu nicht ein ider allzeit ſich
wohl gefaſt und bereit hält) iſt vilmehr/ eine frid-
liche Hinfahrt/ mit Simeon/ zu bitten; ein ſanf-
tes Einſläfen/ mit Stephano/und wohlbedächti-
ges Abſcheiden mit Paulo; als/nach Heidniſcher
Kriges-art/ ein plözliches hinreiſſen/ zu begéhren.
Wér ſich täglich ſeines Endes erinnert; der kan
ſein Lében nicht unchriſtlich énden.

17. Bemäntelung der Féhler.

Wir Ménſchen / ſeyn alle Eva Kinder; häben
von Ihr anerérbet/ unſere Féhler/ politiſch

zu entschuldigen/oder zu bemänteln; ja/ di Laster/
für Tugenden ánzugében: darüber *Cato*, beym
Salustio, gekláget/ das der Geiz/ Spársamkeit; di
Ehrsucht/ Grósmüttigkeit: di Falschheit/ Klug-
heit; das Foll-sauffen/ Freundligkeit heissen müs-
se/ u. w.

Der Teufel hat / zu disen lézten Zeiten/ in sei-
nem Alter/ noch zwo Töchter erzeuget; wélche der
Vertreuligkeit und Rédligkeit/ den lézten Stós
gegében; di seyn des *Pirandri* subtilster Be-
trúg / und argliftigste Lügen. Weil sich aber ein
íder/ vor ihrer Abscheuligkeit gefürchtet; hát Er
Jhnen di Nahmen geändert/ und di eine *Simula-
tion,* di andere *Æquivocation* getauft.

18. **Heute Mir; morgen Dir:**
sih dich für.

Di ménschlichen Zufälle/ seyn allen gemein: ei-
nem íden dreuen Sí; einem íden siwében Sí
über dem Haupte. Verlache derohalben keinen;
sondern gedänke: das allen widerfahren könne;
was einem widerfahren ist. Danke GOtt víl-
mehr/ das Er dich/ ausser solchen Zustand gesäzt/
und bitte Jhn/ das Dir dergleichen nicht wider-
fahren; dem Bedrängten hingegen geholffen wér-
den; oder Er es/ mit Gebuld/ ertrágen möge!
Du auch sélbst hilf Jhme: wo und wi du kanst.
Das Glük ist nicht déren/ di es verdinen; sondern/
dénen es beschért ist.

19. **Das Zeitliche.**

Nimand.

Nimand überhébe sich/ da íhme etwas von euser-
lichen/ und leiblichen Dingen ist zukommen;
sintemahl solches alles/ eine kurze Zeit wird wéh-
ren: darzu ungewis/ und nicht sein eigen: son-
dern frémb Gutt ist; wélches wí es entléhnet; also
wird es auch wider gefodert wérden. aufs lángste/
im Tóde: oftmahls auch noch am Lében.

　　Eine Bláse/ wann si aufgeblásen ist/ swimmet
über sich: GOtt kán balde ein Loch drein machen;
so ists mit íhr aus.　　Wann Hóchmutt aufgehet;
so gehet das Glük nider.

20. Mittel/ wider den Zorn.

Fasse díses wóhl/ und steif/ in dein Gemütte: Es
widerfahre nimand Unrécht; ohne/ wann das
Gemütte beleidiget wird: dém von nimand kán
Schade zugefüget wérden; als von dem Besizzer/
wann Er/ in dasselbe Laster einführet.　　Geus
Wasser in den Kalk; so sihet mán/ was drinnen
ist.

21. Di Mässigkeit.

Es ist/ in Wahrheit/ eine grösse Sache/ wenn
mán sich mássigen/ und sein Gemütte also zu
friden gében kán; das mán/ in guttem und bósem
Zustande/ in Glük und Unglük/ allzeit sein bey
sich sélbst bleibe: es ist eine unféhlbare Anzeigung/
einer wohlgeschikten Natúr/ di follkommene Weis-
heit zu erlangen: So sich/ auf víererley weise séhen
lásset; als: ein Ding zu erwérben; das erworbe-
ne zu erhalten/ zu vermehren/ und seiner wóhl zu
ge-

gebrauchen: auch in allen andern Fällen sich also
zu erweisen; das man/mit Bescheidenheit/wisse:
di Gebührnis der Lust fürzuzihen; di Begirden/
durch di Mässigkeit zu zwingen; di Héftigkeiten
des Willens/ dém Vermögen zu vergleichen; mit
seinem Stande sich vergnügen; und in den aller-
héftigsten Anstössen/ des Ungklükkes; sich ében so
männlich und muttig zu erzeigen/ als ständen alle
glükliche Planeten/ in seiner follkommenen Ge-
walt.   In der Wélt seyn vil *Icari*, und wenig
Dædali.

22. Ehr-Geiz.

Der Ehrgeiz/ ist so eine verrähterische/ und foll
Hinterlists betrügliche Krankheit des Ge-
müttes; das es/ seine Gift/ mit Unschuld; seine
Galle/ mit Liblligkeit/ meisterlich verbérgend; di
innersten Teile des Verstandes/ zernaget: und/
zur Belohnung/ so vilfáltiger Arbeit/ Fürstenthü-
mer/ Königreiche/ Kaysertühme/ und Monarchi-
en verheischt: und indéhm es/ seine Krankheit/
mit solcher und dergleichen Hoffnung aufhält;
Si verúrsachen solte/ auf einmahl/ ohne Scheu/
den Himmel zu ersteigen.

Und/ gleich wi Si ohne Verstand/ und éinige
Más ist; also verfleust Si di Augen/ allem dém/
was man sonst bedénken könte; und macht: das
man Glükséligkeit/ in Trübsal; Rühe/ in Mühe
und Unrüh; éndlich den Abris des Wahren/ im
Spigel der Falschheit suche/ und all seinen bésten

Fort-

Fortgang / in einem Strohm der Eitelkeiten / verleuret.

Si ist der Anfang / di Kwälle und der Lauff / des Ab-und Zuflusses / der Unbeständigkeit; da Si verúrsachet: di Änderung der Stände; di Empörungen der Völker. Si schaft alle Uneinigkeit; gibet ihnen / ihr Wésen und Lében: Si macht glüksélig / und befördert einen / durch des andern Unglik und Untergang.

Was nüzzet Uns aber das / wann wir es eigentlich beddänken / was man so bald wider néhmen / als gében kán? Es ist anders nichts; als mit einem geborgeten Kleide / gepuzt seyn; wélches uns / möglichst dise Stunde / wider ausgezogen wérden kán. Man sol sich billich / mit andern / und wéhrhaftigen Kleidern / bekleiden; di / vor furchten der Kälte / zu verliren / wir uns nicht besorgen dürffen.

Wér den Ehren-Bérg erstigen hát / und di Leiter nicht nách sich zeucht; dem könten di Schú leicht ausgetréten wérden.

23. Beglükte Glükséligkeit.

Wann Uns das Glik ánlachet; alles / (so zu ságen) nach unserem Wundsche ergehet: dañ ist es hohe Zeit / sich sélbst wóhl in acht zu néhmen; di Begirden / im Zaume zu halten; und ein wachendes Auge zu haben / das unser Tuhn und lassen / vernünftig geführet wérde: dann oftmáls di Trübsahle / unsre Feinde / zu Mitleide bewégen: Wóhlergehen aber / auch unsers eigene Freunde / zur Misgunst ánreizet.

Wi

Wi so vil seyn elendiglich/ eines geswinden und gewaltsamen Todes gestorben; nur: weil Si sich/ in ihrem Glükke/ zu mässigen/ nicht gewust.

Sollen Uns derowegen / in Zeit des Glükkes/ für dem Übermutt / so alsdann/ kaum ausbleibet/ fleissig hütten: und/ so vil möglich / eine sonderbahre / hóchdrabende Weise/ (di ihme gemeiniglich auf dem Fusse nách folget) bezähmen/ und bescheidentlich zurük halten.

24. Freundschaft.

Wi übel es stehet/ und náchteilig ist / gár keinen Freund zu haben; so swér ist es / dérer vil zu behalten: und solches üm so vil mehr/das dér/wélcher viler Leute Freundschaft zu erhalten begéhret; sich so oft/ als ein Chameleon/ veründern; di Natürz mús zwingen können/sich in eines églichen/so Er ihm fürgenomen zu liben / Zúneigung zu schikken: dann nichts so sehr/ di Gemütter dérer / di einander zu liben entflossen/ einigt und verbündet; als di Gleichheit der Sitten. Und weil dergleichen Freundschaft / sich sélten zuträgt; als sihet mán auch déren offtermals machen/ darunter doch/nichte eine einige/durch einen wahrhaftigen/ beständigen Fürsaz/zur Follkommenheit gebracht wird. Da lauft allzeit Verflágenheit / Misgunst/ Scheinhandlungen/ oder andere Anflâge/ von einem und dem andern Teile für. Und dis Übel/ hát keine andere Ursach; als : weil wir uns/ so unbesonnen / blöde und unbeständig den Spigeln

geln gleich machen ; di allerley Gestalten / gár
leichtlich án sich néhmen : áber / solche lánger/
nicht / als so lange Si für ihnen seyn / behálten.
Also auch / sintemahl der Ménsch / neuer Dinge
begírig : liben wir/ und neigen unser Gemütte /
stündlich auf was anders : so víl wir nur / durch
unsere Einbildung / begreiffen kónnen.   Wann
wir aber / díse unsere Begírde ersáttiget / und un-
sere Irrtühm und Unbestándigkeit erkannt : ge-
schíhet es meisten teils / das aus dergleichen fál-
schen Freundschafften/ so héfftiger/ bluttiger Haß
entspringet : das wir víl grössere Müh haben müs-
sen/einem und dem andern zu steuren / als wir un-
serer Guttwilligkeit / ein ewiges Lób zu machen /
ángewéndet : und was vorhin/das stárkeste Band/
und Verknipfnis / unser eigenen Freundscháfft
wár : dínet hernách / am meisten / zu íhrer Son-
derung und Trénnung : ja ganzem Untergange.

Freundschaft wohnet/ zu dísen Zeiten/ in ei-
nem Leibe : ein Jder ist selbst-sein bśter Freund ;
ándere in der Noht / seyn Bilder án der Wand.

25. Neid-Tadel.

Di Bosheit findet allezeit etwas zu tadeln: einer
bér nichts hat / kán etwas haben / darüm Er
geneidet wérden kán ; und wáre es anders nichts/
so ist es doch déstwegen/ dás Er damit zu friden ist/
das Er nichts hat. Es ist ein grósses; glüklich seyn:
und von iderman gelíbet wérden. Di da grós seyn
wollen / müssen geneidet wérden. Es ist swér ; a-
ber

ber sehr sicher: mit wenigem zu friden seyn: J-
doch; weil es unmöglich ist/ allen bösen Meulern
zu entgehen; so wil Ich mich bemühen/ das Ich
Jhnen keine Ursache zu smähen gébe: und lasse
den Simei fluchen. Wér ein wüstes Maul hat;
der hát auch ein wüstes Hérze.

26. Das Ansehen.

Gleich wi nichts mehr an zufälligem Glükke/ als
eines Ansehen hänget: also ist kein ding/ swé-
rer zu erhalten/ und unter so manchem unglei-
chen Wahn der Ménschen/ sur Scháden zu ver-
wahren; als ében dises: mán lébe gleich Gotts-
fürchtig/ und wi es di Tugend erfordert; oder/
lasse déme/ worzu einen seine beglükte Natúr trei-
bet/ den freyen Gang.

Déssen Ursach ist: weil nichts so gutt; dem
nicht etwas Böses ánhange: di Ehre/ di Schan-
de; di Freude/ di Traurigkeit; di Wohllust/ der
Smérz/ u. w. Ja/ das énblich nicht gár leicht-
lich/ eines ins ander sich verkehren kán: Und da-
hér scheiners gleich/ als wenn Gott/ díse Wélt/
aus dem unterscheide/ der Himmlischen Körper/
und mannichfaltigkeit/ der irdischen Elementen/
als ein Brunn-kwäll/ der vir widrigen Sélbstán-
digkeiten/ geschaffen; und hernách/ aus dísem
grössen/ allgemeinen Wérke/ einen kleinen/ und
sonderlichen Auszug (den Ménschen) gemacht ha-
be; wélcher/ als aus díser Ersten bewéglichen/
und unterschidenen *Materi* gezeuget; der Unbe-
ständig-

ſtåndigkeit (zu ſeyn oder nicht zu ſeyn) und unzåh-
lich-viler Verånderung / ſo wohl am Leib-als Ge-
måtte / unterworffen : indéhm ſein Verſtand /
gleichſam in einem wållenden Mér / viler Mei-
nung / hin und hér ſwébet ; alſo : das was Er heu-
te wohl gár får góttlich achtet ; morgen / auch
nicht der Ménſligkeit wéhrt hålt : auf diſe Zeit/et-
was als ånbétet ; auf eine andere / årger verach-
tet : bald ein Wérk beſchüzzet ; das Er dann / ein
andermahl / hilfft vertérben ; immerdar wankel-
måttig / und allzeit verånderlich ; ohne unterlas
über ſeinen Stånd klågende ; án nichts nicht ſich
begnügende ; als wann alles ſeitterwégen ; Er nur
ihme allein zum béſten erſchaffen wåre.

Und iſt unmóglich / einem verwundeten / und
mit ſtétigen Anligen / zertrénten Hérze und Ge-
måtte / durch vernünftige Geſpråche / ſo vil An-
ſéhens zu gében ; das Er alle Vórgånge / får gutt
halte : weil di Meinungen/ als di Frucht und Ge-
burt der Selen alzuſehr gelibt uñ vertaidiget ſeyn/
vor ihren Anfångern : So zu vilen Irtühmen /,
den Wég erófnet.

Iſt démnach am råhtlichſten und nüzlichſten :
unſere Handlungen / alſo eigentlich verrichten ;
das Si / ihren Grund / in unſerem gutten Ge-
wiſſen håben ; mehr / als in dem Geſrey des ge-
meinen Pöbels.

17. Vergnüglikeit.

                    Reich

Reich; und dabey berühmt und in grössem Án-
sehen/ in der Welt seyn; ist eine/ dérer ánge-
néhmsten Bekwéhmigkeiten/ di einem Ménschen/
in di Augen scheinet: ja es ist di grösseste zeitliche
Glükséligkeit/ darnách di Ménschen ins gemein/
zwár mit gleichem Verlangen; aber auf sehr un-
gleichen Wégen/ zu strében pflégen: davón/ di mei-
sten/ sich ins Ewige Vertérben führen.

Denn/ Si achten den gebáhneten Wég/ allzu-
langweilig und verdrüslich; suchen dargegen
Nében-Wége; ihre Reise/ désto mehr zu besleu-
nigen. Ich wil derowégen/ in Betrachtung di-
ses/ euserstes dahin bedacht seyn: das Ich/ dén
ordentlichen Wég/ meines Berúffes/ nicht ver-
lasse; noch mich/ durch einigen Nébenflich/ einen
Fus breit/ davón entférne. Was Ich/ aus dem-
sélben ántréffe/ es sey Reichtúhm und Armut:
Ehre oder Verachtung; wil Ich/ mit gleicher
Vergnügung/ ánnéhmen: und/ nicht allein für
gefunden; sondern auch nicht länger für mein ei-
gen halten/ als bis Ichs wider verlire.

Wann Ich sorge/ wi Ich/ meinem Berúffe/
und Amte/ darein mich Gott gesázzet hát/ möge
ein genügen rúhn; so wird Gott/ für meine Be-
kwéhmigkeit/ in densélben/ mein Lében hinzubrin-
gen/ ungezweifelt auch sorgen. Wí! solte Ich
Gott/ in seinem Amte/ einen Eingrif túhn?

28. Glaube und Libe.

Der Geréchte/ wird seines Glaubens lében: und
andere wérden bey den Wérken seiner Libe lé-
ben.

ben. Glaube dem nicht / dér da saget : Er glaube;
bezeuget es aber nicht / mit seinem Tuhn. Dann/
wér sich seines Glaubens rühmet; von seinen
Wérken aber nicht gerühmet wird ; der rühmet
sich zwár seiner Heuchelei; nicht aber seines
Glaubens.

29. Di beleidigte Geduld Gottes.

MAn sägt / nicht sonder gutten Grund : dás
Gottes Mühlen / langsam; aber sehr klein zu
máhlen pflégen. Der Verzúg der Stráfe / wird
mit déroselben Grósse und Schärffe ersázzet:
wann das Sünden-Más erfüllet / und mán / mit
den Lastern/ der Tügenden / noch darzu prangen
wil. Di beleidigte Geduld / wird Feuer-brénnen-
der Eifer-Grimm : und so Barmhérzig Gott ist/
gegen di Bussfértigen; so Unbarmhérzig ist Er
auch/ gegen di Verstokten/und frévlen Sünder.

30. Keuschheit.

MIt der Englischen Tügend / der Keuschheit /
sägt der H. Hieronymus / hat di Jügend ei-
nen stétigen Streit / und erhalten sélten den Sig.
Wi aber/ di Lust der Libe/ snéll dahin fähret ; so
bleibet hingegen di Frucht der Keuschheit/ mit
sölligem Wohlergehen beständig und reichlich be-
lóhnet.

Di Tügend der Keuschheit/ (als wélche sonder-
lich mit dem Nahmen der Ehre genénnet wird)
ist wi di Stadt auf dem Bérge gelégen/ di nicht
kán verborgen bleiben; allermässen in dén Ge-

schichten Josephs und der Susanna zu séhen /
wélche / in der Versuchung beständig verbliben /
überwunden / und di Krohne der Ehren / hir zeit-
lich; auch wi zu vermutten ist / dort ewig / dar-
von getragen. Diser Edle Schaz / als der für-
néhmste Grund des Ménschlichen Lébens / ist son-
derlich dem Weiblichen Gesléchte / von Anfang
der Wélt / ánvertrauet worden / wélchen män / in
Erhaltung der vornéhmen Gesléchter / iderzeit
trauen und glauben müssen. Und di ist keusch zu
schäzzen / wélche einem holdséligen Anwérber / in
der Versuchung widerstrebet. Dann / wi dér nicht
fastet / di Tugend der Nichterkeit zu rühmen / der
aus mangel Hunger leidet; also ist auch di nicht
für keusch zu halten / wélcher di Gelégenheit / und
nicht der Wille böses zu tühn ermangelt.

31. Gewissens-Zeuge.

Ein fröhliches Hérze / ist eine Gabe Gottes; So
allein den Frohmen und Gottséligen gegében
wird: di Traurigkeit hingegen / ist des Teuffels
Hauptküssen / und rühret hér von einem bösen Ge-
wissen / wélches zwár eine zeitlang sláfen; in dém
Ménschen aber nicht érstérben kán; di Höllen-
Anast / auch in dísem Lében noch / fürbildet.

Di Brüder Josephs / als Si Dibstahls be-
schuldiget / und unschuldiger Weise überwisen
wordén; trösteten sich / ihres gutten Gewissens /
das Si díses nicht getähn: aber doch betrübte Si
dabey auch ihr böses Gewissen; wann Si bekén-
nen:

nen: das Sí Solches/ an íhrem Brúder Jo-
seph/ verdínet. Das Gewissen/ íst im Ménschen
sein Gott.

32. Freygébigkeit.

Di Ebreer/ haben ein solches Sprichwort: Wér
Ségen oder Wohltaht ausſáet; der
wird Ségen einérndten. Widerúm háben
Sí/ zu ihren Weibern/ zu sagen pflégen: Gib
Allmosen; damit deine Kinder/ des All-
mosens nicht von nöhten haben mögen.
Ist ében das/was David sagt: das Er des Ge-
réchten guttáhtigen Sahmen/(oder Kin-
der) ní habe séhen nach Bródte gehen.

Gott hát Uns Ménschen/ zeitliche Gütter ge-
gében/ nicht zu dém Ende/ das wir derſélben mis-
brauchen sollen; sondern: das wir unseren dürff-
tigen Náchsten/als Verwaltere des zeitlichen Há-
bes/ davón guttes túhn; in seinen Händen wu-
chern lassen sollen. Wér dém Armen gérne gíbet/
bezeuget seine Líbe/ und wird nicht arm; sondern
ihme wuchert Gottes Ségen.

33. Líbe.

Di Líbe/ némnet mán/ ins gemein/ ein verlan-
gen der Schönheit; welche teils in dem Ge-
mütte bestehet/ und fast Englisch oder irdisch íst;
teils den Leib betrifft/ und fast víhisch kán genén-
net wérden. Ménftich aber íst/ beides den Ver-
stand/ und den Leib zugleich zu líben.

Solches verlangen/ gleichet dem Geize/ dér
 sich

sich/ mit Gélde/ nimals ersättigen lässet: und / ie
mehr Er erlanget / ie mehr Er haben wil. Ja / di
Libe/ gegen eine verständige Frau / nimmt / mit
zuwachsenden Jahren / nicht ab.; sondern ver-
mehret sich allein: di Schönheit des Leibes aber /
kán leichtlich ein Zufall zu Grunde richten.

34. Verzeihung.

GOtt/ sollen wir/ di Rache lassen / weil Si ihm
als dem Höchsten Richter/ gebühret/ und ihn
nichts gereuet/wi di Ménschen/ wélche vilen Féh-
lern unterworffen; di Persónen ánséhen/ und ih-
ren Neigungen/ (darinnen diRache di allermäch-
tigste ist) begírigst nach)hängen.

Di Erste Bewégung / wélche wir Ménschen
haben/wann wir beleidiget wérden/ ist so empfind-
lich/ das wir manchesmahl gleichsam rasend dar-
iber wérden / und Uns noch in gróssere Gefahr
sázzen. Wém aber Gott eine feine Sele gegében;
der kán das Unrécht/ mit Geduld vertragen/ und
seine Feinde mit Wohltähtigkeit überwinden.
Wér sich ráchet; bezahlt sich sélbst; Rache bleibet
nicht ungerochen.

35. Eifer-wütten.

ES gleichen/ bluttgirige Ánsläge/ dénen rasen-
den Wällen; wélche stolziglich dahér wallen;
als ob Si das Úfer verslingen wolten/ im Ende a-
ber nichts hinter sich lassen; als: einen bald ver-
nichten eitelen Schaum. Des Zornes Ausgang/
ist der Reu Anfang: ja/ dem Zorne gehet di Reu
auf

auf den Sokken nách/ und schadet nimand mehr/
als dem Zornigen.

36. Das Mein und Dein.

Mit Abteilung der Gütter/ zerteilen sich di Ge-
mütter; haben di alten Deutschen geságt.
Das Mein und Dein/ lässt nichts gemein/ und
trennet auch di/ mit Blutt-Freundschaft verbun-
denen Brüder und Gesippte.

Kein Schér-Mésser ist so scharff; das ein Glid/
oder Aderlein/ ohne Smérzen/ von dem andern
absondern könte: keine Teilung ist so gleich; das
nicht einer/ von des andern Anteil/ etwas ver-
langen solte; ja/ mehrmahls alles für sein Teil ha-
ben möchte.

Der Adel/ ist ohne Reichtuhm; das Reich-
tuhm/ ohne adel nicht vergnüget: und seyn alle
Ménschen so unersättlich; das nimand/ mit sei-
nem Zustande; ein íder aber/ mit seinem Ver-
stande zufriden ist: Si erwählen und néhmen den
Ségen Esau; und lassen den Frohmen den Sé-
gen Jacob.

37. Das Alter.

Das Alter ist/ wi Euphormio wil/ mit Füge ge-
swázzig; weil es vil erfahren/ geséhen/ gehö-
ret/ und also mehr zu sagen weis/ als ein Junger:
ja/ vil grösseres Beliben trägt/ zu erzählen/ was
zu seiner Zeit geschéhen; als andere frémbde Ge-
schichte/ so sonsten bekant/ nách zuspréchen.

Was wir geséhen; darán haben wir gleichsam

ein Teil/ und gehet uns so vil mehr zu Hérzen/ als
das wir gehöret/ oder geléſen; vileicht deswégen:
weil das Geſicht/ der fürnéhmſte Sinn/ wélcher
unſerm Gedächtnús/ ſeine Bilder/ gleichſam in
ein Wax eindrükket.   Ein Tugendreiches Alter/
iſt des Regimens Erhalter.

39. Gottes Barmhérzigkeit.

Es finden ſich étliche Begébenheiten; da Gott/
nach einem geréchten Gerichte/ ſtráfet; in der
Stráfe aber/ ſeine Barmhérzigkeit/ ſpüren und
ſéhen läſſet. Der Pſalmiſt/ ſaget récht: **Barm-
hérzig und gerécht iſt der HERR.** Barm-
hérzig; in déhm Er/ durch ſeine Langmut/ eine
Sünderin/ zu der Buſſe leitet: gerécht; indéhm
Er Si/ zu verdinter Strafe zeucht: und doch wi-
der Barmhérzig; in déhm Er Si/aus der Tódes-
Noht errettet/ und erweiſet/ das di hérzliche
Barmhérzigkeit/ alle andere Wérke Gottes/ ü-
bertrifft.   Es ſeyn verdrüsliche Leute/ di Gottes
Wórt und Wérke/ nach ihrer Vernunfft méſſen.

39. Das Gedächtnús.

Di Unárt der Ménſchen/ wird/ mit diſem
Sprichwórte/ fürgeſtéllet; ſágend: Das
Bós:/ ſreibet mán in Stein; das Gutte/
in den Staub.   Iſt faſt ſo vil/ als was dort jé-
ner Rabbi/ von einem alten Schüller/ geſagt:
Heut (in deinem Alter) ſreibeſt du/ in Sand/
(in ein ſwaches Gedächtnis); was du géſtern
(in der Jugend) hätteſt in Marmol (leich-
ter lérnen und behalten) gráben können.

Das

Das Gedächtnis ist di Mutter der Müsen; di
Schazkammer unserer Wissenschafft; di Vermit-
telung unserer Klugheit/ ohne wélche wir beharr-
lich Kinder verbleiben müsten; di Beförderung
aller Geschikligkeit/ der Wérkzeug aller Belér-
nung; der Grund/ viler Erfahrung; di Schaz-
meisterin aller Wissenschafften/ und di Schuz-
halterin unseres Verstandes; und mancher hat
GOtt dem HErrn/ für di hérrliche Gábe/ mit
pflichtiger Schuldigkeit/ noch nicht gedanket.

40.　**Fleisches Luſt; Teufels Wuſt.**

Das gemeine Sprichwört saget: **Es iſt kei-
ne Liſt/ über des Teufels Liſt.** Das
déme álso/ hát ér/ von Anfang der Wélt/ meister-
lich erwisen; beglaubet es auch noch zu Tage/ nicht
nur in den klügen Wélt-Kindern der Finsternisse;
sondern für sich sélbst persönlich; in dém ér/ wi
ein erfahrner Fischer/ einen solchen Anbis/ an sei-
nen Angel ludert/ wélchen ér weis/ das di Wélt-
Fische begirig verlangen: deswégen mán Úrsach
hát sich für den trüben Wassern/ in wélchen díser
Selen-Feind zu fischen pfléget/ zu hütten/ und her-
ein zu gehen/ in Lauterkeit/ und Mässigkeit/ u. w.

Der Teufel ist der Slangen-Beswérer; für
wélchem mán di Ohren verstopffen soll. Er ist
der Leu; So unserer Selen náchstéllet/ Si zu ver-
slingen: Er ist der höllische Nacht-Jäger; wél-
cher/ mit seinem Gesänge/ (Belials Kindern)
ánlüdert/ und teils auch mit Gewalt/ in seine
Garne jaget.　　　　　　　　　　　Sol-

Solches Luder / ist di-Fleisches-Lust; wélche
GOtt dem HErrn ein solcher Greuel/ das ER
Land und Leute darüber/ mit Swéfel und Feuer
verbrénnet : ja/ ihrer vil tausend / durch das
Swért fallen laſſen : wi wir léſen/von den Benja-
mitern/. das fast der ganze Stamm / wégen eines.
Kébs-Weibes/ ausgerottet worden. Hurer/ lé-
gen den Leib zur Buhlschafft; di Sele. zum Teu-
fel.

41. Des Ménschen Eigentuhm.

Virerley Sachen/ seyn in diser Wélt/ wélche der
Ménsch/ eigentühmlich sein. nénnen kán : 1.
di Gütter des Verstandes; als Tugend und
Wiſſenschafft ; wélche / nach erlittenem Schif-
bruche / unvernáchteilet / mit Uns/ án dás Úfer
swimmen/und uns nicht verlaſſen/bis in den Tód.
2. Di Gütter der Selen/ wélcher wir / in di-
sem Lében/ durch ein guttes Gewiſſen./ zu besizzen.
ánfangen; in jenem ewigen Lében aber/ſöllig háb-
haft.wérden sollen. Hirvón sagt unser Erlöser/
Luc. 16/ 12. So ihr/ mit dem ungeréchten
Mammon/nicht treu seyd ; wér wil euch
das Wahrhaftige vertrauen : und/so ihr
den frémden (Gütern/di nicht euer eigen seyn)/
nicht treu seyd ; wér wil euch gében (oder
vertrauen) das jénige/. das nicht euer iſt ?
verstehe/ di himmlische Selen-Gütter; darzu ihr/
von GOtt/erschaffen.

3. Di Zeit/ wélcher Verlust / wir nicht wider
erſáz-

ersäzzen können. Und ob zwár solches Gutt/ sehr
schäzbar; so ist doch/ von Uns/ nichts unwéhrter
geachtet/ indéhm wir Solche/ mit **nichts tuhn/
übel tuhn/** und frémder Händel Verrichtung/ un-
bedachtsam verliren. Deswégen fragt jéner Kir-
chen-Lehrer: wi wohl der reiche Mann würde sei-
ne Zeit ánwénden/ wann Er der Höllen Gräfe er-
lassen/ wider auf der Wélt lében sólte?

4. **Was wir/ aus Christlichem Hérzen/
den Armen mitteilen:** dann: uns/ zu solchem
Ende/ Géld und Gutt gegében; nicht: dás wir
darmit prassen und prangen sollen; oder / unser
Vertrauen darauf sázzen; sondern das wir Chri-
sto/ in seinen Glidern/ darmit dínen sollen.

Hirvon sagt Syrach/ 17/ 18. GOtt behält/
di Wohltahten des Ménschen (in frischem
Gedächtnisse/ Sí mit der Zeit / zu belohnen)/ wi
einen Sigel-Ring (dén mán am Finger trägt/
und stéts für Augen hát).

Di Hand des Armen/ ist Gottes Schaz-Ka-
sten: wér sein Géld darein légt; der bewahret es
wohl.

42. Geréchte Sache.

Jch habe in ein so greulich Laster geséhen / dabey
nicht so wohl ein Part (*Cliens*) als ein Bey-
stand (*Patronus*) gewésen. Corah hatte vil
Gesellen mit íhme/ wi ér di Sünde beging / und e-
he er noch gestráfet wárd: di Unschuld/ und Tu-
gend aber bestéhet nicht in den meisten Stimmen.

Jch

Jch wil derowégen nimmer darauf acht gében/ wi
vil Jch auf meiner Seite habe; sondern nur allei-
ne auf meine gutte Sache/ und in solcher keinen
ándern Beystand begéhren/ als GOtt/ und di
Wahrheit. Di Sonne wird oft mit einer trü-
ben Wolke bedékt; aber nicht versehret.

43. Fridfértigkeit.

Sélig seyn di Fridfértigen/ sagt unser Heyland/
dann Si wérden das Erdreich besizzen. Di
grösten Flüsse/ lauffen fridlich und still dahér: di
kleinen Bäche aber/ platschen und schlürffen in
den steinigen Wégen. Freundligkeit machet Fri-
de; und ein hartes Wórt/ findet einen harten Wi-
dersprécher. Jn wélcher Stadt des Fridens Tem-
pel zugeflossen: dartinnen ist di Gemeine dem täg-
lichen Untergange unterworffen.

44. Der Tód.

Jéner Kayser/ hat/ als ein Heide/ geságt;
das der unverséhene und unerwartete Tód/ der
allerglükséligste; weil dardurch/ di Furcht des Tó-
des/ wélche das erfröklichste/ unter allen erfrök-
lichsten ist/ einen so geswind-stérbenden Ménschen/
nicht verrükket: da hingegen/ ein lang kranklígen-
der/ und in Tódesnöhten swébender Ménsch/ grös-
se Hérzens-Kwähl leidet: dahér/ der übertréfliche
Verulamius/ récht erinnert; das mán/ wenn ia
der Ménsch stérben müsse/ bedacht seyn soll/ wi Er
mit wenig Smérzen stérbe: und sázt solche *Eu-
thanasiam Physicam,* unter seine *desideria.*

Der

Der Tód/ für sich sélbst/ ist ein Augenblik / in wélchem Leib und Sele/geschiden wird: di Furcht des Tódes aber/ und di Leibes-Smérzen/ wélche das Hérz bréchen machen/tauren mehrmahls lange Zeit. Wi sich der Ménsch in seinem Lében/ gegen GOtt verhalten; also verhält sich GOtt/ gegen dem Ménschen/ in difes léztem Ende.

45. Mundwérk.

Es pflégen/ ins gemein/ di sénigen/ so weit geöffnete Ohren háben; auch mit' sehr guttem Mundwérke begábt zu seyn: und wélche so gár begírig seyn / vil zu hóren; di seyn gemeiniglich auch grósse Swäzzer. So wenig als mir gebühret / von anderer Leute Tuhn/ vil zu wissen: so wenig wil Jch auch Andere / von meinem eigenen/ vil wissen lassen.

Es hat sélten imand gereuet / wann Er nichts gesaget. Sweigen ist für Unglük gutt.

46. Aufrécht-Rédlich.

Sich anders ánstéllen/als mán es meinet/ist ein Wélt-Stüklein/ und pflégen sich klúge Leute/ solcher gestalt für der Wélt/ (wi vor dém *Aristoteles* seine Srifften) an Tag zu gében; das nicht ein Jder/ Jhre Meinung alsbald verstehe.

Einer/ dér alles saget / was Er weis; ist nicht Wélt-weise: und wér anders rédet / als Er meinet; ist nicht aufrichtig.

Mein Hérze/ sol nicht allezeit/auf meiner Zunge sizzen: idoch sol meine Zunge nichts sagen/das

nicht

nicht von Hertzen kömint. Es ist unvonnöhten/
das Ich/ entweder unehrlich; oder ein Töhr
seyn müsse. Wein ist doch Wein/ und verdirbet
darüm nicht/ wan schon ein wenig Wasser darein
gegossen wird.

47. Wunden des Leibes und der Sele.

Wi ein Kranker Mensch/ seine Wunde zwár zú-
dékt; darmit doch nicht/ wi wann der Arzt/
Si zugleich heilet: Also bedékt der Sünder / di
Wunde der Sele/ und verbirget Si zwár/ wi der
stolze Phariseer; nimt Si doch nicht hinwég: hin-
gegen Christus der HERR/ dékket di Sünden/
mit dem Mantel seiner Geréchtigkeit zú/ und hei-
let Si dardurch gleich. Wóhl dém; dem GOtt
wóhl wil!

48. Der Stand und Verstand.

Der Stand/ ist nicht allzeit bestéttiget mit dem
Verstande. Wi ein gemeiner Soldate/ so
vil Hérz/ in dem Leibe haben kán/ als ein Oberster;
also kán ein geringer Pauer/ offt so klug seyn / als
ein Hochgelahrter: mássen klug und gelehrt/ zwey-
erley vilmahl ganz abgesonderte Sachen seyn: al-
so das der Gelehrte nicht klug; und der klúge
Mann/ nicht gelehrt ist.

Fróm seyn/ ist di béste Klúgheit; da hingegen
alle Laster / unter dem Nahmen der Töhrheit be-
griffen seyn.

49. Di Warheit.

Vil leichter ist / nach dem Sprich-worte / di
Wahrheit hören ; als réden : weil mán mehr
Zuhörer dersélben findet / als wélche solche Ré-
den : deswégen jéner / als mán ihn gefraget ; wi
weit di lügen von der Wahrheit? récht antwor-
tet : so weit di Augen von den Ohren ; weil ném-
lich nur das für wahr gehalten wird / was mán
mit den Augen sihet : und nicht / wás mán höret.
Di Zeit / ist der Wahrheit Mutter / und di weis
ihre Tochter / zu réchter Gelégenheit zu gebéhren/
und an Tag zu bringen.

50. Hérrisch und Alber.

Es gibet / nach des Aristotelis Meinung / geboh-
rene Knéchte / wélche nicht so vil Verstand
haben / alß von nöhten ist / sich sélbst zu regiren: Es
gibt auch gebóhrene Herren / der Natur nach /
wélche andern / mit vernünftigem Rahte fürste-
hen / und sich sélbsten rühmlich zu verhalten wis-
sen. Das blinde Glük aber / sézt manchen / auf
einen hóhen Stuhl ; damit seine grösse Unfollkom-
menheit / so vil erkéntlicher wérden möge : und ist
bésser / hérrliche Tugenden haben / in dem unter-
sten Stande ; als ein Herr seyn / mit einem Narr-
ren-Kopffe.

51. Sünden-Last.

Ein teil Sünder / machen es hir mit Gotte / dem
Herren / wi étliche mit ihren Gleubigern zu
rühn pflégen ; bekümmern sich nicht / wi Si zahlen
wollen / sondern wi Si es machen / das mán Jh-

nen länger und mehr traue. Ich wil mich / fürs
erst bekümmern / das Ich so wenig als möglich /
bey Gotte in Schulden gerahte : darnach / wi Ich /
i eher i über / lös komme. Mit der Flucht / über-
windet mán vil.

52. Busse.

Es kán nimand alhir ein gerühiges Lében führen /
es sey dann / das Er wahre Busse tüh. Dann
alle Sünden / seyn wider Gott ; und alle Vergé-
bung / kömmt von Gott : es ist auch keine Vergé-
bung bey Jhme zu erlangen / ohne wahre Busse :
derohalben ist es unmöglich / das mán / ohne dise /
alhir getröst lében ; oder im Fride stérben könne.
Aus diser Ursache / wil Ich nicht bald an Gott
und mir sélbst verzágen / weil Ich ein Sünder bin;
sondern wil von Gott nicht eher lassen / bis er mir
meine Sünden erlassen ; noch mich sélbst zu friden
gében / bis mich meine Sünden verlassen haben /
und Ich ihrer nimmermehr / ohne ein hérzliches
misfallen / gedänke. Dér ist böse ; der nicht zu bés-
sern ist.

53. Belóbtes Alter.

Wi di Frömigkeit nicht mit Uns gebohren ; so
wächset Si auch nicht mit Uns auff : bisweí-
len wird mán séhen / das ein Knabe / es einem
Eis-grauen weit zuvor tüht. Alter hülfft für
Tôhrheit nicht.

Ich wil nimmer acht haben / wi lange ; sondern
wi Gottsfürchtig Ich alhir lébe : und wil dises
mei-

meine höchste Fréude seyn laſſen / das Jch ein al-
ter Mann/ in Chriſto; nicht aber blós mit dem
Nahmen / ein Chriſt ſtérben möge.   Wí mán
Sáet ; ſo érndtet mán.

54. Göttliche Líbe.

Unſer Séligmacher/ ſágt dort zu ſeinen Jün-
gern: Sihe/ Jch ſénde Euch/ wi Scháfe/ mit-
ten unter di Wölfe. Líbſter Heiland! Frageſt Dú
dann nichts nach deinen Jüngern ober aber/
hälteſt Dú Si wéhrt; warúm ſchikkeſt Dú Sí
nicht/ wi Léuen mitten unter di Scháfe ; und
nicht/ als Schafe unter di Wölfe ? Eben des-
wégen/ weil Er Sí líb und wéhrt hát / ſchikt Er
Sí/ ſolcher geſtalt/ damit ihre Erlöſung aus der
Léuen Rachen/ ſo víl deſto hérrlicher ſeyn möge.

Gleich wi es Uns nimmer án Armen / unſere
Líbe zu úben/ mangeln wírd : alſo wérden ſich auch
allzeit etliche Böſe Léute finden ; damit unſere
Gebuld geúbet wérde : Es wérden Uns allzeit et-
liche Ochſen von Baſan úmringen.

Wo nun di Feinde ſo mächtig und vílfältíg
ſeyn ; müſſen di jenigen nohtwéndig klug ſeyn als
Slangen ; wélche unſchuldig ſeyn wollen / wi dí
Tauben.

55. Des Ménſchen Leib.

Weil wir/ in díſer unſer Walfahrt/ unſer Ge-
mütte/ im Leibe eingeſloſſen herúm tragen/
gleichſam als einen ſehr gröſſen Schaz/ in írdi-
ſchen Gefäſſen: ſo müſſen wir den Leib/ nicht gar

 ver-

verachten oder verwérffen. Doch műs mán sein
also pflégen und warten / damit Er mérke / das Er
nicht ein Herr / nicht ein Geselle; sondern ein
Slave sey: das Er / nicht sein selbst wégen; son-
dern wégen eines andern unterhalten wérde und
lébe.

J sorgfältiger der Leib: ſ nachlässiger wird das
Gemütte gehalten: í weichlicher der Leib gehalten
wird; í frécher Er dem Gemütte widerstrébet;
und wi ein allzuwohl gefüttertes Pférd / wirfft Er
den Reuter ab.

Eine swére Laſt des Leibes / erdrukt di Sele; di
Schärffe des Verſtandes / wird durch den Maſt
des Leibes und durch Verzärtelung verſtumpffet.

Di ganze Wartung des Leibes / műs auf di Ge-
sundheit gerichtet wérden; nicht auf di Wohlluſt:
damit der Leib bereit sey / der Selen zu dínen; und /
weder wégen übriger Pflége / ángehalten wérde;
noch / wégen mangel der Kräffte / erlige.

Nichts iſt / wélches di Hurtigkeit des Gemüt-
tes also swäche; di Kräffte und das vermögen
des Leibes so zerknirsche / als di Wohlluſt: Sin-
temahl alle Kräffte des Leibes und des Gemüttes /
durch Wirkung und Arbeit / ermuntert wérden;
durch Missiggang aber / und durch di Wirkligkeit
der Wohlluſt / ermatten Si.

56. Heucheley.

Mán findet sélten eine Sünde / di sich nicht / mit
grösser Andacht / zu bemänteln weis: Nein /
ságet

ſáget dort Saul zum Samuel/ Jch ſpárete es zum
Opffer; zum Opffer/ und nicht zur Ausbeute.
Das Böſe/ wird oft aufs ſtárlichſte mit dem Gut-
ten beſchönet. Derowégen ſtélle dich nicht anders
án/ als wi du in der Taht biſt/ und ſey das/ was
du ſcheineſt zu ſeyn: Gott laſſet ſich nicht ſpotten.
Heucheley und Betrúg/ haben kurze Flügel.

57. Demut.

Dí Demut/ iſt der Grund aller Tügenden; dí
erſte Stuffe án der Himmels-Leiter; dí Pfor-
te aller wohl-ánſtándigen Sitten; di Schule der
Libe; das Pfand der Glükſéligkeit/ und di Lehr-
heit/ mit Gottes Geiſte erfüllet. Dahér ſaget Si-
rach: Jhöher du biſt; í mehr demüttige dich;
ſo wird dir/ der Herr/ hold ſeyn. Und ſtéhet/ in
Wahrheit/ wóhl; zu ſeyn: J Höher; J Genádi-
ger: J Herrlicher; J Demüttiger: J Máchti-
ger; J Freundlicher: maſſen man auch/ das
Höchſte Haupt der Chriſtenheit/ aller-genádigſt
vénnet. Demut macht; Ménſchen zu Engeln;
Hoffahrt zu Teufeln.

58. Lehr-Gedichte/ vom Nuzz und Be-
luſten.

Der Verſtand/ ein Kunſt-gründlger Wág-Mei-
ſter/ hatte auf der Snéll-Wage gewogen/
den Nuzz und das Beluſten. Der lange Wage-
Balken/ wár mit den jahren des Lébens verzeich-
net; und/ án ſtat des kleinen Gewichtes/ hinge
der Nuzz; wélcher/ von dem Beluſten/ weit ú-

E 3									ber-

berwogen wäre: müssen der Wille das Zünglein
der besagten Snéll-Wáge/ einen grossen Ausschlag
gabe. Als nun der Verstand/ nach und nach/ ü-
ber di dreyssigste Stuffe/ fortrukte; begunte das
Belusten/ náchgehens ab-; di betrachtung des
Nuzzens aber zúzunéhmen: und befande sich/
das mit ánnahendem Ende der Wage (dem gei-
zigen Alter) das Zünglein/ der Wille sich so
gár nicht nach dem Nuzze neigte; das das Ge-
gen-Gewichte des Belusten/ Féder-leicht schine.
Ob sich nun der Verstand sehr bemühete/ solchen
augenscheinlichen Beweis des Züngleins/ und
das abweichende Gewicht der swéren Zeit/ zu rük-
ke zu halten; hat ér doch éndlich bekénnen müssen:
das der scharfe Winkel (zwischen dem Zünglein
und dem Wage-Balken) zu dem Mittel-punct der
Rúhe/ (in das Gráb) eile; nicht sonder zurük-
séhung/ auf das Belusten/ der stärkeren Jú-
gend.

59. Vom Hérzens-Magnet.

In der Fund-Grúben/ Ménslicher Hérzen/ hát
sich ein Magnet gefunden/ wélcher sich/ noch
gegen Mittage des Belustes/ noch gegen Mitter-
nacht des Nuzzens gewéndet; sondern sich/ geráb
über sich/ nach dem Zenit/ oder dem Haupt-punct
gerichtet. Diser wurde dem kunsterfahrenen En-
gelländer Gilberto Gilberti fürgewisen/ der aller
Magneten Eigenschaften durchgründet; aber
dergleichen noch nicht gefunden. Di Nadeln/
wélche

welche Er án disen Magnet geriben/ richteten sich gleichsfals über sich/ und sagte diser Künstler/ das besagter Magnet/ eine gewisse Eigenschaft haben müsse/ mit einem absonderlichen Sterne/ das Er sich auch unter/ und über der Nachtgleich-Lini entfernet/ nicht verändere/ wi alle andere Magnete zu tuhn pflegen. Disem stimmte bey/ der weitberühmte Athanasius Kircher/ welcher in der Magnet-Kunst alles gewust; sagend: das diser Stern der sey/ von welchem Bileam geweissaget/ das Er aufgehen werde in Jacob/ (4. Mos. 24. 17.). Richtet sich also gemeldter Herzens-Magnet/ durch eine heimliche Neigung/ nach dem Himmel/ und nicht nach den Bergen/ welche/ wi di Sonne von Anfang gegen Nidergang; von Mittage gegen Mitternacht/ di Erden umgeben.

Wohl dem/ der solches Magnets Regung/ stetig verspüret!

60. Von der Menschen Bösheit.

Di vir Winde brausten/ über ihre Gewonheit/ gegen einander; darüber erstauneten alle Geschöpffe/ und schikten di Flüsse/ welche di Sache am meisten betraf/ án Si zu erkundigen/ warüm Si mit Ungestimme führen/ und gleichsam di ganze Welt über einen hauffen stürzen wolten? Der Ost-wind antwortete: Ich brause/ di Menschen vom Släfe der Sicherheit aufzuwekken. Der Süd-wind sagte: Ich brause aus

Langmütigkeit / denen sündigen Ménschen zum
bésten / das Si sich bekéhren sollen. Der **Wést-
wind** versäzte: Ich brause aus Zorn / über der
Wéltlinge Bósheit / und wann mir / dise meine
Brüder / nicht widerstünden; wolte Ich di ganze
Erden in das Mér stürzen. Der **Nord-wind**
sagte lézlich: Ich brause aus Ungeduld / das noch
der Zorn / noch di Gelindigkeit meiner Brüder /
nichts ausrichten.

Di abgeordneten Flüsse / berichteten dises / alle
unvernünftige Geschöpffe: di erstauneten ihr-
ob; slügen in sich; fürchteten Gott / und tahten
was ihres Berufs ware / und dem Ménschen zum
bésten dinete: di Ménschen aber wurden von
Tag zu Tag árger / und begunten unter sich ár-
ger zu brausen / als di Winde sélbst; also / das der
jüngste Tag zuerwarten / der dise Wélt-Kugel
zertrümern / und alle Ménschen / für Gottes
Straf-Gerichte stéllen wird; weil leider di Lang-
mut des Hóchsten / di Uns zur Buße leitet / zu
allen beharrlichen Sünden / schändlichst mis-
brauchet wird.

61. Das Ménschliche Lében.

Di Schif-Kunst / beklagte das Mér / der gróf-
sen Unbeständigkeit / Unsicherheit / und Ge-
fahr / als das treulofeste unter allen Elementen:
Dann / ob es gleich zu Zeiten Wind-stille und
Spigel-hélle wäre; pflégte doch bald darauf / das
ungestüme Wétter zu rasen / das di Wéllen
mehr

mehr hohe Berge und tiffe Tähler fürstélten/ als
auf der Erden zu finden.

Das Mér antwortete auf dise Anklage: das
solche Unbeständigkeit aller Ménschen wésen
gleiche. Ihre wandel-artige Gedanken/ seyn
di ungestimmen Winde/ wélche nicht lange/ in
rühigem Wohlstande verbleiben können/ und
sich mit Ehr-Geiz aufbléhen; mit Stolz herfür
brausen; mit Géld-Geiz den Silberschaum Bild/
und also geswind aus dem Freuden-Tage/ eine
Trauer-Nacht machen. Wann nun auf sol-
chem/ das Schíf der Hoffnung/ zwischen Him-
mel und Erden dahér swébet; scheinet der Mast
von Stroh; das Ségel von Papyr; das Steu-
er-Ruder von Glás/ und das ganze Gebeu von
Dohn. Doch sagte das Mér/ wolt ihr Mén-
schen nicht nur Anwohner; sondern Inwohner
der Unbeständigkeit/ und also des Todes sichere
Nachbarn seyn/ und erfahret mit Schäden/ das
besagtes alles sich so verhalte.

62. Lügen.

Es seyn vil schändliche und schädliche Laster; á-
ber unter solchen/ ist nur eines das schändlich-
ste und schädlichste. Es komme nun/ der berühm-
teste/ unter den Mahlern/ Apelles / und entwerffe
wir dasselbe.

Er entwirfft den **Ehbruch**; dardurch di herr-
liche Stadt Troja/ganz und gár vertérbet und ein-
geäschert worden: di **Trunkenheit**; So di

Scythen sehr übel benahmet und berüchtiget : di
Verwégenheit ; So di Uhrälten Deutschen
gestürzet: Di Halsstarrigkeit; so da di Jüden
vertérbet : Di Hoffahrt ; so dem Erastratius
geschadet: Den Ehr-Geiz; so den Kayser Ju-
lius ermordet: Di Grausamkeit; so wir / án
dem Antonius verdammen : Di Fuchsschwän-
zerey; so wir / an dem Elisophus schélten : Di
Swäzhaftigkeit; so der Poeten Fabeln / án
dem Tantalus verfluchen : Di Undankbar-
keit; so di Geschicht-Sreiber/an dem Nero ver-
maledeyen : alles doch vergébens.

Dises Laster entwérffe Er vilmehr / wélches
entweder des Pottphars Ehebrécherin geschän-
det ; oder jene Hure/für dem Salomo bezwungen.
Das Laster/mit wélchem di Soldaten/beym Grá-
be des HErrn/verpanzert / und di alten Susan-
nen-Brüder beflékket wahren. Das Laster/durch
wélches Haman erhénket/und Demetrius stinkend
worden. Das Laster/wélches den Ananias mit
Saphiren getödtet / und ganz Zizilien mit Creta
auß schimpflichste benénnet.

Aber sein Pinsel wil nicht fort; weil Er mich
so gär nicht verstehet : und sein Bleiweis kän man
ganz nicht séhen; weil Er vón Gottes Wórt
nichts gelésen.

Syrach/ist vil glükséliger; und in entwerfung
dises Lasters / weit fértiger. Er beschreibet es/wi
gefährlich / und wi schädlich dasselbe sey : stráfet
zwár

zwár den **Dibstal**; aber mehr/das Häslichste und
gefáhrlichste Laster; di **Lügen**. Wér wolte dañ
das/ nicht árger/ als eine Slange/ flihen und mei-
den. Wér leuget; trägt des Teufels Kleid.

63.   Der Hoffärtige.

Entslage dich/ möglichst/des **Hoffärtigen**; da-
mit du/wi Syrach spricht/nicht auch Hoffahrt
lérnest. Wilstu aber mit Jhme ümgehen; so ver-
gis auch deiner Dömutt nicht. Dann/ di Hof-
fahrt/ist ein grausam Übel; eine heimliche Gifft
und verborgene Péstilenz: ein Künstler auf Be-
trüg; eine Mutter der Heucheley; ein Väter des
Neides und der Misgunst: ein Ánfang und Uhr-
sprung aller Laster: eine Motte der Heiligkeit/und
eine Verbléndung der Hérzen; sagt der H. Abt
Bérnhard. Di Hoffahrt ist im Himmel gebohr-
ren; aber heráb gestürzet worden: drüm hänget
Si sich án di/ so aus Hochmutt wider in di Höhe
steigen wollen.

64.   Der Reiche/ und Gottlose.

Hütte dich / mit Reichen und Gottlosen zu
wandeln: dann/du lébest/ wi Syrach spricht/
in grösser Gefahr. Wí Hyena mit dem Hunde
sich geséllet; also auch der Reiche/mit dem Armen.

Must du aber mit Jhme ümgehen; so neide
Jhn déswégen nicht/ das Er / in einem und dem
andern/mehr Vórrath hat; als nicht Dú: denn
dises alles/ GOtt Jhme zur Prob gegében; wi Er
sich dabey erzeigen/ und darmit ümgehen wérde:

hát

hat Er nun/ sein Reichtühm ausgebracht; so be-
kömmt Er vil Plagen / und wenig Ruhm zu
Lohne.

65. Anfechtung.

Di Anfechtung lehret auf das Wort mérken/
und ist der Pröbstein/ an welchem di récht-
schaffenen Christen gestrichen und erkennet wer-
den.   Nimand wird gekröhnet/ Er streite dann
zuvór/ und überwinde seinen Feind.   Fleischlich
gesinnet seyn; ist der Tód: Geistlich gesinnet seyn;
ist das Leben: darum sollen wir des Lebens pflégen:
Doch also/das es nicht geil wérde.   Es gehet ihrer
vilen/ als wi den Kundschafftern/ di Moses aus-
gesénder; in das gelobte Land/ welche gesagt: wir
können Si nicht überwinden.   Wér sich auf di
Hülffe des HErrn verlässet/ dér kán getróst-seyn:
mit seinem Gotte-über di Mauren (der Hinterung
zur Gottséligkeit) springen   Ist-also nicht di ge-
ringste Nutzbarkeit der Anfechtung/das man dar-
durch gedemütiget; nicht mehr von sich halte /
als zu halten ist: und in Wáhrheit zu ságen / Si-
machen offt einem kleinen Dinge/ einen grössen
Schatten.   Je mehr-das Gold geschlagen wird; e-
mehr breitet es sich aus.

66. Der Zornige.

Halte dich nicht vil/ zu einem Zornigen/ oder
Grimmigen; du möchtest sonst / wi bey dem
Salomo stehet/ seinen Weg lernen /. und deiner
Seele-ärgernis empfangen.   Hast Du aber einen

zornigen Stuben-Geséllen / und muſt táglich mit
Ihme ümgehen; ſo ſihe zü / das Dü mit gelinden
und ſanfften Wórten / ſeinen Zorn beſänfftigeſt;
mit ſchnurren und murren nicht gifftiger macheſt.
Dann / eine linde Antwort ſtiller den Zorn; aber
ein hartes Wórt / richtet gérn Grimm án. Eine
linde Zunge / bricht di Hártigkeit / ſpricht Salo-
mo. Sonſt pflegt es offters zu geſchéhen / wenn
Abel / mit einem zornigen Kain umgehet; wird
Er erſlágen. Drüm hadder nicht / mit einem
Zornigen / und gehe nicht allein mit Ihm über
Féld: Er achtet Blut vergüſſen wi nichts; wann
du dann keine Hülffe haſt / ſo erwürget Er dich.
Zorn und Ungeduld / kán nichts / als rumoren:
ſtiht mehr Schaden / als drey Dréſch-Flégel.

67. Trunkenheit.

Das beſtrafte Laſter der Trunkenheit / iſt di zau-
beriſche Zirze / ſo aus den vernünfftigen Mén-
ſchen / allerhand unvernünfftige Tihre machet:
ein ſwéfel-rauchender hölliſcher Brunn / in wél-
chem vil tauſend Selen / élendiglich erſauffen und
ümkómmen. Wann ſich Noah ſoll trinket; ſo
kómmt Cham / und békket Ihm di Scham auf.
Wann ſich Loth / von ſeinen zweyen Töchtern be-
réden läſſet / und ſich ſoll trinket / ſo begehet Er
Blut-Schande. Wann Nabals Hérz / bey ihm
ſélbſt gutter Dinge / und ſehr trunken wird; ſo
fláget Ihn der HErr / das Er ſtirbet. Wann
Amnon gutter Dinge wird von dem Weine / und,

ſich

sich soll trinket; so wird Er unversehens / von seinem Bruder / erschlagen.   Wann Ella trinket / und trunken wird / im Hause Arza / des Vogts zu Thirza; so wird Er / vom Simri / todt geschlagen. Wann sich Belsazer / mit seinen Gewaltigen und Haupt-Leuten soll säufft; so wird Er des Nachts getödtet. Wann Holofernes mehr trinkt / als Er zu trinken pfleget; so wird Ihm / von der Judith / der Kopff abgeschnitten.   Wann der reiche Stuzzer / beym Evangelisten Luca / alle Tage herrlich und in Freuden lebet; so wird Er von dem Höllischen Jäger gefangen und zur Höllen gestössen / wi das schäkkichte und wilde Parder Weib / wann es sich übersoffen; von dem Jäger desto eher aufgetriben und ergriffen wird.

Darum / ö Mensch / stehe ab / beinen eigenen Leib und Sele / welche ein innerlicher Tempel Gottes seyn / durch unflähtige / und unchristliche Füllerey / zu verunreinigen. Trunkenheit leibet nicht / und Selet nicht.

68. Höfe-Leben.

Was jener / von dem Menschlichen Leben / ins gemein gesagt; das kan fuglich auch / von dem Hofe-Leben / verstanden werden : Es gleichet einer Schiffahrt / in welcher das Schiff von Glas; di Segel von Papir; der Mast von Ströh; der Anker von Reben-Holz ist.

In dises Schiff zu treten / ist beswerlich; in demselben zu verbleiben / gefährlich; und aus demselben
selben

ſélben ohne Schaden zu kommen / faſt unmög-
lich.

Wér dem Hófe zu nahe iſt; der ſwizt; und wér
wéit davón iſt; den freuert.　Ju einem: Wér
zu Hófe dinet / wandelt in Garn und Strikken.

69. Böſer Raht.

Mán-ſágt / nicht ohne Úrſach / im Sprich-Wor-
te: Im Rahten eine Snékke; in den
Tahten ein Adler: jéne kreucht langſam /
diſer aber fleuget ſnéll.　Wér einen böſen Raht
gibet / iſt ſträflicher / als der ſolchen vollzeucht / und
nur der Wérk-Zeug deſſélbigen iſt.　Alſo hat der
böſe Raht Blleams / ſich und di Midianiter ver-
térbet; und Achitophel / mehr geſündiget / als
Abſolon.

70. Lóben.

Wér einen Fürſtén lóben wil / der mache es alſo /
das mán es glauben könne; wi Alexander /
zu jenem Mahler / der Jhn / mit einem Donner-
Keile gebildet / geſaget: Hätteſt du mich mit ei-
nem Spiſſe gemahlet / ſo währe es glaublich gewé-
ſen; ſo aber wird mich nimand / in deinem Ge-
mähl erkénnen.　Zudéhm / ſol mán keinen loben /
das es andern zum Nächteile gereichet; wi dort di
Iſraeliten geſungen: Saul hát 1000. erſlagen;
David aber 10000. dardurch dann David / beym
Saul / in eine Tód-Feindſchaft gerahten; ob Er
gleich ſolches nicht hindern / noch beféhlen könne.
Man mus auch des Fürſten Sinn erkénnen:

dann

dann etliche/ noch der Poeten/ noch der Mahler
gemässigte Smeicheley wohl aufnehmen; sondern
erweisen/ was Seneka saget: di Tugend könne
sich selbst nicht/ und ist einem Fürsten/ der di
Wahrheit nicht hören wil/ sehr übel zu dinen.

Mit loben gewinnet man liben. Lobe di Bér-
ge/ und bleib auf der ébene.

71. Verleumdung.

Wann der Verleumder in verdacht kömmt/ Er
habe solches von Andern nicht gehöret/ son-
dern aus seinem Sinn erdacht; so kán das Un-
glük leicht auf seinen Kopff fallen: Gestalt di
Verleumdung so blind/ das Si sich in di Gruben
stürzet/ welche Si andern gegráben: und solche
Frévler/ werden mit Haman erhénkt/ án den
Bäumen/ welche Si/ den fröhmen Mardo-
chais/ aus Hóchmuht/ aufrichten lassen. Réd-
lich handeln/ sagt das Sprichwort/ ist das tauer-
haffte Handwérk. Lerchen lassen sich nicht unter
dem Hüttlein fangen.

72. Aufrécht-Rédlich.

Das Buch der Rédlichen/ ist/ seidhér/ des Kö-
niges Sauls Zeiten verlohren geblíben/ und
scheinet/ es seyn nur wenig Blätter von étlichen
gefunden worden: mássen das Wört-Rédlich/
von der Réde hér kömmt; welche nicht nur mit
dem Munde/ sondern auch mit dem Hérzen/ gleich-
stimmig ausgesprochen werden soll. Und solcher
Meinung/ ist der Deutschen Sprich-Wört rich-
tig:

rig: **Rédlich/ wéhret lang:** Solte es gleich
darüber übel hérgehen; so hat doch di Wahrheit
Füsse zu stehen/ und di Lügen Füsse zu fallen; wi
gleiches Inhalts di Hebreer réden. Di geréchte
Zunge/ hat allzeit di béste Krafft.

73. Géld-Vógdte.

WEr wohl dínet/ sagt der Spanier/ fordert täg-
lich seinen Lohn: und wann der Géld-Kasten
offen ist/ so sündiget/ auch der Geréchte / nach der
Italiéner Meinung.

Solche Géld-Vógdte / seyn gleich/ dénen Bi-
sam Krämern/ wélchen der libliche Gerúch/ auch
wider ihren Willen/ in den Kleidern enthalten/
verbleibet.

Es ist eine gefärliche Sache / mit Géld úmge-
hen/ und fänget der Höllen-Geist/ di meisten Se-
len mit güldnen Nézzen/ das Tazitus mit Fúg ge-
zweifelt/ ob di Zornigen/ oder genädigen Götter/
dénen Deutschen kein Silber und Gold gegében.
Es bleibet also/ bey der Spanier Aussspruche:
Waffen und Géld/ erfordern gutte Feuste / dann
manchem wird solcher Ségen zu einem Fluch.
In Unglükke ist Géld ein gutter Geférte.

74. Verswigenheit.

ES ist gutt/ mán wisse nichts geheimes: Wann
mán es aber wissen mús/ so ist di Verswigen-
heit höchst nöhtig; wélche denn genémet wird:
eine königliche Aussteuer; di nohtwéndigste Höff-
Tugend; di Probe des Verstandes; das jéner

D   réchr

récht geságt: Wann das Geheimnis / in dem Munde eines Dieners verfaule; so riche es so lib-lich als Bisam. Und Sirach saget hirvon gleichs-fals: Vertraut mán dir etwas / so las es mit dir sterben. Wer sein Geheimnis saget / vergibet sei-ne Freyheit / und alle di Hoffnung seines Gewis-sens: mässen wir von andern di Verswigenheit hoffen / welche wir selbst nicht erweisen. Der ist mit der Tugend der Verswigenheit begábt / der das verborgen hält / was ihme und andern zum Nachteil und Unglimpffe gereicht.

75. Welt-Laster.

Der H. Zyprianus sagte: dérer Irrtühmer und Féhler / So di Welt vertérben und zerritten; seyn zwölff: ein Weyser / ohne di Werke; ein Al-ter / ohne Glauben und Gottesdinst; di Jůgend / ohne Gehorsam; ein Reicher / ohne Allmosen; ein Armer / der Hoffärtig; eine Frau / ohne Schám und Ehre; ein Herr / ohne Tugend; ein zänkischer Christ; ein nachlässiger Geistlicher; ein ungeréchter König; der gemeine Pöbel / ohne Zucht; und das Volk / ohne Gesäzze. Ich wil mich in der Welt verhalten / nicht wi es andere Leute machen; sondern wi es sich gebühret und zulässig ist: dann / Unrécht / wird allzeit mit Wi-derRécht bezahlt.

76. Planet und Elemént.

Petrus Crinitus saget: Di Sonne regire das Haupt und das Hérze in dem Ménschen; Mer-curius

curius di Zunge und den Mund; Saturnus di
Feuchtigkeiten; Jupiter di Lèber; Mars das Ge-
blütte; Venus/ di Niren und den Sámen; und
der Monde den Magen.

Gleicher gestalt/ sagt Er: di Erde/ erzeuge
und mache das Fleisch; di Lufft/ den Ahtem; das
Feuer/ di Natürliche Hizze; Gott aber den Geist
und Verstand. Wohl dém/ der seyn Pfund récht
ánlégt.

77. Richter in Freund-Sachen.

Bias/ Philosophus/ belangende di Verwaltung
der Gerèchtigkeit/ saget: Er habe nimahls/
in Sachen seiner Freunde; aber wohl seiner Fein-
de/ für Richter und Scheidesmann/ sich wollen
gebrauchen lassen: indéhm zu besorgen/ das von
den Freunden einer/ dein Feind; oder auch zu
verhoffen/ das von den Feinden einer/ dein Freund
wérden möchte. Der Szépter wil mehr als aus-
sene Augen haben: dann/ wi und wann einer/
über seinen Nächsten/ allhir richtet; also richtet
auch bald sélbigen Augenblik/ über déssen Sele/
Gott im Himmel.

78. Undankbarkeit.

Wi di Dankbarkeit ein allgemeines Lob/ wél-
ches alle Tugenden begreifft; so ist/ wi Se-
neka vermeinet/ di Undankbarkeit das gröste La-
ster/ wélches alle Schandmahle bemérket. Di
Grosmütigen können leichter eine Unbilligkeit
erdulden; als eine Wohltaht/ sonder Widergél-

rung: dahér ein Soldat/ dem der Julius Caesar das Leben geschänket/ sich beklaget/ das Er Ihn genötiget/ Undankbár zu leben und zu stérben.

Di Wohltáhtigkeit ist so ein gutter Sahme/ das Er auch in steinérnen HérzenFrucht zu bringen pfléget: deswégen étliche gewolt/ mán solte den Undankbahren án dem Leben stráffen.

Dankbar seyn/ bricht kein Bein.

79. Betrúg.

Unter allen betrüglichen Hándeln/ ist der unverantwortlichste dér/ wélcher unter Ehe-leuten fürgehet; weil Si absónderlich gegen einander/ zu beharrsicher Treue/ für Gottes und seiner Kirchen Angesichte/ verpflichtet seyn. Ob nun zwár/ ein gutter Betrúg zu zeiten zu entsinnen/ als wann di Mutter/ dem Kinde zum bésten/ eine Unwahrheit saget; so seyn doch solche Fälle sehr sélten: und ist nicht Bóses zu thun/ wi der Apostel rédet/ dás guttes daraus erfolge: mán sol nicht Léder stéhlen/ und di Schúh úm Gottes Willen gében/ wi man sagt; weil solches Almosen den Galgen verblúet. Wér einen andern betreuget/ dér macht einen Sak/ darinnen Er sich sélbst wird fangen.

80. Dankbarkeit.

Wi in dem Gebéhte/ der béste Eingang ist/ di Dankbarkeit gegen Gott; so dinet auch Solche bey Fürsten und Herren/ wélche Götter genénnet wérden/ Genade und Gunst zuerwérben.

Ist

Ist nun dise in den Worten ángenéhm; wi vil
mehr wird Si in den Wérken belibt wérden; di so
vil stärker seyn/ als di Männer gegen den Kin-
dern zu réchnen. Dise Túgend/ findet sich/ bey
allen grosmüttigen Herren/ wélche Mittel ha-
ben/ getreue Dínste dankbarlich zu erkénnen/ und
mit milden Beschänkungen zu erwidern.

81. Kirchen-Raub.

Nachdéhm Prometheus/ das Feuer vom Him-
mel geraubet; ist nichts so heilig/das nicht sol-
te entheiliget wérden. Gott síhet vom Himmel/
auf der Ménschen Túhn/ und di Gottlosen/ blei-
ben nicht vor Ihm. Wann der Haus-Vater wi-
ste/ zu wélcher Zeit der Dib kommen würde; solte
Er nicht wachen? Gott aber weis es/ und síhet
auf das Nidrige : Wi solte Er dann ungesträfft
lassen/ alle/ di seinen Témpel/ als sein Haus/ das
Ihme zu Ehren gebauet wordén/ berauben?

82. Geséllschaft.

Gleich wi wir séhen/ das alle Dinge auf Érden/
sich/ in etwas nach dem Grunde/darauf Si
gewachsen/ árten; das di Leiber und natürliche
Beschaffenheiten der Ménschen/ etwas sonderli-
ches/ nach der Art/ oder Lufft/ haben; darinnen
Si erzogen seyn: also séhen wir auch/ das unsere
Gemütter/ gemeiniglich etwas von der Geséll-
schaffte/mit der wir úmgehen/ ánnéhmen.

Wir machen Uns/ mit ihren Sünden so wohl/
als mit ihren Persónen/ gemein. Zu erste/ billi-

D 3

dien-

chen wir Si / mit einem winken : dann äffen wir
es Ihnen nach : lezlich vertaidigen wir Si gár.
Ich wil in nichts sorgfältiger ; als in wählung
meiner Geselschafft seyn.

Es wird selten einer / einen Gottlosen Spis-
Gesellen / und dabey eine fromme Sele haben.

83. Ungerécht-Gutt.

Wann du Honig findest/ sagt der weyse Mann/
so genüsse es mit Mässigkeit; damit es der
Magen deuen und nicht wider gében möge. Der
Geyer/ in der Fabel/ hát zu vil/von eines anderen
Thres Eingeweide gefréssen / und Solches / mit
dem Seinen / wider heraus gökken müssen : und
der Fisch / slukket / mit dem Ánbis / auch den An-
gel ein. Ungerécht Gutt / hat Adlers Fédern ;
welche auch das wóhlerworbene auffréssen. Also
hát Isebel / dés Nábohts Weinberg begéhret /
und das König-Reich verlohren : und straffet
Gott noch heute zu Tage/ auf vil unerwarte Wei-
se / alle/ di Gütter/ mit Unréchte / án sich bringen.
Bésser Schaden; als unréchter Gewin : jener be-
trübt und lásset nach ; díser aber macht allzeit ein
unruhiges Gewissen.

84. Verzweifelung.

Di Wóllust/wird füglich mit der Jayl(Richt.
4/21.) verglichen : Di durstiglich in ihr Zélt
stihen / dénen gíbet Si süsse Milch zu trinken/
sláffert Si ein/und sláget Ihnen den Nagel durch
das Gehirne / das Si allen Verstand/ und mit
démselben das Lében verliren. Etliche

Etliche gerahten in Verzweifelung / und wérden Mörder an ihrem Leibe; fallende in di Ewige Stráfe / in dehm Si der zeitlichen zu entflihen vermeinen. Also haben sich di Bürger zu Neu-Carthago mit Weibern und Kindern verbrénnet; des Asdrubals Weib / hát ihre Kinder ermordet/ und ist hernach in das Feuer gesprungen/ und vil andere mehr.

Unter den Christen aber / ist di **Verzweife-lung** so vil verdamlicher; weil wir wissen / das Gottes Geboht / Dú solst nicht tödten / auch von eines iden Person absonderlich zuverstehen: máß-sen Gott der Herr/ allen Leib und Sele gegében/ und von beiden Réchenschaft fordern wird. Wér nun án des Höchsten Barmhérzigkeit / di so grós ist / als Er sélbst/ verzweifelt ; der macht Gott zu einem Lügner / und ist aller Hoffnung und alles Tróstes entnommen : ja/vil árger als ein tummes Tihr / das keine unstérbliche Sele hát / wi Er.

Mán tuh dem Teufel di Tühr nicht auf; so kömmt ér nicht hinein.

§5. Glük und Unglük.

Das Glük ist füglich mit einem Rade verglichen worden / wélches di hinlauffende Zeit treibet ; einen bald erhöhet / bald widerüm stürzet : das also solchᵉ Veränderung / allein di Diamantinen Tugend-Kétten hémmen und einhalten können. Wér nun solche nicht hát ; kán sich / seiner Hóheit misbrauchen; in euserstes Vertérben leicht

stür-

kürzen; das man / auch hirvon sagen kän / was
man sonsten von den Regimenten liset; das nem-
lich: **das Glük bestehe in dreyen Seufzen:**
Solches 1. zu erlangen; 2. zu behalten;
3. zu verliren. Wi das Glük; so ist der Muht:
Si steigen zu gleich auf und ab.

86. Glükselige Bescheidenheit.

Di Bescheidenheit/ ist gleichsam der Steu-
er-Mann/ in dem Tugend-Schiffe/ der Si
leitet / und an Port / oder di Anfurt der Glükse-
ligkeit begleitet: da hingegen di Unbescheidenheit
bey Sturm-Winden / und wind-stillem Wetter
Schifbruch und Untergang verursachet.

Dise Tugend/ wird von dem Unterscheide ge-
nennet / weil Si das Gutte von dem Bösen/ und
den rechten Weg / von dem Irwege/ fürsichtig
und bedachtsam zu entscheiden weis: deswegen Si
auch der Ariadne Gold-Faden vergleichet; wel-
che aus dem Irgarten verwirrter Geschäffte/ sich
sicherlich winden und wikkeln kän; ja allen und.
iden/ der behutsamlich wandeln wil/ von nöhten
ist. Der Wald hat Ohren; das Feld hat Augen.
Es ist kein Ohrt/ es hat ein Ohr oder Auge. Di
Meuse und Würme im Balken / hören auch.

87. Unbarmhertzig.

Mann di Barmhertzigen Selig / wi Si dann
Matth. 5/ 7. Selig; so seyn / im gegenstan-
de/ di Unbarmhertzigen unselig/ verflucht und
verdammet. Wann Si ihrem Vater in dem

Him-

Himmelgleichen / der ſeine Barmhérzigkeit gros
machet / über alle ſeine frohme Kinder; So ſeyn
di Unbarmhérzigen Teuffels-Kinder: der nur
trachtet / Schaden zu tuhn; Leib uud Sele zu
vertérben in der Hólle.

Di Barmhérzigkeit iſt gleich / dem gekrönten
Granát-Apffel / án dem Chriſtlichen Túgend-
Baume: Di Unbarmhérzigkeit / iſt ein So-
doms-Apffel / án dem ſchándlichen Laſter-Bau-
me / der keine gutte Frucht bringet; abgehauen
und ins Feuer geworffen wird. Barmhérzigkeit
ſihet auf di Noht / und nicht auf di Urſache / noch
auf di Perſon: iſt keinem Krámer und Wuche-
rer nütze.

88. Der Blinde.

Di Übertréflikeit der euſerlichen Sinnen / be-
obachten wir nicht ſo wohl / als wann wir Sí
verlohren haben. Unter denſélben hat das Geſich-
te den berühmten Vórzug: máſſen di Augen des
Hérzens Spigel; di Wáchter auf der Zinne des
Leibes; Sonn und Monde in der kleinen Wélt;
Führer und Leiter / aller anderer Glíder; und kurz
zu ſagen: di Kleinodien / wélche di Natúr gleich-
ſam ſélbſt / in di Káſtlein der Augen-Líder einge-
léget / mit dem Kryſtallen-Glanz überzogen; mit
dem Fittige beſchattet / und als di ſcházbarſten
Edelgeſteine verwahret hat: Ja / derſélben zwey
gegében; damit eines / wann das andere aus Un-
fall vertérbet wirde / doch ſeine nohtwéndtge Be-
dinung leiſten ſolte.

 Diſem-

Disemnach/ sagt man recht: Ein blinder Mañ/ ein armer Mann: dann/ gewis/ das Er wird seine Nahrung kümmerlich gewinnen; swerlich einige Freude haben; von idermann verachtet seyn: aller Ohrte anstossen; in diser Welt wenig dinen/ und sein leben ihm so vil verdrüslicher seyn/ so vil länger es sich mit elend erstrekket.

89. Aberglaube.

Denen Kalendermachern stellet man Glauben zu/ weil zu weilen ihre Weissagung eintrifft: Si/ mit einer Wahrheit / etliche Fehler verkauffen können. Welchen Tag aber Si das Zükünfftige errahten; das haben Si/ noch an dem Himmel/ noch auf der Erden gesehen; und bekennen: das di Gestirne keinen Nohtfall oder Zwang; sondern nur eine Neigung würken/ und solche Sachen di sich begeben können (*contingentia*) anfügen. Also macht auch nichts den Aberglauben beglaubt und belibt/ als das sich zu zeiten etwas begibet / was ihnen di aberglaubischen Leute eingebildet; da es doch ohne Grund/ und alles Zükünfftige ein Rähtsel / so di Zeit auflösen mus. Man sol nichts in zerspaltene Geschirr schütten.

90. Gemeiner Weiber Art.

Ein alter Poet / redet also von bösen Weibern: Was du wilst; das wil Si nicht: was du nicht wilst; verlanget Si/ mit grösser Ungeduld. Ihr Sinn ist eine Hechel/ soller gegen gesäzten Spizzen/ und wer damit zu tuhn hat/ kan leichtlich gestochen

chen wérden. Oder / Sí seyn gleich einer Wa-
ge / wélche di réchte Schalen erhöhet / indéßm di
linke sinket ; und / im Gegensazze / di linke erhöhet ;
indéhem di réchte sinket.

Ein anderer ságet : di Weiber wären beséssen /
mit dem Geiste des Widerspréchens / und sey ihr
Hérz / wi eine Harffe / wélche in gróben und reinen /
gróssen und kleinen Seiten (in ja und nein) zu
gleich bestehe. Fróhme Weiber und gutte Freun-
de / seyn dinne gesáet.

91.　Beständig / und gerécht.

Ein Féls / dér sich mitten in dem Mére erhébet /
erschüttert sich / noch im trüben Wéter / noch
in der Windstille ; sondern bleibet unbewéglich in
seinem Stande : Also sol auch ein beständiger
Ménsch / den Félsen gleichen ; sich weder Glük /
noch Unglük bewégen / noch von seinem Gottge-
fälligen Fürsazze abhalten lassen. Díses bedeu-
tet di H. Srifft / durch den Palmbaum ; von wél-
chem Sí ságet : das der Geréchte gleich ihm grü-
nen wérde ; weil Er / wégen seiner öhlichten Feuch-
tigkeit / so wóhl in dem Winter als in dem Som-
mer / unverwélkt grüner und blühet ; der obligen-
den Last widerstehet / und ein Zeichen des Siges
ist. Ein Geréchter ist Gottes Augapffel ; über-
windet durch Anséhen vil Ungeréchte.

92.　Unbehörige Reu.

Di Tugend hát díses Mérkmahl / das Sí nímals
di Reu nach sich zeucht ; da hingegen di Reu

dem Laster folget / wi der Schatte dem Leibe : des-
wégen ist das gutte Ende / welches erstlich abgese-
hen werden soll / der beste Anfang / in allen Fürhä-
ben. Wi man nun di Libe / in den Sranken der
Zucht und Ehre / als eine Tugend betrachten kán ;
also ist Si / auser solchen Sranken / ein Laster / so
mehrmals eine ungeschikte Reu nach sich zeucht.
Nach der Taht / kömmt Reu zu spáht.

93. Glükséliges Unglük.

Wann das Unglük di Tugend belohnet ; so glei-
cher Si den blinden Schüzzen / welche zu Zei-
ten das Zil treffen / das Si nicht séhen können : o-
der den Schiffen / welche das Ungestüm geswinder
in den Se-Hafen wirft / als Si sonst mit gutten
Winde nicht kommen können. Also hat Joseph
ein Königreich gefunden / indéhm Er von dem or-
dentlichen Wéze abgetréten ; sich gleichsam ver-
irret hatte : und Daniel / der aus der Leuen-Grü-
be / náchst dem königlichen Tröhne erhaben wor-
den. Also ist Zesarien / ein Edelmann von Pa-
lermo / mit Fug / glüksélig in seinem Unglük zu nén-
nen gewésen ; indéhm Er unschuldig gefangen /
und wégen einer Sünde / di Er nicht begangen / ist
belohnet worden. Gár offt in Leid / ist grösse
Freud.

94. Müssigang.

Der Müssiggang / ist eine freye Werkstatt aller
Laster ; lehret nichts guttes. Einer der nichts
tuht / wird mit der Zeit ánfangen Übels zu tuhn /
und

und vom müssig gehet alzeit etwas Lasterhafftes
für di Hand zu nehmen. Unserer Sele ist nicht auf-
erléget/ das Si anders nichts rühn/ als stille sizzen;
sondern das Si lauffen sol. Derohalben müssen
di Frohmen zuséhen/ das Si ja nicht des Davids
Bildern gleich seyn/ welche zwár Füsse haben; a-
ber nicht gehen können. Dann/ wann wir nicht
stark fort gehen/ so dürffen wir in Ewigkeit nicht
hoffen/ das wir unseren Lauff vollénden wérden.
Abraham wár so sorgfáltig wégen des Müssiggan-
ges/ das Er sich traurig séhen lisse/ wann Er den-
sélbigen Tág kein Trübsahl empfunden hatte : O
wolte GOtt/ das di Ménschen das bedáchten !

95. Alchymia.

Di Goldmachkunst/ Chymia oder Alchymia/
hat sich unterfangen/ di unzeitigen Geburten
der Natúr reiff und vollkommen zu machen/ auch
in allen derosélben Würkungen/ sleunigste Förde-
rung zu rühn. Nachdéhm Si nun ihren Beutel
geléret/ und viler Libhaber Háupter/ mit Rauch
ángefüllet; hát Si sich/ von vilen verstándigen
verlachet und verachtet séhen müssen. Si wurde
auch/ für eine Betrügerin und Münz-Fälscherin
ausgéschrien; wélche/ mit dem ungeréchten Haus-
halter in Geséllschafft/ und mit dem Mammon be-
freundet sey; deswégen ihr Feuer/ mit des Hén-
kers Feuer/ bedrauet wérde. Si klagte über des
Himmels swache Würkungen; über der Erdén
unreine Metalle: über di Gebréchligkeit der glá-

sernen

serven Gefässe; und das Si/ vermittelst beständi-
ger Hoffnung/ alle dise Hindernisse/ nachgehends
überwinden wolte; wohl wissende: das di Ge-
heimnisse der Natur/also verflossen/das man nicht
alsobald hinein dringen könne : deswégen wurde
Si gelibet und gehasset/ weil man öffentlich sahe/
das dises Weib alles in dem Rauch verzähret; das
von der AlchymiA/ nicht mehr / als der lezte und
erste Büchstab / nämlich di zwey A/ Arzney und
Armut übergebliben.

96. Verzweiffelte Busse.

Eine solche Busse ist gewésen des Verrähters Jú-
da/ der seine Sünde erkénnet/ indéhm Er un-
schuldig Blut vergossen/ und das unrécht-gewon-
nene Géld / wélches Er / mit einer verfluchten
Wahrheit erarnet/ wider gegében ; in den Tém-
pel geworffen / und an Gottes Genade verzweiff-
lend / sich sélbst erhänket und zerborstet: Da hin-
gegen Petri Busse / in Reu-Trähnen ausgebro-
chen / und das vertrauen auf di Genade Gottes /
nicht hat sinken lassen. Eine solche Júdas-Bus-
se/ tühn di Verdammten / di gekwählet wérden
Tag und Nacht/ ohne Vertrauen und Hoffnung
auf di göttliche Barmhérzigkeit. Fallen/ist dem
Ménschen angebohren ; aber/ sol ér von Sünden
herfür kommen; so mus Jhn Gott hében und zíhen.

97. Weislich Urteilen.

Di wáhre Weisheit ist : unverfälsche können
von Dingen urteilen/ das man ein ides also
schäz-

schäzze / wí es án sich sélbst ist: das mán nicht
sléchte Dinge belíbe / als wáren Si tréflich; oder
tréfliche Dinge verwérffe/ als wéhren Si slécht:
das mán nicht tabele / was zu loben íst; das mán
nicht lobe / was zu tadeln íst. Dann / dahér ent-
springet aller Irrtúhm in den Gemütern der
Ménschen / darzu das Laster: und ist nichts ver-
térblichers in dem Ménslichen Lében / als di Ver-
rükkung dérer Urteile / wann einem íden Dinge
nicht sein Wéhrt wird zugelégt.   Wér di Sträs-
se der Weisheit nicht récht weis; der stürzt sich in
di Grube der Tohrheit.

98. Von der Sele/ oder dem Gemütte.

In dem Gemütte seyn zwey Teile; das eine wél-
ches vernimt; gedánket und verstehet: wélches
der Vernunft/ des Gedächtnisses/ und Verstan-
des sich gebrauchet/ und dadurch wirket.

Díses Oberste Teil / heisset mit seinem eigenen
Nahmen/ das Verständnis / dardurch wir Mén-
schen seyn; dadurch wir Gotte gleich seyn: da-
durch wir andern Tihren zuvor gehen.

Das andere Teil/ ist/ wégen der Vereinigung
mit dem Leibe/ den Bestien gleicher/als den Mén-
schen: und seyn darinnen di Bewégungen/ wél-
che mán *Affekten* oder Verwirrungen nénnen kän;
als: Hoffahrt; Zorn; Traurigkeit/ u. w.

Díses geringere Teil/ heisset mán auch das
Gemütte; darán wir von den Bestien gár nicht
unterschíden seyn/ und von GOtt (als wélcher
weit

weit von Swachheit und Verwirrung ist) férne
entweichen.

Di Ordnung der Natúr/ist díses: das di Weis-
heit alles regíre; das übrige/ was mán síhet / dem
Ménschen gehorche: im Ménschen aber der Leib
dem Gemütte; das Gemütte/dem Verstándnisse;
und das Verstándnis / GOtte: was aus díser
Ordnung tritt; das sündiget.

Ist derohalben di Sünde / als des Gewissens
gröste Stráfe in einem Ménschen / wann di *Affe-
cten* oder Verwirrungen sich errégen/wütten/und
alles Récht und Macht über den Ménschen zu sich
zíhen; danében das Verstándnis verwérffen und
verachten: wann auch das Verstándnis Gottes
Gesázze verlásset/ und dem Gemütte/ sampt dem
Leibe dínet. Nun wird kein Nagel féste einge-
slagen/ das er mit der Zeit nicht einst solte swanken.

99. Das brénnende Licht.

Unser Heiland / rühmet Johannem den Táuf-
fer/das Er eine brénnende und scheinende Lam-
pe wáre. Ein Heuchler / scheinet zwár / wi ein
Johannes-wurm; brénnet aber nicht: Andere
brénnen / wi das hóllische Feuer/und gében keinen
Schein von sich / und wérden íhr Teil háben in
dem Feuer/ déine Si éhnlich seyn.

Es hilfft nichts zu unserer Entschuldigung/das
wir scheinen/ und nicht brénnen; oder brénnen /
und nicht zugleich scheinen: das Erste / wird án
den Laobízern gestráfet; weil Si némlich nicht
brén-

branten : das andere / án den töhrichten Jung-
frauen ; dann Si hatten kein Licht.

Wér im Himmel scheinen wil ; můs erst sein
Licht/ in díser Wélt / leuchten lassen : und wér in
dem höllischen Feuer nicht brénnen wil ; dér můs
alhír / seinen Feuer-Eifer beweisen.   Müh und
Arbeit gewinnt Feuer aus dem Steine.

100.   Wahre Freundschaft.

Di Freundschafft / ist eine Tůgend / wélche man-
cher Orthe fast unbekant ist / und wird / mit
gutten Úrsachen/ einem Schatze verglichen / dén
mán sélten / oder gár nicht findet.   Solche Tů-
gend-Freundschafft/ kán nicht bestehen/ als zwi-
schen zwehen/ mit Treu verbundenen Hérzen : ob
gleich eines Teils geféhlet wird ; můs doch anders
Teils /di Gebühr einer beständigen Líbe beharrlich
erwisen wérden.   Wir seyn/ als Chrísten/ schul-
dig / ins gemein auch unsere Feinde zu liben ; Si
seyn gutt oder böse ; damit wir gleich wérden / un-
serem Vater im Hímmel / wélcher seine Sonne
lässet aufgehen über Gutte und Böse /und den Ré-
gen triffen auf den unfruchtbaren Sand/ und auf
di fruchtbahren Ákker.   Aber doch sollen di Sün-
den und di Sünder beharrlich unterschiden wér-
den ; sonst würden wir tühn / wi di belägerten
Städte / wélche sich án falsche Frunde ergében/
und aus Fahrlässigkeit überfallen lassen.

Wann wir nun einen lasterhäfften Ménschen
liben ; sollen wir uns/ seines Lasters nicht teilhaf-

E   tig

tig machen; sondern den Ärzten gleichen / welche
di Krankheit / ohne Verlézzung ihrer Gesundheit /
zu heilen pflégen; sonsten höret der Nahme der
Freundschaft (déssen Grund di Tugend ist) auf /
und wird eine sündliche Vertreuligkeit daraus.

Wann man / wégen eines Féhlers / einen
Freund wolte aufgében / und Ihn flihen als einen
Rasenden; wo würde di Libe bleiben / welche ma-
chet / das einer den andern verträgt / nach dem
Beféhl Christi und dem Exempel Davids / der di
Übertréter gelehret / das sich di Sünder zu Gott
bekéhren. Wo Libe ist; da ist Treu.

101. Vertrauen.

In vir Sachen erkénnet man einen Ménschen /
ob es rähtlich / sich seiner zu halten; oder zu
entslagen; némlich: In den Kleidern / di Er trä-
get; in den Wérken: di er tuht; in den Wórten /
di er rédet; und án den Freunden di Er hát. Dann /
wér von Natur Stolz und hochdrabend ist / und
in seinen Geschäfften ohne Gewissen; in seinen
Worten verlógen; und mit böser Geséllschaffte
umgehet; für dem sol man sich hüten; Ihme
nichts vertrauen.

Einem Weysen / ist weder sein Weib / noch ei-
niger Freund so lib / das Er Ihnen sein Hérze
ganz und gár entdékke; sondern Er behält allzeit
für sich sélbst etwas Geheimes. Dann / (wi Pla-
to sagt) dem jénigen / welchem Ich meines Hér-
zens Geheimnis vertraue; vergébe Ich meine
Frey-

Freyheit. Di réchte Vertrauligkeit / iſt in der Archa Noe bliben.

162. Unkeuſchheit.

Diſes Laſter des Fleiſches / bedarf gröſſe Fürſichtigkeit zum Widerſtande: iſt zwar nicht das allergröſte; doch der Ehre am aller gefärlichſten: Und können di Ménſchen allen anderen Laſtern entgehen; aber von diſem / wérden Si alle gefangen: wélches dahér erſcheinet / weil di Hoffahrt / nur regíret unter den Máchtigen; der Neid / unter dénen / di gleichen Standes ſeyn; der Zorn/ unter den Ungeduldigen; der Geiz / unter den Reichen; di Faulheit / unter den Wohllüſten / u. w. Aber di Sünde des Fleiſches / regíret gemeiniglich bey allen.

Und weil mán ſolches Laſter nicht bezwingen; noch ihme réchten Widerſtand thůn wil; ſo ſéhen wir / das offt Könige ihre König-Reiche verlíren; di Verehlichten / ihre Pflicht; di Geiſtlichen / ihre Reinigkeit: alſo / das diſes vermaledeyte Laſter / (wi eine Wanze) wann es lébet / beiſt; und wann es ſtirbet / ſtinkt.

Dem David hát / in diſem Fall / ſeine Fürſichtigkeit nicht fürgetragen; noch dém Salomon ſeine Weisheit; noch dem Abſolon ſeine Schönheit; noch dém Samſon ſeine Stärke: dann di Ehre / wélche Si erlanget / vermittelſt ihrer ſo gröſſen von Gott beſchérten Gaben / haben Si verſchérzet durch *Converſation* der ſchönen Fraué.

               Als

Als di Gesandten aus Lydia / unversehens in
des Hercules Kammer kahmen; funden Si / das
Er / in seiner Libsten Schös lág / und das Si ih-
me di Ringe von den Fingern zoge / und ihre Haube
auf seinen Kopf sázzte; Si aber hatte seine Kroh-
ne / auf ihrem Haupte.

Wi vil Leute wérden auch sonst gefunden / wél-
che ihr Gutt verlohren / und ihrer Ehren entsáz-
zet seyn worden / nicht von wégen der Hoffahrt /
di Si erzeiget; noch von wégen des Neides / den
mán zu ihnen trüg; noch von wégen des Géldes /
wélches Si gestohlen; noch von wégen des Flu-
chens und Swérens / wélches Si begangen; noch
von wégen einiger Schélmenstük / di Si geübet;
sondern wégen der unersättlichen Buhlschafft /
und von wégen des bösen Gesreyes / wélches Si
durch leichtfértige Weiber erlanget: dann solché
Weiber seyn gleich einer Egel / wélche nicht weis
was wir im Leibe haben; und bennoch Uns das
Blutt heraus sauget. Ihre Réden seyn Péch von
Vogelleim.

Der stehet ihm übel für / der üm einer gutten
Nacht willen / ein langwiriges Unglük auf sich
lädet.

103. Der Fräs.

Das vil Essen / ist nicht allein gefärlich fürs Ge-
wissen / und schädlich für den Leib; sondern es
ist auch ein fréssender Wurm im Beutel: dann /
di Freude; wélche di Frésser einnéhmen im Pan-
ketiren /

teriren / ist nicht so grós/ als grós da ist di Unlust/
wélche Si empfinden/ wann Sí di Wochen-
Zettel übersehen/ und mit dem Einkeuffer abréch-
nen.

Eine Lust ist es/ wann man mit Hunger isset;
aber eine Unlust ist es/ wann man so offt múß gen
Beutel fahren. Dann/ ob schon di gutten Bis-
lein liblich zu dem Magen hinab gehen; so wil doch
das Géld (obs schon aus dem Beutel gehet) hár-
riglich von Hérzen weichen. Wér Más hált/ wird
belóbig alt/ und armer nicht.

104. Di Zunge.

Als Anaxarchus/ der Philosophus/ gefraget
ward/ warúm di Natúr/ des Ménschen Gli-
der dérmassen ordentlich ausgeteilet/ und einem
jglichen seinen Ohrt und seine Eigenschafft hétte
verordnet? Darauf gab Er/ unter andern/ als
vil di Zunge belanget/ nachfolgende Antwort;
Ihr solt wissen/ das di Natúr/ uns nicht ohne
sondere Geheimnisse/ hát gegében zwene Füsse/
zwene Arm/ zwo Hánde/ zwey Ohren/ zwey Au-
gen; und doch nicht mehr/ als eine Zunge: dann
Si hat dadurch wollen anzeigen/ das uns gleich-
wohl erlaubet ist/ vil zu gehen/ zu tragen/ zu hó-
ren/ zu séhen; aber wenig zu réden.

Ebenmássig hát di Natúr verordnet: das man
mit den Füssen/ mit den Hánden/ mit den Ohren/
u. w. dürffte blós gehen; ausgenommen mit der
Zunge: dann/ gleich wi diselbe úmgében ist mit

 den

den Bakken / und mit den Zähnen und Lippen; also ist nichts auf Erden / welches der Huet und Verwahrung bésser bedarff / als unsere vermessene Zunge.

Der Wéltweise Pittacus sagte: das di Zunge ében gemacht sey / wi ein spizzigers Eisen: an der Lanze; aber / das Si noch árger und schädlicher sey / als eine Lanze: dann / di Lanze verwundet mehr nicht / als das Fleisch; aber di Zunge/durch- dringet das Hérze.

Und wér wolte nicht liber durch einen Spis/ Schaden am Leibe néhmen? Wunden lassen sich ja éndlich noch wóhl zuhérren; Schándflékke und Masen in der Ehre aber / sélten oder nimmermehr auslóschen: das sich also für Leuten wohl zu hút- ten / So liderlich seyn in ihrem Lében / und vér- messen im réden.

Da ein Philosophus / gefragt wár / warúm Er so gérn in den Wäldern stéts herúm gehe / und sich in Gefahr begébe /\ von den wilden Tihren zerris- sen zu wérden? Gab Er zur antwort: di wilden Tihre / haben mehr nicht / als Zähne / mich zu zerreissen; aber di Ménschen unterlassen nicht / mich mit allen ihren Glidmassen zu beleidigen: Dann / mit den Augen schauen Si mir nách; mit den Füssen stóssen Si mich; mit den Händen flagen Si mich; mit den Hérzen hassen Si mich: und mit der Zunge smähen und schänden Si mich: also / das ein iglicher Ménsch vil sicherer lébet /

unter

unter den unvernünfftigen Tihren / als unter den
böshafftigen Zungen.

In Wáhrheit / di **Zunge** hát vil Übels zuge-
richtet: Si hát Christum verrahten; den Adam
zum Fail bracht; di Stadt Trojam ümgekéhret;
Jerúsalem zerstóret. Di falschen Zungen / seyn
von Babylonia entsprungen / und haben sich in
alle Länder ausgebreitet; das mancher durch Si
berühret und verführet wird.

Eine Läster-Zunge / erréget im Regiment vil
Spaltungen und Unraht: bey Mann und Weib /
bey grös und klein / stifftet Si vil Zänk und Ha-
der / und vergeust vil unschuldiges Blutt!

105. Kinder-Zucht.

Di Händel und der Streit / so einer mit Frém-
den und auserhalb Hauses hat / seyn frémde /
und gehen hin; aber / was im Hause geschihet /
das reicht und sneidet gár zum Hérzen.

Di Römer hatten ein Gesäzze / So Si *Legem
Falcidiam* nénneten; dasselbe brachte mit: das
mán einen Sohn / wégen des ersten seines Ver-
bréchens / solte warnen; wégen des andern strá-
fen; und wégen des dritten hénken. Wánn dises
Gesäzze noch heutiges Tages gehalten würde /
wäre zu hoffen / das di Jugend nicht so böse; noch
vil Eltern so fahrlässig mit den Kindern ümge-
hen würden: aber / weil der Vater seiner Kinder
schonet; di Mutter es hülfft vertuschen und ün-
terdrukken; so geschihet es / das Si hernách vil sölche

 swére

ſwére Laſter gerahten / di da leichter ſeyn zu beweinen / als abzuhélffen.

Offt eſſen di Eltern Holz-Ápffel / davon den Kindern di Zähne ſtumpf wérden.

106. Gemütts-Neigung.

Di Lateiner nénnen *Paſſiones,* was wir Gemütts-Neigungen benahmen: und können Solche gutt oder böſe; löblich oder ſchändlich; nüzlich oder ſchädlich ſeyn.

Alſo iſt di Libe / eine höchſt-löbliche Neigung des Gemüttes / wann Si gegen Gott / mit demütigem Hérzen; gegen den Náchſten / mit brüderlicher Gewogenheit; gegen di Eltern und Kinder / mit gebührender Schuldigkeit / gerichtet iſt.

Im Gegenſtande / iſt di Libe eine ſinnliche und ſündliche Neigung / wann Si auf einer geilen Dirne hinfallenden Schönheit; auf dem vergänglichen Reichtuhme; oder auf dem eitelen Ehren-Ruhme hafftet.

Iſt démnach das Gemütte des Ménſchen / gleich einer Wage / di ſich ſo wohl Réchts gegen di Tugend; als links gegen dem Laſter neigen kán; nachdéhm das Zünglein des Verſtandes oder Unverſtandes / den Ausſlag machet; di Wag-Schalen mit wahrhafftem oder ſcheinbahrem Gutte / belégt wérden.

Oder: gleich wi ſich alle Garben in Joſephs Traum / für der Seinigen neigeten: alſo müſſen / oder ſollen ſich alle unſere innerliche Kräfften /

für

für dem réchtstehenden Verstande neigen / und demselben schuldigen Gehörsam erzeigen.

Wi des Ménschen Angesichte / Stimme / Geberden und Verständnis / unterschiden: also ist auch di Gemütts-Neigung / sehr ungleicher Beschaffenheit : und Selche würket unsere innerliche Beruhigung.

Wér dem Pférde seinen Willen lässet; dén wirft es aus dem Sattel

107. Leid : Nichts ist di Zeit.

Marsilius Fizinus saget : di Geduld sey so löblich; als unlöblich di Ungeduld: und das sich/ ein Weyser durch des Pöbels Sinn / (wélcher nichts / dann Racha rufft) nicht solte bewégen lassen : sintemahl der Pöbel ein Tihr-sey / mit vilen Füssen; ohne ein Haupt.

Férner saget Er: das der Ménsch alle kurzwéhrende Dinge / verachten solle/ und das alle und ibe zeitliche Dinge / kurzweilig seyn : indéhm das vergangeue nicht mehr verhanden; das zükünfftige noch nicht für Augen; und das Gegenwärtige unteilbar ist : in einem Augenblik sich ánfänget und zugleich bald éndiget.

Geduld mit Öhle und Salze der Bescheidenheit gesmäk gemacht/ ist ein Zukker /aller Trübsahl und Beswérnisse ; richtet vil auf.

108. Des Ménschen-Gütter.

Nách des Aristotelis Meinung / seyn dreyerléy Gütter bey dén Ménschen; némlich : des

E 5

Glük-

Glükkes; des Leibes/ und des Gemüttes. Di
Gütter des Glükkes; seyn: Reichtühm/
Macht und Herrschafft.

Di Gütter des Leibes: Gesundheit/und ei-
ne gutte *Complexion*; des Gemüttes/ Tugend
und Wissenschafft. An disen lézten aber/sagt Er
weiter/ hanget di wahre Glükséligkeit; diweil es
sélbst eigene Würkungen des Gemüttes seyn:
jéne/ des Leibes oder des Glükkes aber/ gár nicht.

109. Bücher.

Als König Alphonsus/ von Arragonia/gefragt
worden: wélche Rähte Er für di bésten hilte/
und am nüzlichsten befünde? hát Er/ohne verzug/
geantwortet: di Bücher. Dann/ disélbige sa-
gen mir/ohne Furchte/ohne Heucheley/ und oh-
ne einiges anderes Anséhen/ oder Hoffnung des
Lohnes/alles was Ich begéhre zu wissen.

Und Zizeró saget: O libe Bücher; ó du kleines
Haus-Gesinde! Si seyn disélbigen/wélche nichts/
dann Freude und Wóhllust gében kónnen. Wann
du wilt; so réden Si: und wann du wilt; so
schweigen Si. Si seyn nicht überlástig oder be-
schwérlich: Si seyn nicht leichtfértig; nicht frássig;
nicht dibisch; nicht hartnékkicht/wi andere unsere
Hausgenossen.

Wér aber di Natúr/als den geschiksten und bésten
Meister/ mit allzuvil Büchern wil verkünsteln/
und mehr Salz drán rühn/ als sich gebühret; dér
macht seine Gáben ungesmák/ und weis hernách

 in Sachen nicht / ob Er seiner gutten Natúr ; o-
der der Lehre folgen sol.

110.　Armutt.

Diogenes pflégte zu ságen : Armut wáre ein Be-
hélff der Philosophy : dann was di *Philosophi*
mit Worten suche zu beweisen / und zu beréden:
dahin bringe und treibe Armut mit der Taht.

Ariston sagte : Armut sey eine Leuchte / wélche
alle Ménschligkeit vnd alles Elende des Ménschen
offenbahre : wiwohl Si auch di Tapfferkeit und
Túgend desselben án Tág bringet ; weil / nach A-
ristotelis Meinung / di Túgend fürnéhmlich in
Widerwértigkeit ihre Krafft erzeiget und séhen
lásset.

111.　Keuschheit.

Es gleichet di Keuschheit / einem reinen Dia-
mant / dér mit visen édelen Túgend-Steinen
úmisázzet ist. 　Der Diamant kán das Feuer er-
dulden ; wi di Keuschheit alle Ánféchtungen aus-
stehet / und einen Silber-héllen Glanz von sich
strahlet. 　Dise Túgend der Ménschen / ist billich
Englisch zu nénnen : Weil Si der Grund ist / ei-
nes unbeflékten Lébens : wi hingegen di Unkeusch-
heit / di trúbe und verstcumte Kwälle / aller Sün-
den und Laster ; alleine mit dem Namen der
Schande benénnet ist.

112.　Unschuld.

Wi Joseph / über seiner Unschuld / zwey jähri-
ges Gefángnis erdulden ; Susanna sich für
Gerich-

Gerichte herum stöppen/und Daniel sich in di Leu-
en-Grube werffen lassen müssen; so leiden auch
noch vil heut zu Tage unschuldig/ und erwarten
di Hülffe-und Rettung aus der Höhe.: ja/ solche
Leute seyn Selig; wann Si glauben ynd ein gu-
tes Gewissen behalten/ das Ihnen di Leute übel
nach-reden/ und daran lügen. Einen reinen
Spigel/ kan ein ungesunder Hauch beflekken/ das
man das Bildnis nicht recht sehen kan: Also ist
sich kaum auf di Unschuld zu verlassen; weil di
Verleumbung leicht beglaubt/ und di Wahrheit
swerlich erkennet-wird.

113. Sträffe.

DI Besträfung ist eine Salat; darzu-man mehr
Öhle-als Essig gebrauchen soll. Di gröste
Geréchtigkeit/ ist di gröste Ungeréchtigkeit. Der
Binen König oder Weisel/ hat-keinen Stachel;
welchen di andern Honig-Vögelein/ in ihre süsse
Arbeit eintauchen. Di Libe und Wolthätigkeit/
bindet stärker; als di Furcht. Wén GOtt-in
das Regiment gesäzzet/der soll sich nicht/als einen
Teufel erweisen; sondern vilmehr-jénes Barm-
hérzigkeit/als dises Unbarmhérzigkeit nachahmen;
wi wir Deutschen/auch-in dem Sprichwörte zu sa-
gen pflégen: Gestränge Herren/regiren nicht lan-
ge. Man mus nicht allzeit den Streich mit der
Sneide führen. Doch ist auch offt genädig im
strafen/ der keine Genade erweist: Denn so Er
einen/ dér es verdinet/ érnstlich straft; wérden vil
erhalten.

114.

114. Zauberer.

Das di Zauberer/ offt über der Gottlosen Leiber/ Gewalt haben; beglaubet di Erfahrung: Das Si aber des Menschen Willen/ welchen auch Gott der Herr freylassen wollen/ solten beherrschen können: das swébet annoch in beharrlichem Zweifel. Mán findet von Libes-Getränken/ und allerhand sétzamen Bezauberungen: es würket aber der Tausend-Künstler mehrmahls durch natürliche/ und Uns unbekante Ursachen: massen alles/ was geschihet/ entweder natürlich/ künstlich/ oder übernatürlich ist. Wér dem Teufel glaubet/ der glaubet einem falschen Spigel. Mán hat Mittel gefunden/ sich durch di Spigel aus dem Gefängnisse zu machen: aber di Mittel/ sich aus des Teufels Féssel-banden zu winden; seyn fast sélten. Sonderlich hat Er diéjenigen mit den Höllen-banden béstrikket/ di sich ihm ergében; bund-brüchig und tauf-vergéssen ihm vertrauen/ und mehr án Gottes Feind/ als an Gott glauben.

115. Lügner.

Versprèchen und halten/ stehet wohl bey Jungen und Alten; ist ein guttes/ aber fast abgekommenes Sprichwort. Ein Wort ein Wort/ ein Mann ein Mann; bey Deutschen Traüen; das ist so vil/ als ein leiblicher Eid gewésen. Einem währhafften Manne/ glaubet mán gérn/ wann Er auch nicht swéret; da hingegen eines Lügners Eid auch verdächtig ist: und wér einmahl Untreu gewé-

gewésen / der hat allen Glauben verlohren; das /
wann Er schon di Wahrheit saget/mán Ihn doch
für seinen Lügner hält. Von solchen Leuten sagt
mán / das Si gutte Beichtväter gegében/wélchen
kein Glaube zúgestéllet wird / wann Si aus der
Beichte swázzen: und das ihr Grósvater mehr
Brüder hinterlassen/als der reiche Mann:wélche
hérnách kommen/án den Ohrt der Kwáhl.

<h3 style="text-align:center">116. Treu.</h3>

Der Untreu/ wird di Treu entgegen gesázt / als
das hóchste Licht/ dem tíffsten Schatten : und
hát jéner récht gesaget/das di Treue gegen di Mén-
schen/ das Echo oder Widerschall séy / der Treue
gegen GOtt : wér dersélben nicht trauet/und ver-
meinet klüger zu seyn/ als seine allgewaltige Für-
séhung/ der wird gewislich auch Treue und Glau-
ben nicht halten. Wér hingegen GOtt vertrau-
et/und Ihn/als einen geréchten Ríchter fürchtet:
der wird auch Treu und Glauben halten: in was
Handlung es auch immer seyn móchte. Der jé-
nige Ménsch / dér seine Ehre verlohren hát: hát
vil verlohren: wér áber Treu und Glauben verloh-
ren; hat alles verlohren.

<h3 style="text-align:center">117. Weiber-Gifft.</h3>

Das Getreide / wélches des Ménschen Lében er-
hält / íst auch eine tóbtliche Gifft / wann es
faulet: Also wolte Ich gérne ságen/ das di Wei-
ber/ als Gehülffinnen des Lébens/wann Si böse/
faul und geil wérden; eines Mannes Tod befór-
dern:

dern: und ist eine solche Parca genung/ Ihme den Faden seines Lebens abzuschneiden. Dises Gifft ist mehrmahls süsse / und bleibet seine Würkung offt lange verborgen / auch wohl gár bis zu der lézten Todes-Stunde / da alle Hérzens-Tikken offenbahr wérden. O der Hérzens Hártigkeit!!

118. Dankbahre Wóhltaht.

Des Ménschen Unárt ins gemein / vergisset der empfangenen Wóhltahten/ wélcher Er gedánken solte; und gedánket hingegen der Beleidigung/ wélcher Er vergéssen solte.

Das wir liben/ wélche uns liben/ und uns gutes tühn; ist nicht nur den Ménschen; sondern auch den Tihren gemein: Das wir aber auch unsere Feinde liben; wird von Christo für ein Kénnzichen seiner Jünger/ als des Christentühins Follkommenheit gerümet: Unter wélchen Tügenden/ di Dankbarkeit / als der Libe náchste Dinerin und Nachfolgerin/ den Reyen führen hilfft/ und bey den Hélden-Gemüttern/ mehr Verwunderung/ als Náchfolge verúrsachet: des billichen Rühmes doch auch nimahls ermangelt.

119. Hinterlist.

Mán mus nicht di / so den Leuten in di Háuser bréchen/ alleine für Dibe halten; heimlicher Betrüg ist vil schlimmer / als offentliche Úberlast; ja es ist eines so gottlos als das ánder/ das mán von anderer Leute Trauben Wein keltere/ wi Achab von Nabohts Weinbérge taht; oder / das mán

mán sich án seinem eigenen Weine soll sauffe. Einer / der Gotte und dém Himmel zu trózze / reich seyn wil; der sol di Hölle zur Busse haben.

120. Böse Geséllschafft.

Böse Geséllschafft vertérbet gutte Sitten: Der Apostel Petrus verleugnete / unter den Jůden / seinen HErren; dén Er / unter den Aposteln bekénnete. Es kán ein gottloser Mann ům mich seyn; Ich wil mich aber fůrséhen / das Er nicht mein geheimer Freund sey: ist Er bisweilen mein Aufwärter; so sol Er doch nimmermehr mein Rahtgéber wérden.

121. Irrdisches.

Alle Irrdische Dinge seyn gleich den Treumen; wann mán davon erwachet / so ist nichts dár; gleich dem Schatten án der Sonne. Reichthům und Ehre / wérden Uns entweder verlassen; oder Wir verlassen Si: Ich wil gehörigen Fleis ánwénden / wi Ich mich in dénen Dingen erlustigen möge / di ewig wéhren / und darinnen alle meine Freude bestehe: das Ich dérmahleins glüksélig wérde; und nicht / das Ich es in diser Wélt sey.

122. Unséliger Gewinn.

Mancher Ménsch ist deswégen den Sünden ergében / weil Er seinen Gewinn dabey hát. Jéne zu Epheso sagen: Bey der Diana gewinnen wir unser Lében; deswégen sol Si Ihr GOtt seyn / weil Si sich von Ihr nähren. Der aber treibet gewis einen bösen Kauff-Handel mit seiner Seler

der

der Si/ seine Kisten und Kasten zu füllen/verleu-
tet.

Ich wil meines teils liber arm/ als gottlose
seyn; weil mich nicht di Armuht/sondern di Sün-
de/ von GOtt scheidet. Und was solte wohl bésser
seyn/ in zerrissenen Lumpen in den Himmel; oder
in Purpur-Kleidern in di Hölle zu fahren?

123. Der Mensch.

Es ist der Mensch/ mit seinem ganzen Leibe;
Geiste; samt euser-und innerlichen Glidern/
einem Königreiche und Königlicher Höffhaltung/
gár schön und artig verglichen. Zu berühren; so
ist: der Geist oder das Gemütte; der König: das
Hérze; di Königin: der Verstand; Grós-
Kanzler: di Vernunft; geheimer Raht: der
freye Wille; Hoffmeister: Wiz und Wahn;
zwene Kanzelley-Screiber: di fünff-Sinnen;
fünff Kanzelley-Bohten: das Haupt; bi Kan-
zelley: der Magen: di Königliche Küche: di
Léber; der Keller: di Galle; das Feuer: di
Lunge; der Blasebalg/ oder Lufftfang: das
böse Gewissen; di Gefängnis. Endlich di
Blase/mag man vergleichen einemDistillir-Hél-
me; auch andere Glider/ (wi Salomon *Eccl.* 12.
und St. Paulus *Rom.* 12. tuht) nachdehm ides
ein Amt und Geschäffte hat. Den Baum erken-
net man aus den Früchten.

124. Wein.

F

F löst

Jtöstlicher eine Sache; Je schädlicher ist derselben Misbrauch. Dises erhellet sonderlich an dem Weine: welcher di beste Nahrung gibt/guttes Geblütte machet/di Lebens-Geister vermehret/ sich geswind denet: Er ist eine tägliche Arzney: des Hertzens Freude: Er hilfft der Deuung: öffnet di Verstopffung: erwärmet das Gehirne: zertreilet di grössen Dämpffe/ und stärket den gantzen Leib.

Wann man aber des gutten zu vil ruht/ den Magen mit disem edlen Getränke heuffig überswemmet: so bringet Er den Schlag/ Fräs/ Flüsse und allerley Krankheiten/ di von kalter Feuchtigkeit herrühren; weil di natürliche Hitze zu swach ist/ di Menge solcher Feuchtigkeit zu verzähren.

Dises alles wäre noch ein geringes/ wann di Unordnung nicht zugleich das Gemütte beträfe; in welchem di Bildung göttlicher Eigenschafften/ durch di Trunkenheit verdüstert/ vertunkelt und ausgetilget wird.   Der verstand wird geswächet/ verirret; gekränket/ und zu nichte gemachet: Der wille des Menschen ist toll-kühn; lüstern;   öhne Bedacht und Richt-Snure;   das also jener recht gesaget: Der Wein sey di böseste und beste Gabe/ di den Menschen erteilet worden.   Süsse Weine/ geben sauren Essig.

125. Beständig.

Wie es nicht jedermannes Gabe ist/fröhm zu seyn: Also finden sich auch wenig/ di beständig/ in
threm

ihrem Gottseligen lében beharren. Wí víl seyn
ihrer / di mit der Sonne / bey Ezechiels Zeiten /
zu rükke gangen; íhre erste líbe verlassen; Wí víl
haben bey dem lében Pharaons gesworen; dí ein
wenig zuvór / mit Kaipha / zu der geringsten Got-
teslästerung / íhre Kleider vom léibe gerißen hät-
ten? Ein íodweder weis seines Tuhns Anfang;
aber nicht das Ende: was Er ist; nicht / was Er
wérden wird. Derowégen sol / wér da dénket / Er
stehe / wohl zuséhen / das Er nicht falle.   Beständ-
igkeit hält Farbt.

126. Der Hohe Geist.

Di Klugheit und Tiffsinnigkeit / belanget mei-
stenteils neue und swére Sachen: und glei-
chen Solche den Jägern / wélche grósses belíben
trágen / dem Wild nách zusázzen; wann Si es a-
ber gefangen / so éndiget sich íhre Lust / und eilen
Si ein anders zu bestrikken. Also vergnügen sich
di Hohen und Unruhigen Geister mit keiner Kunst
und Wissenschafft; sondern trachten í mehr und
mehr zu erkündigen und zu ersinnen: deswégen
Si auch lebhafft genénnet wérden / di in beharrli-
cher Bewégung begriffen / di Ruhe haßen / und /
so wenig als eine Flamme / rasten und ohne Be-
wégung seyn können. Es hengen aber nicht alle
Slüssel an einem Gürtel / und lässet sich auch
grósser Wiz / untr wenig Papir nicht bérgen.

127. Das Gelehrige Weib.

F 2

Das

Das/wi di Männer; nicht auch di Weiber Gelehrig und verschlagen seyn/ wil man natürliche Ursachen gében; als: das di übermässige Feuchtigkeiten der Weiber den Verstand (wélcher ein trokkenes Gehirne erfodert) verhindern: zubeßhuuuu sey auch nicht wenig der Auferzihung beyzuméssen als: dem Studiren und der Erfahrenheit viler Sachen; von wélchen di Weiber/ wie unréchts ausgeflossen seyn. Etliche gében noch eine ürsache/ und sagen: das eines Weibes Hirn-Schale/ vil dichter und genauer verstoßen./ als des Mannes; di auffsteigenden Dämpffe nicht ausdufften/ und Si also mit vilen Flüssen behafftet/ ins gemein kein reines Gehirne haben können.

Es lehret aber di Erfahrung/ das étliche Weibes Personen/ von Natur/ zu Erkündigung allerhand Sprächen und Wissenschafften gewidmet/ und einen mehreren Verstand erweisen/ als vil Männer.

Ist also kein Lehr-Saz so richtig/ das Er nicht solte einen Abfall leiden: und hat nicht nur das kluge Weib zu Abel ihre Stadt erhalten; sonbern auch/ zu unserer Zeit/vil andere/ihren Männern in wichtigen Sachen/ mit Raht und Taht/ verständigen Beystand geleistet.

128. Libe in Mitleid.

Di Libe des Nächsten/ hat Gott mit seiner Gnade dergestalt verbunden/ das Er Uns nicht wil

uns vergében/ wir erlassen dann auch unseren Mit-
Brüder aller Schulden / mit wélchen Er Uns
verhafftet ist.

Di Barmhérzigkeit und das hérzliche Mitlei-
den ist Göttlich; di Unbarmhérzigkeit Teuflisch:
deswégen vermahnet Uns unser Erlöser / das wir
Barmhérzig seyn sollen/ wi unser Vater im Him-
mel: und wér sein Hérz zuschleust / gegen seinem
Brúder; wi solte di Libe Gottes in Ihm bleiben?

Di Libe ist und bleibet das eigentliche Kenn-
Zeichen der Christen / und Solche erweiset sich
auch / wann di Kräfften / dem Nächsten zu dínen/
ermangeln; in Brüderlicher Erbauung / und
hérzlichem Mitleiden.

Wér gleiches wider nimt / dér ist Sein barm-
hérziger Schalk.

129. Einbilder:

Wir sägen im Sprichworte: Einbildung ist
ärger als Pestilénz. Was di Péstin für
Unheil mit sich bringet / ist sonderlich dénen be-
kant / wélche ihre Freunde und Bekandten an di-
ser Seuche fallen séhen: Di aber / So in ihrer
Einbildung vertérben / néhmen wir fast nicht in
acht; weil es gemein / das wir es für keinen Féh-
ler erkénnen. Wi nun di Péstin eine ansteckende
Krankheit ist; also machet auch ein Einbilder
(Tóhr) derselben zehen; und hat Seneka récht ge-
saget: das ihrer vil/ zu der Weisheit und Wis-
senschaft kommen wären / wann Si nicht vermei-

net / Si wären schon darüber weit hinaus. Di
alten Hebreer pflägten zu sagen: So lange du
lérnest / so bist du klug; so bald du vermeinest / du könnest es; so bist du ein Tohr.

130. Libes-List.

Ovidius hat di Libes-List so artig beschriben / das es
scheinet / Er habe seine Féder aus des Kupids
Flügel gezogen / sein Gedichte darmit zu Papir
zu sázzen.

Unter andern / vergleicht Er di Buler den
Soldaten: und di Kriges-List / den Libes-Listen:
dann / wann di Gewalt / di Hand mit im Spile
hat / so ist es keine Libe: sondern ein Notzwang /
der des Willen Freyheit entgegen gesäzzet wird.

Wi nun in dem Krige der Betrug löblich ist /
das Menschliche Blutt zu erspahren; also ist in Libes Sachen / der Betrug nicht sträfbar / sondern
für eine Klugheit zu halten / weil man dadurch zu
verlangtem Zil gelangen kán; wann anders solches für rechtmässig kán gehalten werden.

List und Betrug seyn wi ein Holzkeil / der das
Ansehen nicht hat / das er etwas rühm werde:
wann er aber wird eingeschlagen; kán er grosse
Beume spalten und bréchen.

131. Weiber-Brunst.

Wann di Weiber / von dem vilbeweibten Salomon / für unersättlich gehalten / und mit
dem Feuer verglichen werden; so kán solches sonderlich auch von ihrem Brunste verstanden werden/

den

ben/ welchen di Lateiner *Mundum-Muliebrem*;
der Weiber Welt/ oder vilmehr ihr Element/
nennen.

Di Welt ist fast zu klein/ ein Stolzes Weib zu
zíren;

Abdänkt/ di gröste Zír/ der Tugend zu verkíren.

Unter Mézze und Nézze/ ist kein grösser unterscheid: dises bestrikt di Fische/ und kan mit
Wasser nicht erfüllet werden; jenes bestrikt di
Hérzen/ und ist in ihren Begírden unersättlich.

Reinligkeit und Sauberkeit/ mit einer erbaren Kleidung/ ist der schönste Smuk; ist auch keinem Weibe zu versprechen/ wann Si sich/ ihrem
Manne zu gefallen/ ihrem Stande gemäs beziret; und nicht vilmehr sich mühet/ Andere/ (di
ihrer Schönheit/ mit Ehebrecherischer Libe/ leben und rühmen) zu veranlassen/ das Si zu stehlen
trachten/ was Si nicht kauffen können.

Ist in dem Gesäze verbohten/ dem Blinden
keinen Stein des Anstösses zu säzzen; wi vil mehr
sollen di Weiber nicht Ursach gében/ das man
Si nicht sol ansehen/ ihrer in Ungebühr zu begehren; da es auf eine andere Meinung heist:
der Tód steiget zu ihren Fensteren (den Augen) hinein.

132. Kloster-Leben.

Das Kloster-Leben/ wäre vileicht nicht zu verwerffen/ wann nicht der Misbrauch grösser
wäre/ als der rechtmässige und Gott gefällige Ge-

 brauch:

brauch; also / das bi darzu / von Gott gewidmete
Personen / freywillig / ohne weltliches Ansehen /
in rechtem Glauben / mit beständiger Gottseelig-
keit darinnen verharreten: gestalt solche Gott-zuge-
bene / frohme Herzen gewesen Simeon / Hanna
und andere; welche von dem Tempel Gottes Tag
und Nacht nicht kommen; nächst demselben ihre
Kammern und Wohnungen gehabt.

Gott begnade mich in meinem Haus-Stande /
mit einem Himmelschtenden Josephs-und Ma-
rien-Herze; auf das mein Glaube nicht tödt /
werklose oder unkräfftig sey; sondern rähtig und
geschäfftig / der durch di Liebe ausbreche: Und also
das Ende des Glaubens; der Seelen Seeligkeit
darvon bringe!

133. Verborgene Wohlthat Gottes.

Gleich wie es mehr donnere / und blitzet: als das
Wetter einschläget; also erbarmet sich Gott oft
mehr / als das Er strafet: ja / wann alle böse Tah-
ten gestrafet werden solten; Herr / wer würde be-
stehen? Dann / es ist kein Mensch / der nicht sündi-
ge: Gott aber leitet durch seine Langmut / zu
gefälliger Busse. Und Solche ist nicht di geringe-
ste von den verborgenen Wohltahten Gottes / dz
aus einem Paul / ein Saul / und aus einem Ver-
folger / ein Nachfolger Christi wird: massen es
dem / der sich bessert / nicht schadet / das Er böse ge-
wesen ist.

134. Der Mensch.

Als

Als Aristoteles gefraget wár / was der Ménsch
sey? Antwortet Er: Ein Exémpel der Swach-
heit; eine Beute oder Raub der Zeit; ein Spil
oder Kurzweile des Glükkes; ein Bildnis der Un-
beständigkeit; ein Untertahner des Neides; eine
Wartung der zeitlichen Noht; und der überblei-
bende Rést / foller Gall und Unflahtes. Ich wil
mich befleissen / das Ich möge ein Jacob / ein Un-
tertréter meiner bösen Lüste / durch den H. Geist /
seyn: Israel Gottes Fürst wérden: án di Stade
Pniel; zu Gottes Angesichte kommen: und also
mir sélbst / und der Wélt ábstérbend; zur ewigen
Himmels-Freude / sicher eingehen.

135. Weise Auflösung.

Als *Thales Milesius*, einer von den Siben Wey-
sen aus Grichen-Land / gefraget wárd: Was
das älteste unter allen andern wäre? Ant-
wortete Er: Gott; weil Er allzit gewésen. Was
das Schönste? Di Wélt / weil Si Gottes
Wérk ist. Was das gröste und begreifflich-
ste? Der Ohrt oder Plaz; weil dersélbige alle
andere Dinge umfasset und begreifft. Was das
bekwémste und füglichste? Di Hoffnung;
sintemahl / wann schon alles verlohren / disélbe
allein überbleibet. Was das béste? Di Tugend;
weil ohne disélbige nichtes gutt kán genénnet wér-
den. Was das geschwindeste? des Ménschen
Gemütte; als wélches / in einem Augenblik / di
ganze Wélt durchlaufft. Was das Stärkeste?

Di Noht; als wélche alle andere Zufälle über-
winder. Was das leichteste? Anderen Raht
zu gében. Was das swéreste? Sich sélbst er-
kénnen. Was das weiseste? Di Zeit; wélche
alles erreichet/ oder erfindet.

136. Geduld.

Di Geduld ist eine éble Tugend; allen Betrüb-
ten un angefochtenen ersprislich gutt: als wél-
che der H. Job/ in seinen so fröhlichen Verfolgun-
gen und Anfechtungen ergriffen: Gott dabey ge-
lobet.

Der H. Augustinus spricht: Nimand kán récht
Sélig wérden; nimand kán ein Bürger des Him-
mels wérden; nimand kán ein Freund Gottes
wérden; der nicht geduldig erfunden wird/ in der
Verfolgung/ Angst/ Trübsal und Kümmernüssen
diser Wélt.

H Geduld! Du bist di jenige/ wélche alle wider-
wertige Dinge überwindet: nicht durch streiten:
sondern durch übertragen: nicht durch murren:
sondern in GOtt loben und danken. In Wahr-
heit/ di Geduld saubert das Angesichte/ und di
Unreinigkeit des Willens: Si ist di jenige/ wélche
GOtt di Sele/ so zuvor befleкt und unrein warf
sauber und rein überantwortet; Si ist ein Schif/
wélches alle gottlibende Ménschen an den ge-
wündschten Port führet: Si ist di jenige / durch
wélche di Hölle verflossen/ und der Himmel geöff-
net wird/ allen denen/ di Si unfangen und lib ha-
ben.

ben. Si ist di jenige/ohne deren kein Mensch kan geréchtfértiget wérden.

Vil wérden gefunden/di seyn dömütig/mässig/barmhérzig / keusch und eingezogen; wenig aber/ di da geduldig seyn in Widerwértigkeit.

Di Widerwértigkeit offenbahret entwéder di Tugend / oder di Laster / welche in des Ménschen Hérz verborgen ligen.

St. Bernhardus spricht: Gleich wi di Stérnen des Nachts scheinen/und des Tages gar nicht; ében also scheinet di Tugend (welche zur Zeit des Wohlstandes nicht geséhen wird) in den Trübsahlen und Anféchtigungen/ und wird begleitet mit der Geduld.

J liber und angenéhmer aber ein Mensch Gott dem HErrn ist; i mehr Er Ihme Kreuz und Leiden zuschikt: mässen zu séhen ist am H. Johann Baptista; wélcher ist geköpfft worden: am H. Stephano; wélcher ist gesteiniget worden: am H. Petro und Andrea; wélche seyn gekreuziget worden: am H. Paulo/ wélcher das auserlésene Wérkzeug Gottes war / und ist geköpfft worden: am H. Bartholomæo; wélcher ist geschunden worden: am H. Laurentio; wélcher ist gebraten worden: am H. Job; wélcher ist geplaget und hochst geängstiget worden: am H. Esaia; wélcher mitten von einander ist geséget worden: am H. Jeremia; wélcher ist gesteiniget worden/ um das Er prédigte/ und di Wahrheit rédete: am H. Ezechiel;

chiel ; welcher mit Roſſen von einander iſt zerriſſen
worden / und án vil anderen dergleichen Heiligen
Männern mehr / welche alle grauſame und un-
ménſchliche Marter ausgeſtanden / und von-wégen
der Líbe Gottes / alles mit Geduld überwunden ha-
ben.   Geduld und Zeit / lindert alle Traurigkeit.

137.   Fleiſches Wohlluſt.

Es lehren Uns di Bildniſſe der Sirenen / di réch-
te Eigenſchafft der fleiſchlichen Wohlluſt. So
beſágte Waſſer-Freulein / wérden gemahlet / mit
ſchönen Angeſichtern / lang-abhangenden-krauſen
Háren / und wird Jhnen eine líbliche holdſélige
Stimme zugeſriben : Jhre untere Leibes-Geſtalt
aber / gleichet einem abſcheulichen Fiſchſwanze ;
deswégen jéner wohl-geſaget : mán ſolle di Wöhl-
luſt nicht nur unter dem Angeſichte ; ſondern rük-
warts-ánſchauen / ſo wérde ſichs finden / das ein
frölicher Anfang ſich-in Traurigkeit éndige / wél-
ches nicht nur von dem Beyſlaff abſonderlich
(:weil di Geiſter-geſwächer / geminderr und alle
Kräfften ermidet wérden) ; ſondern von aller un-
zimlicher Vermiſchung-ins gemein kán verſtanden
wérden.

Wér ſich von díſen Sirenen beteuben-und der
Vernunfft berauben láſſet ; wird es mit ſpahten
Reu / und wóhl-mit dem Lében büſſen müſſen.

138.   Der Gehórſam.

Di Tihre ſeyn den Ménſchen gehórſam ; weil
Si zu ſeinen Dünſten-erſchaffen-ſeyn / und ſa
vil

des Verstandes haben/ das Si erkennen was man von Jhnen haben wil.   Der Untertahn ist seinem Ober-Herren gehórsam/ weil Er / Jhn zu regiren fürgesäzt/ und zu solcher Untergebenheit verpflichtet ist; so gár: das di Untertahnen der Tirken/ ihre Heupter/ auf begéhren/schikken müssen.

Alle Glider des Leibes/gehórsamen dem Haupte und dem Verstande: warum aber ist der Ménsch dem Hôchsten GOtt/ von dém Er alles hát/ ungehórsam/ und widersäzzet sich seinem Willen? Mán sol Gott/ auch wider di Vernunfft / in allem/treuen Gehórsam (nicht wi der Pacient dem Feber/ oder der Colic) leisten.

                139. Sünde.
Es seyn drey Stuffen der Sünde: 1. das Gelüsten/ 2. di Einwilligung in solche Lust/ 3. das Vollbringen. Hírvon rédet der Apostel; sagend: Wann di Lust di erste Stuffen/ empfangen hat/ di zweyte Stuffen; so gebühret Si di Sünde/ di dritte Stuffen; und di Sünde den Tód.

Di Lust kömmt von unseren verdérbten und Sünden-girigen Fleisch und Blutte/ und wird abgebildet durch di Raub-Vögel/ wélche von Abrahams Opffer genissen wollen; di Er aber weg-gescheuet/ wi wir unsere unreine und böse Gedanken/ durch nicht Einwilligung/vertreiben können; gibet mán aber derselben/ raum und statt; so mán-

                                        gelt

gelt nichts/ als di Gelégenheit/ solche zu vollbringen. Inzwischen aber ist di Sünde in den Herzen beschlossen/ und für Gottes-Augen schón geschéhen; wi unser Erlöser ságet/ das: der eines Weibes begéhret (in di reizende Lust der Unzucht willige) habe di Ehe schon gebrochen: Auf solche Sünde/ folget nicht nur der zeitliche/ sondern auch der ewige Tód/ wann mán sich nicht bekéhret: nud seyn dises di réchten Höllen-Stauffen/ unter sich in di Hölle/ und der Wég des verterbens. Weh/ Jammer/ Angst und Noht/ dénen/ di darauf beharrlich tréten. Sünden gehen mit lachen ein; mit weinen wider aus.

140. Amts-Würde.

Di/ in Obrigkeitlichen Ämtern begriffene Leute/ seyn dreyfache Knéchte: Knéchte ihrer Fürsten oder Gemeinden; Knéchte des Gerichtes und Knéchte der Geschäffte: also das Si keinmahl der Freyheit geniessen; noch án ihrer Persón/ noch án ihren Handlungen/ noch án ihrer Zeit.

Es ist eine sélzame Árt der Begirde/ nach Gewalt trachten/ und di Freyheit verliren; oder/Gewalt über Andere zu haben verlangen/ und der Gewalt über sich sélbst/ sich zu begében.

Der Zútritt oder das aufklimmen zu dénen Würden/ ist stikkicht swér; und durch vil Arbeit gelanget mán zu grösserer Arbeit.

Zu Zeiten ermangeln Si auch nicht der Un-

würdigkeiten/ und man gelanget offt/ durch Un-
würdigkeiten zu Würden.

Das verharren in denen Würden/ist ein schlüpfe-
rig Ding/und der Abtritt entweder ein Sturzfall/
oder eine Finsternis; so an sich selbst/ein trauriges
und swermütiges Ding ist.

Gewislich/ in vil Ämtern begriffene Männer
müssen nur anderer Leute Wahn erkennen; dann/
wann Si aus ihren eigenen Sinnen urteilen wol-
len/so werden Si nicht dergleichen finden.   Aber/
wann Si bey sich bedanken/ was Andere von Ih-
nen halten/und wi gerne Andere mit ihrem Stan-
de tauschen; alsdann seyn Si erst selig/ nämlich
dem Ruffe nach/ da Si innerlich vileicht das wi-
derspil erfahren: sintemahl Si ihrer Ehren am
allererstens, ihrer Schulden und Fehler aber/ am
allerlezten innen werden.

In Wahrheit/ vil in hoher Gewalt swebende
Leute/ seyn Ihnen selbst unbekant: und indem
Si mit Geschäfften bemüssiget; mangelt es Ih-
nen an Zeit der Gesundheit/ ihres Leibes oder ih-
rer Sele abzuwarten.   Was der Mann kan/das
zeiget das Amt an.

141.   Unrechte Freundschafft.

Der gewaltige Zizero/ spricht in seinem 2. Bu-
che *de Amicitiâ:* Wann wir alles rühmen/was
unsere Freunde an Uns begehren; so kan ein sol-
che Freundschafft mehr für ein Verbündnis der
Bösen; als für eine Vereinigung der Fröhmen/
gehalten werden.

Jn Wahrheit / gantz wóhl hat Zizero geredet:
dann/Nizias und Persius/ wélche di Stadt Thebam plünderten; Antenor und Merkurius/wélche
di Stadt Troja übergáben; Staurus und Catilina/ wélche zu Rom tyrannisirten; Brutus und
Kassius / wélche Julium Zäsarem umbrachten/
wáren gútte geschworene Brüder: aber keine réchte
Freunde: dann/ unter dénen Bóshafftigen regíret durchaus keine Freundschafft. Eine schádliche/
verfluchte und gottlose Freundschäfft ist di/wélché
Anderen zu Náchteile und Schaden geréichet.
Wér eine halbtódte Slange im Búsen trágt / der
hat einen tódlichen Stich zu gewarten.

142. Weib.

Als Pythagorás gefrágt ward / wann man sich
zu einem Weibe légen müsse? Hát Er geantwortet: Wann du alle deine Gesundheit/ Stárke
und Krafft verliren willst.

O wi offt hát Herkules gewündschet/von seiner
allerlibsten Mithrida entlédiget zu wérden: Menelaus von der Dortha: Pyrrhus von der Helena:
Alzibiades von der Debeta: Demophoon von der
Phillis: Hannibal von der Sabina / und Marcus Antonius von der Kleopatra: aber / Sie háben Jhrer allen nicht können lédiz wérden; sondern háben mit samt Jhnen vertérben müssen.
Ein schón Weib macht Kropffweh; ein greuliches Kopffweh.

143. Mistrauen.

Ich weis fast nicht / welches schlimmer ist : Einer oder alles glaubet / was Er höret; oder einer der gar nimande glauben oder trauen wil. Der eine wird von dem anderen betrogen; der andere betreuget sich selbst. Mein Christentuhm erfordert / das Ich von einem Jdweden eine gutte Meinung habe / bis Ich das Widerspil sehe : doch nicht allein scheinbarlich sehe / sondern desselben in der Taht selbst überzeuget werde : alsdann wäre es eine Tohrheit / wann Ich zweymahl in eine Grube fihle.

Mistrauen suchet genau / und macht ein verworren Spil.

144. Richter.

Di Richter und Beamten sollen verständig und behutsam seyn in ihren Wérken und gelehrt in ihren Urtäln. Dann di Geschikligkeit und Erfahrenheit seyn zwo Seulen / wélche eine ganze Gemeine erhalten. Gutte Récht / darf gutter Hülfe.

145. Glükséligkeit.

Di Glükséligkeit der Geburt und des Todes / stehet nicht in unser Macht; sondern wir seyn desswegen Gotte für das Erste zu danken; und im das andere zu bitten schuldig. Di Glükséligkeit unseres Lebens aber / bestehet in Vergnügung unseres ordentlichen Berufs / und in erwählung eines Ehegattens : wélches beides unserem Willen

etlicher mässen untergében. Vil finden Freude;
vil finden Leid in dem Ehstande: und diser lézten
seyn fast di meisten; das Jhnen der Hochzeit-wein/
zu Trähnen-Wasser wird; indéhm Si das Wi-
derspil erwarten.

146. Der Wille Gottes.

Gott strafet nicht bald auf der Taht; sondern
hernách/ in einer anderen Sache/ da mán
Récht hát; wi dort di Brüder Josephs/ als Si
für Kundschaffer ángeséhen worden/ sagten: das
haben wir/ án unserem Brüder verdínet: und di
Juden hatten wider den Römischen Land-Pfle-
ger Felix/ eine geréchte Sache: weil Er ihrer vil
unschüldig getödtet; und Si wurden doch verhé-
ret und zerstöret; und bleibet ein richtiger Lehr-
saz: das der Wille Gottes/ di höchste Geréchtig-
keit sey; ob es gleich in der Ménschen Augen/ für
das gröste Unrécht gehalten wird.

147. Spötter.

Di Spötter pflégen meistenteils zu Spott zu
wérden; suchen/ durch unterdruckung ánde-
rer; Ehre zu háben: gleich einem Spiler/ der mit
einem andern auf Borg spilet/ indéhm Er sein
bahres Géld waget/ ohne Hoffnung dargegen
mehr zu gewinnen/ als eine ungewisse Schuld.

Seinen Nächsten verachten/ ist der Christli-
chen Libe zuwider: und hát Er villeicht andere
und mehr geachte Gaben/ als ében dér/ welcher
seiner spottet/ und gleich dem Spötter Ismael
hinaus gestossen wérden kán.   Als

Als di Tihre erfuhren/ das der Mensch über Si
alle zum Herren gesäzt worden / und Si Jhn
fürchten solten; beswerten Si sich dessen unter ein-
ander / und sprachen: Dén wollen wir nicht zum
Herren haben/der seinem Herren untreu worden;
Jhm nicht gehorchen wil. Wi sol Uns dér regi-
ren/ dér sich selbsten nicht regiren kán ? wi sol Uns
dér wohl fürstehen/ dér das schädliche/ für das
nüzliche wählet ? wi sollen wir dén fürchten/ der
nichts/ als Erd und Asche ist?

Hirüber gehen Si zu Rahte/ und wollen das
Pfêrd zum Herren machen/ weil es so freudig ist:
Nein/ sagt der Leu/ Jch/ als der stärkste / sol Kö-
nig seyn. Jch/ der gröste/ sagte der Elephant.
Nein/ Jch/ der getreuste/ sagte der Hund. Nein/
Jch/ der wachsamiste/ sagte der Hahn. Nein/Jch
der listigste/sagte der Fuchs. Ach nein / sagte di
Laus und der Flöh/ wir sollen des Ménschen Her-
ren seyn/weil wir von des Ménschen Sweis und
Blutte entsprungen seyn.

Da di andern Tihre dises höreten / gaben Si
Jhnen alle di Stimmen/ das Si solten Herren
seyn / über alle Geschöpffe/ und gaben Jhnen di
Freyheit/ sich von dem Ménschen-Blutte zu sätti-
gen ; bey denselben zu wohnen/ und mit ihrem
Stachel zu erinnern/ das Si in ihrem stolzen
Mutte erkennen möchten/ das Si/ auch durch
das kleineste Tihrlein verunruht und beläftiget
wêrden können.

Dises zihen wir auf di Spötter. Si seyn Leuse und Flöhe/ di sich von anderer Leute Unflaht nähren; der grösten Heupter nicht verschonen/ und mit ihrem Stachel mehr beswérlich als schädlich seyn. Wi es aber den Leusen und Flöhen zu ergehen pfléget; also widerfähret auch den Spöttern; kán mán Si erhaschen/ so müssen Si es mit der Haut/ oder doch mit gleicher Gegen-beschimpfung büssen.

148. Stolzling.

Der Stolz/ ist Gott und Ménschen ein Greuel/ und so víl weniger zu vertragen/ von dénen/ di sich aus dem Kohte erhében/ wi di kleinen Erden-Steublein/ und sich empór geswungen/ als ob Si den Tag vertunkeln wollen; der Meinung/ Jhnen dadurch ein Ánséhen zu machen. Wann nun solche Phaethontische und Icarische Stolzlinge/ ihren höhen Ehren-Stand/ mit dem Abfall méssen; so verúrsachen Si mehr Freude als Mitleiden; mehr verlachen als beträhnen: Ja/wann di Höllen-Grufft sich unseren Augen eröffnete/ so solten der am meisten obenán sizzen/ welche aus Ehr-Geiz mit Luzifer verstóssen worden.

Stultus und Stolz/ wachsen auf einem Holz; und ist Schande und Spott/ ihr Geférte. * Æsopus* ward von *Chilone* gefragt/ was Júpiter táhte; sagte Er: *Excelsa deprimit; humilia extollit.*

149. Freygébig.

Es

Es ist keine Tugend/ welche mehr beliebter/herrli-
cher/und/ so zu sagen/ göttlicher sey/ als di ver-
ständige Freygebigkeit. Ich sage Göttlicher; dann
durch Freygebigkeit / kan der Mensch Gotte glei-
chen/wi Plinius behauptet.

Brich den Hungerigen dein Brodt;nim di Ar-
men in dein Haus; und so du einen Nakkenden si-
hest / so kleide Ihn: dann wird deine Geréchtig-
keit leuchten/wi di Sonne am héllen Mittage;und
einen Trunk kalten Wassers / der nimand nichts
kostet/ als di Bemühung und Handbitung / wil
Gott nicht unbelohnet lassen.

Sonderlich haben sich solcher Tugend zu be-
fleissigen/ di reichen Geistlichen; wélche / als ge-
treue Haushalter und Knéchte des Herren/
Himmels und der Erden / das Ihnen anvertrau-
te Pfund/ nicht in di Erden vergraben / noch we-
niger in eigenen Nuzzen verwénden sollen.

Weh dénen Hirten / di sich selbsten weiden/
und sich nähren von dem Fleische ihrer Schafe:
mässen vil Géld haben / und noch mehr begéhren;
gar genau mit einander verbunden; sélten entfér-
net ist. Wi der Magnet das Eysen; also zeucht
Gold und Silber / wider Gold und Silber an
sich.

150. Undank.

Di Ursachen der meisten Sünden/ bestehen in
Verachtung des Gegenwärtigen ; in verlan-
gung des Zukünfftigen/ und in Belobung des

vergangenen: daher kömt der Neid; der Stolz/
und der Geiz; als lebendige Töchter der Un-
dankbarkeit. Wer mit disem lezten Laster be-
hafftet ist; von dessen Hause wird das Un-
glük nicht weichen: und ob schon das ge-
stohlene Wasser Süss ist; so wird es doch vil
grimmens in dem Leibe/ und vil grämens in dem
Herzen machen. Undank mit Guttahten vergel-
ten; ist Gottes/ und frommer Leute Tugend.

151. Geiz und Völlerey.

Der Geiz und das Vollsauffen/ seyn gleichstän-
dige verterbliche Laster: ein Geiziger ist un-
ersätlich; ein Säuffer hat stetigen Durst: und
verwandeln beide di Menschen in unvernünfftige
Tihre; ja unflätige Sweine. Der Geizhals/
und das Swein/ hanget allzeit den Rüssel ab-
warts unter sich; frisset seine Kleyen/ und nuzzet
nimand/ als nach dem Tode: der Trunkenbold
wälzet sich/ nach der Swemme in den Koht/ und
mästet sich/ den Würmen zu einer Speise. Doch
ist hirinnen der Unterscheid/ das der Geizhals an-
deren schadet; der Seuffer aber ihme selbsten/
dem Er di gröste Treue zu leisten schuldig.

Vil Italiäner seyn sonderlich dem Geiz ergeb-
ben: und unter Ihnen/ sollen di Genueser den
Vorzug haben; indehm Si alles/ mit der Elle des
Gewins auszumessen pflegen/ und den für einen
statlichen Mann halten/ der vil Geld hät. Wenn
Geld der Weisheit Augen auffsäzt; so sihet es bes-
ser als ein Luchs.

152. Freund/ im Wohlstande.

So lange des Israelitischen Volkes Hérführer/
Moses/ seinen Stab in den Händen hatte/ ist
Er desselben wunderthätig mächtig gewésen/ und
hat nicht Ursach gehabt/ sich dafür zu entsázzen:
So bald Er ihn aber auf di Erden geworffen/ und
er sich in eine Slange verwandelt/ ist Er für ihr
geflohen. Also machen es vil mit ihren Freunden:
weil Si ihnen folgen/ und sich auf Si/ wi auf ei-
nen Stáb/ steuren könen: so halten und handha-
ben Si Sélbige; so bald Si aber aus dem Glüks-
Stande entfallen; fihen Si Solche mehr/ als di
vergifften Slangen. Freund in der Noht/ ist ein
Bild án der Wand.

153. Wörte.

Mán saget/ das in Wörten/ Steinen und
Kreutern/ eine grösse Krafft verborgen sey/
Von den Steinen ist nicht zu zweifeln: und leh-
ret di Erfahrung/ das der Aldstein das Stroh;
der Magnet das Eisen/ andere auch das Silber/
wi di Geizigen Hände das Gold/ án sich zihen.
Di Kreuter hizzen/ kälten/ stärken/ nähren/ nüz-
zen und schaden/ nach ihrem Gebrauch/ und ihren
Eigenschafften. Di Wörte aber seyn di Früch-
te der Zungen/ und di Dolmetscher unserer Ge-
danken/ welche di Gemütter behérrschen/ di Be-
trübten trösten/ di Bedrängten retten/ di Gefan-
genen erfreuen; und/ im gegenstande/ auch so vil
misbreuchlich schaden/ als besagte hélffen können/

 wann

wann Si nemlich falsch / und dem Hérzen nicht
gleichstimmig; oder sich/ wie den Wérken selbst
lügen strafen / und Gott zu verdínter Strafe be-
wégen; déswégen Syrach weislich vermahnet /
sagend: Wann du dein Gold auf der Gold-
Wage wigest; warüm wigest du auch
nicht deine Wórte: dann/ nach denselben
wird mán dich richten. Di Wórte seyn di
grünen Blätter án einem Fürstlichen Baume; di
Wérke seyn di Frucht; beides müs bey einander
seyn / wann solche gelobet wérden sollen.

154. Verachter Raht.

Das Gewissen /, ist unser getreuer Freund /
wélcher Uns von allem Übel abmahnet /. und
zu allem gutten ánmahnet. Vil aber sagen/ wi Fe-
lix zu Paulo: Du solteßt mich bald beréden;
wann Ich Zeit habe/ wil Ich dich wieder
hóren. Nachdém aber di ángenéhme Zeit ver-
flossen/ und Uns di Reue übereile/ so erkennen wir
erst zu spáht/ di in den Wind geschlagene /, wohlge-
meinte Erinnerung unsers Gewissens/ und unse-
rer getreuen Freunde. Von Nabal sagt di Schrift
das Er Reich / eigensinnig/ und ein heilloser
Mann gewésen / der ihme nicht hat lassen einre-
den/ noch gutten Raht gében: hingegen erfreuet
sich der König David / und lobet Gott für der A-
bigail gutte und weise Vermahnungen/ dadurch
Er/ von seiner bóshafften Gelübniß abgehalten
worden.

155. Verzeihung.

Di Rache / ist so wohl dém / der Si leidet / als dém der Si vollbringet / höchst nachteilig : und wird verglichen mit der Wéspe / wélche in ihrem Zorne / den Stachel und das Lében / mit dem scharff-spizzigen Stiche lassen mus. Di Christliche Tapfferkeit / bestehet in der Verzeihung / wann man sich auch rächen kán. Und solche lehret unser Erlöser / wann Jhn Petrus fraget / wi offt Er verzeihen müste? und di Antwort erhilte; 7. mahl 70 mahl; das ist: so offt man beleidiget wird. Mit solcher Verzeihung / ist auch unsere von Gott verlangte Verzeihung / unaufslöslich verbunden; wi wir im Vater unser béten / und Uns darzu verbinden. Wér sich rächet; bezahlt sich sélbst: Rache bleibet nicht ungerochen.

156. Dankbarkeit.

Der Undank / ist di bittere Wurzel / aus wélcher alle Sünden erwachsen. Di Christen seyn schuldig / allen guttes zu tuhn; absonderlich dénen / von wélchen Si guttes empfangen haben.

Es heisset aber bey vilen / wi dort bey dén 9. Samaritern; da sich nur einer gefunden / der widerümkéhre / und gébe Gott di Ehre.

Di ersten und grösten Wohltahten / empfangen wir von unseren Eltern / und dénensélben seyn wir auch den Höchsten Dank zu zahlen schuldig und verbunden.

Dér ist ein dankbahrer Ménsch / der di Wohl-

 tahten

rahten zu vergelten begirig; ob Er schon nichts darzu übrig hät/als den Willen : gleich wi der ein Meister seiner Kunst ist / ob Er schon di Instrument seiner Kunst nicht hat/u. w. Und wer daukbar ist für di Wohltahten / der hat noch mehr zu gewarten.

157. Das gutte Wérk.

Ein guttes Wérk/kan als dann solchen Nahmen haben/ wann das absehen löblich: di Vollführung in Gottes Wörte gegründet/ und di Mittel desselbigen zulässig seyn. Ein guttes Wérk/ dem euserlichen Scheine nach/ ohne ein guttes Vórhaben/ ist nicht gutt; wi der Kus Juda: und so vil sträflicher; so vil mehr Misbrauch und Berrug mit unterlauffet. Es ist auch eine böse Taht/ mit einem gutten und wohlgemeinten Absehen/ sträflich; wi dessen ein Exempel Uza ist/ wélcher di Archen halten wollen/ als di Ochsen / So Si geführet/ ausgetréten.

Eine gutte Taht/ mit einem gutten Absehen/ auf unzuläsliche Weise/ist gleichfals verwérflich; wi das Gebéte der Phariseer/wélche récht béteten: aber in stolzen Wórten. Also kán eine Sache gutt genénnet wérden/ gegen seinen Nächsten; wélche doch gegen Gott böse ist.

158. Davids Ruhe/ bringt Jhm Unruhe.

So lange David vil Unglük und Verfolgung ausgestanden/ so hat Er vil schöne Psalmen gemachet; sein Hérz von Gott niche abgewéndet :

So

So bald Er aber in Frid uñ Ruhe/auf seiner Burg
gesessen; hat Er sich des frémden Guttes/und des
Uriæ Weib gelüsten lassen; sich auch selbst verúr-
teilet/ als Ihm der Prophet Nathan/ das Ge-
heimnüs von dem entnohmenen Scháfe fürge-
halten.   Wér kán wider das ungestümme Mér?
majora vincunt, der Leib ist grösser als di Sele;
so ist der Leib Meister mit seinen Begirden/ und
hát keine Ohren.

159. Wahrsagerey.

Allen fürnéhmen Herren ist zu Sinne/ wi dem
    Nebucadnezar/dér auf einem Lager gedachte/
wi es nach Ihm ergehen möchte: Si müssen aber/
wann Si solches durch unzulássige Mittel erfor-
schen/ auch erwarten/ das Ihnen das árgste ge-
weissaget wérde; wi Saul begégnet/als Er durch
di Zauberin/ den Samuel herfür steigen séhen.
Drum soll der Ménsch Gotte vertrauen; das
künfftige für Rähtsel halten/ so di Zeit auflösen
wird: Vil bésser ist es/das der Ménsch das künff-
tige nicht wisse: Dann/ist es gutt; so verlässet Er
sich mehr darauff/ als auf Gott: ist es böse; so
fürchtet Er sich mehr dafür / als für dem Feinde
Gottes selbst/und führet also entweder ein vermés-
senes/oder gár zu sorgfáltiges Lében.

160. Falsche Verráhterische Freunde.

Di verglichene oder vereinigte Freundschafft/
    ist wi ein Bein-brúch/ der zwár wider zusam-
men geheilet; wann aber böses Wéter einfilt/ so

empfin-

empfindet man di alten Smérzen. Noch vil unver-
antwortlicher aber ist/ wenn man von dem Freun-
de/ dém man guttes getahn; zu dém man sich ni-
mahls böses versehen / und ihm alle Geheimnisse
vertrauet/ verrahten und verkaufft wird.

Unser Séligmacher gebeut / das man auch di
Feinde liben sol; und solche Freunde/ hassen auch
ihre Freunde und Wohltähter! Gewißlich/ wi Je-
nes zu der Follkommenheit der Kinder Gottes ge-
höret; also mus dises/ zu der Follkommenheit der
Teuffels - Kinder geréchnet wérden; wélcher di
Wélt/ als ihres Vaters Reich/ fast sol ist.   Es
wird leider sehr gemein/ unter den Ménschen/ das
Si einander nur di Mántel und Kleider grüssen;
gar nicht aber sich sélbsten.

<h3 align="center">161.   Di Spíl-Sucht.</h3>

Ein bemühter Müssiggang / und der édlen Zeit
    gemeinstes vertreiben / vil mehr aber liderli-
cher Vertérb/ ist das Spílen.   Es sol ia/ und
mus geduldet wérden/ so es in dem Sranken der
Erbarkeit verübet wird; das ist: zu Erleichterung
des Gemüttes; mit Beobachtung der Zeit/ des
Ohrtes; des Ståndes und Amtes/ geschihet; wi-
wohl di iénigen / so von der Spilsucht eingenom-
men/ ein tågliches Wérk daraus machen; solcher
Sranken wenig acht haben.

Das Spílen ist eine Chymia, oder Smelz-
Kunst da dér verliret / wélcher Gold zu machen/
bemühet ist.

162. Das Gewissen.

Das Gewissen des Ménschen/ ist/ nach eines i-
den Willkühr; entweder/ nachdéhm Er récht
tủht/ sein zeitlicher Himmel/und tägliches Wóhl-
lében. *Prov.* 15, 15. oder ? so Er was Lasterhafftes
ihme bewust/auch seine Hölle ; zum wenigsten der-
sélben gewisser und peinlicher Vórsmák.   Wér
ein böses Gewissen hát/ der fürchter sich auch für
unmöglichen Sachen.   Ide Donner- Wolken
dreuen einem bósen Gewissen ; und der unrécht ge-
rahn/ kán sich nicht berúhigen.

Das Gewissen/
  so versehret.
{
ist der Zeug' in unsern Hérzen/
ist di Ursach víler Smérzen
ist der freye Richtersmann/
ist gleich wi St. Peters Hahn/
ist genugsam uns zu kränken/
ist di allergröste Pein /
gleicher Sysiphs swérém Stein.

163. Tapfferkeit.

Es ist wohl gerédet : Di Stärke und Tapfferkeit/
würde nicht so hóch von nöhten seyn/ so mán ü-
berall/ der Geréchtigkeit nachkäme.   Bey so ge-
stalter Wélt aber/ da sich Geréchtigkeit und Fride
wenig küssen ; auch zwischen dénen Völkern und
Reichen/di gleiche Ankunfft/einerley Gottesdinst/
tägliche Gewérbschaft/ zu ewiger Freundschäffe
erbünden solten; seyn Starke und Krigesleute/
für di Wéhren undMauren des Landes zu achten:
von wélchen / vor dem Untergange der erzürneit
                                             Gott/

Gott/ das Reich Jsraël zu entblössen dreuete/ *Es.* 5, 2. Di gröste Tapfferkeit/welchē Wir verwundern/ ist entweder keine Tapfferkeit; oder hat solchen Nahmen zufälliger weise. Keine Tapfferkeit ist es/ wann aus blindem Grimme einer sich tollkühne in eine Gefahr waget; oder/wégen einer nichts wéhrten Sache/ sich zu rächen gedänket. Es ist auch eigentlich keine Tapfferkeit/wann man sein Leben zu verteidigen gezwungen ist (dann/wér sein Leben nicht verteitiget/ ist des Lébens nicht wéhrt)/ oder Ehre/Sold/ Raub und hohe Dinste darvon zu bringen gedänket/ und deswégen in einem grössen Gedränge / da man ohne Schande nicht weichen kan/ mit Geschrey/ Trompeten/ Trommel/und dem Glanz der Wäffen angefrischet wird/ dem Feinde unter Augen zu gehen / und di Ursache des Kriges (di solches alles réchtfértigen solte) nicht wissen kan.

Di Tugend der grösmüttigen Tapfferkeit bestehet/ nach der Sitten-Léhre/ in dém/ das man/ mit unerstrokkenem Hérze/ohne Zorn/und Laster-süchtige nebenursache/ sein Leben in einer réchtmässigen Sache/also in Gefahr sätzet/das man den Tod selbsten gleichsam ausfodert.

164. *Fatum.*

Jst das Zil/ ménschlichen Lébens/ auf ein unbedingtes *Fatum* oder Nohtzwek zu zihen/ das man leugnen wolle/ ein unordentliches Lében sey nicht offters ursach/ des vor der Zeit herbey rük-

fenden

tenden Endes? Oder ist es wohl eine Sträfe Gottes ánzusehen/ wenn einem Vernünftigen Wiz ermangelt; zu prüfen/ was und wi vil (nach Syrachs Anweisung) seinem Leibe gesund sey; wélches doch keinem/ auch der wildesten Tihre/ fehlet?

Eine Féstung/ darán vór Feindes Ankunfft/ aus des Hauptmannes Nachlässigkeit/ Wälle und Mauren verwárloset; vom Wetter und milden Plazrégen durchlóchert worden; darff nicht grósse Gewalt/ zum Erobern: Di unbezähmten Begirden/ verkürzen auch den zárten Lebens-Faden/ der villeicht bey der Mässigkeit/ auf vil Jahre getauret hätte. Mán findet offt in gutten Krähmen böse Wahren.

165. Hófe-Leute.

Aristoteles/ gab dem Callistheni/ seinem Freunde/ wélcher sich án des Alexandri Hófe aufgehalten/ disen Raht: Er solte wenig/ und was dem Fürsten belibte/ réden; wélches Lében in seinen Hánden bestehe.

166. Fall-Strikke.

Vir Dinge seyn/ durch wélche sich der Ménsch am ehesten verführet; als di Begirligkeit vil zu haben; das Verlangen vil zu wissen; di Hoffnung lange zu Lében; und di hohe Einbildung. Der Ménsch/ wélcher den Fall fürchtet/ sol sich fúr disen vir Sachen hütten: dann/ der übrige Wiz/ verkéhrt sich in Tóhrheit; das übrige Gutt/ verúrsachet Hoffahrt; di Hoffnung lange zu lében/

yerúr-

verúrsacht eine Unachtsamkeit; und di übrige
Vermessenheit und Hoffahrt/verúrsacht eine Ver-
achtung: also/ das dise vir Dinge den Ménschen
bald beschaden und stürzen können.

Vór wiße es; darnach wage es: besinne es / daũ
beginne es.

<h3>167. Rache.</h3>

Wér mit einem Wolfe zutühn hát/ ságet das
Sprichwort/ der schikket Ihme zur Hinter-
Tühr/ einen Hund in das Haus; zu verstehen/
das wir Ménschen sehr geneigt seyn/Uns heimlich
oder offentlich zu rächen= wélches doch nicht
seyn solte; weil Gotte di Rache gebühret/und un-
sere Rache zwár sanffte rúht; aber einen bósen
Lohn gibet/ und ein solcher Rachgiriger/ zu hohen
Ehren nicht kommet; oder/wann Er in denselben
sizzet/ sich durch di Rache wider stürzet. Ge-
récht und frohm seyn/ist di gróste Rache/
di mán dem Neidhard und Feinde tühn
kán. Wér sich rächen wil; mús sich wohl ver-
wahren: dahér der Ahl/ in dem Lehr-Gedichte/di
Slange fraget/ wi es komme/ das mán ihm mehr/
als der Slange nachtrachte? dise antworret: di
Rache ist meine Wéhr; nimand beleidiget mich
ohne Schaden und Gefahr/ wi dich. Wir Mén-
schen/ ehren Gott nicht/ weil Er di Missetahren
verzeihet/ und Uns unsere Sünden vergibet: Al-
so wérden auch di Wohltähtigen und Sanfftmü-
tigen geehret und gerühmet; di Rachgirigen aber/

haben

haben Gott und Menſchen zu Feinden. In einem:
Böſes mit Böſem rächen/iſt ein böſes Gemütte.

168. Welt-Supps-Lohn.

Vil Menſchē gebrauchē ihrer Diner/wi di Künſt-
ler ihres Werkzeuges. Iſt ein Gewölbe zu ſlüſ-
ſen uñ ein Bogen aufzurichten/ſo richtet mán dar-
unter ein Bokgeſtälle; iſt es verfärtiget/ſo ſäzzet mán
ſolches Holz beyſoit/ oder verbrénnet es wohl gár.
So lang ſich di Axt und der Meiſſel ſpizzen läſſet/
ſo lange wird Er gebraucht; wann Er ſtumpf und
alt wirfft mán ihn unter das alte Eiſen; da mag
Er ſich rühmen/Er ſey in eines Meiſters Hand un-
rüchtig worden. Solte aber ſolcher Werkzeug/un-
ter der Arbeit verbréchen; ſo wird Er hinwég ge-
worffen/und aller geleiſteter Dinſte/leichtlich ver-
géſſen; das Euripides/in dergleichen Falle/réchte
hirván geſaget/folgender Meinung:

Es iſt der Menſchen Gnad ſo leicht/ als Féder-
Staub;
Erheiſcht mán ſeinen Lohn/ ſo wird der König
Taub:
Di Ungnad aber drukt/wi Zentner-ſwéres Bley:
Wohl dém/ der bleiben kán/ der Gnad und Un-
gnad frey!

169. Hofe-Freundſchafft.

Mán kán leichtlich genug Feinde/ nimals aber
genug Freunde haben; ſonderlich bey Hofe/
wo der Neid gemeiner als di Lufft/und der Eigen-
nuz gemeiner als das Waſſer iſt. Di Hofe-Freund-
H   ſchafft

schafft zerfleust leichtlich; weil Si/durch Fressen/
Sauffen/ und Spilen gestifftet wird: wie im Ge-
genstande/ der Soldaten Freundschafft/ durch
Gefahr; der Gelehrten/durch Wissenschafft; un
der Kauffleute Freundschafft/ durch den Gewinn
geflossen wird.   Zu Hofe hat man Spigel/ da-
rinnen man gar nahe vor sich sihet: grösse Beloh-
nung und hohe Ämter/ seyn über weiten Bergen
gelegen/da man gar selten zugefangen kan.

170.   Gutt und Böse.

Recht saget jener/ das alle Sachen zwo Hände
haben: eine Rechte/ mit welcher es zu halten;
und eine Linke/mit welcher man es mus fallen las-
sen.   Dises kan auch von etlichen Welt-Händeln
gesagt werden/ das Si gutt und böse; nachdem
man es ansihet und betrachtet.

Also ist alle unsere Gerechtigkeit für den Men-
schen/ eine Ungerechtigkeit für GOtt.

Es kan eine Sache löblich/und wider scheltbar
seyn.   Das Samson/mit den Philistern sterben
wollen/ und sich getödtet/ damit Er sich an Ihnen
rächen könte; kan entschuldiget werden/durch göt-
liches Eingeben; und ist solche Nachfolge nicht
unlässtg.

Das di Kinder Israel den Egyptern das ent-
lehnete entwendet; kan entschuldiget werden/ das
es der Lohn für ihre saure Arbeit.

Das Jacob den Isaac betrogen/ und Esau
Recht der Erstgeburt oberhalten; entschuldiget das

Geboht Gottes/ déssn Gedanken nicht seyn/wi der
Ménschen Gedanken: Dém allein di Ehre.
171. Wélt-Gänge.

In der Wélt seyn drey Spazir-Gänge; und da-
mit hat di ganze Wélt ein Ende: 1. Der Ein-
gang/ 2. Der Fortgáng/ 3. Der Ausgang.

Wann ein Ménsch in den Eingang kömmt/
so sizt ein Sneider bey der Tühr/ der wúrfft íhme
ein Kleid zú.   Auf der Swélle sizt ein Engel/ der
wáigt íhm sein Ánteil Glúks und Unglúks.   Zú
náchst darbey/ misset der Tód/ seines Lébens Fá-
den/ án seiner Sénse.

Im Fortgange/ sizt ein Kalender-macher/
der sagt ihm/ aus seiner Geburts-Stunde/ das
Smérzen und Arbeit/seineSpeise und sein Trank
seyn sol. Blós in das Haus/ und blós wider hin-
aus ; sein vermögen sol seyn: Eitelkeit und Nich-
tigkeit; wélches Er für Hérrligkeit und Wichtig-
keit halten wird.

Dísem / in der Wélt spazirenden Ménschen
rufft di Warheit in bi Ohren : Eile geswind/und
förder dich ; der Tod erjaget dich!

Wann Er dann zu dem Ausgánge kömmt;
da sizzen ein hauffenAbnéhmer : Einer nimmt íhm
sein Géld und Gutt ; der Ander Ehr und Muht;
der Dritte Fleisch und Blutt.   Ob Er nu vil
Irr-und Ab-wége gehen können; so führen Si
doch alle zu einem Ausgange/ den endlich alle und
ide finden müssen.   Ende gutt; alles gutt.

172. Fremde Zufälle.

Das Auge / der Werkzeug des edlesten Sinnes/
kán sich selbst nicht sehen / als vermittelst des
Spigels: der Mensch/ das edelste Geschöpfe/ kán
sich nicht besser noch sicherer betrachten/ als durch
anderer Leute Unglük und Zufälle. In eigenen
Sachen/ seyn auch di klügsten blind; weil Si sich/
gleichsam durch di ungewissen Gegenstrahlen an-
schauen müssen: in des Nächsten Beschaffenheit
aber / ist ein jeder scharffsinnig/ weil Er Solches /
mit nicht unterbrochenem Augenlichte betrachtet:
und kommet das Auge/ mit dem Verstande / in
vilen Würkungen/ über ein.

Es kán auch der Mensch füglich einem Spigel
verglichen werden; dessen Sele dem Glase / der
Leib aber dem Bley- oder Silber-grunde gleichet.
Ist nun ein Fehl oder Steinlein in dem Glase: so
wird solches auch in dem Gegen-bilde und dem An-
gesichte der bespigelten Person widerscheinen; wi
eine böshaffrige Sele/ ihre Laster in dem Nächsten/
Freunde und Geséllschaft erweiset.

173. Uhrsprung Mänschlicher Selen.

Alle Wasser kommen aus dem Mér/ und flüssen
wider in das Mér/ sagt der Prédiger Salomon.
Hir Aber hat Cesan Franscioeri, in seinen Himli-
schen Tisch-Reden/ schöne Gedanken; sagend:
Wann alle Flüsse aus dem Mér entspringen; sich
wider dahin ergüssen/ und zu rük kehren/ daraus
Si entsprossen: [illegible] eine Sele/ di [illegible]

gleich

gleich einem Strohme durch den ganzen Leib ergossen/ und alle deſſelben Glidmaſſen befeuchtet; Aus
was vor einem Mér biſt du entſprungen/ wann du
nicht deinen Lauff genommen/ aus dem jenigen/
welches wegen ſeiner Unermäſligkeit genennet
wird/ das gröſſe Mér der Güte/ und der tiefe Abgrund Göttlicher Barmhérrigkeit?

174. Der Bau-Wérk-Meiſter/ des
Glükes.

Es iſt ein gemeines Sprichwort: Ein Jeder ſey
ſeines Glüks eigener Wérkmeiſter; welches
zweyerley Verſtand leiden kan: das es entweder von Gottloſen geſaget wird/ welche ihre Hüttenbauen/ wie eine Spinne/ und Ihnen das Unglük auf den Kopf ziehen/ ein Tag des Unglüks/
wann Si empfangen/ was ihre Sünden wehrt
ſeyn: oder/ das ein verſtändiger Mann/ ſeine
Vergnügung/ in rechtmäſſigen Neigungen finde /
und ſolcher geſtalt/ ſeine Zufridenheit / als das
gröſte Glük ſelbſten auffbaue.

Der Grund diſes Gebäues/ rühet in ſicherer
Erkéntnüs ſein ſelbſt; welche zu erhalten/ wann
Er ſo wohl ſeine eigene/ als anderer/ mit welchen
Er mus umgehen/ Beſchaffenheit genugſam erkénnet/ und alles Tuhn und Laſſen/ mit reiffer Betrachtung des Endes ángehet/ und fürſichtig vollführet.

Diſes iſt di Bleywage und di Méſſ- oder
Richt-Snure/ mit der Uberſrifft:

                              Mér-

Wér sich und Andre récht erkénne;
Richt alles/zu vergnügtem End.

Hirvon/sagt Salomon: der Rǻht im Hérzen eines Mannes/ ist wol tifes Wasser; aber ein Verständiger kán es ausméssen / oder mérken.

Solch Erkéntnis geschihet: 1 Aus dem Angesichte und den Gebérden; 2. Aus den Worten und Réden; 3. Aus den Wérken; 4. Aus íhren ángeérbten/natürlichen Neigungen; 5. Aus der Erzéhlung und den Gewohnheiten; 6. Aus dem algemeinen Gerichte/ dises oder jénes.

Uns sélbst zuerkénnen/ ist nicht weniger swér/ und abgebildet durch den Bleystänkel/ der zuvor sich sélbsten prüfen sól/ ehe er weiset/ ob ándere gerad und ungerab seyn. Wi einer/ der in einen Spigel sihet/ seines Ángesichtes bald vergisset; also vergisset íber seiner sélbsten gár bald/ und sázzet/ aus Stolz sein Unvermögen/ oder aus Zágheit sein Wohl-vermögen/ aus dén Augen.

Solchés nun zu leisten/ müssen Wir uns sélbst érforschen: 1. Ob unser Neigung und Begírden/ mit der Zeiten Beschaffenheit/überein kommen? Nach solchen/ wird Er wissen/ sich dem gemeinen Wésen/einzumischen/ oder zu entzihen.

2. Ob di Weise zu lébē/wélcheEr ihm erwählet/ mit seinen Natürlichen Neigungen/überein tréffe?

3. Wi weit Er ihm getraue zu kommen/ seinen Verdinsten gemás?

4. Ob Er ihm getreue und ánstándige Freun-
de

de erwählet / welcher Rähte und Hülffe Er sich zu
getrösten habe?

5. Sol Er anderer Exempel / noch zu wenig /
noch zu vil nachahmen; doch allzeit Ruhm / bey sei-
nes gleichen Tugend-libenden Leuten suchen.

6. Sol man mit dem / was man zu leisten getrau-
et / nicht zu rükke halten; noch zur Unzeit / sich da-
mit grös machen wollen. Das Gemütte sol sich in
allen Begebenheiten / gemäs und klüglich verhal-
ten; wormit das annahende Unglük / mit Verstan-
de / so vil rühlich / gemindert; das gegenwärtige mit
Geduld ertragen: und das zukünfftige / mit be-
hutsamer Vorsorge / gewendet werde.

Wañ diser Vorraht zum Bau verhanden / mus
der Werkmeister den Mas-Stab des Verstan-
des / stetig bey sich haben; mit Solchem verfahren /
wi di Natur / welche nichts nicht ohne Ursachen
zu tuhn pfleget / und di Sache also überlegen / das
Si zu seinem Verteil ausschläget: massen sich das
Holz / nicht nach unserem Bau richtet; sondern
wir müssen Hand anlegen / und es darzu bringen.
Di Äste mus man sich nicht lassen hindern / wann
Si gleich hart und knorricht seyn / das man es mus
mit grösser Mühe aus dem Wäge raumen. Das
Er sich an anderer Reben / wann Er also an di
Strassen bauet / nicht ärgere: Sein Glük mus Er
mit eigener und nicht mit främder Ellen messen.

Der Grund-Stein ist Gott: der Glüks-Stein
der Nuz des Nächsten: Und ob wohl diser Glüks-

Bau-

Bau solkommen und wohlständig scheinet; so
mus der Wérkmeister nicht vermeinen/das Er oh-
ne Wandel sey; vilmehr erfahren/das man/in di-
ser Kunst/nicht ausstudiret.   Di Gesundheit/ist
der Kalk/wélcher den Bau zusammen hält.

175. Der Weiber Schönheit.

Di leibliche Schönheit/ist der Frey-Bríf der
Natúr/mit wélchem di Weiber mehr begnä-
diget wérden/als di Männer; so Jhnen/meisten
teils án der Schönheit des Verstandes/über légen
seyn.   Weil Sí nun wissen/und erkennen/das Sí
ihre freundliche Wáffen, in dem Angesichte trá-
gen: ist sich nicht zu verwundern/wann Sí solche
so hóch halten; als di Männer ihr Gewéhr zu eh-
ren/und in schónen Gehängen zu trágen pflégen.

Wégen ihrer Schönheit/wérden Sí Königin-
nen genénnet: wiwóhl Sí zuweilen nicht lange re-
giren; ihr Reich/mit ánnahendem Alter/ein En-
de nimmmet.

Medusa Phorci Tochter/macht mit ihrer
Schönheit di Leute zu Steinen und Töhren.

176. Neid/und Tugend.

Der Neid/ist/für sich eine Sünde/wélche wi-
der di Libe des Nächsten strébet/den Neidhard
plaget; und di bemeidete Tugend/noch hindern
noch mindern kán.   Also wird der Ménsch élend/
nicht nur durch das Übel/wélches Jhn betrifft;
sondern auch durch das Gutte/wélches Andere be-
trifft;weil wir Sí solches unwürdig schässen: und
rüh-

rühret solches Laster her/als der Selbstliebe/welche
uns über andere unseres gleichen erhaben machet.

Dises Laster/ist das erste/älteste/und recht teuf-
lisch: dann/durch des Satans Neid/ist di Sün-
de in di Wélt kommen; und saget Aristoteles: das
der Pfau das stolzre/ und auch das neidischre Tihr
sey.

Alle andere Laster/ haben einen Schein des
Gutten; als: der Geiz beschönet sich/mit Beysor-
ge der Dürfftigkeit; der Ehr-Geiz/mit dem Anse-
hen in hohen Ehren-Dinsten: der Neid aber/kan
keine Larven finden/sich mit derselben zu bergen.

Andere Laster/streiten wider den Leib/ oder den
Verstand: dises trachtet den Nächsten/um seinen
gutten Nahmen; um sein Géld/ und um al-
le seine Wohlfahrt zu bringen/ und erkläret sich
heimlich/für einen Feind/ menschlichen Lebens.

Dises abscheuliche Laster/giber ein unfehlbares
Kennzeichen der Tugend; indehm nimand/wegen
seiner Fehler/oder Mängel; sondern wegen seiner
sonderen Gaben/ anständigen Sitten/ erlangter
Erfahrenheit oder Wissenschafft/beneidet wird.

Di Tugend ist ein Feuer; der Neid ist der
Wind/ welcher solche Flammen aufbläset/ und
héller machet: deswegen einer/über das Gemähl/
des/ durch den Wind/ bewegten Feuers/ gesri-
ben:

Durch Widerstand/
Erhéllt der Brand.

Aľ ſolt aber di Wolken des Neides / der Tugend Sonnen-klahren Schein / verdunkeln? Das Gewiſſen hat eine innerliche Freidigkeit / welche ſich / durch di euſerlichen Schmäch-Reden / nicht betrüben läſſet.

Welcher di Welt lehren könte / wi man den Neid vermeiden ſolte; der würde vil guttes ſchaffen: weil aber ſolches / nicht in unſern Mächten ſtehet; mus man ſich / durch di Hohnſprechenden Verleumder / von der Tugend-Bahn / nicht laſſen wendig machen: ja / hirinnen eben erweiſet ſich di Tugend / wann man di verächtlichen Verächter verachtet; und verbleibet es bey dem alten Sprich-worte: Hütte dich für der Taht; den Lügen wird wohl Raht. Ja / der Neid iſt eben beſagter maſſen ſtark genug / ihme eine Grube zu gräben / und ſich hinein zu ſtürzen; das / ſolcher Meinung / jener Held / als Er unbekant gehöret / das man Übel von Ihm geredet / recht geſaget: Geſelle / du thuſt wol / das du diſes an einem Ohrte ſageſt / da man mich und dich kennet.

Di neidiſche Zunge / verleurt di Zunge / und gebrauchet di vergifften Zähne: Di Tugend aber / iſt Dimnant-hart / und di biſſigen Zähne werden an Derſelben ſtumpf.

Was hat aber di Tugend für Nuhen von dem Neid? diſen: das Si eine Tugend verbleibet; da Si ſonſten ſich leichtlich erhében; von der Mittel-Straſſe austréten möchte.

Der

Der Neid súchet eine scheinbare Sache zu ta-
deln/ di Tugend zu ihrer Follkommenheit zu för-
dern; und weis der Verständige/ aus solchen Vi-
pern di Gifft zu nuzzen zu bringen; sich so vil mehr
für der ätzetichten Auflage/ zu hütten.

Mán durchgehe di Geschichte/ so wird sich fin-
den/ das auch di H. Männer Gottes/ für dem
Ottergezüchte der falschen Zungen/ nicht befrey-
et gewésen: Si háben aber überwunden/ wi Loth/
Moses/David/Elias/Elisa/ u. w. und der Herr
Christus sélbsten wurde aus Neid dem Pilato ü-
berantwortet; déswegen soll allen Benedelten/ der
Sprüch in dem Sinn lígen: Sélig seid Ihr/
wann euch die Leute smáhen/ und réden
alles übel von euch; so Si darán lügen.
Matth. 5.

177. Arbeit.

Es ist zwár nicht ohne/das unsere Müshe und Ar-
beit/ ohne Gottes Ségen ümsonst ist; Nichts
désto weniger aber / wird auch einer/ der nicht ar-
beitet/ üm sonst auf Gottes Ségen warten. Faul-
heit ist sowohl zu stráfen; als geizig seyn.

Wiwohl Ich nun/ ohne Gott/ nichts tühn
kán; so darf Ich doch ében deswégen nicht begéh-
ren/ das Gott alles allein tuhn soll. Das Récht
ist der Wachenden/ und Nahrung der Arbeiter.

178. Gutte Wérke.

Was nüzzet mir Gott / ohne Christo? und was
kán mir Christus hélffen/ ohne den Glauben?

und

und/ was nützet mir der Glaube/ ohne di Libe? Es ist ma nichts / als ein tôdter glaube. Wann nun mein Glaube tod ist; was bin Jch anders/ als ein tôdter Mènsch? Und wi es ein eiteler Rühm ist/ auf unsere gutte Wèrke pochen: also ist es auch vergébens/ von unserem Glauben/ wann Er ohne gutte Werke ist/ vil Wôrt machen.

179. Libe.

Di Libe gleichet der Poeten *Proteu*, welcher allerley Gestalten án sich genommen. Wann di Gemüts-Neigung ben Willen gégen das gelibte beweget; so wird es Libe genénnet: wenn das Gemütte gleichsam án sich sélbsten mit dem Gelibtem vereinigt zu wèrden trachtet; so heisset Sehnerlangen: Wann Si solcher Begirde zu geniessen vermeinet; so heisset Si Hoffnung: wann das Gemütte alle Hinderung aus dem Wège reumen will; so heisset Si Zorn: wann Si solches unternimet; so heisset Si Kühnheit: und in allen solchen Begébenheiten/ bleibet doch di Libe/ Libe.

180. *Oraculum.*

Es wurde einst ein *Advocat* oder Sachwalter/ für Gericht / das *Oraculum* in der Stadt genénnet; wélches Er ihm für eine sonderbahre Ehre gehalten; in meinung / der einige Tapffere Mañ zu seyn/ wélchen mán in zweifelhafften Fällen / zu raht zihen könne: Sager aber hatte seine Wôrte also gedeutet / das der *Advocat* ja so wol lügen für Wahrheit angébe / als vor Zeiten di *Oracula* hören lassen.

181. A-

181. *Anagrammata.*

Di *Anagrammata* oder Letterwéchsel/ bestehen in versäzten Buchstaben / und seyn ein Anteil der Ebräer Cabalistischen Erfindungen; wi dorren di kluge Abigail sagte: Ihr Mann Nabal wäre ein réchter **Laban** / mit zurük gesäzten Buchstaben; das ist / ein Narr/ der di empfangene Wohltaht/ nicht dankbarlich zu erkénnen wisse.

Nebucadnezar/ wird von Gott/ mit veränderung eines einigen Buchstabens/ Nebucadrezar / das ist / ein Zerreisser genénnet / u. w. Wohl réden / ist ein Seil / damit man *Affecten* aus dem Hérzen zihen kán.

182. Di Christliche Libe.

Es ging einst / di Christliche Libe / in Gestalt eines armen Weibes / entblöst und erfrohren bétteln; und káme án eines Fürsten Hóf / um einen Zéhr-Pfénnig / untertähnigst ánsuchend; wurde aber alba abgewisen / mit vórwand: das man vil Schuldner zu zahlen; nichts zu verschänken habe. Si ging zu einem Edelmann/ und begéhrete eine Suppe; muste aber hören: das in der Küche nichts übergebliben/ und dás di Jagt-Hunde alles aufgezéhret. Von dár kam Si zu einem Kaufmann/ und begéhrte ein Kleid; diser gáb zur Antwort: das Er Tuch zu verkauffen/ und keines verschénken hétte. Férner kám Si zu gemeinen Bürgern/ béttelte um ein Stük Bródes; dise ságten: das ihr Bród bereit verteilet; Kinder und Gesinde nichts übrig gelassen. Von disen / kám

Si zu den Pauern/und heischte einen Trunk reines Wässers; dise sagten: Es wäre in der Nähe kein Brunn; Si möchte aus der Mist-Pfütze trinken.

Nachdéhme nun dises verlassene und betrübte Weib/ aller Beysteuer und Nahrungs-Mittel entnommen/ sich zu den Wilden Tihren/ zu begében willens/ der Hoffnung/ mehr Barmhärzigkeit von denselben zu erlangen/ als von den Ménschen/ ist Si unter di Mörder gefallen; wélche Si/ nicht nur Hilff-und Tröstlós gelassen; sondern Hand an Si geléget/ und Si ermórdet. Dahér kömt es/ das keine Christliche Libe mehr bey den Leuten zu finden/ in wélchem Stande und Ohrte man Si auch suchet.

183. **Zorn/ Furcht und Srékken.**

Unter allen Gemütts-Neigungen/ seyn keine stärkere und snéllere/ Uns mit einem Féhler zu übereilen; als der Zorn und di Furcht. Der Zorn machet alles Geblütte in unserm Leibe siden und brüdeln; verblénder den Verstand; hindert das Gedächtnis/ und fördert eine Sinn-lose Raserey; idoch nur auf kurze Zeit. Di Furcht und das Srékken hingegen/ machet alles Geblütte zu dem Hérzen eilen; das das Ángesichte blaß/ di Glider Krafftlós/ und der ganze Leib swach wird.

Furcht und Zorn/ seyn den Ménschen ángebohren: jéne macht Si klug; diser zu Tohren.

184. **Unbedachtsamkeit.**

Dér Teufel ist dem Künstler Archimedi nicht ungleich / dér nur einen Punct auser der Vernunfft erfordert / di ganze Vernunfft úmzustossen. Ein solcher Punct / ist di **Unbedachtsamkeit** / wélche vilmahls / in Betrübnis / in di Verzweifelung / und in di Hölle stürzet; das mán füglich sagen kán: Ein Abgrund rufft dén andern.

Di Unbedachtsamkeit ist eine Krankheit des Verstandes; nicht ungleich dem Swindel / dér Uns alles doppélt séhen / und ohne Stab oder aufenthalt fallen machet: oder / Si gleichet den Nacht-Gängern / di im finstern herúm wandeln; nicht wissen was Si tuhn / oder wo Si hingehen. Di Bedachtsamkeit hingegen / versichert alle Sritte; Si síhet hinter sich / auf das Vergangene; für sich / auf das Gegenwärtige; weit hinaus / auf das Zukünfftige; wi ein Blinder / der seinen Gang nicht förbert / Er habe dann mit seinem Stabe / alle und ide Tritte berühret / und ob Er fussen könne / vergewissert. Unvernunfft folget dén Irrwischen; síhet durch den Dünkel / wi ein gemahltes Glás.

185. Geduldig im Leiden.

Wann Wir unser Lében alhír / mit den Augen der Vernunfft ánséhen / findet sich / das es nichts / dann eitele Versuchung: Almand auch soll kommen; nirgends in einem Ohrte von der Anfechtung und Trübsahl (darunter sich allzeit der Böse-Feind verbirget): sicher-befreyet ist. Und

wann eine Noht vorüber/ so kömt auch ungehofft
bald eine andere darauff/ di Uns-swérer; an di
Sele durchädert: Wir also stéts leiden müssen;
weil wir das Gutt unserer Séligkeit verlohren:
zu Trübsahl gebohren seyn.

Zu déren Obsigung nun ist kein bésser Mittel/
als di Gedult und Sanfftmuht: weil dise zu den
Göttlichen Tugenden hélffen; einen Schüler
Christi bewéhren/ und di Himmlische Krohne
sniden.

186. Betrügliche Vereinigung.

Di Italiäner haben ein böses Sprich-wort; sa-
gend: Wir wollen Fride mit Jhme (dem Fein-
de) machen; Jhn zu erwürgen.   Und noch ein
anders: Traue dem Versühnten Feinde nicht:
ist di Wunde geheilet; so bleibet doch das Wund-
Mahl/ und Si kán wider auffbréchen.   Carda-
nus lehret desgleichen ungescheut/ das man keine
Feindschafft sol verspüren lassen; man habe dann
di Gelégenheit/ sich zu rächen.

Es ist aber wider alle Rédligkeit/ und ein Ab-
grund der Bösheit/ das man sich zu dem Ende
vergleichet und vereiniget/ damit man den Feind
sicher machet/ und di Gelégenheit Jhn zu ertö-
den suchet. Wér den lézten berükt/ der ist Meister.

187. Das böse Gewissen.

Di Poëten tichten/ das Tytius/ ein Rise/ wegen
begangener Missethat/ mit vir Ketten/ an ei-
nen Félsen geschmidet sey; und das ein Geyer/ und
eine

eine Slange/ seine Léber/ wélche stétig wachse/ Tag
und Nacht frésse und náge: bedeutend dardurch
ein böses Gewissen/ das noch rühen noch rasten
kán; des Hérzens Rutte ist/ so es stéts steupet. Wié
aber das gutte Gewissen eine Abbildung ist der ewi-
gen Freude: also ist ein böses Gewissen ein Vór-
gesmák der Höllischen/ ewigen und unaufhörlichen
Marter Kwahl/ und der Tausend-Zeuge/ so uns
anklaget; das unbetrügliche Gesäzze/ das uns rich-
tet/ und der geréchte Richter/ der uns verdammet.

<h3>   188.   Betrauer der Kinder.</h3>

Jéner Mahler der Timanthes/ hatte des Aga-
memnonis Angesichte bedékt und verhüllt ge-
bildet/ als Er Ihn bey der Aufopfferung seiner
Tochter Iphygenia fürgestéllet: zu bedeuten: das
keine Kunst-farben zu finden/ wélche di Traurig-
keit eines Vaters/ über seines Kindes Tód/ eigent-
lich zu Gesichte solten bringen können.   Hizzige
Zähren trokken bald.

<h3>   189.   Das ärgste.</h3>

Vil Tihre und Vögel/ übertréffen di Ménschen
mit Tugenden: di Taube/ mit Einfalt; di O-
chelsse/ mit Fleis; der Storch/ mit ernährung sei-
ner Éltern; der Krannich/ mit wachen: der
Hund/ mit Libe und Treu; der Ochse/ und Ésel/
mit Erkántnis seines Herren; Das Schaf/ mit
Sanfftmuht; Der Leu/ mit Tapfferkeit; der Hahn
mit Wakkerkeit; di Slange mit Klugheit: Der
Natürliche Ménsch aber/ übertrifft alle Tihre
                        J   mit

mit Bósheit. Er ist Unbarmhérziger als der Wolff; listiger als der Fuchs; Stolzer/ dann der Pfau; fréssiger als ein Swein; gifftiger/ denn di Otter; grimmiger/ dann der Bär/ u. w.

Insonderheit aber/ kán kein Tihr/ seine Neigung so fälschen und verstéllen/ als der Ménsch/ wélcher seine Zunge/ zu einem betrüglichen Dolmétscher seines Hérzens machet: Déswégen dort Momus ein Fénsterlein in seiner Brust haben wollen/ Es ist kein Wunder/ wann ein Móhr Swarz ist.

190. Mammon.

Was Parazélsus vom Teufel gesaget; das ist auch von dem Mammon wár/ das Er némlich ein sléchter/ verachter/ und ohnmächtiger armer Geist: dann/ was kan doch das Géld tühn? kán es einen ehrlichen Mann machen? kán es weise und verständig machen? kán es gesund machen? u. w. Nein. Was dann? Das mán sein Vertrauen von Gott ab/ und zu den Gold-klumpen sézzet: Das mán Tag und Nacht solches zu vermehren/ zu beschüzzen/ zu versorgen trachtet; und zwár/ mit vilen Wucher-Sorgen/ Andere in Bedrängnis/ und sich sélbst in Feindschaft/ Schande und Schaden stürzend: mehrmahls di unerwarte Stimme hören mús: Du Narr/ heute wird deine Sele von dir genommen wérden/ *Luc.* 12. Alle Laster néhmen bey den Ménschen ab/ allein di Begirde zu Géld und Güttern bleibet bey ihm bis in di Hölle

191. Böse Weiber.

Der weise Mann Simonides/ nénnet das böse Weib: einen gefährlichen Schif-Bruch; des Hauses Ungewitter; eine Verhinderung des Fribens und der Einsamkeit; einen Kérker des Lébens; eine tägliche Pein; einen vil-kostenden Hauskrig; eine böse Stuben-Tühr; eine gepuzte Meusefalle; ein nöhtwéndiges Unglük/ und Übel; des Mannes Smách); einen unerfüllenden Abgrund; ein stetswéhrendes Bekümmernis; einen unaufhörlichen Schaden; eine Verhinberung des Studirens und der Einsamkeit; eine schädliche Slacht; das ärgste Tihr; eine unheilsame Otter.

Der H. Augustinus: Eine lébéndige Meusefalle (darinnen des Mannes Sele gefangen wird); eine libliche und ánmutrige Märterin des Lébens; einen saufften Tód; ein süsses Vertérben; eine schöne und übelríchende Rose; ein freywilliges Übel und Unglük.

Chrysostomus: Eine Verhinberrung der Freundschafft: ein gár begirliches Elend.

Ein ander spricht: böse Weiber haben Slangen-Swänze in ihren Nasen/ und Basilischken-Blikke in ihren Augen: mässen Sí Strach sélbst/ mit Ottern und Slangen vergleich/ und sagt/ das bey solchen erträglicher zu wohnen/ als bey einem bösen Weibe. Cap. 25.

Ich sage flüislich: das di Weiber keine Ménschen/ sondern Engel seyn/ und zwár/ teils gutte/

Teils böse Engel/ wélche den Männern das Lében
süsse oder sauer machen können.

192. Gleichheit.

Wiwóhl alle Ménschen/ ihren Wésen nach/ein-
ander gleichen; so seyn Sí doch/ in Gottes
Auge/ und für der Wélt/ einander sehr ungleich;
also/ das einer den Purpur-Mantel/ der andere
einen gróben Kittel träget/ der dritte in einem fei-
nen Mittel-Stande/ sein Lében sonder Armut und
Reichtuhm verfleust. Di nun aber auff dem
Glüks-Rade swében/ sollen di untern keines wé-
ges/ mit veráchtlichen Augen ánséhen; weil kei-
ner so nidrig/ das Er nicht dén/ in hóchsten Eh-
ren/mit Wérken oder Worten/solte belangen kön-
nen. Gleichheit ist der Líbe Band.

193. Freund.

Wann mán di/ im argen ligende lézte Wélt be-
trachtet/ so müs mán bekénnen/das di Real
von den Doppien swérlich zu unterscheiden/ in-
dém Sí eines Königes Gepräg/und einerley Wa-
pen haben: Ich wil sagen/di real und würklichen
Freunde/ seyn von den doppel-oder zweyzüngigen
falschen Freunden swérlich zu erkénnen; wiwóhl
beider Wéhrt ganz ungleich/und di Realen klein/
di Doppien oder Duplonen (wi bekant) grós seyn:
Vil betrügen sich hirinnen/ und kauffen ihre ver-
methte Freunde in einem Sakke; finden
aber zuweilen/ das Sí verbékte Feinde seyn/
wélche

wélche vilmehr di Begébenheit zu schaden / als zu
nuzzen erwarten.   Freund des Gelüfftes und der
Zeit / haben keine Beständigkeit.

194. Tugendliches Leben.

Es haben etliche von der Sterbekunst sehr er-
baulich gefriben; wi aber ein GOTT gefälli-
ges / dem Nächsten nüzliches / und ein Selen
Séliges Lében zu führen / wird nur hin und wi-
der mit wenigen berühret.   Ein guttes Lében
führen / ist di Kunst aller Künste / und wer solche
nicht weis noch kan / déssen Tühn ist eitel / und sei-
ne Sele swébet in Gefahr.

Das Lében haben wir von GOTT / na-
türlicher weise: das Tugendliche Wöhllében
aber / haben wir durch heilsamen Bericht ;
So durch di Genade GOTTES ángefangen/
durch di Beharrligkeit des Glaubens fortgesäz-
zet /   und durch einen Séligen Tód / mit der
Himmlischen Freude geéndiget wird.

Der Christen béster Zihrraht muß im in-
wendigsten des Hérzens seyn.

195. Féhler

Es saget jener nicht unrécht / das di Wélt
foller Irrtühm wäre : Davon hat di Arzney-
kunst auch ihr Anteil erhalten/ und doch Glauben

gefunden und erhalten / indéhm di Leute trachten /
ihr Lében vilmehr durch séltene und ungewisse Mit-
tel zu erlangen; als durch di Mässigkeit / und ein
erbares Lében/ ihre Jahre zu verméhren.   Wei-
ser Leute Irrtuhm geschihet aus Ursachen; und
wér di erforschet / der kán auch aus ihren Féhlern
gutten Nuzzen schaffen.

196. Streit.

Nichts ist so glüksélig in diser Wélt/das es allen/
oder den meisten und frömsten solte gefallen
können.   So swér der Ménschen euserliche Ge-
stalt zu unterscheiden; so unterschiden seyn auch
ihre innerliche Sinne und Gedanken: mássen
dann kein gewissers Kennzeichen / ménschlicher
Swachheit zu finden/ als, dás mán sich in den we-
nigsten und allerwichtigsten Sachen (wi di Reli-
gion/ Réchtsfragen/ Arzneyen/ u. w.) nicht énd-
lich vergleichen und vereinigen kán: dahér es heis-
set/ **unter dén Gelehrten ist Streit**; und hat
di Wahrheit und das Gutte/den geringsten Bey-
fall/ weil der Bösen mehr seyn/ als der Frohmen.

*Qui vitiosum Sensum habent , non habent sa-
num Consensum.*   Alle Stárblinde seyn in dém ei-
nig/das keiner diSonne sihet: idoch ist wahr/das
di Sonne scheinet/ ob es schon ihrer keiner sihet.

197. Geschöpffe.

Mán sol sich der Geschöpffe gebrauchen / als
frémder und nicht als seiner eigenen Sa-
chen: zur Nóht; nicht zur Wóllust.   Wo ihre
Nóhtwéndigkeit aufhöret; da fügen Si Schaden
zu/

zu/ und dinen zum Verterben. Man sól dardurch
des Schöpffers einträchtig werden/ und also dar-
nach trachten/ das mán Ihn nicht beleidige: also
disélben vermehren; das mán seine eigene Tugend
nicht vermindere: also verfahren; wi es der Christ-
lichen Libe gemäs ist.   Mässigkeit ist ein behält-
nus der Tugend.

198. Wissenschafft.

DI Wissenschafft und das Gutte/ seyn dergestalt
     mit einander vereinbart / das der Verstand
das Gutte weis/ und der Wille entsleust solches zu
follbringen.   Wann sich nun der Verstand aus
Unwissenheit betrügen lässet / und den falschen
Wahn oder Schein für das wahrhaffte wesentli-
che Gutt ergreifft; so mus zugleich der Wille zu
unrichtigem Entslus verleitet werden.   Jmehr
mán weis; Jmehr náhet mán sich zu der Engli-
schen Natúr/ wélche reine Geister / und von aller
Unwissenheit entférnet seyn. Alle Ménschen seyn
von Natúr/ wélche Uns keine undinliche Neigung
gegében/ begirigst zu wissen: und solche Begirde ist
eine Gnade Gottes. Wi nun nimand der Gena-
den Gottes zu vil teilhafftig wérden kán; also kán
ér auch nicht zu vil wissen/ und solche Follkommen-
heit der höchsten Stuffen/ in diser Swachheit er-
langen.   Wér zu vil weis; dem mangelt es án
Weisheit; und wér da weis was gutt ist/ und das
nicht tuht; der verdammt sich sélbst.

199. Sorgfalt.

Es wird für dis zeitliche Leben/ gleich als es nimmermehr würde ein Ende haben/ gesorget: auf das Ewige aber/ gleich ob es ni beginnen solte/ wird nicht einst gedacht. Ich wil zwar auf dis Leben/und déssen nohtdürfftigen Unterhalt gedänken; nicht aber ganz darauf bestürzet seyn: Mich auch stets dabey erinnern/das Ich ewig leben wérde; aber nicht hir auf Erden. Es wird nicht alles mit Müh und Arbeit gewonnen.

200. Gottes Arm.

In allen Ohrten/ wo Gott zu gegen ist/ da finden sich auch dise beide: Német zu/und mehret euch! Wár nicht der Kinder Israel einmahls so víl/ das Ihnen das Land von Gosen zu klein wár? und nun seyn ihrer zu wenig das Städtlein Béthlehem zu bewohnen. Gib einen in Gottes gewáhrsam/ und wirf Ihn hernach/mit den Kindern Israel und Jona/ in di See; Er wird nicht zu Grunde gehen: wi kán der ersauffen/ der über das Wasser gehalten wird.

201. Anféchtung.

Di Anféchtung ist das Salz/ welches di Opffer der Lippen ángenéhm machet; das Feuer/welches das Gold des Glaubens bewähret; di Pförte/ durch welche mán zu der Andacht und innerlichen Freude eingehet; der Jäger/wélcher di Selen zu Gott jaget: Di Freude der Wélt hingegen/ führet di Ménschen auf das Slipfrige/ das Si ánlauffen und fallen/wann Si vermeinen Si stehen fést/

fést / wi ein **Palast** : máſſen denn das Mittel /
der Tugend Stráſſe : ein Strénges offt / der Bla-
ſebalk / zu gróſſem Feuer iſt.

202. Féder : Lehrgedichte.

Unter dem Féder-Volke hat ſich eine Zeit ein
Streit üm dén Vórzúg erhoben. Der Adler
als der König des Geflügels / und der am nách-
ſten zu der Sonne zu flůgen pflégete / wolte ſeine
Hoheit und Herrligkeit behaubten. Das Kö-
niglein / wélches ſich in des Adlers Flügel verbor-
gen / und noch höher geflogen / hatte déswégen
den Königlichen Nahmen / und wolte ſolches auf
keine Weiſe verluſtig wérden. Der Swán wu-
ſte ſeine weiſſe Fédern zu preiſen / und derſélben
Farbe Deutung / auf Reinigkeit / Keuſchheit und
Freude zu zíhen / deswégen auch allen ſwarzen
Vögeln vórzugehen / vérmeinend. Der Strauß
wolte behaupten / das di Gróſſe des Leibes ihm
von der Natur verlíhen / das Er über alle kleinere
(wi der Leu unter dén vírfüſſigen Tihren) hérſchen
ſolte. Der Hahn rühmte ſeine Verwandſchafft
mit der Sonnen der Fürſtin aller Planeten. Di
Nachtigal beruffte ſich auf di Probe / das Si ih-
res gleichen in dem Geſange hátte / u. w. End-
lich ziſcherte auch di Gans dahér / und ſagte / das
Si / als wélcher Fédern den gróſten Nuz in der gan-
zen Wélt ſchafften / billich allen andern Vögeln
vórzuzíhen : und diſer haben alle Gelehrte beyge-
pflichtet.

J 5

Der

Der Féder Kunſt / bringt Géld und Gunſt: Si regiret das Swérdt; drúm ſtékt mán Si hinter di Ohren / und hänget das Swérdt án di Seite.

203. Mutmaſſung.

Di Réchtsgelehrten unterſcheiden den Beweis/ und ſagen / das ſolcher entweder vollſtändig / und zur Genüge; oder halb; oder gár ſléchtlich und nur vermutlich beygebrácht. Mán mús nicht zu víl / und auch nicht zu wenig traûen / und der Vermuttung mit Verſtand gebrauchen ; wi einer Fakkel/ di Uns dínet / bis der Tág der Währheit völlig ánbricht. Alle unſere Gewisheit iſt ungewís / und iſt unſer Verſtand verfinſtert / wann wir vermeinen / wirhaben Lux-Augen / und können nicht betrogen wérden. Ein Schif / ein Vógel und Ménſch / wandeln im Ungewiſſen.

204. Vernunfft.

Es wár ein gröſſes Jammer in Íſrael / das Ihnen di Philiſter alles Eiſen/und auch di Smide hinwég genommen/ ſich ihres Gehórſams zu verſichern: wann wir gleicher Geſtalt entwáfnet/ der Vernunfft Uns zu verteidigen / ermangeln; ſo ſeyn wir Knéchte der Sünden / Ihr Gehórſam zu leiſten/ in böſen Lüſten. Wér aber ſeines Mutts ein Herr iſt/ dér ſich nicht läſſet von den böſen Neigungen überwinden; ſondern überwindet das böſe mit guttem/ dér iſt ſtärker / als der Stádte gewinnet;wi ében diſes Gleichnis der Weiſe Mann führet. Di

Di Vernunfft ist di Glüks-Bull; lässet sich leichte fällen und swängern/ und gebíhrt schädliche Misgeburten.

205. Falsche Zunge.

Der König/ déssen Parnassus di Burg Zion gewésen/ vergleichet eines Verráhters Zunge mit einem zweysneydigen Schérmésser/ das bedérseits verwunden kän. Weh dénen/ di falsches Hérzens; ein Greuel für Gott seyn: di Fride im Munde und Krig in dem Hérzen hégen; di mehr auf ihren Nuzzen/ als auf Ehre und Récht séhen! Si seyn nicht ungleich dénen jénigen/ wélche Kunstfeuer Wérke machen/ und sich sélbsten darmit verbrénnen.

Izt gehet alles in Mummerey: drúm ist sich wohl fürzuséhen/ das mán von den Larven nicht betrogen wérde.

206. Ehrsucht.

Wér heute zu Tage ein Königreich aussflúge/ wi Moses/ der líber mit den Kindern Jsrael Ungemách leiden wollen/ als di Ergézzung der Súnden belíben: Wann einer eine Summa Geldes nicht wolte ánnéhmen/ wi Fabrizius; oder di Rúhe in einer kleinen Hütte/ der Königlichen Pracht vórzíhen wolte/ wi Diogenes sich úber des Sígmáchtigen Alexandri Zufridenheit erhoben hat! So solte mán solchen für einen einfáltigen/ oder nárrischen Ménschen halten. Wann wir aber di Sache genauer betrachten/ so finden wir/ das

nächst

naͤchſt dem Geldgeiz / der Ehrgeiz der inneren
baͤruhigung des Gemuͤtes; vil ſorgſame Hinder-
niſſe bringet.   Wer ſich an groͤſſem Schatten er-
freuet; der hat auch Freude an der Ehre.

207. Eitelkeiten der Welt.

Gleichwi Nahas / der Amoriter Koͤnig / idem
Buͤrger / zu Jabes in Gilead / das rechte Au-
ge ausſtechen wollen / damit Si kuͤnfftig nicht
mehr das Abſehen in dem Bogenſchuͤſſen haben
koͤnten : Alſo bemuͤhet ſich der Fuͤrſt diſer Welt /
allen und iden di Augen des Erkaͤntniſſes zu ver-
blaͤnden ; das Si nicht ſehen ſollen / was zu ihrem
Fride des Gemuͤtes dinet. Solche Verblaͤndung
geſchihet meiſten Teils / durch di Ettelkeiten diſer
Welt / welche Uns ganz anders zu Geſichte kom-
men / als Si nicht ſeyn.   Wer blind iſt / iſſet
vil Muͤkken.

208. Furcht.

Wi der Zorn das Gemuͤte erhizzet / ermannet und
uͤbermaͤſſig erhebet : ſo drukket es hingegen
di Furcht zu Boden / und machet es von der Chriſt-
lichen Standhafftigkeit abweichen ; das alſo bei-
des der Tugend Mittelweg verlaſſen / und di in-
nerliche Vergnuͤgung verlohren wird.

Wer dem Ungluͤkke unter Augen gehet / den
foͤrchtet es ; der es foͤrchtet / den jaget es.

209. Praſſer.

Wann du zu Gott kommen wilſt / ſo laͤs in dir
alle Luſt und luͤſtrende Begir / zu der Unmaͤſ-
ſigen

sigen Überfüllung auslöschen ; als wélche den
Ménschen nicht in Abrahams Schós / wi den
nüchtern Lazarum ; sondern mit dem Reichen
Manne / án den Ohrt der ewigen Kwáhl / brin-
gen wird: indéhm di Höllenflammen von einem
Wohllüstigen Lében nicht entférnet ; sondern es ist
so besagtes Lében di breite Strásse / So zum Ver-
térben führet.   Inzwischen seyn di Krankheiten
der Wucherzins / wélche ungezweifelt entrichtet
wérden / ob mán gleich Solche auf kurze Zeit bor-
get / und wird di hineilende Belustigung eines
Gelachs / mit langweiliger Unlust / mehrmals
belégt. Das ist di béste Lust in der Wélt / wann ei-
ner keine Unlust im Gewissen hat.

210. Tand.

Keine schönére Blume kán gefunden wérden /
als di weisse Lilie / weil Si allein mit dem weisen
Könige Salomone verglichen wérden / und zwár
in aller seiner Herrligkeit.   Seines gleichen wár
nicht auf Érden / noch vór noch nách Jhm : Doch
sagte dér / wélcher mehr ist / als Salomon / das
Er nicht bekleidet gewésen / als schón-besagte
Blume.

Es ist doch eine élénde Pracht / und eine réche
árme Hoffahrt / um disen snóden Wélt-Tand /
weil Jhn eine Blume übertréffen kán.   Alles
Fleisch ist Heu / und alle Ehre des Ménschen / wi
eine verwélkte Blume.   Wás halff doch Ho-
rodem sein Rok mit héll-leuchtenden Stérnen? Er
mochd

mochte sich doch nicht schützen für den Würmen:
Jch wil nach nichts so sehr trachten als nach den
weissen Kleidern / di Gott in dém Ewigen Lében /
allen reinen jungfräulichen Gemüttern verspro-
chen hát.

211. Betrügliche Klugheit.

Wann ein Listiger und betrüglicher Raht / nach
Wundsch hinaus gehet ; so gereicht Er doch
nicht lange zu seines Úrhébers Nuzzen : gleich
wi dort Simei / durch di listige Verleumdung des
Mephibosets / alle seines Herren Gütter án sich
brachte ; aber / nach éntdékter Wahrheit / disélben
nicht behalten.

Di Lügen seyn wi ein Glás / das schön gleisset ;
aber gár bald zu bricht : in di Spizzen kán sich / der
damit úmgehet / leichtlich stéchen oder sneiden.

212. Das Wóhlerworbene.

Das unréchte Gutt wird mit Adlersfédern ver-
glichen / wélche / wann Si zu andern gelégt
wérden / sélbe aufzéhren : Das wóhlerworbene
Gutt aber / ist gleich dem Óhlkrüge / der Wittib
zu Sarpad / wélcher Si und ihre Kinder reich-
lich genähret. In jénem ist der Flúch ; in dísem
der Ségen : Jénes kömmt als ein Fallstrik über di
Bösen ; díses wird ein Band der brüderlichen
Libe und Christlichen Dinstleistung.

213. Schön und Keusch.

Di Schönheit ist ein Stein des Anstósses / wél-
cher nicht den blinden / sondern den Séhenden
gesä-

gesägt ist; dérgestalt/das di Bösen ein böses Urteil darvon fällen/ und sich án solches Gabe Gottes árgern/ oder zu bösen und sünblichen Begirden verleiten lassen.   Wí übel urteilete Holofernes von der holbséligen Judith/ das Er verineinete/ mán solte wégen der schönen Israelteischen Weiber einen Krig ánfangen? Wi übel urteileten di alten Richter von der Susanna/und Potiphars Weib von dem schönen Jüngling Joseph? Also vermeinen ihrer noch vil/ das schöne Jungfrauen nicht können frohm bleiben; da doch ihrer vil liber stérben wollen/ als den Schaz ihrer Keuschheit verliren.   Schönheit des Leibes vergehet; des Gemüttes aber wáchst mit dem Alter.

214. Wahl.

Der Sinnreiche Plato, vergleichet di Gemütter der Kinder/ mit den Metallen: étliche/ sagt Er/ seyn gülden/ étliche silbern/ étliche von Eisen.   Wi nun ein ides Metall/ án seinem Ohrte dinlich; als das Gold zu der Arznei; das Silber/ zu belibter Zir; das Eisen zu dem Gewéhr und Pflúgwérk: Also sól mán unterscheiden/ wohin der Kinder Gemütter sich neigen/ worzú Si lust haben und fähig seyn; das mán also den Pflúg nicht von Gold/ oder das Edelgestein in Eisen fasse.   Dise Unterscheidung sázet Er zu einem Grunde wohlbestälter Regiménter/ welche in ihren réchterzogenen Angehörigen bestehen. Di Natur ist Meister; muß den Ersten Steih legen.

215. Regimént.

In einem Regiment seyn vir Element: Das Feuer ist di Geréchtigkeit/wélche alles erleuchtet; Di Lufft/seyn di Beamten/wélche alle geängstigte erfrischen und trösten sollen; Das Wasser ist di Erbarmung/wélche di Geréchtigkeit mässiget; Di Erde ist di Belohnung gutter Dinste/wélche ihre Frucht bringt zu réchter Zeit.

Marsilius Ficinus sagt in seinem Commentario, über Platonem: Ein récht und wohl bestélt Regiment ist/in wélchem man sihet auf di Wohlfahrt der Untertahnen/und nicht auf den zeigenen Nuz des Regénten.

216. Treulose.

Wann etwas schéltwürdiger und verfluchter wäre/als der Meineid und treulose Verrähterey; so hätten di Fabeln den jénigen nicht ins Spil bracht und eingeführet/wélcher durch Merkurium in einen Stein oder Félsen verwandelt worden; darüm/das Er sein/ Mercurii Dibstal/ wohl mit dem Munde verswigen/aber doch sonsten durch gébende Zeichen/offenbahret und entdékket: Dañ/es ist ja nicht genug/wann einer/ di Gebühr zu tuhn/ mit Wörten verheischet und zusagt/wo di Wirklizkeit nicht ébenmässig hernách folget. Jedermann trägt einen Schalk im Busen.

217. Argwohn.

Der Argwohn ist unter dénen Gedanken/ als wi di Flédermaus unter dénen Vögeln: Sélbige fleugt nit herüm/ als im tunkeln.   Man

Mán sol den Argwohn dämpfen / oder doch be-
hutsam bewahren: dann er ümnébelt das Gemütte/
macht di Freunde abspénstig / und verhíndert di
Geschäffte/das Si noch standhafftig noch freudig
können verrichtet wérden.	Er lénket di Könige
zur Witterey/di Eheleute zum Eifer/auch di Wiz-
zigen zum Zweifel und zur Swermüttigkeit. Arg-
wohn betreuget den Mann; ist des Teufels Húre.

278. Lób.

Das Lób ist der Túgend Widerstralung / und zi-
het/ wi in Spigeln geschihet / etwas aus der
Natur des Körpers / der di Widerstralung gibet.

Rühret es von dem gemeinen Manne hér/wi ge-
meiniglich/ so ist es eine verkéhrte falsche Wider-
stralung / und begleitet mehrers di Eitelen und
Swülstigen/als di mit wahrer Túgend gezirten.
Dann/ meiste fürtréfliche Túgenden seyn des Pö-
bels Verstande unbegreiflich.	Di minderen Tú-
genden erzwingen von sélbigem das Lób; di mittle-
ren jagen Ihme eine Verwunderung und erstau-
nung ein; di höhen aber gelangen gár nicht in dés-
sen Empfindligkeit oder Begreifung; sondern di
Scheine der Túgenden / und déren áhnliche Gé-
stalten/bewégen Sélbigen am meisten. Lób gewin-
net Líbe.

279. Unkosten.

Reichtuhm ist zu Unkosten; Unkosten aber zu Eh-
ren und ehrlichen Tahten versehen: Derohal-
ben müssen grössere Unkosten / nach Würden der

K	Gelt-

Gelégenheit und der Sache abgeméssen wérden:
dann di freywillige Armut/ist mán zu Zeiten dem
Vaterlande/ nicht nur dem Himmel schuldig:
Und ist bésser arm mit Ehren/ als Reich mit Wu-
cher und Schanden.

220. Würffel.

Was ist doch beständiger und unbeständiger/als
der Würffel? Beständig ist er/wann mán ihn
unberührt ligen lässet/und ist das virék di Deutung
der Beharrligkeit; wi hingegen di Kugel di Deu-
tung der Unbeständigkeit hát.   Spilet mán aber
darmit; so bringet ér/als des Glükkes virékkichter
Palle/ bald vil/ bald wenig; doch allzeit étwas;
und wérden di Augen désselbigen mit Pillulen ver-
glichen/ rélche in geringer Ánzahl genommen/ ei-
nen ganzē aufgeswollenen Beutel purgíren kőñen.

Dér ist geschikt/ der einen bösen Wurff zum
Vorteil gebrauchen kán.

221. Allmosen.

Der Allmosen albír gibet/ ist gleich einem Sá-
manne/ rélcher seinen Sámen einem frucht-
bahren Félde ánvertrauet: Sáet Er kárglich; so
wird Er kárglich érndten: sáet Er reichlich; so
wird Er reichlich érndten/und kán mit Wahrheit
sagen: Das habe Ich; was Ich habe.   Der
Tödten Wucher/ist im Himmel verbohten.

222. Der Hahn.

Der Hahn hát di Deutung der Wachsamkeit/
und ist des *Mercurii* Vogel/ weil so wohl di
Stu-

Studénten/ als Kauffleute / wachsam; in ihren
Geschäfften nicht lässig seyn sollen:

Díser Meinung wird er auch dem *Æsculapio*
aufgeopffert / und dem *Harpocrati* zúgemahlet;
zu bedeuten: das mán alles zu gelégener Zeit túhn;
nichts verzögern soll: dann/es wird doch Tag; ob
schon der Hahn nicht kréhet.

223. **Bauherr: Lehrgedichte.**

Ein Kunstreicher Baumeister (GOtt) bauete
ein grösses Haus (di Wélt); das war so meister-
lich aufgeführet / das alle Verständige sägen mu-
sten / es habe seines gleichen nirgend wo.   Díser
Baumeister versprache noch ein künstlicheres
Haus / zu seinem ewigen Gedächtnisse aufzurich-
ten: und darzu gebrauchte Er mehr Zeit/als zu-
vór; lís sich sein béstes kosten.   Den ersten Stein
(wélcher íst Christus) án solchem Bau/(der Christ-
lichen Kirche) légte Er in dem kalten Winter;
dén andere Bauleute verworffen hatten: auf dí-
sen einigen Stein/solte der ganze Bau aufgeführ-
ret wérden; so dénen Baumeistern des Landes
sehr lächerlich wár / noch vilmehr áber verspotte-
ten Si Jhn; als Er sagte: das díses Gebeu über
di Wolken/Himmelán reichen solte; ia gár in den
Himmel hinein gehen/das sich Sonn/Mond und
alle Stérne/ für dem Gipffel díses Hauses neigen
solten.   Hirüber wolten Si dísen Baumeister zú
dén Babylonischen Bauleuten vergleichen; Er
áber líse sich nicht wéndig machen / und befande

K 2

sich/

sich/ das/wi jéne durch di Verwirrung der Sprá-
chen gehindert; diser Bauherr / durch di Einig-
keit der Sprache; unter seinen Wérkleuten/ be-
fördert wurde.

224. Wasser.

Das Wasser ist di Amme aller Erdgewáchse: es
besafftet di Wurzel; tránket das Mark: fár-
bet di Blühten; treibet di Blátter; náhret di
Früchte / wafnet Si mit dén Schélffen wider di
faulende Lufft; bekleidet den Baum mit seiner
Rinde; durchweichet di Rében / und verúrsachet
seine Tráhnen; versüsset di Feigen; seuret di Pflau-
men; bezukkert di Honigblumen; guminiret dí
Kirschen-und Weixelbeume; salbet di Balsam-
stámmer; bepérlet das Grás/ und wandelt sich in
so vilerley Feuchtigkeiten/ als Kráuter/Wurzeln/
Blumen und Báume seyn; das also nichts nüz-
lichers und nohtwendigers zu des Ménschen Lé-
ben; Jm Gegensaz auch nichts schádlichers/wann
unsere Missetahten/ Gottes Wohltahten zur Ra-
che reizen/ wi in der Sündflutt geschéhen.

225. Gefángnis.

Das Gefángnis der Unschuldigen/ist eine Frey-
stadt der Tugend; eine Prob der Bestándig-
keit; ein Band der Einsamkeit/ und eine Versu-
chung / wélche fast alle Heilige und fróhme Mén-
schen/ zu ihrer Selen Wohlfahrt/grósmütrig ü-
berwunden háben.   Und/ fróhme Christen/ kón-
nen einmahl auch nicht gefangen wérden; indéhm

ihre

ihre Sele in beharrlicher Freyheit bleibet; ob gleich
ihren Leib di Fessel hart bedrukken: ia alle Christen
seyn gefangene in disem Leibe / von welchem Si
wundschen erlöset zu werden.

226. Neues.

Alle Ménschen seyn von Natur begirig etwas
Neues zu hören und zu erforschen; massen
dem / der wenig weis / alles für Neu und unbekant
fürkömmt; gleich einer neuen Zeitung / welche der
mit beluftigung verwundert / welcher Si am lézten
liset; da hingegen andere / so Si zuvor gleichsam
in ihrem Verstande verdeuet / keine Süssigkeit in
dem Munde darvon verspüren.   Di Natur belu-
stiget sich mit der Erneuerung aller Sachen / und
solche ist unseren Augen und Ohren eine neue
Speise; wann Si gleich bitteren Gesmák hát / den
di Hoffnung verzukkern / und also unser Leben be-
häglich hinbringen machet.   Dénen di Köpffe soll
Neuerungen stekken / di seyn Störer im Regiment.

227. Gifft-Arzney.

Es hát Plutarchus ein ganzes Búch gesriben /
wi mán sich der Feinde bedinen / und gleichsam
aus dem Ottern-Gifft eine heilsame Arzney ma-
chen sól.   Jéner rédet hirvon sehr tiffsinnig; sa-
gend: Mán findet oftmahls starke und wakkere
Leute / di den Straussen gleichen / welche anderer
Waffen / zu ihrer Nahrung und Stärke ver-
kéhren / indéhm Si gleichsam eiserne Wörte
verdeuen.   Difes ist sonderlich von den mäch-
tigen Feinden zu verstehen; welchen mán

ohne grösse Gesahr nicht widerréden darff: und es
ist Gott eine leichte und gewöhnliche Sache / das
Er grösser Herren Hochmutt / mit kleiner Leute
Demutt zu Schanden machet: dann / Gott wider-
strébet dén Hoffärtigen; aber dén Dömüttigen
giber Er Genade.

Wañ Hochmutt aufzehet / so gehet Unglük nider.

226. Hofe-Larve.

Gleich wi der Stolz bey Gott und Ménschen
verhasst ist; so wird hingegen di Demutt von
Gott und Ménschen gelíbet und gelobet. Díse
Tugend bedarff keinen Verlág / und ist keiner so
geringe / das Er derselbigen nicht solte sähig seyn.

So sélten Si bey den Hofeleuten ist / so ge-
braucht sich doch derselbigen ein Jder für eine Lar-
ve / unter dem Nahmen der Dinstgeflissenheit und
obligender Schuldigkeit. Saget einer: Jch bin
des Herren Diner; so verstehe stillschweigend / das
Er darunter verstehet: gegen der Gebühr / oder
um das Géld. Solche Diner wollen weisses Brödt
éssen. Da St. Péter gén Hofe käm / ward Er
ein Schalk.

229. Lehrgedichte / vom Hofe-Lében.

Es stund ein Jüngling in Gedanken / ob Er sich
in das Hófelében begében solte / oder nicht: mit
disem Zweiffel spazirete Er án das Ufer / und hö-
rete einen Kauffmann sagen / das dér seine Gütter
und sein Lében über Mér wage / entwéder Reich
wider kähme / oder unterwéges in dem Ungewitter

und

und Schiffbruch ſtérbe. Diſes/gedachte Er/kán
auch bey dem Hofelében ſtat finden. Als Er nun
auf di Swélle des Fürſtlichen Palaſtes getréten /
hat Er zwo Weibes Perſónen begégnet / di haben
ihm eine lange Stange gegében/ wi ſolche di Seil-
tänzer gebrauchen/und geſagt; Er ſolte ſolche ja in
gleichem Gewichte führen lérnen/ wann Er nicht
von dem ſmahlen Pfád/in den Abgrung alles Un-
heils fallen wolte.

Di eine Jungfrau war grün ángekleidet/ hatte
einen Anker in der Hand/und einen Blumenkranz
auf dem Haupte/ daraus Er abnéhmen tönnen /
das diſe di Hofnung/ wélcher Blúmen in Blü-
ten/ di Früchte verſpréche Auf der linken Seite
ſtund eine alte blaſſe Weibes-Perſón/hatte unter
dem Arm einen furchtſámen Haſen/ und auf dem
Haupte ein pár Hirſchgewey; und diſes wár di
Furcht.

230. Gemütts-Neigungen.

Di Weisheit und Verwirrung des Verſtandes
tönen nében einander keines Wéges beſtehen:
di Neigung des Gemüttes aber verwirret den
Verſtand / wélcher ſeinen Auſiz in dem Haupte
hát/und über di Begirden des unteren Leibes hér-
ſchen ſól. Ich ſage den Anſiz; máſſen das ſizzen
di Ruhe bedeutet/ wélche durch di Gemüts-Nei-
gungen und Luſtreizungen unbeſtándig verunru-
het wird. Was di Libe/ der Zorn/ di Traurigkeit
und dergleichen auswürken / iſt üderman bewuſt;

K 4   und

und wann das Erkéntnis der Wéltlichen Eitelkeit
der Grund der Weisheit ist/mus man di Beürsa-
chung solcher eitelen Neigung aus dem Wége reu-
men/ auf der unschäzbahren Tugend fést zu be-
harren.   Wo kömmt aber alles solches Übel hér/
als aus dem unbeständigen Hérzen/des vertérbten
Ménschen: Di Weisheit wohnet in keiner bös-
hafften Sele/ und seyn di bösen Begírden di Dol-
métscher der Laster.

231. Treume.

Der auf Treume hält/ greiffc nach dem
      Schatten/ sagt der weise Mann/ weil Sí
di Bildnisse seyn/ der vergangenen/ gegenwärti-
gen oder zukünfftigen Dinge.   Wí nun etliche
Sprüche in der Srifft zweyerley Deutungen und
Auslégungen haben; so kán auch Josephs uñ Pha-
raons Traum/ auf folgenden Spruch gezogen
wérden:

1. Das Géld 2. ehret 3. alle Wélt.

1. Wird das Géld bedeutet durch den ersten
Traum Jósephs von Sonn und Mond/di sich
für Joseph neigten/ seyn Gold und Silber/ das 2.
geehret wird/ wi di ährenreichen Garben sich für
Joseph geneiget/ und geschíhet 3. von aller Wélt/
di mit dem Geiz behafftet; nicht ungleich dén Si-
ben magern Kühen Pharaonis/ wélche di 7. fétte
Kühe verslungen/ und doch mager gebliben: Also
ist und bleibet der Geizhals arm in seinem Sinne/
wann Er auch alle Güter der Wélt zu sich geraf-
fet

set hätte. Treume / di den Ménschen verleiten / das er Unrécht ruht/ seyn des Teufels Blasebälge.

232. Féhler.

Wi das Männliche Alter durch di Ehrsucht/und das di mehr bejahrten durch den Geiz geführet wérden; also ist di Fleisches Lust der Féls/ án wélchem die Jüngern Schifbruch des Glaubens leiden. Einmahl verséhen/ist zu vergében; aber mutwillige Beharrung / ist nicht zu leiden.

233. Ungerécht Gutt.

Wann du Honig findest / sagt der weise Mann/ so geneus dén mit Mässigkeit/ damit der Mágen ihn deuen und nicht widergében möge. Der Geyer in der Fabel/ hat zu víl von eines anderen Tihres Eingeweide gefréssen / und Solches mit dem seinen wider heraus gǒken müssen / und der Fisch schlukket mit dem Anbis auch den Angel ein. Ungerécht Gutt hat Adlers Fédern / wélche auch das wohlerworbene auffréssen. Also hat Jesebel des Naboths Weinbérg begéhret/und das Königreich verlohren: und strafet Gott noch heut zu Tage/ auf víl unerwarte Weise / alle/ di Gütter mit Unrécht án sich bringen. Übelgewonnenes Gutt/ kömmt wi Gott wíl; und gehet wider wég / wi der Teufel wíl, Stammet nicht auf den drittenErben.

234. Der Fridfértigen Réchtfértigung.

Wann imand eine Arzney erfinden könte / wélche di Strittigkeiten und daraus erwachsende Réchtsfertigungen heilen möchte ; so solte Er

K 5

mehr

mehr Dank verdinen/ als di Razzen-und Meuse-
fänger/ oder di Quaksalber/ wélche Pulver und
Zétlein für di Würmer in dem Leibe verkauffen.
Was seyn doch di Réchtfértigungen anders/ als
Würme und Razzen/ di ganze Heuser uñ Gesiéchte
untergráben/nagen/plagen uñ mehrmals zu grun-
de richten. Wider dises Ungezifer dinet nichts er-
sprislicher/als ein billicher vergleich/dér durch zú-
zihung fridlibender Leute getroffen wird. Ich sage/
ein Vergleich/ der alles eingleichet/und das krumẽ
Récht richtet; einen solchen Vergleich hélffen ge-
wissenhaffte Réchtsgelehrte sélbst vermitteln/ und
légen gleichsam solche Axt án di Wurzel/allen Zank
und zwispalt gánzlich aus und aufzuhében. Ge-
winnsüchtige Dintensinirer hingegen/ suchen und
saugen wi Bluttégel das Mark aus den Beinen
und Beuteln; und ist leichtlich zu erachten/wéssen
Geistes Kinder Sí seyn/wann Gott ein Gott des
Fridens/ der Satan ein Stiffter dẽs Unfridens/
und ein Fürst der Wélt ist/ di im argen liget. Sé-
lig sein di Fridfertigen; Unsélig aber di Zank und
Streit beförbern.

235. Keuschheit.

Hóch gehalten ist di Keuschheit/ und wird víl-
mals durch di Flucht erhalten. Dises haben
di Poeten bedeutet durch di Daphne/ wélche dem
Apollini entlauffen/ und zu einem Lorberbaum ist
verwandelt worden. Sonsten wird di Keusch-
heit bedeutet durch einen éisien Kram/ wégen der

Rein-

Reinligkeit und unbeflékten Zir / oder durch eine
Vestam, di eine Lampe auf dem Haubte trägt; in
Oberschrifft: Mit keuscher Klárheit.

Wér beschämet /	Der mag haben
Zwingt und zämet	Engels Gáben /
In der Brust /	Und wird seyn
Seine Lust;	Ewig rein.

236. Zwitracht.

Zwitracht und Feindschafft zwischen den Froh-
men und Bösen / muß unaufhörlich verbleiben;
weil keine Gemeinschafft des Lichtes und der Fin-
sternis zu stiffen / und Christus sich mit dem Be-
lial nicht vergleichen kán. Di Wölfe wérden nicht
náchlassen di Scháfe zu verfolgen; mán haue dett
den Wald üm / wi *Mithridates* sol gesagt haben:
Di Ottern wérden nicht náchlassen di Físche zu
verfolgen; es trokuen dann di Teiche aus: Di
Geyer wérden nicht náchlassen di Hünner zu ver-
folgen: es ermangele Jhnen dann di Lufft / in
wélcher Si zu swében pflégen;

Solches hát der klúge *Savedera* ártlich gebildet
durch den spizzigen Kolben *Herculis*, wélchen zwe-
ne Hunde ánfassen wollen / und sich darüber sinérz-
lich verwundet; mit der Beyschrifft: Der Neid
ist eigenes Leid.

237. Das tödtliche Wórt.

Lében und Tód / ist in der Zungen Gewalt /
saget di Schrifft: beswégen vergleicht Jacobus
dises Glid mit dem Feuer / déssen Fünklein / wann

es verwåhrloset wird / einen gróssen Brand án-
richten kán: Ja/ Er saget/ das sich di wilden Tih-
re leichter bezaumen lassen/ als di unverståndigen
Ménschen.

Der Mund ist der Sünden Wérkzeug; Der
Arzt und Hénker des Ménschen: wélcher Ursa-
chen wégen/ der kluge Fabel-Dichter Esópus/ di
Zunge für das béste und böste Gericht gehalten/
und haben étliche di Zähne mit einem Zaum ver-
glichen / wélcher di Zunge sol ihrer Schuldigkeit
erinnern/ das Si bescheidentlich verfahre / und
deswégen ist auch nur eine Zunge; hingegen aber
zwey Ohren und zwey Augen dem Ménschen ge-
gében/ das Er gleichsam alles zuvor wól abwégen/
und alsdann den Ausspruch machen sol.

238. Di Féder.

Di Féder ist di Zunge der Abwésenden/ weil wir
nicht alleine dardurch in di férne réden; son-
dern auch ihrer vil zugleich hören und wissen ma-
chen/ was wir in unserm Zimmer zu Papire brin-
gen; hát aber disen Unterscheid: das di Zunge án
ihre Nérven gebunden/ in dem Munde verbleibet;
di Féder hingegen an alle Ohrt ausfleuget/ und hát
beides núzlichen und schädlichen Gebrauch. Di
Féder ist der séchste Sinn/ wélchen mán gebrau-
chet unter dén Abwésenden; wi di andern fünfe
bey den Gegenwärtigen: ist eine freye Übung;
ihr Handzeichen nicht zu leugnen: kán zu einem
Pfeile leicht wérden: und erzeiget sich ufft so mit-
lei-

leibig gegen dem Freunde / als der Speischaffte
gegen dem Feinde.

239. Errettung.

Es begibet sich in den Schifbrüchen/das der Fels/
wélcher das Schiff zerscheidert / und di Ursa-
che der Gefahr ist/ di ersaufenden bey dem Lében
erhált.   Di Wélt ist ein ungestimmes Mér; alle
Ménschen / und sonderlich dise / wélche in höhen
Ehrendinsten seyn/ swében in grösser Gefahr. Gott
aber / der Féls des Heiles / wélcher Si zu Zeiten
sinken lásset / bringet ihre Unschuld án den Tág /
und érréttet Si aus ihren Nöhten : gleich wi Noä
Arche durch di Wéllen / wélche andere ersäuffet /
empór gehöben worden.   Wén GOtt lib hát/dén
züchtiget Er / und nachdem Er bewáret worden/
empfähet Er di Króhne des Lébens.

Wém Gott hilfft/ dem ist récht geholffen.

140. Anféchtung der Nidrigen.

Aloysius Novarinus (de Occultis DEI Benefi-
ciis, c. 35.) záhlet unter di verborgene Woltah-
ten Gottes/wann ein Ménsch im Nidrigen Stan-
de/mit allerhand Anféchtungen heimgesucht wird:
Weil Solche / den Wég zum Himmel bereiten :
Di Demut befördern ; den Stolz unterbréchen/
und der Probstein seyn unserer Christlichen Tú-
genden. Hingegen aber hat ein hóher Ehrenstand
freyen Zaum zu sündigen; grösse Verantwor-
tung gegen Gott ; gróssen Neid und Feindschaffe
bey dem Náchsten/ und scheinet / wi jéner récht
gesagt/

geſagt / Gott habe ſolcher Leute vergéſſen / das Er
Si von einer Sünde / blindlings weiſe / in di an-
dere fallen láſſet /bis Si éndlich mit ſrékken ein En-
de néhmen.

241. Der verlibte Alte.

Der Krig und di Lïbe ſeyn nicht für alte Leute.
Mars und Venus ſeyn dérer Betagten Fein-
de / und nicht fähig ihrer Dinſte.   Es finden ſich
wohl vil alte tapfere Soldaten; wann es Ihnen
aber án den Kräfften mangelt / können Si ihre
Tapferkeit nicht erweiſen. Alſo gibet es auch wohl
verlibte Alte; wann Si aber / wi di weiſſen Swa-
nen/ am Venus Wagen zïhen ſollen/ ſo láſſet mán
Si nicht gérne úmſonſt dïnen; leichtlich aber zu
Narren wérden.

242. Fluchen.

Unter allen Laſtern iſt das Fluchen faſt das árg-
ſte; weil Gott dardurch beleidiget wird / der
Uns Ménſchen täglich unzählige Wundertahten
erweiſet: und was beluſtigung hat mán dóch dar-
von? Andere Laſter haben noch eine Freude in ſich;
wiwohl Si Smérzen und Reue bringen: diſes a-
ber hát dergleichen nicht zu hoffen; ſondern höfelt
dem böſen Feinde/ klaget Gott der Ungeréchtigkeit
án/und wil das táhtliche Unglük/mit Wórten un-
terbréchen.   Iſt es nur eine Gewónheit; ſo hát
Gott auch di Gewónheit/ſolche Läſterer in di Höl-
le zu verſtóſſen/ und Ihnen Heil und Ségen zu
entzïhen.

243. Das

243. Das frévle Beginnen.

Wann dort *Job* saget (15. v. 16.) der Ménsch lébet stétig im Streit; ist solches absonderlich wár von den Ehrsüchtigen Franzósen/ wélche aus mangel der Feinde/ mit ihren Freunden / zu féchten haben müssen : und hát jéner récht gesagt / das in den Hörnern der Ehre kein Mark der Freuden wachse/ wélche di jungen Leute herab stössen / in déhm Si solche fast ánzusézzen vermeinen. Ehreund Hoffahrt sein Zwillinge.

244. Übermässige Frende und Traurigkeit.

Mán hat Spigel/ wélche alles kleiner scheinen machen; und widerüm andere/ wélche alles in dem Gesichte vergróssern/und einMukke gleichsam zu einem Elephanten machen. Dergleichen séhen wir bey geschwinder Veránderung des Ménschen Sinnes / wenn das Férneglas gleichsam úmgewéndet wird/scheinet in gleicher Zeit nahe was fern/und férne was nahe íst. Alle Ärzte seyn in disem einstimmig / das geschwinde Veránderungen/ grósses Unheil verúrsachen; als : Wenn ein Ausgehungerter sich mit Speisen überfüllet / und einer der erkalter und erfrohren íst/alsobald zu dem Feuer kommet ; oder einer im Finsternis lange gefangener/ plözlich án das Licht gebracht wird. In den alten Geschichten lésen wir / das ihrer érliche aus übermässiger Freude ; andere aus übermässiger Traurigkeit gestorben : und wird auch mehrmahls

mahls aus Béniamin/oder dem Kinde der Freu-
den/Benoni ein Kind der Smérzen. Réchte
Más/ist überall gutt.

245. Di andere Lucretia.

Di Spigel seyn der Schönheit Rahtgébere/und
bespréchen sich di Jungfrauen mit dénsélben/
ob di Zirde ihres Hauptes zu réchte stehe; ob di
Hare gekrauset; di Wangen besminkt; di Augen
héll; di Lippen Korallinen/u. w. Jéne Veral-
tete sagte/ das mán di Kunst gutte Spigel zu ma-
chen verlohren; indéhm Si in allen solchen Lügen-
Gläsern ihre Schönheit nicht mehr séhen könne.
Hirvon rédet der Poet:

Der Schönheit Tochter ist di Libe;
Di Mutter hauset ihre Dibe.
Vil bésser ist / seyn ungestalt;
Als jung geschändet; wérden Alt.

DiSchönheitBathseba hát dort denDavid inrei-
nen gróssen Sünden-Fall gestürzet / als Er némi-
lich Si baden séhen/und sich in Si verlibet. Di
schöne Helena / hát vil Fürsten verführet; Land
und Städte vertérbet: Aber; es ist also: böse Leute
haben es getahn: Gott hát Ihr di Schönheit ge-
gében / als eine Gabe; Di Leute haben Si mis-
braucht.

246. Betrüger.

Gleich wi mán sol/ vermittelst der Spigel in an-
dere Zimmer/ ja in di Férne und über Land sé-
hen können; also hätte mán wohl Spigel von nöh-

ren/ in welchen man di listigen Betrüger ersehen;
sich für denselben hütten möchte.   Betrug hat
Jacobs Stimme / und Esaus Hand; zeiget mit
einer Hand Bröd/ mit der andern Steine. Was
jener von der Eitelkeit gesagt; das könte man auch
hirvon sagen: Tuht man alle des *Pirandri* listige/
betrügliche Stükke aus der Wélt; so wird wenig
überbleiben.

247. Das Virde Geböht.

Unter vilen swéren Sünden/ ja di swérste unter
den Übertretungen der andern Tafel / ist di
Sünde wider das Virde Gebohr / welches Ver-
heischung hat alles Wohlergehens/ und den Über-
trétern alles Unheil andrauet.   Daher jéner récht
gesaget / das der libe Gottes Widerhall sey/ di Li-
be des Náchsten; und der erste Buchstabe dersél-
ben/ di libe der Eltern.

248. Lehrling.

Ein Schúlmeister fragte seiner Lehrlingen einen
was ein Christ wissen sol? Der Knabe sagte /
Hr Lehrmeister/ Ich wil Euch zuvór wás fragen:
Wás ist tiffer als das Mér; Was ist breiter als di
Wélt; Was ist höher als der Himmel? Der Mei-
ter sagte: Gott.   Nein/ sagte der Knabe / dann
désen habt Ihr ni gesehen / und könnet deswégen
solches nicht wissen: aber di Gütte des Herren ist
es / der genüssen wir alle Tage/ und sehen Si mit
unseren Augen. Férners fragte der Knabe: was
ist swérer als di Erde? der Lehrer sagte der Men-

L

schen

schen Sünde.   Nein/ sagte der Knabe; sondern
der Zorn Gottes/ über der Ménschen Sünde/ u.
w.   Mancher dér mit séhenden Augen verblén-
det ist/ meinet doch/ Er séhe wohl/ und lässet sich
keines bésseren weisen; wi di Närrin/ Harpaste
in *Seneca* Hause.

249. Geduld.

Als der arme Job so übel geplaget wár klágte Er/
es Gott/ der his Ihn Geduld suchen/ so würde
es bésser wérden.   Job suchte/ und lis aller Ohr-
ren suchen/konte Si aber nirgends wo finden; des-
wégen wurde Er noch mehr betrübt/und verfluch-
te den Tag seiner Geburt; raufte di Háre aus/
und wündschte den Tód/als dás Ende alles Elen-
des.   Er erblikte aber in disen Nöhten eine schö-
ne Jungfrau/ unter einer Dornhékke/di wár ganz
naß; hatte nében sich ein Lämlein/ und trüge auf
dem Haupte/ eine güldene Krohne.   Nachdéhm
Er nun von Ihr verstanden/ das Si di Geduld /
welche unter dén Dörnern ihren Trohn zu haben/
uñ von den betrübten Trähnen so benézt zu wérden
pflégte/ hat Er Si mit Freuden empfangen; in
sein Haus geführet/ und ein solch Lidlein ange-
stimmet: **Der HErr hat es gegében/ der
HErr hat es genommen/der Nahme des
HErrn sey gebenedeyet!**

Geduld ist Zukker/ aller Trübsahl und Be-
swérnüsse.

250. Di bestráfften Spötter.

Als

Als di Tihre erfuhren/ das der Ménsch über Si
alle zum Herren gesäzt worden/ und Si Jhn
fürchten solten; beswérten Si sich unter einan-
der/und sprachen: Dén wollen wir nicht zum Her-
ren haben/ dér seinem Hérren untreu worden;
Jhme nicht gehorchen wil.   Wi sol uns dér regi-
ren/ dér sich sélbsten nicht regiren kán? wi sol uns
dér wóhl fürstehen/der das schädliche für das nüz-
liche wählet? Wi sollen wir den fürchten/ der
nichts als Erd und Asche ist?

Hirüber gehen Si zu Rahte/ und wollen das
Pférd zum Herren machen/ weil es so hurtig ist.
Nein/sagt der Leu/Jch als der Stärkste sol König
seyn.   Jch/ der Gröste/sagte der Elephant. Nein/
Jch der Getreuste/sagte der Hund. Nein/Jch der
Wachsamste/ sagt der Hahn. Nein/ Jch der Li-
stigste/ sagte der Fuchs.   Ach nein /sagte di Laus
und der Floh/ wir sollen des Ménschen Herren
seyn/weil wir von des Ménschen Sweis und Blut-
te éntsprungen seyn.

Da di andern Tihre dises hörten/gaben Si dí-
sen lézteren alle di Stimmen/dás Si solten Hérren
seyn/ über alle Geschöpffe/ und zugleich di Frey-
heit haben/ sich von dem Ménschen Blutte zu sät-
tigen; bey denselben zu wohnen/ und mit íhrem
Stachel zu erinnern/ das Si in íhrem stólzen
Muht erkénnen möchten/ das Si auch durch das
kleineste Tihrlein verunruhet und belästiget wér-
den können.

L 2

Dises

Dises kán gezogen wérden auf di Spötter: Si seyn Leuse und Flöhe/di sich von anderer Leute Unflaht náren; der grösten Háupter nicht verschonen/ und mit ihrem Stachel mehr beswérlich als scháblich seyn. Wi es aber den Leusen und Flöhen zu ergehen pfléget/ also widerfähret auch den Spöttern; kán man Si erhaschen/ so müssen Si es mit der Haut/ oder doch mit gleicher Gegen-Beschimpfung büssen.

251.   Der Ungeréchte Richter.

Ein spöttischer Mahler bildete di Geréchtigkeit auf folgende Weise: Er mahlete eine alte Frau mit einer Brillen/in der Hand habend eine Wáge/ in welcher linken Schále lage ihr Swérdt/ in der réchten ein Fuchsswanz/ zu welchem eine Hand so vil Dukaten záhlete/ das der Fuchsswanz swérer wurde/als das Swérdt.   Di Deutung dises Gemáhls gehet auf di Géldgirigen Richter; wélche das Récht/wégen schándlichen Gewinns/Gunst/ Neid und anderer Úrsachen/vernáchteilen. Weh Ihnen! Dann/ wann der Tag der Angst und Noht wird einbréchen/ da wérden di bösen géld-fréssenden Richter weinen und heulen; Di Geréchten aber frölich und hérrlich seyn.

252.   Donner.

Wi der Régenbogen ein Spigel ist Göttlicher Gnaden/ und Barmhérzigkeit; also ist das Donnerwétter/Hagel/Bliz undSlossen/einSpigel seines Zornes: wi Er dann dreuet/das Er den Gottlosen ein Wétter wolle zu Lohn gében: und haben

ben

ben solches erfahren di Feinde des Volkes Gottes.;
das Vih auf dem Félde entsäzt sich fur dem wetter/
und erstaunet darob.   Sonderlich aber fürchten
das Wetter di jénigen/ wélche ein böses Gewissen
haben: mässen man weis/ das GOtt rílmahls
gottlose Menschen dardurch gestráft/ und di Ehe-
bréchere/ in ihren Sünden/ mit dem Donnerkell
zersplittert.   Sonst hat auch Kayser Augustus/
sich fur den Wettern sehr gefürchtet/ wi Sweto-
nius/ in seinem Lében schreibet; auch saget/ das ein
Donnerkeil/ bey héllem Wetter/ des Titt Tód be-
deutet habe.   Im übrigen ist aus dénen beym
Richtero, in Axiom. Oecon. eingeführten Exém-
peln zu erséhen/ das víl Unglük/ auf ungewöhnli-
che Donner-Wetter erfólget.

    253.   Spigelwasser.

Es saget jéner/ das das hélle Wasser der béste Spi-
gel/ als in wélchem man nicht nur seine Féhler
séhen/ sondern auch sélbe zugleich abwaschen könne.
Hirmit werden di gutten Freunde verglichen/ wél-
che des Nächsten Féhler bescheidentlich anmélden/
und entwéder darvon abmahnen/ oder ihm mit
Raht und Tabt beystehen.   Ein solches Spigel-
wasser sol auch seyn das Exempel/ wélches uns von
Bösem ab/ und zu Guttem ahmahnet: nach dem
gemeinen Sprichworte:

    Dér ist gár récht und wohl bewáhrt.

    Der sich án Andrer Scháden kéhrt.

Wér nicht ist im Himmel gewésen/ wi St. Pau-
lus/ und auf dem der H. Geist nicht geséssen/ wi

auf den Aposteln am Pfingsttage; dér wird nim-
mer so heilig/ wi di Aposteln/und St. Paulus.
254. **Eitelkeit der Wélt: Lehrgedichte.**
Ein König (Gott) bauete einen schönen Gár-
ten (di Wélt) und bepflanzete Jhn mit vilen
Bäumen und Blumen.   Di Königin (di froh-
me Ménschen) ging mit étlichen ihres Frauen-
zimmers in den Gárten spaziren/ und sahe einen
schönen Lorberbaum (Pf. 37.) der breitete sich weit
aus/ und sprach mit stolzen Wörten: grüne Jch
nicht hérrlich? Férner sagten di bunten Blumen
In ihren tausendfárbigen Kleidern: Blühen wir
nicht prächtig? Drittens sahe Si étliche Pférde
in féttem Gráse sich weiden/und díse ságen? Lé-
ben wir nicht nidlich?

Es kám aber ein Sturmwind (Pf. 103.) und
verjagte di Königin aus dem Gárten.   Nach-
dém der Wind vorüber/ kéhrete di Königin wider
in das grüne Grás zu spaziren/ und da Si den
Lorberbaum suchte/ sihe da wár er nicht mehr da;
sondern ein Vogel sange án dersélben Stélle:

Eitelkeit/ Eitelkeit/ Eitelkeit/
Eilet heut/ eilet heut/ eilet heut.
Si sazte ihren Fus fort/ und kame zu dem Blu-
menfélde; und sihe! ihre Stätte kénnete mán nicht
mehr; es sasse aber aldár eine girrende Turteltau-
be/ und lisse díse Worte hören?

Eitelkeit/ Eitelkeit/ Eitelkeit:
Eilet mit flüchtig-geflügelter Zeit.
Drittens/

Drittens / wár auch das Grás abgemeyt / in den
Ofen geworffen worden; und án stat des Pferdes /
waren aldar Laubfrösche / wélche also-kwákten:

Eitelkeit / Eitelkeit / Eitelkeit.

Wandele di Freuden in reuiges Leid!
Hiraus mérkte di Königin / das dises alles der
snelle Wind (di Zeit) verúrsachet / und sange mit
ihren Jungfrauen ein séhnliches Kláglid.

Dises ist ein feines Gemähl der Eitelketen di-
ser Wélt / wélche fürnémlich bestehen in nichtigen
Ehren / stolzen Kleidungen / und kostbahrlicher
Speise und Trank; wélches alles zu Hófe im
Swange gehet / und für di höchste Glükséligkeit ge-
halten wird.   Ich sage / nicht ohne Reu / wann
man némlich in der Tódesstunde der ékelnden Ei-
telkeiten diser Wélt einträchtig wird / und erkén-
net / das sólche nicht errétten am Tage des Zornes.

255.   Der rédliche Betrüg.
Mán sol nicht bóses tuhn / das guttes daraus
erfolge; wélches Gott allein seiner Almacht
hat vórbehalten: in Mittel Sachen aber / wélche
eigentlich noch bóse / noch gutt seyn / sol mán allzeit
das Abséhen auf das Ende / und was darauf erfol-
gen möchte / richten; wann sonderlich Gefahr bey
der Sache zu seyn scheinet.   Also betreuget einen
ein Arzt / indêm Er ihme unter der Speise purgi-
rende Säffte beybringet; und di Mutter ist nicht
verbunden / ihren Kindern di Wahrheit zu sagen.
Es sey der Anfang wi ér kán; das Ende trägt das
Lob davón.   L 4   256.

256. *Appellatio.*

Es ist nichts neues/ das man sich für dem Unter-
Richter auf den Ober-Richter berufft/wi Pau-
lus/ als Er von dem Römischen Landpfleger wol-
te verurteilt werden/ begehrte für dem Römischen
Kayser seine Sache auszuführen. Wann aber
auch der Ober-Richter dem Beklagten zukurz
tuht/ so berufft sich solcher vilmahls auff GOtt/
den Höchsten Rächer und Richter aller Welt.
Also sagte Jacob zu seinem unbilligen Schwer-
Vater Laban: Der GOtt Abraham sey Richter
zwischen mir und dir/ (1. *Mos.* 31. v. 53.) und
David sagte zu Saul/ der HErr urteile zwischen
mir und dir/ (1. *Kön.* 24. v. 13.) Also sagte
auch Zacharias / als Er unschuldig zum Tode
geführet wurde: der HErr sehe darein und richte
es; wi auch erfolget/ (2. *Chron.* 24. v. 23.) Mehr
sehen di Morgen-als di Abend-Sonne.

157. Geist-und Weltliche Gesundheit.

Ein so hóchédles/und seines wehrts unausspréch-
liches Kleinod ist es úm di sowohl Geistliche
als Leibliche Gesundheit/ das disélbe von Tag zu
Tage/ bey gemeiner Welt teuerer und sélzamer;
óder ja/ wi di hóhen Edelgesteine uud Kleinodien/
gutten teils gefälschter / und bóse für gutt; schäd-
lich für heilsam; unwehrt für hóchwéhrt/ déneu
Einfältigen oder ungewàrsamen ausgespénder
und verkaufft wird; Wi aber dise überfolterte
Ménschen/erst über lang hérnach/der Bléudung/

Be-

Betrüg und Falschheit / und aber gár zu spaht /
wahr nehmen : Also nicht weniger / welche di tág-
lichen und in Gewohnheit gebrachten Untügen-
den und Unordungen zu langer Gesundheit ; zeitli-
chem und ewigem Lében / für heilsam halten und
aussreyen : erfahren erst hernách (leider zu spaht)
wi weit ihr Sinn von der Vernunfft : ihr zúmés-
sen vom Zil und ihr Wég von der Glükséligkeit
geslagen habe.   Der ein blöde Gesichte / hát über-
sihet vil.

258. Gewinnsüchtige Spiler.

Das Laster des Gewinnsüchtigen Spilens / wird
füglich mit der Trunkenheit verglichen : eines
teils / wégen der unbesonnenen Blindheit / in
welcher so wohl di Spiler als Seuffer reuiges Be-
liben tragen ; anderes teil / wégen der unterschidli-
chen Gemütts-Bewégung / welche dise schándli-
che Kurzweil mit sich zu bringen pfléget.   Der
Wein und der Würffel (étliche sázzen das drice
W. das Weib darzu) erweisen des Ménschen na-
türliche Neigung.   Ein Zorniger wird seine
Gall nicht verbérgen können / und wann ér bezécht
oder verspilt / zu Zanken und Hadern suchen ; sich
auch des fluchens nicht enthalten. Ein Melankoli-
scher wird sich klug bedünken / und eine Trauerkla-
ge über seinen Verlust ánstimmen.   Ein Geblütt-
reicher wird nicht unterlassen / sich in aller Begé-
benheit frólich zu erweisen.   Wélches Leib aber
mit vilen bösen Feuchtigkeiten ángefüllet / der wird

zu Bétte eilen/ und di Rúhe der Wein-und Würf-
el-Kurzweile vórzihen.

Wi nun di Neigung des Ménschen/ und der
Beschaffenheit seines Leibes/ohne Betrúbnis oder
Krankheit verborgen/ und nicht wohl erkéntlich
íst; Also kán mán auch/ ohne besagte Gelégenheit
wélche di Hoffnung des Gewíns/ leichtlich án di
Hand gíbet/ von dem euserlichen Anséhen/ kein sí-
cheres Urteil fassen/ und wissen was ér in dem
Schilde fúhret. Dahér eine verstándige Mutter
ihrer Tochter díse Lehre gegében/ Sí solte keinen
heurahten/wélchen Sí nicht zuvór Trunken/oder
mit Unglúk spilen séhen; Wann Er Jhr dann zu
solcher Zeit wohlgefallen wúrde/ móchte Sí mit
Ehlicher Verlóbnis sícherlich verfahren.

259   Sodomiterey-Onaniterey.

Wi durch díse abscheuliche/ unflátig-greulichste
Tod-Súnde/ der Sodomiterey und Onani-
terey/vil Selen vertérbet wérden/und úmkommen/
erfáhret mán leider táglich; so gár/ das auch teils
Rúchlóse/ Gottes vergéssene Geschópff-ja ihre ei-
gene Leibes-Vertérber/ nur einen Schérz darmit
treiben: achten nicht/ wi es dem *Onan.* *Gen.* 38.
darúber ergangen/ das ihme úber solcher greuli-
chen eigenen Leibesschánderey/ indéhm Er seine
eigene Schande ausscháumet und Gottes Ségen
zum Fluch verwandelt/ di Sele samt dem Sah-
men/ erfróklicher weise ist ausgefahren.

Es ist zwár/ was solche *Onanitische Cyclopes*
und

und *Centauri*, schändliches treiben/ auch schänd-
lich zu sagen/spricht Paulus/ *Eph.* 5. Drüm heist
Er Si Weichlinge/*Cor.*6. Ménschendibe/1.*Tim.*1.
eigene Leibesschänder/*Rom.* 1. di den Témpel Got-
tes vertérben/ 1. *Cor.* 3. ihr Faß mit Heydnischer
Lustseuche beflékken / 1. *Thess.* 4. und/ wi *Judas
Thadeus* saget / ihre eigene Schande ausscheu-
men..

Idoch ist di Jugend für solchen stummen Sün-
den/ wi Si im Büchlein der Weisheit/ *c.* 14. ge-
némmet wérden / zu warnen.   Dann bringt der
Teufel seinen glattsleichenden Slangenkopff in
ihr lustseuchiges Hérze; gár swérlich wérden Si
seiner lós.

260. Das Gefährliche Vertrauen.

Wir vertrauen offt unser Lében solchen losen
Leuten (wi Kutscher und Schiffer zu seyn
pflégen) wélchen wir unseren Beutel nicht gérne
vertrauen wolten.   Nun ist das Lében vil édler /
als Géld und Gutt/ und weis der Ménsch nicht /
wañ Er sicher zu seyn vermeinet/das Er in der gró-
sten Gefahr swébet/wélche di blinde Jugend nicht
erséhen kán.   Wann ein Füs strauchelt; so ist
der ander in Gefahr.

261. Di Teufels Hummel.

Es hóreten di Ménschen-Kinder/das di Hölle ein
ewiges Feuer/ und der Himmel voll ewiger
Freuden wäre: deswégen schikten Si zwene Ge-
sandte án Abraham/Isaac und Jacob/ und lissen

Si

Si fragen: wi Si dem Höllischen Feuer entflihen
und zu der ewigen Freude gelangen möchten?
Dem ersten Gesandten wurde geantwortet: Zün-
det in eurem Hërzen án/ das Feuer der Líbe-Got-
tes und des Nächsten; so wird euch das Feuer der
Höllen nicht ergreiffen können. Dem andern ge-
sandten wurde geantwortet: Wëndet nur halb so
vil Mühe án/ das ewige Lében zu erlangen/ so vil
Mühe ihr ánwendet zu erhaltung des Zeitlichen
Lébens. Dísen Raht nahmen wenig Ménschen
án; di meisten spotteten des Rahts und der Ge-
sandten; trügen mit grosser Mühe Holz zu/ und
rënneten in di Glutt/ unerachtet Si an der Stráś-
se getreulich ermahnet wurden/ zu rük zu kéhren/
und den Wég des Vertérbens zu verlassen.

Di andern Ménschen sëndeten noch eine Bott-
schafft zu Abraham/Isaac und Jacob/ánhaltend/
das doch nur einer aus der Hölle möchte zurük
kommen/ und Ihnen den Zustand dersélben be-
zeugen.

Hirauf ward Ihnen zur Antwórt: Si wolten
einen zuvór aus dem Himmel auf Erden sénden;
kónten aber keinen finden/ der wider in das Elend
wolte; sondern antworteten alle einstimmig: wir
begéhrens nicht/ob wir gleich dürffen. Di Ver-
sammten aber antworteten: Wir dürffen nicht;
ob wir es gleich begéhren. Wi nun Christus kei-
nen von seinen Erlöseten/ wider auf di Wëlt läs-
set/weil Er Si alle gleich líbet: also lässet auch der
Sa-

Satan keinen aus der Hölle / weil Er Si alle gleich hasset.

Wolte Gott / das dises doch den Rüchlosen möchte zu Hérzen gehen / wélche so leichtsinnig den Himmel verschérzen / und sich fürsázlich in di ewige Flamme stürzen.

Wann der reiche Mann solte wider kommen / ist ausser Zweifel / das Er ein fröhmeres Lében ánfangen / und seinen Brüdern von Mose und den Propheten prédigen würde.

Di Himmelsvergéssene Leute aber / wollen auch nicht glauben dem grössen Propheten / der in di Wélt kommen / alle Sünder sélig zu machen: ja dén / der von Tódten auferstanden ist / bekénnen Si mit den Wórten / und verleugnen Ihn mit den Wérken / wi Paulus rédet in der Epistel an Tit. am 1. Kap.

262. Gott sihet alles.

Etliche Abenteurer wündschten / das Si doch di Sonne erlangen könten / nichts zweiflende / das Si solche leichtlich bedéfken / und ihren Schein verfinstern wolten. Es fügte sich / das di libe Sonne zu Ihnen auf di Erde kommet / da tragen Si erstlich vil Léder und Tüch zu / di Sonne zu bedéfken: aber vergébens; denn solches alles in einem Nú verbrandte. Si brachten grösse Steine und Sand; konten aber kein Haus bauen / das di Sonne bedéfken mochte. Si brachten vil Wasser aus dem Mér. Di Sonne aber lisse sich nicht ausléschen / sondern ver-

verzéhrte dise böse Buben / und begabe sich wider
án das Firmament / ihren ordentlichen Lauff zu
verrichten.

Also vermeinen di Ruchlosen Sünder das Án-
gesichte Gottes zu betrügen/ wélches heller leuchtét
als di libe Sonne/ indéhm Si ihre Mishandlun-
gen / So Si für der Ménschen Augen verbérgen
auch für Gottes Augen verhüllen wollen.　Ein
ganz töhrichter Wahn.　Gott/ der in das verbor-
gene sihet hat vll/ Uns unbewuste Mittel/ das Ú-
bel zu sträffen/ und bleibet bey dem Alten Sprich-
worte.

Es ist nichts so klein gesponnen/
Das nicht kommet án di Sonnen.

263. Falscher Schein.

Di meisten Ménschen wollen wissendlich betró-
gen seyn: fraget mán einen Réchts-Gelehrten
zu Rahte/ und Er saget/ das di Sache böse und bó-
denlós ist ; so bekömt Er kein Géld/ und suchet der
Kläger einen andern Anwald. Der Arzt mus dem
Kranken eine falsche Hoffnung machen / bis ihm
di Sele ausfähret/ wil Er anders nicht sibel ánge-
séhen / oder abgeschaffet wérden.　Di Weiber
sintnken das Ángesichte ; Si beliben di Larven ;
erhöhen sich durch di Holzschühe ; verstéllen di
Stimme/ di Gebérden/ und sagen von dem Hand-
küssen/ di Si mehrmals liber wolten abgehauen
wissen.　Alles löben ist Höfspráche/ und mus das
Gewissen zurükke gestéllet wérden/ wo das Wissen

den Augenschein betrüget: deswégen wird auch
dise Wélt einem Schauspil verglichen/ da sich alle
Personen verstéllen/ verlarven und verkleiden; und
di Zuséher belustigen sich mit dem ángenéhmen
Betrüge. Schéllen seyn König unter den Blin-
den.

264. Beleidigung.

Wann mán einen zu beleidigen gedánket/ so mus
mán zuvór alle Freundschafft und Neigung
von Ihm abwénden; Ihn offentlich óder heimlich
für einen Feind halten: und erklären Wir Uns/
durch di Beleidigung / zu seinem Widersacher/
wélcher di Gelégenheit sich zu rächen nicht unter-
lassen wird.

Was Vertrauen kán mán nun zu einem Belei-
digten sázzen? Dén wir zuvór für unseren Feind
gehalten/ den fürchten wir und hassen Ihn / weil
wir desgleichen von Ihm auch argwöhnen.

Wi nun di Libe zur Gegenlibe verbindet; so rei-
zet auch di Feindschafft zur Gegenfeindschafft; und
so vil mehr/ so vil grósser der jenige ist/ der sich belei-
diget findet/ oder dér den Geringern beleidiget hát.

Cardanus de Vit. Civ. lehret hirvón / auf gute
Italiánisch/ das keiner sich sol einiger Feindschafe
vermérken lassen/ wenn Er nicht di Gelégenheit
sich würklich zu rächen in Händen habe: ist aber
unchristlich / weil Gott seine Gnade mit der Libe
des Nächsten / und der Vergébung seiner Fehler
verknüpffet; wí wir in dem Vater unser béten.

265.

265. Sündliche Neigung.

Wann di Unvollkommenheit unserer Sündhaf-
ten Natur/durch nichts anders könte dárge-
tahn wérden/so würde Si aus dem stétigen Wider-
strében wider das Gutte/hélle genug in di Augen
leuchten. Eben deswégen hát Gott und vernünf-
tig-erfahrene Ménschen di Gesázze eingeführet/
unsere Sündliche Neigung dardurch im Zaume
zu halten und zu bándigen. Der strénge Nách-
druk dersélbigen weiset Uns/das das nicht sündi-
gen nöhtig ist; ob schon das Sündigen ángenéhm
und líblich zu seyn scheinet.

Der Smérz dén di Sünden lassen / wann Si
wég gehen/ist grósser als di Freude / di Si zu ih-
rer Ankunfft gemacht.

266. Zeitliche Wóhlfahrt.

Der Frömigkeit árgster Feind ist : Zeitliche
Wohlfahrt. Wi hart hált es doch/ das di Rei-
chen in das Himmelreich kommen! Di Kinder Is-
rael béteten in Egypten; in der Wüsten aber mur-
reten Si : Ihre Andacht wéhrete nicht lánger/als
Si mit der swéren Zigel-Arbeit gedrukt waren;
sobald Si aber gutte Tage hatten/séhneten Si sich
schon wider nach ihren Fleischtöpffen: ja Ich hal-
te gánzlich dafür / das mancher nicht so Gottlos
wáre/wann Er ármer wáre. Ein alter verstän-
diger Vater freibet von dem Salomon / das ihme
sein grosses Reichtuhm mehr geschadet / als ihme
seine Weisheit nuzzen gebracht habe. Unruh und

Dürff-

Dürfftigkeit tuhn offtmahls das / was Reich-
tuhm nicht tuhn würde: dann / Reichtuhm ma-
chet nicht weniger aufgeblasen/ als grosse Wissen-
schafft; da hergegen Armut (wi dort im Evange-
lio di Krankheiten)haufen weise zu Christo treibet.
Ich wil derowegen allezeit / wann Ich Gott üm
einen oder den andern Segen anruffe / noch ein-
mahl so herzlich bitten / das Er mir di Gnade ge-
ben wolle / solcher wohl zu gebrauchen/ und darne-
ben sehnlich flehen /nicht eben das Er mich meines
Elendes erlédigen; sondern das Er mir das ver-
mögen gében wolte / solches zuerrtragen.　Dann
ob schon meine Anféchtungen vil und mannigfal-
tig seyn/ so werde Ich doch/ so lange Ich ihnen ge-
wachsen bin / des ärgsten wartend/ und des bésse-
ren hoffend; allezeit etwas　darbey gewinnen.
I heffriger meine Probe ist/ i grösser wird auch
mein Sig und mein Lohn seyn.

<h2 style="text-align:center">267. Alles Gutt.</h2>

Man pfléget offt andere Leute/ nach seinen eige-
nen Gedanken zu richten: und di jénigen/ so
án sich sélbst nicht vil guttes háben/seyn gemeinig-
lich hurtig/ von andern Übels zu gedänken. Weil
dann kein Ménsch ist / der aller bösen Nachréde
kán befreyet seyn; so wil Ich dem ärgsten nicht
allzeit Glauben gében / sondern das béste von ei-
nem Iden réden.　Wo di Libe ist: da ist auch
Treu und Glauben.

M　268. Be:

268. Beförderung.

Di Beförderungen zu grossen Würden/ komen weder von Osten/ noch von Westen; sondern von Gotte. Si dinen dénen jénigen/ welche ohne Gottes Ségen darzu gelangen/ nur zur Rache und Stráfe. Wér solte nicht liber mangel leiden; als auf so eine weise/ ein grösser Herr seyn wollen? Unter den Blinden/ ist der Séhende König.

269. Hóchmuth.

Hóchmuth hat vil Beswérnüsse; ist nimand gut; keinem auch schádlicher als Ihme sélbsten. Adam wolte seine Wissenschafft verbéssern/und verlohre darüber seine Wohnung im Paradise: und da iene Baumeister zu Babel ihre Wohnung verbéssern wolten/ verlohren Si darüber ihren Verstand. Wi vil reiche Leute seyn darüber zu Béttern worden/ das Si haben wollen grós/ máchtig und für andern ángeséhen seyn? Ich wil nimmer darnach trachten/ wi Ich etwas seyn/ oder wissen móchte/ das Ich weis/ das mich gereuen kán. Was hilfft es einem/ das Er etwas gewésen?

270. Verstéllung.

Es wird des Ménschen Hérz über bi mássen bemühet und verunruhiget/ wenn es sich anders stéllen soll/ als ihme zu mutte/und ist eine wunderbarliche Pein/ wenn mán immer/ aus Furcht/erkant zu wérden/was mán im Schilde führe/ so genau achtung auf sich sélbst gében müs. So offt

mán

mán solche Leute ánsihet/so offt vermeinen Si ver-
rahten zu seyn; und verbleibet es doch nicht/ Si
entdécken sich éndlich sélbst/wi angérn Si es auch
tuhn. Di Sorge/di Si tragen müssen/ihre na-
türliche Zúneigung zu verbérgen/ ist Ihnen eine
stéte Marter : und wenn solche entdécket ; wérden
Si gár verwirret. Darúm ist keine gróssere Lust/
als der Natúr gemás zu lében : und ob gleich zu be-
fahren/ es möchte einer/ so man ihn récht kénnet/
ein wenig geringer ángeséhen seyn; so ist es doch
vil bésser/ nicht hóch gehalten zu wérden/ und ein
fein aufrichtiges Lében zu führen/ als in verstél-
lung seiner sélbsten/so vil Mühe zu haben ; wiwóhl
in beiden gewisse Más zu halten: dann zwischen
einem freyen und náchlássigen Lében ein sehr gróf-
ser unterscheid.

271. Falschheit.

Di Falschen und Heuchler seyn dem Geréchten
Gott ein Greuel: Si vermánteln gleich ihre
Missetaht wi Si wollen/so seyn es doch nur subtile
Spinnewében / dardurch mán éndlich augen-
scheinlich sihet/was in der férne für den Ménschen
verborgen ; Gott aber/(für dem nimand bleibet
der böses tuht) iderzeit offenbahr gewésen ; déssen
Langmüht einen solchen Frévler zu der Busse hát-
te leiten sollen.

Der Swán / mit seinen weissen Fédern / und
swarzem Fleische/ist als ein Bild des Falschen
von den Opffern verworffen: und pflégen alle

R 2

Heuch-

Heuchler und Falsche / vor ihrem Tóde / ein er-
bármliches Gráblild ánzustimmen;

272.   Testament.

Etliche seyn der beständigen Meinung / ein Christ
solle kein Testament oder lézten Willen machen /
weil ér gleichsam seine Verlassenschafft dém entzi-
he / wélchem Si von Réchts wégen gebühre ; oder
aus Neid einen zum Erben einsázze / der sein Erbe
nicht sey / und also sein feindliches Gemütte / in den
lézten Todesnöhten erweise : ja Si wollen / das di-
ses kein Allmosen / wélches mán in solchen Fällen
gébe / weil di Verlassenschaft der Erben / und
nicht der Stérbenden : deswégen mán bey Lébes-
zeiten den Armen guttes tühn soll / und nicht nach
dem Tóde ; des verständigen Vertrauens / das sol-
ches GOtt nicht wérde unvergolten lassen.   Pro-
pheten stehen in der Bibel.

273.   Freundschaft.

Di Freundschafft / wélche ihr Abséhen auf Ge-
winn richtet / ist keine Freundschafft zu nénnen /
wi etwan bey den Kaufleuten seyn möchte / wélcher
Freundschafft in gutter Gesellschaft bestehet ; oder
bey den Soldaten / so durch di Gefahr verbunden
wérden ; sondern es seyn solche vilmehr Kund-
schafften / als réchte Tugendfreundschaften zu
nénnen / di den Freund / wégen seiner gleicharti-
gen Sitten / ohn alle Gewinnsucht liben machen.
Wi mán nun / aus Betrachtung eines Blinden /
di Erprislgkeit des Gesichts erkénnet ; also
kán mán aus der Nachtheit eines falschen Freun-
des /

des / di Schäzbarkeit eines gutten Freundes ab-
néhmen.   Wér einen Freund macht; hat ein
grósses *Capital* ángeléget.

274. Versuchung.

Di Versuchungen der réchten Hände/ seyn ge-
fährlicher / als di Versuchungen der linken
Hände/ und seyn zu réchen / wi zéhen gegen eins/
oder tausend gegen zéhen: Gleich wi di Sonne
dem Wanderer leichtlich den Mantel ablégen ma-
chet / wélchen Er un Régenwétter án sich zu zíhen
pfléget.   Di Versuchungen der linken Hände /
können nur auf zweyerley weise schaden: némlich
durch Mistrauen gégen Gott/ oder durch Rüch-
losigkeit.   Beides seyn grôbe Sünden/ für wél-
chen man sich leichtlich hüten kán : di andern Ver-
suchungen aber / haben einen ehrlichen u. Nahmen/
und fälscheren Schein. **Das Glük und Trüb-**
sal / ist wi di Hizze und Kälte ; jéne swä-
chet und zerteilet di Krafftgeisterlein : di-
se hält und zwinget zusammen.

275. Zweyzüngler Ohrenbläser.

Flihe di Sünde/ sagt Syrach/ wi eine Slange ;
dann wann du ihr zu nahe kömmst/ so wird Si
dich stéchen.   Solches kán füglich verstanden
wérden von den Ohrenbläsern/ wélchs ihre Zunge
schärffen/ wi eine Slange/ und trägen Ottergiffte
unter ihren Lippen/ wi der 104. *Ps.* rédet.   Ihr
wütten ist gleich wi das wütten einer Slangen;
aber Gott zubricht di Zähne in ihrem Maule / v.
w. *Ps.* 58/5.7.   M 3   Der-

Dergleichen Gebäkkes Leuten / mangelt / nach dem gemeinen Sprichworte / nichts / als ein *Medichinus;* wélcher ein wohlberühmter Haupt-mañ gewésen / der solch Gesippe / wann und wo Er es ángetroffen / bald aufhénken lassen.

276. Di Vir Jahr- und Lébens-Zeiten.

Di vir Zeiten des Jahres / wurden einsmahls für Gott erfordert / und einer íden ihr Nahme und Zeichen gegében. Dér Ersten wurde gesagt: Du solt Früling heissen; du solt dén Ménschen frühe wékken zum Gebéte und zu der Arbeit; wí auch di Vögel / ihren Schöpffer zu loben. Du solt das Vih nach dem kalten Winter erkwikken / und di Erde mit fruchtbarem Tau ánfrischen. Dein Kleid sol seyn grün / dem grünen Holze des Lébens zu Ehren. Dein Amt sol seyn / den Mén-schen táglich zu prédigen / das nach dem Trübsahls-Winter / der stétsgrünende Früling der Ewigkeit zu warten.

Zu der andern Jahreszeit wurde gesagt: Dein Nahme soll Sommer heissen / weil du táglich von der Sonnen Klárheit mehr und mehr zeugen solst / und dein Kleid sol seyn von tausend Farben / zur Erinnerung / das di Güte des HErren tausend-fáltig unter den Ménschen blühe. Dein Amt sol seyn zu prédigen / das di unsichtbare Sonne kräff-tiger sey in den Hérzen der Frohmen / als di sicht-bare Sonne in den Gewáchsen der Erden / Sí zu ihrer Follkommenheit zu bringen.

Zu

Zu der dritten Jahreszeit wurde gesagt: Dein
Nahme sol Herbst heissen / weil du den herben
Winter ankündigen solst: Dein Kleid sol grau
seyn / dem greisen Tode zu guttem Gedächtnisse:
dein Amt sol seyn / den Menschen täglich zu prédi-
gen / wi alles Fleisch Heu / und alle Heiligkeit des
Menschen wi das Gras auf dem Felde: dann der
Geist des Herrn bläset darein. Das schönste Obst /
welches du den Menschen gibest / sol ihnen weisen /
das auch ihr Leiber täglich faul un mörbe werden.

Zu der Virden Jahreszeit wurde gesagt: Dein
Nahme sol Winter heissen / weil der Wind dein
HErr / und Ungewitter / Sturm / Frost und Schné
nach und nach régen wird. Dein Kleid sol schne-
weis seyn; dem hinfallenden Alter zum Gedächt-
nisse. Dein Amt sol seyn den Menschen täglich
zu prédigen: dulde das Böse; hoffe das beste:
dann nach dem Winter kömmt der Somer; nach
Ungewitter Sonnenschein; nach Trauren Freu-
de; nach der Vergänglikeit di Ewigkeit. Wér
nun dises / in was Zeit er auch leben wird / be-
trachtet / kán sich für Sünden / und derselben be-
trauerten Irrtühmen hitten.

277. Gutt oder Böse.

Das zwey widerwertige Zufälle in einem Subje-
cto, oder Unterlage nicht bestehen können / hat
so wohl in der Heiligen Srift / als in der Philoso-
phia seinen Grund. Guttes und böses / seyn wi
Feuer und Wasser / und streiten stets mit einander /

bis eines das ander überwunden. Hír iſt kein an-
der Raht: entweder meine Sünden und Jch; o-
der Gott und Jch müſſen uns von einander ſchei-
den. Wi ſol einer zugleich Gottes Kirche und
des Teufels Kapélle ſeyn können? GOtt allein
di Ehre!

278. Hofnung.

Leihet / und hoffet nichts darfür / ſagt Chriſtus
Luc. 6. Etwas gében in Hoffnung / das man
es gedoppelt wider genüſſen wolle / iſt nicht gében /
ſondern leihen; ja auch nicht kihen / ſondern auf
Wucher légen. Jch wil derowégen gében / da
Jch nichts zu gewarten habe / ſo wérde Jch meinen
Lohn im Himmel haben.

279. Der Tód.

Es ſol der Tód zwár eine Stráfe der Sünden
ſeyn; aber / wann mán es récht bedänket / ſo iſt
es nur ein Ende der Sünden. Wi wir aus dem
Paradíſe ſcheiden muſten / funden wir den Tód:
widerüm / wann wir von dem Tóde ſcheiden / fin-
den wir unſer Parabis. Es können ja di jénigen /
di da wiſſen / wohin Si durch den Tód gehen / nicht
anders / als wünbſchen / das Si ſchon hinauf ge-
gangen wáren: und mit unſerm Séligmacher /
doch in einer anderen Meinung / ſagen: Stehet
auf / laſſet uns von hinnen gehen! So bald ein
Ménſch gebohren; ſo iſt Er ſchon auf der Straſſe
zum Tóde: da nun unzeitiger Tód eine Stráfe:
was hat das Kind geſündiget mit dém / das es bi
Wélt ángeſéhen? 280. Der

280. Der gutte Wucher.

Der Arme ist Gottes Glükstopff: Lége Erde hinein; so wirst du den Himmel dafür heraus zíhen: für einen Héller einen unermáslichen Schaz: dann/ Gott gibet nicht nur zéhen vom hundert; sondern hundert von zéhen.   Ich wil bey nimande/ als bey Gott wuchern.

281. Mahlerey.

Das Gemáhl ist eine Gleichheit déssen/ das mán sehen kan/ sagt Socrates beym Xenoph.l.3. solche Gleichheit erfreuet das Gesichte/ mit ihrer Schönheit; schärffet den Verstand/ mit ihrer Ártigkeit; erfrischet das Gedächtnis / mit gemérksamen Bildern; erkwikket das Gemütte / mit allerhand séltenen Erfindungen ; entzündet di Begírde/ zu vilen Hélden-Tugenden; ist bey Fürsten angenéhm; bey den Geléhrten wéhrt; von der Júgend gelíbt/ und von idermann gelobet: hát auch in Krígswésen einen gróssen Nuz; das Abwésende als Gegenwärtige fürzustéllen.   Ist also di Mahlerey eine schöne Kunst/ welche di Gestált áller sichtbarlich- und auch unsichtbarlichen Dinge fürstéllet/ und gleichsam eine Sprache ist/ di alle Ménschen (di Blinden ausgenommen) verstéhen!

Wégen der sichtbarlichen Abbildungen / wird das Gemáhl ein líblicher Betrúg der Augen genénnet; und ist der béste Mahler/ der béste und rédlichste Betrüger/ besagten fürnéhmsten Sinnes des Gesíchtes.   Si ist ein zuláßiger und löblicher

M 5   Be-

Betrug; abgesehen von der Gleichheit der Natur:
mássen alle Kúnste ihre Hérzwurzel gleichsam in
déren Natúrlichen Wésen haben / von wélchen
Si hér stammen; und nachgehends / als abgeson
derte Zweige verpflanzt; neuen Safft und Kráff-
te erlangen.   Also hat Zevxis di Vögel betrogen/
indéhm Er Weintrauben/mit so natúrlichen Far-
ben gemahlet/ das Si Sélbe herzú gelokket / dar-
von zu pikken.

Di Unsichtbahren Sachen/als da seyn Túgen-
ben und Laster/ bey wélchen keine wésentliche
Sélbstständigkeit/ wérden durch schikklicht Gleich-
heit ausgebildet: und wi bi Wörte in ihrem eigen-
lichen/ oder Figurirten únd verblümten Verstand
gebraucht wérden; also seyn auch di Bilder zwey-
erley; als: wenn Ich eine Sache mahle/wi Si zu
Gesichte kömmt; als: einen Ménschen: eine Land-
schafft; eine Geschichte; u. w. Dann/ wann das
Gemähl einen heimlichen Verstand hát/und des-
wégen genennet wird ein Sinn-Bild; das ist/ ein
solches Bild/ das eine verborgene und durch di
Beyschrifft ángeführte Bedeutung vórstéllet.

Wi sich nun erliche Réden finden/ di ihren eigent-
lichen Wórtverstand haben und doch (*Sensu alle-
gorico*) auf eine Vernénnung oder Gleichheit zugleich
gezogen wérden: Also ist zwischen beiden/ di Bilder-
kunst/ *Iconologia*; da di Bilder alle Ménschliche
Gestalt haben; wi in den Gemáhlen/ und zugleich
mit ihren Gebérden (wélche gleichsam ihre Spra-
che)

che) ihren beyhabenden Tihren / und andern Ge-
réhtſchafften / di Túgenden und Laſtér; Traurig-
keit / Fröligkeit; Tag / Nacht / u. w. abbilden.

282.　Misgunſt.

Gleich wi di Misgunſt das ohnmächtigſte / klein-
mütigſte / und nichts würdigſte Änligen der
Selen; alſo iſt es auch das unerſättlichſte / grau-
ſamſte / und ſchädlichſte unter allen / und welches
am meiſten Verzweifelung / ungeréchten Fortgang
und wunderliches fürnéhmen verúrſachet.

Dann / weil Si nirgend / als in kleinmütigen
Hérzen / ſchalkhafften Gewiſſen / und zum Wider-
ſtand gár zu ſwachen Gemütern plaz findet; ſo
verúrſachet Si / und gebíret tauſenderley wüſte
rauberey / bey dénen da Si eingeképrt; Si zwin-
gende / wenn Si fréch und unnüz / unter allem ih-
rem Wundſche / den gänzlichen Untergang / ides
tapfferen und hérzhafften zu wége zu bringen.
Seyn Si aber geringen Verſtandes; ſo treibet Si
Si zu ſinähen / und lügen / damit Si / durch übel
náchréden und lügen / den Nuz erlangen mögen /
welches Jhnen di Wahrheit / und Härtigkeit ei-
nes tapferen Gemütes verſagt hát.　Seyn Si
geizig; ſo vertiifft Si diſélbe nicht allein in eine un-
erſátliche Begírde; ſondern Si gibt Jhnen auch
unter den Füs allerhand fündlein / und unbilliche
Mittel / ſich mit verluſt ihrer Séligkeit / und gár
öfft ihrer eigenen Ehre / unréchtmäſſiger Weiſe zu
bereichern.　Ja Si führet Si zu ſo unflätigem

und

und abscheulichem Fürnéhmen / ihre Bekwémig-
keit zu vermehren / das Si di Verzagten / grausa-
men / ungeschikten / unverschämten / und di Geizi-
gen / ohn unterlas / nach verlangen der ganzen
Wélt Armutt / und Hungersnoht / geplagte Leu-
te machet / und éndlich in so unzählbar-anderes
Elend / und unglükselges fürhaben. So dises ver-
dammlische Anligen / in dénen Gemüttern / darin-
neh es hérrschet / aushékket. Wäre di Misgunst
ein Feber; di Wélt wäre längst gestorben.

283. Bezeumte Zungen.

Des Ménschen Verstand hát keinen anderen
Verrähter / als seine eigene Zunge; So lan-
ge ein Narr still sweiget / wird mán seiner niche
gewahr. Jch wil mit nichts fürsichtiger umgehen
als mit meinen Réden; dann es bésser ist / das mán
dänke / Jch wisse ein wenig / als das mán wisse / das
Jch nichts weis. Wér verständig und bedacht-
sam rédet / der weis genug.

284. Einbildungs-Gedanken.

Wir Ménschen seyn Erden; wélche di Himmel
breite Gnade Gottes umgében; darinnen
lében und swében wir. Wann Uns irrdische und
böse Gedanken einfallen / sollen wir / (nach der
Kirchenlehrer Raht) unsere Augen gén Himmel
erhében / und uns erinnern / das unser Lauf dahin
gerichtet / und das Uns davon nichts sól wéndig
machen. Wir pflégen aber unsere Augen vilmehr
nider zu slágen / auf das / was auf der Erden ist;

faſt

fast gleich den Schafen Jacobs/ di nach den bunten Stäben/ihre Einbildung gefasset/ und dénselben in ihrer Zucht nachgeahmet.

Unter allen Vórbildungen aber/ist keine/wélche mehr bestürzet/ und den Verstand verfinstert/ als di Furcht des Todes; indéhm das Geblütte erstarret/ erkaltet/ und das Hérze erstikket; das jéner nicht unrécht gesaget: das Srékken sey ein Donnerteil/ wélcher mit wundersamer Geswindigkeit zuGrunde richte/was es erschüttern oder zersplittern kan. Bóse Gedanken kloppen allzeit an: túh zú; so gehen Si davon.

285. Stolz.

Alle Laster suchen sich wégen ihrer Ungestalt und Hässligkeit (von dem Hass also genénnet) zu verbérgen; ausgenommen der Stolz/ oder di hochfahrende Hoffahrt/ wélche Gott und den Ménschen ein Greuel ist; also/ das mán keinen Stolzling wird finden/dér nicht mehr Feinde und falsche Freunde habe/als réchtschaffene Freunde. Ein solcher Einbilder / verachtet alle nében sich; Er ist der Klügste/ der Schönste/ der Berédeste: und weil Er/ nach seinem Wahn / alles weis; so verachtet Er di andern/ wélche gegen ihm nichts wissen/ und Ehre einlégen können. Wann di Stolzheit nicht wäre; wo blibe doch di Narrheit?

286. Unbedachtsame Réden.

Ein Wórt/ das über di Zähne bezirkt/ und über di Slagbrükken der Lippen gegangen/kán nicht wohl

wohl wider zu rük genommen wérden / und hat dise doppelte Behältnis di Deutung / das mán nicht zu snéll seyn soll / mit verfänglichen Réden; sondern zweymáhl betrachten / was man einmahl sagen wil. Im Spigel síhet mán des Ménschen Gestalt: im Réden seinen Verstand: wo richtige Vernunft ist; da ist Vernünftige Réde: und ist Wohl-Réden eine Kwélle der Weisheit.

287. Laster.

Di Wohllust ist ein tódtes Gemähl / wélches di Augen Kurze Zeit belustigen kán: der Zorn aber / ist eine wirkliche und hässliche (also von dem Haff genénnet) Ungestaltung / der dén Spigel óhne Reu und éntsázen / nicht anséhen kán. Dise Laster wérden einander billich nách / oder vilmehr entgegen gesäzet: und seyn zwár widrig / wi líebe und Haff; idoch vilmahls beysammen / wi dann fast alle Laster án einer Kétte hangen. Der Neid / Haff und Zorn / folget einander nach: der Neid / misgónnet das Gutte / So der Náchste besizzet; der Haff gónnet ihme das bóse; der Zorn euht ihm das árgste: am ráhtligsten ist sich darvon fittab / in Zeiten zu entzihen. Wér Tugend sáet / der Erndtet einen gutten Nahmen.

288. Baum.

Weil wir Ménschen durch di / án dem verbothenen Baume / begangene Sünde / natürlich unfruchtbahre Báume worden / di arge und bóse Früchte bringen; ins Hóllische Feuer geworffen wér-

wérden solten: Sihe! so hat sich der Barmhérzi-
Vater über Uns erbarmet; Uns wilde Bäume
eingepfropffet / in das zarte Reislein von Naza-
reth; auch mit heilwärtiger Krafft / déssélben ro-
sinfarben Bluttes / in der H. Taufe zu gottséligem
Wachstühme und Christlicher Fruchtbringung/
begessen und ángefrischet.   Das wir nun darzú
gelangen:/ und dabey verharren; ist von nöhten:
das wir uns / gleich wi Petrus und Maria-Mag-
dalena/ mit heissen Buß-Trähnen benézzen: und/
durch würdige Nissung des H. Abendmahls/ un-
sere Hérzen / mit dem Blutte JEsu Christi be-
sprengen: so wérden wir in Gottes Kirch-Garten/
als Bäume der Geréchtigkeit / und Pflanzen des
HErren zum Preis (Esa. 61.) grünen/ blühen/
und vil Früchte bringen.

289.   Zeit.

Ich bilde mir stéts ein / als wann Ich géstern erst
in di Wélt kommen wäre / und alle Augenblitt-
ke wider daraus scheiden müsse; so geschwinde gehet
di Zeit wég / und traben wir dem Tode entgegen /
ehe wir zeit haben Uns zu bedénken/ das wir lében.
Mancher hat kaum so vil Zeit/ das Er sein Früh-
stükke hir éssen kán: ein ander seine Mittags Mahl-
zeit: und wér am längsten lébet / mus mit dem Á-
bend-Essen zu friden seyn: Dann wir légen Uns in
eine andere Wélt zu sláffen niber.

Ich wil alle Tage also lében/ als wann Ich kei-
nen Tag mehr zu lében hätte; Dann Ich weis ja
nicht/ ob Ich länger leben sol.   290.

290. Trauer-Spile Tichtung.

Es ist unſwér zu erweiſen / das Schau-Spile
dichten / vor Zeiten nur Kayſer / Fürſten / groſ-
ſer Hélden / und Wélt-weiſer; nicht aber ſléchter
Léute geweſen; di wi Si ihren Widerwértigen /
mit der Hand obgeſiget; alſo haben Si auch / durch
dérer Zutühn / di Feinde des Gemüttes (di Ver-
wirrung deſſélben) aus dem Félde geſlagen. Wi
aber ſonſt di Pocterey / ins gemein / eine Léhrerin
der frömmigkeit / eine Érforſcherin der Natúr;
eine Mutter der Túgenden; eine Geleitsmannin
der Weisheit; eine Kwálle der gutten Künſte und
Sitten: Alſo ſeyn Trauer-Spile ein Spigel
Ménſchlicher Zúfälle; durch déren Beſichtigung
Wir mehrmals in Wehmut; zu Trähnen gerah-
ten; erſtaunen: Dárnében aus den ſchönen ein-
geméngten Sprüchen lérnen / das Uns beiderley
Glük / wi es andern aufgeſtóſſen / auch begégnen
könne; Dahéro Sélbiges Männlich erwarten /
und ſanfftmüttiger ertragen.

Wér wird nicht / wenn er den Herodes beſchau-
et / bejahen / das alle di jénigen / di wider Chriſtum
Raht halten / ſich ſélbſt aufs Maul ſlagen / und in
ihre eigene Augen ſpeyen? Denn / ſolche wolten
gérne oben án ſizzen / und wérden doch von männig-
lich ángefeindet: Si wolten gérne ſtérben / und
können nicht; bis éndlich di verdamte Sele / aus
dem Ausſäzzigen / reudigen / ſtinkenden / lauſichten
Madenſakke ausfähret / án den Ohrt der Kwahl /

da

da sich euserlich plagendes Höllisches Feuer / und
ìnnerlich nagende Herzens-Angst verewigen.

Wér wird nicht mit höherer Geduld / als zuvór /
sein Kreuze auf sich néhmen / wenn er verstéhet / wi
di Prinzéssin Marianne als ein Ambos unüber-
windlicher Stárke / manchen Verleumdungs-
Hammer / und swéren Hérzens-Stós ausgestanden?

Keiner ist / der nicht / wann Er líset / wi Aristo-
bul / ein Jüngling / in bésten Jahren / als ein wóhl-
richendes Blümlein / von einem starken Hagel-
wétter nidergeslagen ; bekénnen wird : Das mán /
bey guttem Zustande / auf slipffrigem Eise wande-
le / und mit dem Gelükke ümgehen müsse / wi mit ei-
nem scheinbaren Glase / für dem sich augenbliklí-
chen zubefahren / das es zerbréche / oder seinen
Glanz verlíre : u. w.

Î länger wir alhir / nach dem gestékten Zíl lauf-
fen ; í mehr straucheln und fallen wír.

291. Stráfe.

Alle Stráfen kommen von einer Hand ; Hiobs
Swähre / seyn so wohl Gottes Finger / als Kö-
nig Pharaons Plágen : Si seyn aber nicht alle zu
einem Ende gerichtet ; étliche gereichen dem ei-
nen zur Züchtigung ; dem andern zum Verdam-
nüsse. Gott sláget di Seinigen / weil Er Sí lí-
bet ; di Gottlosen aber / weil Sí Jhn nicht líben :
Er züchtiget jéne / und über seine Rache án disen.
Es ist ein Zeichen / das Er uns líb hát / wann Er
uns sláget ; und wann uns seine Sláge ánlaß gé-
ben /

ben/ das wir Jhn liben; so mögen wir wohl mit
David dénken: es ist gutt für uns/ das wir in
Anfechtung und Leiden gewesen seyn.   Stráfe
ist der Laster *Purgation.*

292. Túgenden.

Der Soldaten Tugend ist; di Tapfferkeit; der
Höfeleute Tugend; Berédsamkeit und Höflig-
keit: der Kaufleute; di Spársamkeit: der Wei-
ber; di Keuschheit; der Jünglinge; di Beschei-
denheit: und aller und ider Tugend/ (ohne wélche
di andern nicht bestehen können) ist di Mássigkeit;
als eine Kwälle göttlichen Ségens; eine Zucht-
meisterin sündlicher Begirden; eine Pflégerin ver-
langter Gesundheit; ja eine Héroldin/ alles zeitli-
chen und ewigen wohlergehens.

293. Neigung.

Di Freundschafft ist édeler/ als di Feindschafft:
dise löset auf/ und suchet zu vertérben/ was jé-
ne binder und zu erhalten pfléget: darzu denn di
Natúr úm vilmehr geneiget; durch di Erb-Sün-
de so sehr vertérber ist/ das der Verstand swach; der
Wille unbeständig; di Einbildung wandelbahr/
und swinget sich bald da/ bald dort hin/ nachdéhm
wir durch di euserliche Sinnen veránlasset wér-
den: das uns also swér fället/ unsere fleischlich ge-
sinnte Gedanken/ von den sûpffrigen Beywégen
abzuzihen; dem gutten alleine zu verwidmen: da-
hér Si auch böse genénnet; mit der Asche/ so kei-
ne Frucht bringen kán/ verglichen wérden: und

ihre

ihre Hoffnung ist geringer geachtet/ als Erde.
Ich wündsche mit Syrach: O das Ich meine Ge-
danken könte im Zaume halten/ und mein Herz
mit Gottes Wörte züchtigen!

294. Urias Brif.

Was sonst Urias-Brif ; das richtet dergleichen
mündlicher Beséhl : Stélle disen án di Spi-
zen/ wo der Streit am héfftigsten ist/das Er falle.
Warüm ? damit David seinen Plaz bey der Bath-
seba haben möge.   Was dort dem Könige gesché-
hen/ das bemühet sich mancher noch heute zu wége
zu bringen; und ist ein ides guttes Amt / gleich
der schönen Bathseba/ di Si in ihren Gedan-
ken entblösset séhen: oder/ wi des Propheten Na-
tans Gleichnis lautet/Si wollen anderer Schäf-
lein néhmen ; sich mit den ihrigen nicht vergnügen
lassen.   Auf dergleichen Sünde/ folget auch glei-
che Stráfe ; das Si wohl für ihren eigenen Kin-
dern und Knéchten müssen flüchtig wérden.

2, 5. Das Gegenwärtige.

Ein Vater hatte einen Sohn/der nun seine mün-
dische Jahre erlanget und sich zu verheurahten
gewilliget wár: Disem führete Er vir Jung-
frauen für / Er solte eine unter Sélben wählen.
Di Erste (der Früling) hatte einen bunten Rok
ángekleidet; Si sahe sich frölich úm: ihr Haupt
wár mit einem Blumen-Kranze geziret ; auf der
Hand trüge Si eine Nachtigal/und ihre Gestalt
war sehr holdsélig.   Der Jüngling sahe Si án ;

 ge-

gedachte aber/ es seyn ihrer noch drey zu rükke/ lás
dise gehen / vileicht gefallen dir di andern bésser;
begéhrete also di Erste nicht.

Di andere Jungfrau (der **Sommer**) hatte ei-
nen ganz grünen Rok; auf ihrem Haupte einen
Kranz von Kornähren; in den Händen Pfirsch-
ken/ Morellen/ Kirschen/ u. w. Der Jüngling
lis auch dise gehen/ und hoffete was bésseres.

Di dritte (der **Hérbst**) trüge Äpffel/ Birnen/
Weintrauben/ u. w. in ihren Händen; hatte auf
dem Haupte einen Kranz von Rébenblättern; sa-
he aber so frisch nicht um sich/ als di zwo Ersten.
Der Vater fragte seinen Sohn/ ob ihm dise auch
nicht gefihle / und sagte dabey / Er müste dise oder
folgende néhmen/ und das solche nur einmahl aus-
geboten würden. Der Sohn vermeinte/ das bé-
ste komme zu lézt/ und lis auch dise fahren.

Di virde/ (der **Winter**) wár ein altes Weib;
grau angekleidet; ginge krumm gebükket; hustere
sehr; trug einen Feuertopff in der Hand/ und
zitterte für Frost. Da sprach der Vater/ sihe/ hir
hast du deine Braut: muste also diser Jüngling
di Alte wider seinen willen ehlichen; mit ihr Äpf-
fel hinter dem Ofen braten.

Also gehet es dénen/ wélche sich mit dem Gegen-
wärtigen nicht vergnügen lassen / sondern auf
grössere Ehre / Reichtuhm / oder andere zeitliche
Glükséligkeit warten.

296. **Ein-und Austeilung.**

Jéner

Jéner sagte folgende Rähtsel: Ich habe séchs Brödte: eines gebe Ich wider; zwey verleihe Ich: das virde verlire Ich/ und das séchste behalte Ich für mich. Das erste gáb Er seinem alten Vater wider/ der Ihn/ in seiner Jugend auch ernähret hatte. Di zwey leihete Er seinen Söhnen/ di solche ihm in seinem Alter widergében solten. Das virde gáb Er seiner Stiffmuter/ und das wár verlóhren. Das séchste gebrauchte Er/ zu seiner Nohtdurft.

297. Augen.

Di Augen seyn di Spigel des Hérzens: di Tauben Augen seyn ein Zeichen der Einfalt und Fröhmigkeit: di Basilisken und Drachen Augen/ di Kénnzeichen der Bósheit.

Di Augen seyn di Schildwáchter des Leibes/ wélche alle Gefähr verwarnen sollen: und solte ein ider/ dér di Sünde hasset/ einen Bund machen mit seinen Augen/ oder disélben/ wann Si Ihn ärgern/ ausreissen/ durch Ablégung böser und unreiner Begirden.

Wénde deine Augen von den Eiteln/ zu den Ewigen: dann dise Wélt ist di verführische Delila/ di des Simsons Augen gefället/ und Ihn in das Vertérben gestürzet. Wém di Schuppen von den Augen nicht seyn gefallen/ wi S. Paulo/ der gibet keinen gutten Christen/ und sihet nicht/ was Gutt und Bóse ist.

298. Wandel.

Jhrer vil wandeln übel; führen ihre Kinder durch di Abwége der Eitelkeit/ und flagen Anderer Exempla/mit Bemäntelung/an den Wind; vermeinende: Di Stráfe und das Verbréchen habe keine gleichständigkeit. Gott ist ein starker eiferiger Gott/ und sein Zorn brénnet wi Feuer.

Ezechias wurde gestráfft/ das Er dénen Babylonischen Gesandten/ seine Schäzze gewisen: was tühn aber di gezirten Weiber anders/ als das Si ihre Schäzze von Ketten und Gesmeide trágen? Di Sünde Moisis/ án dem Haderwasser; Sauls/der das abgenommene Vih zurükke gehalten: Davids/ der das Volk zählen lassen; des Apostels Petri/ der ihm di Füsse von seinem Meister nicht wolte waschen lassen/ haben für dén Ménschen ein feines Ánséhen/ und scheinbahre éntschuldigung/ aber für Gottes unerforschlichem Gerichte/ das uns Ménschen unbewust ist/ wérden Si/ mit den erfolgten Stráfen/belégt. und ist wunderlich für unsern Augen.

Di Lehre ist/ das mán di Gaben Gottes réchtmässig gebrauchen sol/ und erkénnen/ von wélcher Kwälle Si hérkommen/ und das Si wider gleich so hóch dahin steigen sollen/ wo Si hér geflossen.

Di Kinder seyn mehr Gottes/ als ihrer Eltern/ und dém sollen Si auch aufgeopffert wérden; nicht dem Moloch diser Wélt.

Wélche

Welche ihre Kinder durch das Feuer der Eitel-
keit gehen lassen; werden schwerlich unverbrennt
darvon kommen: und der Schmuk und di Schminke
der Hoffahrt/ ist gleichsam das Holz und di Nah-
rung solches Feuers.

199. Hoffnung.

Das gemeine Sprichwort: Hoffen und har-
ren/ machet manchen zum Narren;
ist nicht weniger wahr/ als was der Geist Gottes
saget: Hoffnung lässet nicht zu Schanden
werden. Dann/ wi der Knige/ der sich auf
Gottes Zusage und Versprechen festiglich verläs-
set/ seines unfehlbahren Beystandes und Trostes
versichert ist; also gar/ das wann Er in solchem
festen Glauben/ zu disem oder jenem Sündten
Berge saget: Hebe dich von mir; so mus er wei-
chen: Also haben sich di jenigen/ di sich auf irdi-
sche Eitelkeit verlassen/ und darauf eine unfehlba-
re Hoffnung sätzen/ nichts gewissers/ als ihred
Sohrheit Zeugnis zu versichern. Nach Hoff-
nung gejagt; wird di Nebel gefangen.

300. Wechselbälge. u.w.

Zu verfluchen ist di Molochs Brunst/ da reine un-
züchtige Priapus Diner u ihren Samen dem
leidigen Teufel opffern/ Lev. 18. und 20. aus wel-
chem hernach der Satan j als ein tausenderley
Künstler/ aus dünner Materi/ kan allerley Unbe-
hilffe/ von Wechselbälgen/ Köhlrehpffen/ Bérg-
und Waldmännlein/ u. w. das ist: junge Häut-
Feld- und Bérg-Teufel machen.   Es

. Es vermehren sich zwar di bösen Geister nicht
an ihrer Zähl; verändern auch nicht ihre Natur
und Wésen; aber Si verkleiden sich in soche Ge-
stalten/ als kleine Kinder/ wélche man vor-zeiten /
ehe man den Teuffel kénnen gelérnet/ Koboltchen/
Wald-und Bérgmänlein etc. pflégete zu nénnen/
halffen in Mühlen/ Häusern/ Wäldern/ Bérgen
u. w. arbeiten; und verrichteten sonst allerhand
annötige Geschäffte/unsichtbarer weise.

Mancher Mutter wurde für ihr réchtes Ehe-
Kind ein solcher Wéchselbalg hingeléget/wélcher
nichts als nur um gutte Pflége und Versórg gestri-
en: Dann Si wolten Vaterrécht haben/ weil Si
ehe von ihm kommen/ als nicht das réchte Kind.
Wehe dém!

301. Des Ménschen Sele.

Des Ménschen Selischer Geist oder das Ge-
müthe/als König/ kommt von Gottes Odem
her: Gen. 2. dann Gott ist ein Erschaffer/ Géber
und Erhalter der Geister alles Fleisches. *Num.*16:
Act. 17. Diser Selische Geist/ist kein begreifli-
ches/ sichtbahres; sondern ein Geistliches Wésen;
hat seine Residénz durch den ganzen Leib und Na-
tur; ist von keinem Glide weder ein noch ausge-
flossen.

Seine Regirung ist ganz Geistlich/ dann Er
kömt von Gott/ *Ecclesiast. Salom.* 12, wirket durch
des Leibes natürliche/ irrdische Geschäffte; alle
Wérke/ Si sein gutt oder böse: deswégen Er auch

eins-

einsmahls / mit dem Leibe / entweder Guttes oder
Böses wird empfahen.

302. Nahrung der Selen.

Gleich wi di Nahrung der Selen vil fürtreſli-
cher / als di Speiſe des Leibes iſt; also iſt Si
auch vil gefärlicher : dann / wann Si nicht Sélig
machet / ſo bringet Si gewis di Sele ins Ver-
damnis.

Wi vil haben ſich án ſolcher mit Eſau ſélbſt aus
dem Himmel géſſen / und ſeyn von Gottes Tiſche /
wi Belſazar von ſeinen verfluchten Dinern und
und gewaltigen / wég gegangen? Wir ſeyn nichte
désweſgen willkommen / das wir da ſeyn; ſondern
darum : das Wir Uns wohl dazu bereitet haben.
Wann Wir Uns unwürdig hinzu machen / ſo
werden wir mehr unſere Fréchheit weiſen / als
wilkommen ſeyn.   Und ob du gleich etwa meineſt /
es wáre genug / das du den Raum fülleſt / ſo wird
es dir doch ganz nichts hélffen / waũ du dein Hoch-
zeitlich Kleid nicht án haſt; ſondern biſt in béiden
zugleich verdammet.

Andere mögen nun / zu ihrem Schaden / darauf
dänken / wi Si kommen: Ich wil mich befleiſſigen /
wi Ich wilkommen ſeyn möge.

303. Sélbſtlíbe.

Es wáre ein gróſſes Wunder / wann einer / der vil
weis / und vil hat / ſich ſélber kennen und bedän-
ken ſolte / woher Er ſolche Weisheit und Gütter
habe. Es wirds ohne zweifel unſer béſſer gedacht

N 5   wer-

wérden/ wann wir bisweilen nicht gár so gutte
Gedanken von Uns sélber hätten; Und würden ih-
rer nicht so vil/ von wégen der gutten Meinung /
So Si von sich sélber haben / den Hals-bréchen.
Dér lébet wohl auf Erben./ dér täglich sein Hérze
für seinen Spigel gebraucht.

304. Ein guttes Lében.

Wér ein guttes Lében nicht zu führen weis / dés-
sen Sele stehet gár in grösser Gefähr. Wir
müssen Lében/ nicht wi wir wollen; sondern wi wir
sollen/ und Uns zeitlich und ewig erprislich ist:
sonst wird unser Lében ein Betrug ohne Ehre; ei-
ne Kunst voll Féhler; ein falscher Schein und ein
unfruchtbahrer Baum/ dér éndlich in das Feuer
geworffen wird.

Wir müssen récht Urteilen :. nach der
Richtschnüre des Glaubens; nach der Bleywage
unverrükter Vernunfft; nach Unterricht der
Weisheitt; nach Anleitung der Fürsichtigkeit /
und nach dem Másstabe der Wissenschafft.

Wir müssen récht gewillet seyn :. nach
Antrib der Christlichen Libe; nach Anreizung
zuläsigen Verlangens / und in schuldiger Folge
unseres Beruffs.

Wir müssen auch das Gutte beständ-
dig vollzihen; récht tuhn :. nach vorhér ge-
hender Betrachtung des Endes; nach ergreiffung
füglicher Mittel/ zu solchem zu gelangen; nach
Beharrligkeit des Gutten/ und mit Gott ange-
fangenen Vórsazzes.   305. Zeit:

305.   Di Zeit; Der Wille; Di Speise.

Gebrauche dich der Zeit / als eines Schazzes/
dér nichts nüzze ist / wann Er müssig verligen
muis: Dér disen gegében/ wil ihn mit Wucher wi-
derfodern; und wann du solchen misbrauchst / so
verleurst du desselben wéhrt.

Gebrauche dich deines Willens/ als des Ver-
standes Gefärten / dér ohne solchen Vórgänger
blind ist.

Der Freyheit wohl gebrauchen / ist eine grösse
Sache: Seines Muttes ein Hérr seyn/ und seine
Begirden besigen / bringet löbliche Beuten: von
solchen überwunden wérden/ bringet endliches
Vertérben.

Gebrauche dich der Speise/ als des Lebens Arz-
ney: Was zuvil ist/das ist Gifft. Damit dir sol-
che Nahrung gedeye / so bitte den Ségen von dém/
der Si dir gegében.Dér erste Misbrauch der Spei-
se / hat di erste Sünde in di Wélt gebracht.

306.   Fride und Einigkeit der Kirchen.

Weil di Glaubens-Lehre / eines der fürnéhmsten
Bande/ Ménschlicher Gesélschafft; so ist bil-
lich/ das auch sélbige/mit dénen gezimenden Ban-
den/derEinigkeit uñ Libe verknüpfft wérde;di réch-
ten Früchte/allgemein zu máchen: müssen dén un-
féhlbar gewis/ das alle und ide Trénnungen in der
Kirche /als Geistlichem Leibe/ di allergróbsten Ar-
gernüsse seyn; di Sitten-Vertérbung weit über-
tréffen:das also nichts zu finden/ So di Mén-
schen

schen vom Eintritte in di Kirche mehr abstökte/
und di bereit eingetrétenen wider heraus treibe/
als der Einigkeits-Bruch.   Fride./. Fride ist di
réchte Frucht der Einigkeit/So dénen/wélche sich
in der Kirche befinden/zukömmt; unzählichen Sé-
gen in sich begreifft.   Dann/ Er beféstiget den
Glauben/ und entzündet di libe : ja/ der euserliche
Kirchen-Fride flöst sich allgemach gár dem inner-
lichen Gewissens-Fride ein/und verkéhret di Ar-
beit der jénigen/So Streit-Griffen machen und
lésen/ in ettele Andacht und Buss-Wérke/u.w.

307. Beichte.

In grösser Haushaltung/ wo mán di Réchen-
schafft auf di lange Bank scheubet; gibet es ge-
meiniglich hernách grösse Verwirrung : und wan
der Herr di Regifter überfläget;wérden manchem
Haushalter grobe Féhler ausgesázzet.   Disélten
beichten/ sázzen sich in Gefahr; gár leicht auch/
eine swére Sünde zu übergehen.   Wi wérden Si
bestehen/wann Si ihres GewissensRéchnung/ge-
gen dem unféhlbahren Regifter/. des stréngen
Haus-Vaters und Richters/stéllen müssen? Da-
mit meine zütréffe/ und keine/ fürnéhmlich swére
Sünde/ überséhen wérde;kán und wil Ich/ mit
offterhohlter Beichte/ zu wége bringen.

308. Verfolgung.

In Trübsahl und Widerwértigkeit/müssen Wir
dise zwey Stükke fürnéhmlich betrachten ; 1.
wohér Si komen? von Gott/ der züchtiger Uns/der

Uns

Uns geschaffen hát. 2. WarümSí Uns zügeschikt
wérden? Zu unserem bésten: éntweder Uns zu
versuchen; oder uns zu verbéssern: ob Sí uns
schon sehr widrig fürkommen; so seyn Sí doch
nuzbar und soll Gewinnes.

Jch wil derowégen allezeit für einen gutten
Wechsel halten/ das Feuer der zeitlichen Verfol-
gung/ für das ewige höllische Feuer/zu leiden und
zu haben. Wér wolte nicht liber eine Zeitlang/
als ewig Smérzen leiden?

Jch wil ja bey weiten liber das Feuer der Ver-
folgung/ welches mit dem Himmel belohnet wird;
als zeitliche Wohllüste / welcher Lohn Höllisch
Feuer seyn wird/ wündschen und haben.

309. Swäzzer.

Víl wissen/ und nicht víl schwäzzen/ bedeutet ei-
nen klügen Mann: dénselben erkénnet mán
dabey nicht/das Er víl swäzzet; sondern das Er
víl weis. Jch wil es allzeit für rahtsam und wei-
se halten/ das Jch nicht alles sage/ was Jch von
meinen eigenen Geschäfften weis/ obér alles / was
Jch von anderer Leute Tühn gedänke: Es kán
einer bisweilen zu víl Wáhrheit sagen. Wórte
gehen nicht in Leib; slagen aber Wunden ins
Hérze.

310. Schläfen.

Weil mán den Tób und den Sláf mit guttem
fuge/ Brüder- und Swéster-Kinder/ oder a-
ber alle beide (weil diser jénes Gemeinschafft) mit
einem

einem Nahmen nénuen kán; in Betrachtung/
das Si uns beide zu unserer rûhe bringen: Warum
solte Ich mich mehr fürchten/ mich in mein Gráb/
als in mein Bétte zu légen? Nun wóhlán/ Ich
wil mein Bétte/ so offt Ich mich hinein lége/ für
mein léztes Lager halten / und allezeit / wann Ich
áufstehe/ gedánken/das mir mein Lager nicht ver-
lángert; sondern von neuen wider gegében sey.

311. Das Haupt.

Wi di Sele des Ménschen/ der König; also ist
dises Kanzelley das Haupt. Di Hirnschale
hat drey unterschídliche Gemácher oder Kamern/
als Kanzelley-Stuben.

Fornen ligt di Einbildung; ist das fürnéhmste
Gemách/da allerley Sachen/von den fiunff Siñen/
als Kaminer-oder Kanzelley-Bohren ángebracht/
und von den zweyen Notarien/Wiz und Wahn/
als Kanzelley-Screibern auf und in acht genoñen/
aufs allerfleissigste erwogen/ eingebildet / und der
Vernunfft/ als geheimen Rahts des Kóniges/
fürgetragen wérden.

Mitten im Haupte dises Kóniges Kanzélley/
wohnet der allgemeine Verstand/als Grós-Kanz-
ler; dem trägt di Vernunft / was auswéndig ge-
schéhen ist/ ordentlich für. Der Verstand aber/
als Kanzler / bringt solches für den König: der
zeucht beides Vernunfft und Verstand zu rahte/
was zu tuhn oder zu lassen sey.

Wohl disem Kónige/ wo Er (sonderlich in
Geist-

Geistlichem Sachen) alleine lässet Gottes Zeug-
nis/ mit David/ Pf. 119. seine Rähtsleute seyn.

Hinten im Haupte/ der Kanzelley; ist di Ge-
dächtnis Kammer/ darein alles was denkwürdig
ist/ eingelégt und verschlossen wird.

O wohl dém/ der nicht vil sündlicher böser Ge-
dächtnis-Brife dahin einléget/ So ihm sein Ge-
wissen beswéren; sondern Heilige und nüzliche
Bücher/ Künste und Brife/ allerley Tugenden;
di einen/ so offt Er es liset/ zur Gottesfurcht/ Ge-
béte/ und allerley Christlichen Tugenden ánmah-
nen!

312. Fünff Sinnen.

Vor und üm obbesagte Kanzelley/ warten auf/
fünff geswinde Kanzelley-Bohten/ di fünff
Sinnen; als: das Gesichte/ das Gehöre/ der Ge-
rúch/ der Gesmak/ und di Empfindligkeit.

Dise bringen/ wi gemélbet/ denen zweyen Kan-
zelley-Sreibern/ Wiz und Wahn/ di Post/ was
auswendig geschéhen sey oder fürlauffe.

Wiz zeiget erstlich der Vernunfft solches an/
damit es dem Verstande zu wissen getahn/ und für
den König gebracht wérde.

Wahn aber laufft zu dem Hérzen des König-
ges Gemahlin/ und macht offt di Sache vil grösser
als Si án sich selber ist! Di lässet sich dann/ nach
der Weiber Gebrauch/ entweder zu Freud und
Leid/ gár zu sehr bewégen: sonderlich in Rachgi-
rigkeit/ oder ähe/ erlaubet Si dem freyen Willen

als

als Hofemeister / was offt gár zu víl; nicht zu
verantworten ist.   Darúber erzúrnet sich manch-
mahl der König; wirfft den Hofemeister in das
Gefängnis des bösen Gewissens; welches ein réch-
ter Vórsmák des Höllischen Gefängnisses ist; da-
hér man spricht: **Eigener Wille / brénnet in
der Hölle.**

313. Wiz / und Wahn.

Wiz ist weise und verständig; kömt ihme was
von den fünff Sinnen / als Kanzelley-Boh-
ten für / so glaubet Er / was zu glauben ist; berich-
tet Solches di Vernunfft / was éndlich Sí / als
geheimer Raht / für slüssige antwort von dem Kö-
nige bringet: wenn es gedénkwürdig ist / so sreibet
und verzeichnet Er es; léget es in des Königes
Gedächtnis-Kammer.

Der **Wahn** aber / bildet ihm aus solcher án-
méldung der fünf Sinnen / für: allerley wunder-
liche Sachen; besinnet eines hin / das ander hér;
laufft zum Hérzen / kündiget demsélben án / entwe-
der Furcht oder Srékken / Hoffnung oder Freude /
Krig oder Frid; da doch dérer keines verhanden ist.
Und ob Er wohl seine Gesparr nicht alle / oder dé-
rer zu víl hat; wil Er doch víl klüger seyn / als der
Wiz; wird aber víl öffter gesträft: mit Stroh ge-
het Er im / und Stoppeln gebühret Er.   Grös-
ser Wiz / lässet sich unter wenig Papir nicht bér-
gen.

314. Das Tuhn.

Der Ménschen Tuhn/ gleichet den doppelten Ta-
feln/ wélche in ihren Falten/ein anders Links/
ein anders Bildréchts weisen. Diser Meinung/
sagte Epictetus / eine ide Sache habe zwo Hand-
haben/ eine réchte und eine Linke: wér es nicht bey
der réchten greifft/ der mûs es fallen lassen. Man-
cher hat unrécht/ und kómt ungestrafft darvon;
ein ander hát récht und mûs zu dem Schaden auch
den Spott haben.   Gott wil nicht / das man mit
einem Esel und Ochsen zugleich pflügen; oder ein
Kleid von Leinen und Wollen machen; oder ei-
nen Akker/ mit verméngtem Samen beséen sol:
Es sol einerley; kalt / oder warm seyn.

315. Studiren.

Wér vil wissen wil / mûs vil lésen / mehr hören
und noch mehr betrachten.   Vil sein begirig
zu lérnen; ermangeln aber des Fleisses und der
Beharrligkeit/ so zum studiren erfordert wird. Al-
le Weisheit kómt von Gott; geleitet durch di Er-
fahrung/ nach den vórleuchtenden Exémpeln/lób-
licher Personen.   Hirzu sol Uns ántreiben / di
Ehre Gottes / zu wélcher wir erschaffen seyn; der
Wille Gottes wélchen wir zu leisten und zu tuhn
verbunden seyn; Gottes Genade/von wélcher wir
alles haben / das wir haben/und seyn. Alles wird
uns leichte wérden / vermittels Göttlicher Hulde;
der vórgehenden Exempel ; des nachgehenden
Nuzzens/ und di zeitliche und ewige Glükséligkeit

O

nach

nach wélcher wir begírig trachten / verlangend
seuffzen / und unaussäzlich strében sollen

316. Gedanken.

Der Ménschen Gedanken wérden von einer ü-
berirrdischen Gewalt geführet und regíret:
seyn solche Gott gefällig; so kommen Si von dem
gutten Geiste / dér di Kinder Gottes treibet / und
in alle Wahrheit leitet: seyn Si aber böse/ und ge-
reichen andern zu Schaden; so kommen Si von
dem bösen Geiste: und déswégen wérden villeicht
di Frohmen / Gottes Kinder genénnet; weil Si
den Willen tuhn ihres Vaters/ in dem Himmel:
Di Ruchlosen aber wérden Belias Kinder geheis-
sen; weil Si ihrem Vater / dem Teufel/ folgen/
und zu anderer und ihrem eigenen Schaden án-
getríben wérden.   Der Ménsch ist zum Bösen
geneigt; wér sich wéhret/ déssen Sele gedeyet.

317. Kleidung.

Gebrauche der Bekleidung/ als einer Erinne-
rung der Sünden; als einer Dékke der Scham-
hafftigkeit / di dú/ und Si nicht dich zíret.   Di
Bescheidenheit ist der réchte Smuk.   Dein
Stand freibe dér di Kostbarkeit deines Kleides
für/ und nicht der eitele Stolz.   J mehr án in-
nerlichen Gaben mangel ist; i mehr smúkt mán
sich euserlich.   Aus Kleidern erkénnet mán di
Gemütter/ *Syrac.* 19.

318. Trähnen.

Di

Di Sele wird durchsam di Trähnen gleich auß
neue gekauft/un̄ gewaschen: dan̄/wi di Sün-
den der alten Wèlt: also haben auch di Übertrè-
tungen diser kleinen Wèlt/ einer Sündflutt von
nöhten.   Es ist nicht mehr als eine Sorge/dèren
mán sich nimmermehr sol gereuen laßen; nèm-
lich: di Sorgen der wahren Buße.   Di Träh-
nen allein/ so daraus flüßen/füllen Gottes Scha-
le; und gesègnet seyn di/so im HErrn traurig seyn.

319.   Nakt.

Ob schon idermann weis/ das wir nichts in dise
Wèlt gebracht haben; so glauben es doch nicht
Alle: Das wir aber nichts wider hinaus bringen
sollen/wißen wir zwár alle; idoch seyn ihrer wenig/
di es für wáhr halten: dann/ Ich bin der gänzli-
chen Meinung/ es wûrden Ihnen / im widrigen
Falle / di Leute mehr ángelégen seyn laßen/ wohl-
zu lében; als Reich zu stèrben.

320.   Könige.

Mán sagt / das ein König guttes tühn/
und böse Náchréde sol erdulden lèr-
nen: weil di Geréchtigkeit/ indéhm Si di Mißé-
tahten bestráfet/nicht kán ángenéhm seyn/und Si
kein anderes Mittel haben/sich án einem Máchti-
gen zu ráchen/ als mit Wórten.

321.   Des Ménschen Lében.

Ist dises Lében ein Wèttelauff; so ele/ das du
deßelben Kröhne darvon bringen mógest: Ist
es ein Krig; so verhalte dich als ein Streiter Je-

su Christi: Ist es ein Markt; so trachte di unschäzbare Pérle der Gottséligkeit einzukauffen: Ist es ein Schauplaz; so spile deine Pérson/ das du bey Gott und den Ménschen Genade erlangen mógest: Ist es eine Wanderschafft; so reise unverdrossen den Wég zum réchten Vaterlande: Ist es ein Elend; so verhalte dich unsträflich/ das du aufgenommen wérdest un di ewige Hütte: Ist es ein Akkerbau; so streue reichlich gutten Sahmen/ das du mit Freuden einérndten mógest: Ist es ein Tagelöhners Wérk; so arbeite wohl/ das man dir wohl lohne.

322. Di Sele.

Gebrauche dich deiner Sele/ als deines Lébens/ wélches du nährest/ und dise erhälteſt durch Náchsinnen in Geiſtlichen Sachen; durch Libe zu dem Himmliſchen; durch Verlangen zu dem Ewigen. Wundere dich nicht/ ob der Traurigkeit/ oder Swachheit; wann du deine hungerige Sele gár nicht/ oder ſparſam/ oder mit ſchädlicher Nahrung ſpeiſeſt. Durch Betrachtung des Eitelen; duch Libe der Laſter; durch liſternde Gedanken/ nähreſt du deine Sele zu ihrem Schaden.

323. Verbéſſerung.

Vil Körnlein machen einen gróſſen Hauffen; wér alle Tage einen Héller beyléget/ wird éndlich einen gróſſen Schaz zu wége bringen: darhin wil Ich mich allezeit bemühen/ das Ich meine Erként-

lents. und Glauben vermehren möge; damit
Ich/wann der HErr kömmt/sagen könne: Sihe/deine zwey Talent/haben andere zwey gewonnen.

324. Gottes Hülffe.

GOtte dein HErren seyn nicht alleine alle Dinge
möglich; sondern auch leichte: Er kán so bald
aus den Steinen/als aus den Jüden/Abraham
Kinder erwekken. So wil Ich nun nimmer an dessen Hülffe zweifeln/der alles vermag: dann/Ich
kán ja nicht so unendlich seyn in meinen Sünden/
als Er ist in seiner Barmhertzigkeit. O HErr/
wann und zu was Zeit du wilst/kanst Du mich gesund machen: Warüm solte Ich verzagen/so
lange mein Artzt Hoffnung hat?

325. Gesundheit.

Es ist eine wunderliche/doch gar ungewöhnliche
Sache/das fast einieder mit allem Ernste darnach trachtet/das er das Leben verlängern; und
nicht/wi er ihme ein besser Leben schaffen könne.
Wann ihnen der Kopff nur weh tuht/so lauffen
Si alsobald mit der Sunamitin zum Propheten;
oder mit Asa zu den Artzten: ja/wann Si nur
von dem Sterben reden hören; so rennen/
reiten und schiffen Si aus/wi dort Jerobeams
Weib taht; oder Si nehmen auch wohl gar
das Dach ab/damit Si mit jenem Gicht-
brüchtigen/zum HERREN Christo kommen mögen: In Krankheiten aber/so ihre

Sele betréffen / seyn Si ganz unempfindlich.
Es ist zu verwundern / sage Ich nochtmahls / das
wir uns unserer Gesundheit / und nicht unserer
Séligkeit halben bemühen ! Liber / was ist doch
das Alter ohne Fröhmigkeit ? Anders nichts / als
ein bésser mérkzeichen / das Uns di Rache des Al-
lerhöchstgetröhnten / désto bésser tréffen könne.
Was ist Er / der reiche Mann / gebéssert gewésen /
das Er Lazarum überlébet / und doch éndlich ge-
storben / und verdammet worden ?

Es mag sich derowégen bekümmern wér da wil /
disen Leib wohl zu warten / und lange zu unterhal-
ten; meine meiste Sorge sol seyn / wi Ich íhn
réchtschaffen záhmen möge : dann / wann Ich mei-
ne Sele zu anders nichts gebrauche / als mein
Fleisch zu hégen und zu pflégen ; was bin Ich an-
ders / als ein prächtiger Sklave ?

326. Der Weise.

Der Weise wird erkant : Wann Er / bèy
mehr Verständigen / nicht ánfänget zu réden ;
keinem in seine Réde fället ; nicht unbedachtsam
ántwortet : gérne höret und lérnet ; forschet nach
des Gespräches Veránlassung ; hält in seinen
Wörten und Wérken eine richtige Ordnung ; be-
spigelt sich án dém / was vórhér geschéhen / / und
rédet di Wahrheit / so vil Ihme bewust. Dissen
allen entgegen handelt der Narr : und dér ist im
ersten Kapittel der Narrheit / der sich für sonder
weise hält.

...327. Beruff.

Es ist ein gemeines Sprichwort: Kirchen ge-
hen seumet nicht; Almosen gében armet nicht.
Weil aber der Geist Gottes auch saget/ es sey
ein ider schuldig/ sein eigen Haus zu versorgen;
so folget daraus/ das man nicht ében alles/ was
man hat/ den Armen gében soll: wie es nicht weni-
ger eine Torheit seyn würde/wann einer Tag und
Nacht/ in der Kirche/ auf den Knien ligen/ und
darmit seine Faulheit entschuldigen wolte. Un-
ser Gottesdinst bestehet nicht alleine im Lobe und
Danke Gottes/wégen alles Gutten/ das wir alhir
überflüssig/von seiner Váterlichen Hand empfan-
gen; Sondern Gott wil auch/ das Ihm ein
idweder in dem Beruffe/ darein Er Ihn gesäzet
hat/ dinen und Ihn suchen/ und solches mit der
Taht beweisen sol. Ich wil meines Beruffs/ da-
rein mich Gott gesäzet/ treulich warten/ und da-
bey darauf gutte Achtung haben: das über mir
ein Auge ist/ wélches alles sihet; Ein Ohre/ das
alles höret; und das alle meine Wérke in das
Buch meines Gewissens gesriben wérden.

328. Réchten.

Er Rabalais vergleicht das Réchten/ mit dem
Würffel-Spil; sagend: das der Ausgang ei-
ner swébenden Réchts-Sache/ ja so ungewis/ als
eines solchen Glüks-Spiles: dann/ ob gleich di
Sache gutt; so kán Si doch vernáchteilet wérden/
durch di/ so darunter haudeln; als da seyn; Srei-

ber/ Sachwalter/ Srift-Steller: und es mangele
zu zeiten án dem Richter sélbst. Was ist nicht
mit dem Verzuge der Geréchtigkeit/ fur grösse Un-
geréchtigkeit verknüpfft? das auch das Part offt
aus Noht/ den Richter/ gár für den Tahl Josa-
phat/ zur Réchenschafft fordern mús.

Was Sorge/ Mühe/ Unkosten/ Neid/ Feind-
schafft/ Wórt-Streit/ u. w. dabey/ erfahren alle/
di ihre Händel auseinander treiben séhen/ wi der
Schuster das Léder auseinander déhnet/ damit er
so vil mehr Schúhe daraus machen móge; deswé-
gen ráht beságter Rabalais/ mán soll darúm wür-
feln/ warúm mán Réchter; so wérde mán/ mit
ringerer Mühe davon kommen/ und ja so guttes
Récht erlangen/ als von/ und durch Ungeréchte
Leute.

329. Geizhälse

Im Himmel sollen alle Gefässe zwár soll seyn;
keines aber wird nicht überlauffen. Hir auf
Erden séhe Ich etliche/ di überlauffen; und dürf-
fen dennoch klagen/ das Si lédig seyn: Si haben
nimmer genug; es sey dann/ das Si alles haben.
Auf disen Slag habe Ich etliche unvernünfftige
Tihre geséhen/ wélche/ weil Si nicht gewust/ wañ
Si genug gehabt/ gefréssen/ das Si geborsten.
Si würden gewis mehr als zu vil haben/ wann Si
nur damit zu friden seyn kónten/ das ein ander
mehr hat/ als Si: ja/ Si würden nicht halb so
geizig seyn/ wann Si nur nicht neidisch wáren.

Alle

Alle Ségel schiffen sich nicht auf alle Schiffe/weil
teils Ségel/ di kaum ein mittelmässig Schiff trei-
ben können/ ein Boot über wézen würden. Weil
wir dann unsere eigene Stärke nicht wissen; so
ist es billich/ das wir sich déme unterwérffen/ der
Si weis. Der Gott/dér uns alles gibet/weis gár
wohl/ das wir alles haben sollen: und das wir sin-
ken würden/ wann wir mehr hätten. Ein
Ménsch/ der ihme einbildet/ Er habe nimmer ge-
nung; ist nimmer dankbar. Es komme derowé-
gen was da wil/Armuht/oder Reichtuhm; so wil
Ich mich allzeit/ diser meiner Schuldigkeit nach-
zukommen/ bemühen/ das Ich dankbar/ und zu-
friden sey. Getz betreuget Weisheit.

330. Christus Leiden.

In der Wélt ist es am bésten gewésen: dann/ Si
Ist zu sehr unterménget/ mit Kainitischen Hér-
zen; Doegetischen Lippen; Judas küssen; Urias- und
Bellerophontischen Brifen/ u. w.

Mein einiger Trost darinnen / ist: des HErrn
Christus Leiden. Sein bluttiger Angst-Sweis
ist das réchte Paradis-Blümlein/ wélches mit sei-
nem liblichen und tröstlichen Geruch / mein Hér-
ze/Gehirne/ Leib und Sele érkwikket: Solches séz-
ze Ich auf meine Sele und Hérz; auf das Ich / in
disem schönen Stukke/ Gott/ seinem Himlischen
Vater/wóhlgefalle.

Sein Blut/ist meine Reinigung: seine Ban-
de/seyn meine Entbindung von Pein und Schuld:

sein Gefängnis / ist meine Erledigung : seine
Schmach/ ist meine Ehre: seine Släge; meine Hülf-
fe : sein Trauren; meine Freude/ und Vergebung
meiner Sünden : seine Strimen; mein Heil : sei-
ne Wunden; meine Bezahlung: seine Marter;
meine Genugtuhung : seine Verfluchung / mein
Segen : seine Smerzen und Traurigkeit; meine
Freude : sein Tód; mein Leben : sein Gehórsam;
meine Geréchtigkeit : seine Dómut; meine Erhö-
hung : seine Auferstehung; meine Uberwindung :
seine Himmelfahrt; meine Seligkeit : Dafür sey
Gotte Dank/ in Ewigkeit !

331. Geiz und Undank.

Der Geiz und der Undank/ seyn meistenteils mit
einander verbunden. Der Geiz ist eine Wur-
zel alles Übels; der Undank ist di Haupstadt aller
Laster : und wo di Dankbarkeit eingehet; da mus
der Geiz ausgehen.   Wann di Christen schuldig
seyn/ ihre Feinde zu liben; wi solten Si dann un-
terlassen Guttes zu rühn/ dénen/ von wélchen Si
guttes empfangen/ und hirinnen den unvernünf-
gen Tihren einen Vórzug lassen.   Wann wir
Ménschen di Wóhltaht nicht erwidern können;
so stéllet sich Gott zu einem Schuldner ein/ der
einen Trunk kaltes Wassers/ nicht wil unbelohnet
lassen : und zwár nicht nur ewig/ sondern auch zeit-
lich; wi wir án dem Obadia/ der di hundert Pro-
pheten versorget/ ein Exémpel haben.   Sonst
vergehen bey der Wélt di Wohltahten/ wi Schne:
Josephs ist bald vergéssen.   332.

332. Widerréchtliche Obere.

Etliche Erden-Götter/ (wi di Ober-Herren und
Fürsten / in der Srifft genénnet wérden) ver-
géssen offt/ das Si Ménschen seyn/ und erinnern
sich nicht/ das Si auch einen Herren im Himmel
haben.   Si wérden in der Hóhheit gebohren; in
der Heucheley erzogen; mit der Unwahrheit geleh-
ret/ und ihre Bittworte sollen auch dénen ein Be-
féhl seyn/ wélchen Si offt wenig zu gebiten haben.
Disemnach erheischen Si zu weilen einen blinden
Gehórsam ; und ihre Augen / Jch wil sagen/ ihre
Ráhte/ sätzen Si auf di Fússohlen; so gár / das
Si dersélben nicht gebrauchen/ zu den Berahtsla-
gungen; sondern ihre / zuweilen unréchtmässige
Verfahrungen/ réchtfértigen und verteidigen; in-
déhm Si vermeinen / Si gében di Gesäzze/ und
dörffen densélben nicht unterworffen seyn.

Und hat David récht gesaget: Verlasset euch
nicht auf Fürsten ; dann Si seyn Mén-
schen / wélche ihren Sinn verwandeln/ und di
Gnade in Ungnade verkéhren können.   Wann
einer zum Herren wird/ kéhret sich *Luna* und Lé-
ber üm.

333. Verschänken.

Di Eigenschafften des jénigen/ dér etwas ver-
schänket; seyn: Das er séhe/ was Er gibet;
wéme érs gibet; warüm érs gibet ; und wann er és
gibet.

Er sól séhen was er gibet; damit er nicht zu we-

nig gebe: Er sol sehen wem er es giber; damit er es
nicht etwa einem Narren gebe: Er sol sehen/ wa-
rum er es gibet; damit es aus erheblichen Ursachen
geschehe: und er sol sehen/ wann er es gibet; da-
mit er es zu rechter Zeit gebe: dann / wer anders
etwas vergibet / so wird von demselbigen gleich-
wohl eine Schänkung angenommen; aber er wird
dessen einen schlechten Dank gewinnen.

Wer gern den Armen gibet / der wuchert Gottes Segen.

334. Der Sünder Trost und Hülffe.

Ist einer ein grösser Sünder; auch wohl gar von
der Höhen Schule derer Epikurer / welcher
Sele in Fleisch und Blutte so ersoffen / das Si
seyn wi ein Ross und Meuler / denen man keinen
Zaum und Gebis in das Maul nicht legen kan /
Si auf den rechten Weg zu führen; so gedänke Er/
das Gott/ auch der Grösten Sünder keinen / nicht
ganz aus der Obacht lässet / und kan di Fünklein
eines Bussfertigen Herzens / ob Si gleich unter
der Sünden Aschen verborgen/ zu seiner Zeit/ wi-
der aufblasen/ und/ Jhme zu Ehren / gnädiglich
anflammen. Tuht Er wahre Busse/ in rechtem
Glauben; so wird Jhn gewis/ der Finger Gottes/
auch mitten in der grösten Anfechtung und Ver-
folgung / genädiglich rühren: ja/ das Erkentnis
Göttlicher Gnaden wird sich in sein Herze hinein
drukken; wi Wax in seinem Leibe zerschmelzen / und
darinnen dermassen erhärtet verbleiben / das es
von ihme nicht wird können genommen werden.

335. Von

335. Von den Bewégungen des Gemüt-
tes und der Ordnung in den
Gemählen.

Das Momus ein Fénſterlein / in der Bruſt des
Ménſchen háben wollen / deſſélben Gemütts
Neigung zu erkénnen ; iſt aus überwizziger Tadel-
ſucht hérgerühret : Seine Augen ſeyn di Spigel
ſeines Hérzens ; ſeine Gebérden ſeyn di Fénſter
ſeines Gemüttes ; ſeine Réde iſt der Dolmétſcher
ſeiner Gedanken.   Ob nun wohl kein gemahltes
Bild nicht réden kán ; ſo weiſen doch di Gebérden
und Augen déſſélben / in was Begébenheit es vór-
geſtéllet worden : und ſoches gehöret eigentlich zu
der Deutkunſt / von *Giovan. Bonifacio* beſriben.

Der Mahler beobachtet alle Gebärden der
Ménſchen / wi Si mit freundlichem Angeſichte
lachen : mit düſtern Augen erſtaunen ; mit zorni-
gen Hánden ergrimmen ; mit lachendem Munde
erfreuen / und mit weinenden Augen ſich traurig
und ſmérzhaft erweiſen.   Diſe und dergleichen
Gebérden / So das Gemütte entdéffen / können
wohl erkémmet ; von dem Mahler gebildet wérden :
Und iſt eine gutte und Wóhlſtändige Ordnung /
nicht der geringſte Anteil / eines follkommenen
Gemähles ; das némlich ein ides / án ſeinen gehö-
gigen Ohrt geſtéllet wérde : davon denn di *Dorici,
Corinthii, Ionici* vil gehalten : *Cicero* ſélbſt di Kunſt
gelérnet / und *Plato* ſich ihrer nicht geſchämet.

336. Lírnen.

Wie

Wir lérnen was wir vergéſſen ſolten; vergéſſen/ was wir lérnen ſolten. · In diſem ſeyn wir récht Adams-Kinder/ dér ſich mit ſeiner Eve geluſten laſſen/Gott gleich zu wérden; deſſélben ſchuldigen Gehórſam aus dén Augen geſázzet.   Wir wollen von dén Gelehrten gelehrter/und berühmt wérden; aber fromm ſeyn wil nimand lérnen. Jder ſuchet hochbenamte Leute/ von dénen Er Kunſt/ Sprachen und Weisheit lérnen können: aber von unſerm einigen Lehrer Jeſu Chriſto/ wil nimand lérnen Sanfftmuht und hérzliche Demutt; da doch ſein heiliges Exémpel/ di réchte Richeſnur iſt unſeres Lébens/u. w. Mán ſol lérnen/ was noht und nüzlich iſt; den Himmel báuet.

337.   Tapfferkeit; Feigheit.

Alle Gáben des Gemüttes kommen von Gott; und iſt unter ſolchen di Tapfferkeit und ein kühner Héldenmuht/ dér di Gefahr noch ſuchet noch ſcheuet/ nicht di geringſte: maſſen im Gegenſtande Gott’ dénen Veráchtern ſeiner Gebohte dreuet/ das Er Jhnen ein feiges Hérze gében wolle/ das Si bében ſollen/wi das Laub án den Beumen: Dahér ſihet mán/ das étliche/ di vil tapffere Tahten getahn/ wégen begangener Miſſetaht ſich nachgehends feig und verzagt erweiſen/ das Si/ aus Góttlicher Stráfverhángnis/ zu Spott und Schanden worden.   Diſes iſt ein réchter Héldenmutt/ dér nicht nur ſeine Feinde überwáltigen tán; ſondern dér auch ſich ſélbſt/

und

und seine Ehrbegirden besiget; der Vernunfft unterwürfig machet; indänk des wandelsüchtigen Wéltwésens / wélches auch di höchste Tügend swindeln und fallen machen kán.

338. Jügend-Libe.

Es ist keine Verwundung so smérzlich / als wenn mán sich mit Smalz oder Bley brénnet: Solcher gleichen auch di Wunden der brünstigen Jügend-Libe / wélche das Hérze belanget; empfindlichst kwählet. Es ist di Libe / sagt Tertullian / ein behäglich-süsser Smérz / und eine Smérzliche Süssigkeit: Wann aber solche ohne das Öhl des Tróstes / und ohne Linderung der Hoffnung; so ist di Verwundung zu zeiten tödlich und verzweifelt böse. In einem: Das Ende der Libe / ist Leid: las dir nichts beliben; so kán dich nichts betrüben.

339. Klóster-Nonnen.

Mán saget in dem Sprichwort: Es seyn nicht alle Köche / di lange Mésser tragen; auch nicht alle Jäger / di Hörnlein führen: Also seyn auch nicht alle Nonnen / welche mit Wélelichem Sinne Geistliche Kutten ánhaben: und trágen di Eltern Schuld / án ihrem Sünden-Lében / wann Si di Kinder / wider ihren Willen / in di Klöster verstóssen; mehrmahls aus Geiz / und anderer eitelen Ursachen willen / wélche di Kwälle víles Ungníks seyn; indéhm solche Kinder zwár in das Kloster kommen; das Kloster-Lében aber kömt nicht in Si / und Si seyn mehr gefangene / di geistliche Persó-
nen

nen zu nénnen. Schafmüllen / (*agnus castus*) und
andere Arzueyen / wélche di Nonnen gebrauchen/
sich zu erkälten / wérden Jhnen zwár des Leibes
Keuschheit zu wége bringen: keines wéges aber das
fréche Gemütte verändern: und wann dise böse Lust
eine Sünde ist / so hülfft dafür keine euserliche Arz-
ney: sondern es ist solche Keuschheit ein Geschänke
Gottes / das mit brünstigem Gebéte / und hèrzli-
cher Andacht erlanget wérden mus.

340. Arm; doch Über-Reich.

Sélig sein di Armen; denn das Himmelreich ist
ihre. Wi können di Arm seyn / di ein König-
reich haben? Oder/ wélches Reich vermag einen
so grössen Schaz / als ében das Himmelreich?
Warüm beklagst du dich denn über Armut / So
dich Séltg machet? Das ist ja eine Glüksélige Se-
le/ di alle Abend mit Gotte abréchnet / und in der
Wélt zu lében / allz Morgen von neuen wider an-
fänget.

341. Der Leib; Di Sinnen.

Gebrauche dich deines Leibes / als der Selen
Knéchtes; höre aber seiner Klágsucht nicht
zu / indéhm Er wi ein Herr wil gehalten und nüz-
lichst unterhalten seyn / damit Er über seine Gebie-
terin hérschen möge. Höre auch sein Libkosen
nicht án / dardurch Er zu betrügen suchet.

Di euserlichen Sinne/ der Selen dinerin/ sol-
len gleichfals gehórsamen / und nicht hérrschen.
Si sollen di Sele bewachen/ und nicht verachten:

Der Feind ist für der Tühr; di Schildwache sol
nicht sláfen.

342. Gottes Obhutt.

Kein Ménsch ist so sorgfáltig/ in seinem eigenen
Nuzze / als GOtt ist für unserer aller Wohl-
fahrt.   Ein idweder Sünder ist ein Absolon für
Jhme; und Er wündschet nicht alleine mit Da-
vid: wolte Gott/das Jch für dich stérben möchte;
sondern starb in der Táht sélbst.

Wir suchen unsere Séligkeit/nicht mit solchem
Ernste / als GOtt Si suchet; mit Ermahnen/
mit Verheischen / mit geloben; ja / mit bétteln /
trachtet Er uns zum Gehórsam zu bringen.   Er
lásset keinen Wég unversuchet/ das Er Uns möge
ohne Entschuldigung lassen/ und seine Hände ü-
ber uns waschen und sagen: Du stürzest dich sélbst
ins Vertérben.   Wann wir uns nur können Gut-
tes wündschen/ müste es unmöglich seyn/ das wir
auch nicht etwas Guttes tuhn solten; wiwohl es
doch mit blössem wündschen nicht ausgerichtet ist.
Jch wil so vil tuhn/ als Jch kán; mich bemühen
das zu tuhn/ so Jch tuhn sol/ und nicht tuhn kán.
Gott lásset Jhme ein williges Hérze gefallen: und
wann Jch über mein Vermögen willig bin; so
wird Er mir/entweder di Kráffte gében; oder aber
meinen Willen vor di Táht néhmen.   O Gott/
der du in mir wirkest/ beyde das wollen/ und das
vollbringen; richte meinen Willen/nach deinem;
und also mein Vermögen/ nach deinem Wil-
P
len;

len; das Ich möge wollen und tuhn / was Du
wilst !

343. Mein Pfund.

Gott erfordert nicht alles / von einem Jdwedern;
Er begehret keine zéhen Pfund von déme / wél-
chem Er nur zwey gelassen von déme aber / wél-
chem Er vil gegében / fordere Er auch vil. Es
ist kein Wunder / wann di Sát / so auf einen dor-
nichten oder steinichten Grund gefallen / keine
Früchte bringet / oder verwélket: wo mán aber ge-
mister und getünget; da kán mán wol eine reiche
Erndte gewarten. Je mehr ich habe; i mehr muß
Ich verantworten: und / i mehr mir ánvertrauet
ist; désto grösser wird meine Abréchnung seyn.
Andere mögen dárnach trachten / wi Si noch mehr
zu sammnen krazzen; Ich wil zuséhen / wi ich das
wohl ánlégen möge / was Ich schon habe.

344. Sontag.

Gott hat den Sontag mit vil schönen und hérrli-
chen Wérken geheiliget.

An einem Sontage hat Gott das Licht aus der
Finsternis heissen herfür leuchten.

Am Sontage hat Gott / der Schöpffer aller
Dinge / di H. Engel erschaffen; wélches seyn hélle
Lichter / und feurige Geister: Di hát Er ausge-
gesand zu Dinste / úm dérer Willen / di erérben sol-
len di Séligkeit.

Am Sontage ging Noah / mit dén Seinigen /
auf Gottes Beféhl / in den Kasten; und wárd erhal-
ten /

ren/da sonst Alles in der Sündflutt ersauffen mu-
ste.

An einem Sontage zogen di Kinder Israel aus
dem Egyptischen Dinsthause; wi es Gott vor vir-
hundert Jahren dem Abraham versprochen hatte.

An einem Sontage fil zum erstenmahl das
Manna; darmit GOtt/ sein Volk/ virzig Jahre
in der Wüsten gespeiset hat.

An einem Sontage ist das Gesäzze/auf dem Ber-
ge Sinai gegében worden; mit Donner und Bliz;
mit Posaunenklang und krachen; mit Rauch und
Feuer/ dardurch di Kinder Israel dérmassen er-
srökten; nicht wusten/ wo Si für Angst bleiben
solten.

An einem Sontage ist Christus der HErr ge-
bohren.

An einem Sontage ist Christus besnitten wor-
den: hat dadurch meine Wunden und Schäden
geheilet; mich in di Zahl der Gläubigen versäzzet.

An einem Sontage ist Christus getauffet wor-
den.

An einem Sontage ist Christus von den Tôd-
ten auerstanden; hat dadurch erwisen: das Er di
Feinde meiner Seligkeit überwunden.

An einem Sontage hat mein Heiland/ das
Predig-Amt seinen Aposteln/ aufs neu befohlen;
an einem Sonntage auch den H-Geist über Si
ausgegossen/ u. w. O Gütte! O Genade!

Ich wil/ mit der Genade Gottes/ dahin fleissig
 mich

mich bearbeiten / wi Ich disen H. Tag mit gutten
Wérken / und heiligen Gedanken / allezeit möge
zúbringen: von nun án / mit Petro biterlich wei-
nen; mit Manasse inniglich seuffzen; und mit
dem Zólner hérzlich sagen: **Gott sey mir
Súndern gnädig**

345. Aus Saul; Ein Paul.

Was Wír sonst ins gemein von Leuten sagen:
di sich in der Wíge unrein halten / pflégen
doch erwachsen / hurtig im Sattel zu seyn; trifft
auch wohl bey den Christen ein. Aus einem schlu-
drigen Jungen / kán wóhl ein réchtschaffen Kérle
wérden. Einer / der Saulum di Christen so ei-
frig hétte erwürgen séhen / hétte ihm swérlich ein-
bilden können / das Er hernach sélbst Christum
prédigen würde. Es gebühret Uns nicht / aus dem
gegenwärtigen das zúkünfftige zu urteilen.

346. Gottlose.

Das Unkraut wáchset heuffig / und di Gottlosen
findet mán / wi Heusrékken in Egypten / hauf-
fen weise bey einander; da di Frohmen / wi No-
ah in der Arche / bey zweyen oder dreyen / hír
und dár im Winkel sizzen: dahér unser Seligma-
cher récht sagete / das der Wég nohtwéndig weit
seyn müste / der zum Vertérben führet / weil ihrer
so vil seyn / di darauf gehen. Rósen wachsen un-
ter Dornen; Das Gutte unter dém Bösen.

347. Récht rühn.

Damit du récht rühn mögest / solt du keines wé-
ges

ges folgen deinem eigenen Sinn; Dann er ist
von Natur zum Bösen geneigt: Du solt nicht
nachhangen dem bösen Eingeben des Satans;
dann er ist ein Lügner. Betrachte vilmehr Got-
tes Willen; Christi Leben; di kürze des Lebens; di
gewisse und unbekante Todes-Stunde; das jüng-
ste Gerichte/ und di Verantwortung/ So du we-
gen deines Lebens zu geben schuldig bist. *Nihil
placet DEo, nisi quod habes à DEo.*

348. Dank.

Gleich wi der Akker sehr hart seyn mus/ in wél-
chem der Arbeiter Füsstapffen nicht gespüret
werden: also mus das wohl ein recht steinern Her-
ze seyn/ in welchem Gottes Segen und Wohltah-
ten nicht alleine nicht einwurzeln; sondern auch
kein Zeichen lassen; ja von welchem Si nicht so-
bald empfangen/als vergessen werden. Gott for-
dert für alles/ was Er an Uns tuht/anders nichts
als ein dankbahres Herze: wi dürfften wir aber
für Gott tréten/ und hoffen/ das Er Uns unseren
Bitte gewähren würde/wann wir Ihme seine for-
derung abslagen? Dankbarkeit gefällt Gott und
Menschen.

349. Bücher.

Ein Buch ist nicht so leichte zu verstehen als das
andére; und unter dénen di gleich leichte/ seyn
alle nicht gleich nützlich;Ein Teil würden nützlicher
seyn/wann Si anmuttiger wären: Ein Teil wür-
den anmuttiger seyn/ wann Si nützlicher wären.

P 3

Der

Der ruht wohl / der in seinen Büchern beides
tuht; der das nützliche mit dem angenéhmen ver-
mischet.   Ich wil mein Fleisch weder mit einer
allzugróssen Brüe überschütten; noch ganz ohne
Safft in di Schüssel légen.

350. Libes-Geschichte.

MAn möchte sagen / das di Libes-Geschichten
vilmehr zu verschweigen / und in di Vergessen-
heit zu begráben / als mit Mühe zu beschreiben / und
aufzuzeichnen; weil di Jugend sich darán árgern;
nichts guttes daraus lérnen möchte.   Hirauf ist di
Antwort: das mán vilmehr dahin zuséhen / wi é-
ben di unzulässigen Libes-Händel/eineu sträflichen
und reuigen Ausgang néhmen/und ist auch in der
H. Srifft / von Lohts Blut-Schanden; von Rú-
bens/Davids / Salomons/ u. w. Ehebruch und
Hurerey zu lésen; wer sich darán árgert; mus von
dem Argen seyn / indéhm Er ein Ärgernis nimt/
das Ihm nicht gegében wird/ und gleichet hirin-
nen der Spinne/wélche das Gifft aus der Blúme
sauget / aus wélcher das Bínlein Honig machet.
Alles zum bésten.

351. Ehrgeizige Prédiger.

ES ist keine schöne Blume / wélche di Spinne
nicht solte vergifften können / und ist nichts so
Heilig/das ein gottvergéssener Ménsch/nicht solte
entheiligen können. Es gibet Prédiger/di so Ehr-
begirig seyn / das Sí / auf dem Trohne der
Wahrheit / den Lohn der Eitelkeit su-
chen:

chen: Also machen Si aus Gottes Wört/Mén-
schen Wörte/ und prédigen wégen ihres/ und der
Zuhörer Nuzzen; von solchen saget der Apostel
das Si sagen/ Si erkénnen Gott; aber mit
den Wérken verlaugnen Si es/ und Gott
hát einen Greuel án Jhnen/ u.w. Tit. 1/16.

352. Höher Wörte.

Fürnéhme Leute spilen auf dem Schauplaz diser
Wélt/ fürnéhme Persónen; was Si rühm
und réden/ das fället nicht auf di Erden/ und wird
nach dem Sékkel des Heiligtühms abgewogen.
Wén Si hoch achten/ der wird auch von anders
geachtet: und wén Si verachten/ der wird auch
von andern verachtet: deswégen solten Si íhré
Wörte auf di Goldwage légen/ und ihre Réden
führen/ wi di Barbirer di Schérméssir; damit
Si nuzzen und nicht schaden.   Ja/ alle Mén-
schen sollen/ nach Sirachs Vermahnung/ ein
Sigel auf ihren Mund drükken/ das Si
dardurch nicht zu fall kommen/ und ihre
Zunge/ noch Si/ noch andere vertérbe.

353. Keuschheit und Tapfferkeit.

Di ánstándigste Tugend des Weibesvolkes/ ist
di Keuschheit: di tréfflichste Tugend der Mán-
ner/ ist di Héldenmássige Tapferkeit; Entgegen
gesázt der Unzucht und Zágheit/ oder Weichmüt-
igkeit.   Wann aber Wóhlbesagte Tugenden sich
bey dem swachen Gesléchte zugleich befinden; só
seyn Si so vil mehr zu verwundern.   Und wi di

P 3

Flam-

Flammen nimmahls mehr Glanz strahlen laſſen/ als in
der finstern; also erhellet solcher Tugendſchein so vil
mehr bey geringen und ſchlechten Perſonen; nur das
es selten/ zu sehen: Dann/ izt ſtehlen di Laſter/
den Tugenden/ di besten Kleider.

354. Rache:

Wann wir Ménschen mit einem Wórte beleidi-
get wérden/ oder nur beleidiget zu seyn ver-
meinen; so wollen wir uns mit aller Gewalt rä-
chen / und den Beleidiger bald todt haben:
wann wir aber Gott den HErrn (wi durch solche
Rache geschihet) beleidigen/ so soll ér still sizzen;
Uns/ als frohme Kinder / nicht ſtrafen.   Nein /
Gott iſt nicht ein Gott/ dém gottloses
Wéſen gefället: wér böse iſt ;   bleibet
nicht für Jhm.   Wil mán sich nicht be-
kéhren; so hat Er sein Swért gewézt/ und
ſeinen Bogen geſpannet/ und léget dar-
auf tödtliche Pfeile.   Chriſten iſt solche Ra-
che/ mit Gedanken Wórten und Wérken/ bey der
Höllen Strafe verbohten.

355. Luſt- und Géld-Seuche.

Obwohl di Libe eine Árt von Zauberey/ wélche
des Ménschen Sinn mächtigſt regiret; wirk-
lichſt verbléndet/ und sündlich beherrschet : So iſt
doch der Géldgeiz eine so vil ſtärkere Bezauberung/
so vil der Nuz behäglicher/ als di Beluſtigung iſt.
Und seyn di jénigen geizig / wélche trachten reich
zu wérden: dann/ Si fallen in di Strikke des
Teu-

Teufels / und tuhn andern Schaden: Si néh-
men den Ségen Esau / und laſſen den Fröhmen
den Ségen Jacob.

Di Gottesfurcht und Treue / iſt der Jaſpis /
welcher ſolcher Zauberkunſt widerſtehet / und di
ſündlichen Begirden / ſo den böſen Geiſtern glei-
chen / férne treibet.

356. Réden.

Gleich wi wenig Réden / eines Verſtändigen:
Alſo iſt / was guttes réden / eines frohmen
Ménſchen / gewiſſes Kénnzeichen.   An der länge
oder Kürze / unſeres Geſprâches / wird unſere
Fröhmigkeit nicht geſpüret wérden: ſondern al-
leine aus der Sache / davon wir réden.   Wes
das Hérze ſoll iſt / des geher dér Mund über; Gleich
einem ſpringenden Qualle / der überlaufft.

Es mus gár wenig Fröhmigkeit in Uns ſeyn ;
wânn ſich diſélbe nicht in unſern Réden biswei-
len hören láſſet.

Hätten wir nur Gott récht im Hérze ; ſo würde
Er auch gewis öffter und mit mehrer Ehrerbi-
tung / in unſerem Munde ſeyn.

Ob mir nun zwár nicht gebühren wil / von mei-
ner Fröhmigkeit vil zu réden ; ſo wil ich mich doch
bemühen / ſolche durch meine Réden án den Tag
zu gében.

357. Témpel Gottes.

Ob ſchón Gott der Herr in Hütten / di mit Méu-
ſchen-Händen gemacht ſeyn / uicht wohnen wil:

so wil Er gleichwohl in solchem Tempel wohnen/
di seine eigene Hände gemacht haben / nemlich in
der Menschen Hérzen; sintemahl wir seine gnädi-
ge Beywohnung in Uns empfinden / ob wir Ihn
schon nicht séhen; wi gesriben stehet: Nimand hat
Gott imahls geséhen; Er ist zwar Unsichtbar/aber
nicht unempfindlich/   Unser Höchstes Gutt/ be-
stehet athir in Empfindung; im Himmel aber in
wirklicher Anschauung dessen/welchen Ich zwar
izt nicht séhe/dermahleins aber so gewis séhen wér-
de/ als man mich izt sihet.   Immittels wil Ich
mich befleissigen/ nichts / als das jénige zu tuhn/
was Er séhen/ und was mich seiner Aufsicht nicht
berauben kán.

358. Mühsames Wöhl Leben.

Weil des Leibes bester Zirraht/ das Gemütte /
und des Gemüttes bester Zirraht / di Erbar-
keit ist; so wil Ich fürnéhmlich sorgen / wi Ich
wohl lében; nicht/ wi Ich statlich bekleidet seyn
möge Ich kan wohl mit einem zerlappeten Klei-
de; nicht aber mit einer in Sünden verstokten Se-
le / in den Himmel kommen.   Gleichwohl hat es
Gott/da Er Uns befohlen/am ersten unsere Sor-
ge auf Ihn zu richten/ nicht so gemeinet / das wir
ganz und gár nicht für Uns sélbst sorgen dürften.

Wir wérden Uns wenig Nuzzen damit schaf-
fen/ wann wir still sizzen und freyen : Gott hélffe
Uns! Der weise König Salomon/hat schon Pro-
phezeyet/ wi es gehen wérde: Wér im Sommer
nicht

nicht arbeiten wil / der wird im Winter hungers
sterben.   Es ist di unveränderliche Sträffe der
Sünden : Jm Sweisse deines Angesichtes / solt
du dein Brodt essen; und danke Gotte / das du es
nur haben kanst.   Gott hat Uns / ohne Uns / er-
schaffen; Er wil Uns aber / ohne Uns / nicht er-
halten.   Es ist Uns mehr als zu vil Genade / das
wir im Sweisse unserer Arbeit essen mögen. Wer
wolte sich der Mühe verdrüssen lassen / di mit ei-
nem Ségen belohnet wird?

359. Gezimend.

Der Ménsch war nakkend / bis Er sündigte / und
schämte sich nicht. Hiraus sehen wir / das di
Kleider / nicht alleine Uns dékken; sondern auch
Zeugnis gében / unserer Sünden; und der / dahér
rührenden Schám: und solten wir Uns billich / in
Anséhung solcher mehr schämen / als prangen.
Des Leibes Zirraht ist dás Gemütte: des Gemüt-
tes béster Zirraht ist di Erbarkeit.   Das stehet
am bésten / wélches sich am meisten gezimet ; nicht
was am meisten üblich) ist; sondern / was sich ge-
bühret.   Jch wil nicht séhen / was Andere tuhn;
auch nicht / was Jch möge tuhn; sondern / was
mir gebühret zu tuhn.   Es ist vil zugelassen / das
nicht nüzltch ist.

360. Almosen.

Gébet / so wird euch wider gegében wérden : Gott
der da das erste befihlet; verheischet das ande-
re: Und wér kan sagen / das imahls einer durch

Almo-

Almosen geben/ wäre zum Bankerotirer worden?
Nein: di Christliche Libe ist nicht ein so böser Di-
ner/ das Si ihren Herren solte zum Betler ma-
chen.   Der Ohlkrug/ und Mehlkasten/ davon
der Prophet einen Kuchen bekommet/ wird nim-
mermehr lédig werden.   Wér gérne den Armen
gibet/ der Wuchert Gottes Segen.

361. Der Löbliche Ehr-Geiz.

Di Ehre ist/ dahin sich di Kinder/ di Knaben/
Jünglinge und Männer bemühen; ihres glei-
chen vorzudrukken/ und bindet dise Begirde fast i-
dem Flügel an/ über Andere höher zu flügen: und
ob Si sich gleich zu wetten gár zu höch swinget/und
mit *Icaro* gestürzet wird; so ist doch der Vörsaz
nicht zu verachten/ und kán man wégen des Aus-
ganges keine Gewährschafft leisten.

Nach höhen Sachen/ durch zuläsfige Mittel
strében/ ist löblich und Rühmlich: und wann di
Ehre keine Belohnung/ der für das Vaterland
wohlgeleisten Dinste seyn soll/ so wird nimand
mehr sein Lében zu desselben Beschirmung dár-
wagen.

Es ist zweyerley Ehrgeiz/ der sichtbare/ welcher
nimahls kán ersättiget werden/ und gleichet dem
Geldgeize; der ander/wann man in seinem Stan-
de/ohne Stolz und Ruhmsichtigkeit/ sich unter
seines gleichen Ehre zu erlangen bemühet/und an-
dere mit vilen Tugenden zu übertreffen trachtet.
Di Ehre ist der Stachel zu allen Heldentahten/ i

und

und solche lébet auch nach unserem Tode auf dem
Grabe/ und bleibet unsterblich/ wann wir stérbli-
che Ménschen verwésen.

362. Schönheit.

Wélche Zunge ist so berédt/ wélche Féder ist so
wohl geschärffet/ wélcher Geist ist so hoch
gestirnet/ das Si mit gesamter Hülffe di Schön-
heit/nach ihren Eigenschafften/ab-und ausbilden
können; wann Si mit verlibten Augen erblikt;
mit brünstigem Gemütte verlanget/ und mit ent-
branten Hérzen belanget wird.

Di snöde Schönheit blénder di Weisen; reizet
di Jügend; kwälet di Verlibten/ und ist eine Ty-
rannen/ wélche mit der forteilenden Zeit/ in den
reiffen Jahren/ eine geringe Spür der erlangten
Eitelkeit hinterlässet.

In zwischen aber héger Si eine freye Dinstbar-
keit; nähret ein unersättliches Feuer; släget un-
heilsame Wunden; tödtet den Verstand/oder ma-
chet denselben ohnmächtig; blénder di gesunde
Vernunfft; bestreiter di Schámhafftigkeit; swä-
chet di Tügend; stärket di Hoffnung; purgiret di
Beutel; erfreuet di Augen/ wi das Irrdische
Paradis; und tödtet mehrmahls gutte Gewissen/
mit unaufhörlicher Höllen-Pein.

Ider Tag bricht eine Blüme von der Schön-
heit; drum hat Si keinen Bestand.

363. Arme.

Es iſt zu verwundern / das di Armen ſo wénig
Chriſtliche Libe finden / und án etlichen Ohrten
faſt verhungern müſſen; da wir doch ſo hérrliche
Verheiſchungen haben / Gott wolle di Wérke der
Barmhérzigkeit / mit zeitlicher und ewiger Wohl-
fahrt vergélten.

Nichts iſt faſt in der Natúr / das nicht zu mil-
der Handbitung und williger Hülffleiſtung / gegen
unſeren dürfftigen Náchſten ántreiben ſolte.   Di
Engel hélffen dénen Bedréngten : zu den Wunden
eilet alles Geblütte.   Di libe Sonne (der Armen
Feuer) iſt eine Abbildung der Brüderlichen Libe /
ind éhm Si Licht und Wárme / dem ganzen Erd-
boden / ohne Unterſcheid mitteilet.   Di Elemént
können keine Lérheit leiden / und di ſwachen Erd-
gewáchſe wérden durch andere ſtárkere / oder áuch
án Pfálen auferzogen : ſo gár / das alle unver-
núnfftige Tihre / ſich ſür ihres gleichen Tode ſürch-
ten / und ihrem Angſtgeſrey züeilen.

Suidas erzählet von einem Vogel / wélchen Er
Eynæle nénnet / der ſo ſwach iſt / das Er ihm kein
Néſt erbauen kán / und deswégen in aller anderer
Vögel Néſtern wilkommen ſey : Wir aber ſlihen
di Armen wi di Ausſázzigen / und würdigen Si
nicht / das wir mit ihnen réden / und ihren Klá-
gen zühören wollen.

Iſt es gutt / ſo wérffen wir Jhnen ein Stük von
der kleinſten Münzze / di zu bekommen iſt / zü / und
vermeinen / GOTT einen gröſſen Dinſt zu tuhn.

Wünd-

Wündschen Si manchem Reichen / das ewige
Leben dafür; so dänket Er mit jénem: Ich slage es
nicht aus; aber / so spaht es immer möglich ist.

364. Empfindligkeit.

Man findet Leute / di zwár allerley Trübsahle
ausstehen solten; den geringsten Schimpff /
und zugefügtes Unréchte aber durchaus nicht er-
tragen können: wélches gleichwohl mehr dahér
rühret / weil Si es Ihnen für ein unleidlicherer
Wérk eingebildet / als es án ihm sélbsten ist. Dar-
wider ist nun nichts dinlicher / als das mán ihm
nur féstiglich fürsäzze / sich des gemeinen Wahns
zu entslagen / und ohne Bewégung ein ides Ding /
So den Ménschen ängster und betrübet / zu be-
trachten: dérgestalt wird mán séhen / ob so irsach
genug vorhanden ist / dises oder jénes / so über-
mässig / wi da geschihet / ánzunéhmen.   Es tuht
auch ein hohes und tapferes Gemütte nicht / was
sein Gegenteil verdínet hát; sondern / was seinem
eigenen Nahmen und Lobe gemäs ist.

365. Eigenes Absehen.

Es finden sich Leute in der Wélt / di nur ihre sélbst-
eigene Freunde seyn; wi Nabal: ihre Libe fán-
get sich án / und éndiget sich in ihrem eigenen Hau-
se: di Haut ist Ihnen näher / als der Rok.

Widerúm seyn ihrer vil / ihres eigenen Nuz-
zens Freunde; bey dénen heist es: Bey Diana lé-
ben wir: mit déine wérden Si Freündschafft hal-
ten / bey déine Si leben können.

Solcher Gestalt liben étliche den HErren Chri-
stum;

stum; weil Si sich für Jhme fürchten/ Er kán beide
Sel und Leib ins Verterben stürzen: Andere/ weil
Si seiner von nöhten haben. Wir aber würden
Jhn/ wañ wir seine réchtschaffene Freunde wären/
lib haben/ ob wir schon keine diser Ursachen hétten.

366. Ruhm.

Wir lésen / das Moses auf dem Bérge Sinai/
zu Gott/ mit unbedéktem Gesichte; unten a-
ber am Bérge/ zu dem Volke/ mit bedéktem Gesich-
te rédete: Dann Gott der HErr wil nicht ében al-
lezeit haben/ das wir unsere Klahrheit / für der
Wélt séhen lassen: ja/ in etlichen Fällen gefällt es
Jhme wohl/ das wir unser Pfund einwikkeln und
verwahren. Du must damit zu friden seyn/ das
dich der jénige kénnet/ dér dich belohnen wird: dañ
wann du von den Leuten nicht gelobet wirst/ so ge-
schihet es darúm/ weil Si dich nicht kénnen: O-
der/ wann Si dich zu lézt loben/ so ist es damit ge-
tahn/ und kán es villeicht zu deinem Schaden seyn.
Wárúm soltest du dann den Himmel úm eines
gutten Wortes willen verschérzen? Was béssert
es dich doch/ wann dich alle andere/ ausgenoñen
Gott/ rühmen? wélcher es darúm nicht tuht/ weil
es andere tuhn. Ich wil mich nimmer dahin be-
arbeiten/ das mein Ruhm gen Himel hinauf steige;
sondern/ das Er vom Himel herab kome.

367. Gelibte Dankbarkeit.

Gleichwi der jenige / wélcher eines Weibes/ mit
Ehebrécherischen Augen begéhret / sich wider
das

das Séchste Geboht versündiget / ob Er gleich
solche Sünde nicht würklich vollbrachte ; weil es
ihme nicht án dem Willen / sondern an der Gelégen-
ermangelt : Also ist im Gegenstande / der Vórsaz
Guttes zu rühn / oder sich Dankbarlich zuerwei-
sen / bey Gott / für das Wérk sélbsten geachtet ; wi
dort di Wittib / wélche in ihrer Armutt ein
Schérpflein in den Gottes Kasten gelégt / wélches
von unserm Erlöser höher gerühmt worden / als
der andern Reichen scházbahre Gaben.

Hiraus lásset sich eine widersinnige Meinung
flüssen / das der / so kein Almosen gibet (solches
áber gérne gében wolte / wann Er es hätte) mehr
gibet / als der des Armen Hand mit grossen Ver-
ehrungen (von seinem Überflus) zu füllen pfléget.
Solcher gestalt kan ein dankbahrer Wille mehr
seyn / als dankbahre Wérke.

368. Libe.

Nichts ist so wilkührig / als Libe ; und nichts ist
dem Willen mehr zu wider / als der Zwang.
Wi di Flamme durch den Wind aufgefeuert wird ;
also vermehret sich di Libe / durch di zwischen kom-
mende Hinterung.   Wér di Libe verbeut : der
gürtet ihr di Sporen án : Si ist ein verborgen
Feuer ; ein bitter Leiden ; eine süsse Bitterkeit ;
hintersleicht di Leute wi ein Dib ; drüm Ihr /
das Ihre gib.

369. Freundschaft.

Der Freundschaft Grund sol di Tugend seyn :
dise ist di güldene Kétte Hérkulis / wélche alle

Q   Gleich-

Gleichgesinnte verknüpffet / und án sich zíhet.
Wann hingegen das Fréssen und Sauffen / der
Gewinn oder di Gefahr / di Freundschaft verbín-
den sol / wi bey den Hofeleuten / Kaufleuten und
Soldaten; so wird es wohl vertreuliche Geséll-
schafft / aber keine Freundschafft eigentlich genén-
net ; weil solche auf eigenen Nuzzen / und nicht auf
di Líbe gerichtet ist; Gleich wi mán etwan einem
Knéchte / oder einem Vihe / wégen déssélben Dín-
ste / Guttes gönnet.

Díser Unterscheid wird in gemeinen Réden so
genau nicht beobachtet / und nénnen wir Freunde /
wélche wir mehrmahls nicht geséhen / und nur von
hören sagen kénnen. Solche aber verkuppeln sich
mit losen Strikken / und seyn ihre Laster und
Gleichheit der Sitten das Band / ihrer unglükli-
chen Freundschafft; wi hingegen di Tugend der
Stamm / auf wélchem di glüksélige Líbe und Treue
erzílet wird.   Hírvon kán mán füglich sagen / das
Sí án ihren Früchten zu erkénnen.

370. Fróm und aufrichtig.

Gleich wi nicht allezeit in einem zírlichen Klei-
de / ein gerader Leib stékket : Also seyn auch dí-
se nicht ében allzeit di bésten / di sich so gár sehr mit
Gottesfurcht séhen lassen.

Euserliche Demutt und Falschheit / können gár
wohl bey einander stehen : und einer / der schon
mit der Vórklage kommet ; wird gemeiniglich für
verdáchtig gehalten ; Wí mán dann von den jé-
nigen /

nigen/ di allzeit vil wohlrichende Sachen bey sich
trägen/ ins gemein zu urteilen pfléget/ das Si ei-
nen sehr stinkenden Ahtem haben.

Hiraus ist offenbahr / das wir nicht allzeit un-
sern Sinnen gláuben müssen.   Di Frömigkeit /
ist án sich sélbst Soñen klár/ und ihre Eigenschaft
ist / das mán Si / bey ihren Wérken erkénnet ;
nicht bey ihren Réden : da hingegen di Heuche-
ley gemahlet wird / bas Si ihre Runzeln verbir-
get / und wolte gérne feiner scheinen/ als Si ist :
Si wird aber / mit jénem Feigenbaume / weil Si
keine Früchte bringet/ ewiglich.vermaledeyet wér-
ben.

Wann wir nun wollen réchte Christen seyn ;
so müssen wir auswéndig wi inwéndig ; und in-
wéndig/ wi auswéndig seyn.

371. Hurerey.

Schleyer und Schöppel / verspérren manchem
das Himmelreich ; saget das Sprichwort.
Di Hürer / wélche sagen/der Wald ist bésser als
der Baum ; gehen den Wég zum Spitahl. Wél-
chem eine Hüre in das Hérze kömmt / dem kömmt
Si auch in den Beutel : und ist der ein Narr /
wélcher wégen einer gutten Nacht / ihme vil bóse
Nächte kauffet / und solche wérden Motten und
Würmer zu Lohne háben.

So schándlich nun di Hurerey ; so löblich ist
Di Keuschheit : und kán ein bóser Vórsaz / durch
gutte Gedanken wohl unterbrochen wérden.

372. Kirchenraub

Nachdehm Prometheus das Feuer vom Him-
mel geraubet/ist nichts so heilig/das nicht solte
entheiliget werden.   Gott sihet vom Himmel/auf
der Menschen Tuhn; und di Gottlosen bleiben
nicht für Jhm.   Wann der Hausvater wüste/
zu welcher Zeit der Dib kommen würde; solte Er
nicht wachen? Gott aber weis es/und sihet in das
nidrige.   Wi solte Er dann ungesträft lassen/ al-
le/ di seinen Tempel/ als sein Haus/das Jhme zu
Ehren gebauet worden/ berauben?

373. Treu.

Der kluge Lehrdichter *Boccalin*, sagt unter an-
dern/dás di Treue im Parnasso keine Hérber-
ge finden können; enblich aber ihren Aufenthále
genommen bey des Acteons Hunden/ di Si gérne
nében sich erdulbet / u. w.

Hirmit wil Er ándeuten/ das di Hunde/ in ih-
rem Gesléchte / dem Ménschen getreuer / als di
Ménschen unter einander sélbsten.   Hütte dich
für Jacobs Mund/ und für Esaus Hand.

374. Bemäntelte Sünden.

Es seyn keinem seine Sünden vergében worden/
so lange Er solche gesuchet zu bemänteln: Dér
alleine / dér Si frey bekénnet/ sol Genade finden.
Schäme dich nicht das zu sägen / was du dich
nicht schämest zu tuhn: Schäme dich aber Sün-
de zu tuhn/ und Si nicht zu bekénnen.   Es ist
bésser / di Wélt wisse/ das du ein Sünder; als
GOtt/ das Du ein Heuchler bist.

375. Eh=

375.　Ehstand.

Chriſtus der HErr/indéhm Er zu Kana in Ga-
lilea/das Waſſer in Wein verwandelt/ hat zu
verſtehen gegében: das Di/ſo von dam lédigen/ in
den Ehſtand tréten/wirklich das Waſſer in Wein;
di Einſamkeit in Geſellſchaft; di Gefahr in Si-
cherheit; das Trauren in Freude verwandeln.

Wi di Lade des Bundes/zwiſchen zweyen Che-
rubim wár; ſo wil Gott zwiſchen zweyen Hérzen
ſich finden/ di ſich liben: Er wil das Band der
Freundſchafft ſeyn/ damit Si beharrlich/ ſtark
und erfreulich beſtehe: Denn ja di Ehliche Libe
ſo vil löblicher auf Erden; als éhnlicher Si der
Himmliſchen Neigung iſt/ ſo Gott gegen uns ar-
me Ménſchen trägt.

375.　Falſch-Zeugnis.

Der böſe Feind/ wélcher ein Lügner iſt von An-
fang/ hält ſeine Sachwalter hir auf Erden;
wélchen ér/ mit zeitlichem und ewigem Unglük ab-
lohnet. Der Gott der Wáhrheit weis hingegen
di Unſchuldigen/ aus der Verſuchung zu erlöſen/
und án das Licht zu bringen/was verborgen/ und
zu geheim behandelt worden. Alſo hat Gott di
unſchuldige Suſannam/ von der falſchen Anklage/
dérer zweyen Alten/ durch Daniel errettet/ und
dem Daniel ſélbſt aus der Leuengrube geholffen;
ſeine Verleumder aber dargegen hinein wérffen
laſſen. Falſche Münze gilt nichts/ weder in der
Einnahme/ noch Ausgabe.

Q 3　　377. Ver-

377. Vergnügt.

Alles/was zu unserer Unterhaltung nöhtig wár/ das wárd erschaffen; und alles/ was zu unserer Séligkeit nöhtig wár/ ist aufgeschriben worden. Ich wil derowégen nicht mehr zu wissen begéhren/ als Gott geoffenbahret hát; noch mehr zu haben/ als Er versehen.

378. Sorglose.

Wenn Tág allzeit Ráhe/ und nicht bisweilen Nöht bráchte/ so wären di in den Tag lébende Sorglose Leute/ di Glükséligsten in der ganzen Wélt. Si essen/ trinken/ slafen und genüssen des Gegenwärtigen/ so lange es wáhret/ und dánken dabey im geringsten nicht auf das Künfftige; treiben noch wohl ihren Spott mit dénen/ di Si hernach/ wann Si Mangel und Nohtdurfft beginnet zu drükken./ üm ein Stük Brodts müssen ánspréchen.

Diser Leute Fahrlässigkeit/ ist nicht weniger zu strafen/ als im Gegenteile di übermässige Sorge und Begírde/ vil zusammen zu tragen und einzusamlen/ di di Geizigen naget und kwählet.

Ich wil sorgen/ wi Ich das jénige/ was mir Gott gibet/ zu meinem und meines Nächsten Dinste möge ánwénden; so wérde Ich allzeit genung háben; weder bétteln noch geizen dürffen. Es kán sich einer leichter runzlicht sorgen; als Reich.

379. Selbstmord.

Es finden sich / leider! eine Zeit hér / hin und wider vil Leute / di mit vilen bösen und árgerlichen / ja schädlichen und Selen-vertérblichen Gedanken / so sehr gekränket wérden / dás Si von disen überwunden; Ihnen sélbst gár dén Tod ántühn; wélches das aller-erschröflichste ist / das einem Christen Ménschen könte zu Sinne kommen.

Unter so swérer Versuchung sol Uns aufrichten das ausdrüfliche Verbohr Gottes / **Du solt nicht tödten** / 2. Mos. 20 / 13. wélches / wi von andern; also / und üm so vil mehr von uns sélbsten zu verstehen / indéhm Gott der HErr / Uns Leib und Sele / als zwey wéhrte Pfund ánvertrauet; davon wir swére Réchenschafft gében müssen. Da nun imand eines / durch eigensinnigen oder aberwizzigen Wahn / in di Erden verscharret; sich sélbst zum Grabe befördert / der ist ein Schalksknécht / der seinem Herrn untreu worden / und weil ér seinen Willen weis / und nicht tüht / billich mit zeitlicher und ewiger Stráfe beléget wird.

Wér Ménschen-und sein eigen Blutt vergeust / des Blut sol wider vergossen wérden / 1. Mos. 9: 5. 6. Es kán aber kein grausamer Todsläger nicht seyn / als der sich sélbst erwürget: und freiben di alten Kirchen-Lehrer / das Judas / wégen seiner Verrähterey (wi Petrus wégen seiner dreymahligen Verlaugnung) / leichter wider bey Gott zu Genaden komen / als das Er ihm sélbst das Lében abgekürzt.

 So

Solche unchristliche Taht / lauft auch wider den H. Tauf-Bund / in dem sich Gott / gegen Uns / aus Barmhérzigkeit verbunden / das Er unser genádiger Vater / und wir seine gehorsame Kinder bleiben sollen / di dem Satan / seinem Wésen und Wérken widerstrében sollen.   Nun ist dises Mörders von Anfang / Geheis und Eingében / sich sélbst ermorden; án Gottes Hulde verzweiffeln / und di so teuer erworbene Genaden-Mittel verachten.

Wér das Gesäzze Mosis übertratte / muste ohne Gnade stérben / 5. Mos. 13 / 8. wi vil mehr wird ewig stérben / dér den Bund solches Testaments / aus Unglauben / unrein achtet / durch wélchen Er geheiliget ist / Ebr. 10, 29.

Wi aber seyn wir unser eigen? hát nicht Gott allein Macht über unser Lében / und idem Ménschen ein Zil gesäzt / das Er nicht überstreiten soll / und auch aus Ungeduld darvon nicht abgehalten wérden.

Lében und Wohltaht (sagen wir mit Job. 10, 12.) hast Du / ó Gott / án uns getahn / und dein aufséhen bewahret unsern Odem.   Er ist ein Gott der Ménschen Selen; ja / der Geister alles Fleisches / 4. Mos. 16, 22.   Er ist der HERR des Lébens und des Tódes / wélcher déu / der Böses tuht / ungestráft nicht lassen wird.

Wér

Wér hát imahls sein eigen Fleisch gehasset? (*Eph.* 5. 29.) der aller gesunden Vernunft beraubet; Gottes Feinde / des Lügeners von Anfang / böslichem Eingében/folge leistet.

Es ist das Erste Gesázze der Natur/sich sélbsten erhalten;dahin zilet fast aller Ménschen tuhn: Wér sich aber fürsäzlich ermordet; widerstrébet der Natürlichen Neigung: und indéhm er töhricht vermeinet/seine sinérzen/ di hír zeitlich seyn/zu mindern ; so wird er Si / in alle ewige Ewigkeit vermehren: denn Gott di Sele nicht für Heilig und wéhrt halten wird/ Ps. 116. 25. wélche sich) zu veracht seines Gebohtes / sélbsten von dem Leibe entbunden und einen solchen Gottlosen / hát das allergröste Unglükk/ wélches imahls werden kán/getödtet

In den Geistlichen Réchten / wird ein Sélbst-mörder/sein eigen Hénker genénnet / *c. Placuit.* 12. *Cauf.* 23. *q.* 9. und ist heilsamlich verséhen/das mán Si nicht beklagen ; nich ehrlich begraben ; sondern ihre verfluchte Leichname dem Hénker und Schinder übergében solle ; wélche Si zum Fénster auswérffen; über di Gassen / und án den Galgen sléppen ; dasélbst Si verbrénnen / oder gleich. der Tihre Ássen / den Raub Vögeln zur Speise überlassen sol.

Also bringen solche verzweifelte und verteufelte Leute sich üm ihre zeitliche Ehre ; gutten Nahmen/ Gutt und Blutt ; Leib und Lében ; und / wélches das ärgste ist/üm der Selen Séligkeit.

Als

Der

Der HErr hat Greuel án den Blutgí-
rigen/ Pf. 5. 5. 6. kein Todtsláger hat das
ewige Lében in ihm bleibend/ 1. Joh. 3. 15.
Di Mörder (wélche doch wider Busse tuhn kön-
nen/ wi Moses/ David und andere/)sollen das
Reich Gottes nicht érben/ Gal. 5. 21: weil
Jhnen kein Raum zur Busse übrig ist.

Jhr Teil wird seyn in dem Pfúl/ dér mit
Swéfel und Péch brénnet/Apoc. 21. 8. Jhr
Wurm wird nimmermehr verléschen; Si
wérden allem Fleische ein Greuel seyn.

Gott hát der Engel/di gesündiget/nicht verscho-
net/ 2. Petr. 2. 4. wi solten denn di Ménschen niche
müssen Réchenschafft gében/ am jüngsten Gerich-
te/ von einem iglichen unnützen Wórte (úm so vil
mehr von solcher Greuel-Taht /) das Si gerédet
haben/Matth. 12. 36. und so der Geréchte(Froh-
me)kaum erhalten wird ; wo wíl der Gottlose und
Sünder án seinem eigenen Leibe/ erscheinen?
1. Petr. 4. 18.

380. **Gottes-Lásterung.**

Bey allen Lastern/ist eine Belustigung der Sin-
ne ; ausgenomen bey dem Fluchen und Got-
teslástern ; wélches so vil erfröklicher/ als kein an-
deres / weil dardurch der Wóhltáhtige Himmels-
Herr beleidiget wird / der seine Sonne lässet auf-
gehen / über Frohme und Böse; déssen Langmutt
Uns zur Busse leitet. Dises Laster wird aus bö-
ser Gewohnheit/ unvermérkter Weise ángenom-
men/ das man für keine Sünde hált/ was di grö-
ste

ste Sünde ist / und mehr aus Unbedacht / als aus
bösem Vórsazze di Entheiligung des Nahmens
Gottes / über di Zunge springen lässet: deswégen
aber nicht zu entschuldigen sondern so vil mehr zu
beschuldigen ist; unbestráft nicht hingehet: Und
spahret es Gott in di länge; so stráft Er gewis mit
der Strénge.

381. Freye Gemütter.

WAs gutte Nahren seyn / lassen sich leichter mit
gutten / als mit Schélsworten gewinnen:
dann / wann wir Gott nicht mehr seiner gütte hal-
ben / das Er Uns so gnädig erhält / als seiner All-
macht wégen / das Er Uns ins Vertérben stürzen
kán / fürchten; so seyn seine Gnaden-Gaben gár
übel bey Uns ángewéndet: in Betrachtung / das
Wir nicht den Geist der Knéchtlichen Furcht
empfangen.   Ich wil derowégen Gott von Hér-
zen liben / fürchten und ehren / und mich alleine
dafür fürchten / das Ich Ihn nicht beleidige

382. Böser Raht.

DI Ráhte vergleicht der berühmte Peréz / mit den
Augen des Regiments; wann dise trüb oder
schél séhen / so kán der ganze Leib dadurch vernach-
teilet wérden / und der böse Rahtgéber ist stráflicher
als der Táhter sélbsten; wi denn Achitophel mehr
gesündiget als Absolon / weil diser der Ursacher
seiner Sünde / di ohne sein bösliches einrahten
verbliben wäre.   Also geschihet es auch unter ge-
ringern Leuten / das Si einem bösen Raht folgen /
der mehrmals über dén / der ihn gibet / hinaus ge-
het.

het. Das ist der ärgste Räht / der nicht zu ändern ist.

383. Der Weg zum Himmel

Es gleichet der Weg zum Himmel / dénen jénigen / wélche Jonathan / Sauls Sohn / zu dén Philistern néhmen müssen / zwischen zweyen Félsen / deren der eine Boze (héslich und schlipferig /) der andere Senet (dornicht und hinderlich) genénnet worden. Zwischen disen Félsen müssen alle Ménschen in disem Lében / mit Händen und Füssen ánklimmen: und wann Si di Höhe einmahl erstigen; so bestehet ihr Sig / das alle- irrdische und Höllische Feinde / für Jhnen weichen müssen.

384. Guttes für Böses.

Es-ist gár eine harte Réde / wann unser Séligmacher / Christus / saget: Bittet für di / So euch fluchen; tuht dénen guttes / di euch hassen ; ja es ist Uns héfftig zu wider. Ein Bubenstükke / ist nicht so leichte vergéssen / als getahn : idoch mus es so seyn / wann wir anders wollen Christen seyn. Wo keine Libe ist ; da ist keine Séligkeit : Warüm solte Jch mir dann darüm / das mir ein ander schaden wil / auch sélber Schaden zufügen ?

385. Glük und Widerwertigkeit.

Di fürnéhmste Tugend ist in guttem Glükke / di Mässigkeit ; in Widerwärtigkeit aber / di Tapferkeit ; wélche in Sitten-Sachen / vor di allerhéldenmässigste Tugend geachtet wird. Ja / es gehö-

gehören gár di glüklichen Dinge/unter den Ségen
des Alten Testaments; di Widerwértigkeiten a-
ber/ unter di Séligkeit des Neuen/ als wélches
im Wérke weit grösser ist/ und eine klárlichere of-
fenbahrung Göttlicher Gnaden und Gunst dár-
reicht: wiwohl wir auch im Alten Bunde/ (so
wir anderst der Harfe Davids gehór gében)mehr
Klág-als Freuden-Gesánge finden; Und des H.
Geistes Féder/ hat Hiobs Drangsalen weitleuf-
tiger ausgeführet/ als Salomons Glükselig-
keit.

Das Glük vergehet nicht ohne vilfáltige furch-
ten und beswérden; auch ermangelt di Widerwér-
tigkeit ihrer Hoffnung und Tróstes nicht.

Di Tugend/ ist etlicher massen/ etlichen wohl-
richenden köstlichen Sachen gleich/ di am stárk-
sten richen / wann Si ángezündet oder gestóssen
wérden. Dann/ das Glük/ zeiget meisten teils
der Ménschen Laster; di Widerwértigkeit/ déren
Tugenden án.

386. Bésserung.

Ein fröhmer Ménsch / i lánger Er lébet/ i básser
Er stirbet. Di Leute solten sich allzeit mit dem
Alter béssern; nicht wi eine dürre Hékke; i lánger
Solche stehet/ i mehr Si vergehet. Es ist ab-
scheulich/ einen Ménschen zu séhen / wélcher vom
Aussazze seiner Sünden weis; di Wélt verlásset /
ehe Er zu geizen aufhöret/ und mit dem Narren/
beym Luca/in seinen Sorgen und bekümmernissen/
wégen

wégen seiner Scheuren/ dahin stirbet.   Ich wol-
te liber nichts auf diser Erden haben / als dis Irr-
dische / mit dem jénigen/ So Ich im Himmel ha-
ben sol/ bezahlen.   Warüm solte Ich / mit jenem
Rekel/ in der Fabel/ mein stükke Fleisch verlassen/
und nach dem Scharten snappen?

387. Das Stéllen und Verstéllen.

Das hinter dem Bérge halten / ist gleichsam ein
kurzer Innbegriff / und swächerer Teil/ der
Bürgerlichen Künste: dann/ es gehöret auch ein
scharfer Geist / und standhaffte Gemütts-Stärke
darzu / das einer wisse/wann es Zeit sey/di Wahr-
heit zu réden/ und das Er Solches so dann rühn
dörffte.   Derowégen/ wérden di jénigen/ So sich
meisterlich verstéllen können / unter di untersten
Wéltklüglinge geréchnet: wélcher Unterscheid/
bey dem Tazitus/ gár wohl / zwischen Kayser
Augusten/und dem Tiberius/bemérkt worden.
Dann/ von der Livia/sagt Er/Si sey beides mit
ihres Gemahles Künsten / und mit ihres Sohnes
Verstéllung/ verséhen gewésen; dem Augustus
di Hérrschungs-Künste; das verbeissen dem Ti-
berius zugeméssen.

Eben Sélbiger/ führt anderwérts dén Muzi-
anus ein/wi Er den Vespasián/mit disen Wor-
ten ermahnet/di Waffen wider den Vitellius zu
ergreiffen: Wir empören uns nicht wider Au-
gustens sehr scharffen Sinn; noch wider Tibe-
riens höchstvorsichtiges Alter. Derhalben müs-
man

mán di Lehr-Künste der Bürgerlichen Künste /
und der Verstéllungen/gänzlich von einander ént-
scheiden.

Aber gesäzt / es sey imand einer so glüklichen/
durchdringenden Scharfsinnigkeit / das Er ge-
nungsam unterscheiden könne / was Er offentlich
rühn; was Er hinwiderum verbérgen / und was
Er gleichsam in der Démmerung vórbringen
müsse/ mit aller Erwégung der Zeit/ und Persó-
nen (welches eigentlich di Künste der Wéltklug-
heit/und des bürgerlichen Wésens seyn/wi es Ta-
zitus récht saget) so wird Sélbigem doch/ das hin-
ter dem Bérge halten/ verhinderlich seyn.   Kán
aber einer/auf dise Stafel des Urteils und der Ent-
scheidung nicht gelangen; dém bleibet/ zum sicher-
sten Vorteile übrig / das Er heimlich gehe / und
hinter dem Bérge halte.   Dann / wo man nicht
in idwederm di Wahl hát/ da ist es am sichersten /
in allem vórsichtig zu verfahren.   Wér blindlings
gehet/sol langsam gehen. Mán findet ja allenthal-
ben/ das di/in allen Händeln áller erfahrenste Léu-
ze/ in ihren Handlungen alle mit einander di Auf-
richtigkeit/Rédligkeit und Wahrhafftigkeit haben
spüren lassen; aber Sí seyn zugleich wi di wohlab-
gerichteten Pférde gewésen/ di von stund án sich zu
stéllen und zu wénden / gewust haben.   Kommt
Dann eine plözliche Noht aus/So ein grösses hin-
ter dem Bérge halten erheischet; so macht es als-
dann der / von Ihnen geschöpffte Vórwahn
und

und Leymund/ ihrer Teue und Wahrhafftigkeit/
ganz unsichtbár.

Es sind drey Stafeln/ di Rahtschläge und das
Gemütte zu verbérgen und zu verhöhlen: 1. Di
Verswigenheit; wann einer seine Gemüttes-
neigung also in der Présse/ und gleichwägig hält/
das nimand leichtlich mutmässen kán/ wohin Er
geneigt sey: 2. Das Verstéllen Verneinungs-
weise; wann einer mit fleisse solche Zeichen und
Ánzeigunge von sich würfft/ als sey Er nicht der-
jénige/der Er doch im Wérke ist: 3. Di Stéllung
bejahungs weise; wann einer sich offentlich
vór den jénigen stéllt und ausgibet/ dér Er doch in
der Tǎht nicht ist/

Was di Erste Stafel/ di Verswigenheit be-
trifft/ so ist sélbige eine réchte Beicht-Vater-Tu-
gend. In Wahrheit/ ein verswigener Mann/
höret vil Beichten. Dann/ wér wolte einem
vilrédenden Swázzer/ sein Hérze eröffnen? Hat
nun einer den Rúhm eines verswigenen Mannes;
so wird ér leichtlich anderer Hérzen eröffnen/ aller-
mässen di verflossene Lufft/ di offene in sich sauget.
Und gleich wi di Beichte der Missethaten/ zu kei-
nem/ auf bürgerlichen Sachen gehendem Zwéke
zihlet; sondern blós das Gewissen zu erleichtern:
also gelangen verswigene Leute/aus gleicher Úrsa-
che/ zu viler Dinge Wissenschafft; indéhme di
Leute ihr Gemütte/ nicht so vil mitzuteilen/ als
auszuleren verlangen. In einem: Geheimnüsse
gehören nur vor stillsweigende Leute.   Zu-

Zudēhm / wann man di Wahrheit sagen wil /
so stehet di nakkende blösse dem Gemüt̄e ja so häs-
lich án / als dein Leibe ; auch wachset so wohl dénen
Rahtschlägen / als Handlungen / nicht wenig Anséh-
ens zu / wann sélbige nicht so kundbar seyn.   Ja
di Swäzzer und Plauderer sein gemeiniglich auch
leichtsinnig und leichtgleubig : dann / wer heraus
saget / was er weis ; wird auch das / So Er nicht
weis / ausgeifern.   Derhalben ist für gewis zu
sazzen das di Verswigenheit eine Tugend / beides
der Wélt-und Sitten-Lehre ; dabey aber dem Mén-
schen sehr gut und nüzlich sey / wann sein Antliz
der Zunge nicht in ihr Amt greifft : dann / di Er-
öffnung seines Gemüttes / durch das Gesichte / oder
durch di Gebérden / ein grosser Mangel / und gleich-
sam eine Verráhterey ist ; zumahl Solche zu wei-
ten mehr bemérket / und geglaubet wird / als di
Wórte sélbst.

Di andere Stafel / das Verstéllen belangen-
de ; falget dises gleichsam nohtsächlich auf di Ver-
swigenheit ; also / das / wér verbórgen gehen wil /
elicher massen wider seinen Willen hinter dem
Bérge halten mus.   Dann / di Léute seyn gár zu
arglistig / das Si einen solten Wagerécht bleiben
lassen / sonder einige Erklährungs Ansuchung sei-
ner Meinung / auf eine oder andere Seite.   Si
wérden einen mit so subtilen Fragen belágern / rek-
ken und aufsteiben / das Er sich etlicher mássen ver-
rahten mus ; er beféstige sich dan mit einem hals-

R   starrtkarrigen ungereimten Stillschweigen. Ja/wann Er auch schon dises nicht; so werden Si doch aus dem selbsten Stillschweigen/ eine Muttmassung/nicht minder/ als aus den Wörten schöpffen.

Di zweydeutigen Reden/wider Abgötter Antwort gewesen/ können nicht lange hélffen; al;o/ das niemand lange verdékt gehen kán/ Er erlaube ihme dann selbst eine Staffel des Verstéllens; wélches nichts anders ist/ als eine Staffel und Vorhölle des Stillschweigens.

Anlangende di dritte Staffel des Stellens und falscher Bekéntnüsse/ so ist Selbige mehr für Lasterhafft/ und für minder wétetlüglingisch zu halten; es falle einem dann ein solcher Knopff vor/ der solches aufs Jsens wéhrt sey. Deroßalben ist di stéte Gewohnheit des Stellens/ ein Laster/ so entweder aus einer Gemütsstrüpfigkeit/ oder Furcht/ oder dergleichen Bewandnissen/ di mit irgend einem grössen Laster behafftet seyn/ herrühret: wélches/ weil es vertuschbar/ so sibt indlt alsdann das Stellen auch in andern Händeln; üm etwa nur nicht aus der Gewohnheit zu kommen.

Das Verstéllen und Stéllen/ hat dreyerley Nuzzen:

1. Das es alle Widersäzzung aus dem Wege räumet; di Léute/ ungewarnter Dinge/ antastet. Dann/ wann sinandes Rahtsläge an Tag kommeti;

so werden seine Feinde dadurch/ als wi durch eine
Trompete/ erwekket.

2. Das es dem Ménschen in seine Macht stél-
let/ den Kopff aus der Slinge zu zihen/ und sich oh-
ne Verlust des gutten Leymundes/ eines Handels
zu eusern.   Dann/ wann sich einer/ durch offent-
liche Erklärung / verbündlich machet; der wird
gleichsam mit vorgeschobenen Rigeln eingespérret/
und mus entweder fortfahren/ oder ablassen.

3. Das es di Strasse bahnt / fremde Raht-
släge zu endékken.   Drüm sól mán dem jénigen/
der seine Anslåge héraus saget/ nicht leichtlich Wi-
derstand rühn; sondern ihme vilmehr heucheln/
und di Freyheit des Rédens; in di Freyheit des
Gedánkens verwandeln.   Mancher führet wohl
gár das slimme Sprichwort: **Leug; so wirst**
du di Wahrheit innen! Gleichsam / als ob
das Stéllen / der Slüssel sey/ di Geheimnisse auf-
zuspérren.

Es hat aber auch das Verstéllen und Stél-
len dreyerley Ungemach:

1. Das es einen der Furcht bezüchtiget/ wélche
allen Geschäfften di Fédern stuzt/ dás Si nicht ei-
lends zum Zwékke fligen können.

2. Das es gemeiniglich di jénigen Gemütter in
zweiffelhaffte Gedanken wirfft/ di vileicht sonst
ungewürket/ und den Handel/ durch ihren Fleis
beförbert hätten; also / das mán ohne Gespäne
und Freundshülffe/ seinem Zwékke alsdann/ allei-
ne zuwandern mus.					R 2					3. Das

3. Das es den Ménschen / des fürnéhmsten Werkzeuges zu allen Händeln/ némlich des Glauben und Trauens/ beraubet.

Derohalben wäre di beste Mässigung / wann einer den Rúhm der Wahrhaftigkeit; di Ange-wohnheit der Verswigenheit; den reiffen Ge-brauch/ des Verstéllens / und di Fähigkeit des Stéllens/ wo es von Nöhten/ behilte.

388. Kreuze.

Di Verfolgung ist di Tühre/ zur Glükséligkeit. Der verfluchte Kanaan/ blib allzeit auf einem Wége/ und/ und einer árt zu lében; némlich in der Wüsten. Und solte auch wohl iimand Ihme einbilden können / das ér zu dem Himmel gut-tes Kauffes kommen würde / wann Er/ unser Séligmacher/ sélbst sein Blut für uns vergüssen siher? Es ist übel getahn/ das Ich mich sélbst in Trübsahl und Anféchtung stürze; nichts désto we-niger aber / so mús Ich auch áuf mich sélbst gutte acht haben/wann Ich ohne Kreuz und Leiden bin: Ein stilles Wétter / ist bisweilen so schädlich als ein harter Sturm.

389. Fallen.

Sündigen und fallen/ seyn einander so nah ver-wandt/ das durch di Bank eines für das an-dere gebrauchet wird. Nun hält es gár hart/das einer solte fallen / und keinen Schaden néhmen: und wann mán einmahl gefallen; so kán man leichte/ ohne Hilffe/ nicht wider aufstehen.

Weil

Weil es nun so gefährlich ist zu fallen / und so
schwer wider aufzustehen; so werden wir ja / wann
wir anders Uns selbst lieben / wohl acht haben / wo
wir unsere Füsse hinsäzzen.

390. Tugend und Laster.

Di Tugend wird von den Weltweisen des
Menschen eigenes und höchstes Gutt; sein
bestes Leben; sein unauslöschlicher Ruhm; sein
köstliches Ehrenkleid; seine unschäzbahre Frey-
heit / und selbsterlangte Glükseligkeit genennet:
Solches auch nicht unbillich; indehm di Laster-
hafften/für Tugend-ergebene Leute angesehen seyn
wollen: ja / wann di schändlichen und abscheuli-
chen Laster/ sich mit der Tugend Schönheit nicht
zu verlarven wüsten; solten Si mehr gehasset als
gelibet werden: wi wir sehen / das sich di Grau-
samkeit / mit dem Mantel der Gerechtigkeit;
di Forcht/mit dem Titel der Klugheit; di Völ-
lerey / mit dem Nahmen der Leutseligkeit be-
hülfft/ u. w. fast wi dort di Freunde Jobs gekom-
men/ den betrübten Mann zu trösten; da Si doch
mit ihren Spott-und Schelt-Worten / des Ge-
plagten Smerzen vermehret habeu. Daher wer-
den auch di vermummten Laster für vil gefährli-
cher gehalten/ als di offenbahren Werke des Flei-
sches / und wi di Tugenden wegen eines löblichen
Vorsäzzes alle mit einander verbunden uñ verswe-
stert seyn: also hangen auch di Laster an einander.

R 3   Böse.

Böse Gedanken/ und ungebührliche Wörte ziehen
nach sich, sträfliche Werke/ und sol man von sol-
chen/ mit David/ sagen: **Weichet von Mir/
ihr Übelthäter!**

391. Welt.

Di Welt liget im Argen/ und bestehet in
Augenlust/ Fleischeslust/ und einem hof-
färtigen oder hochfahrenden Leben: deswégen
Si auch genénnet wird/ eine verlarvte Heu-
cheley; ein armes Reichtuhm/ und reiche
Armut; eine gesmükte Lüge; ein unbestän-
diges Mér; eine swache Macht/ und élénde
de Pracht; eine gefährliche Wahlfahrt/
da man auf dem breiten Wége/ zu der Hölle; und
auf dem smahlen Wége/ zu dem Himmel wallet.
Ein Blumgarten soll verborgener Ottern und
Slangen: di Tódes-jagt/ u. w. Warum
solte mir denn dises irrdische Lében so sehr gefal-
len/ das Ich dabey des Himmels vergessen möchte?

392. Séligkeit.

Di Séligkeit ist Gottes Gabe: Si wird uns
gegében; und nichts désto weniger/ wér Si ha-
ben wil/ der mus sich darum dringen. Es mus ge-
schéhen mit Fasten/ Wachen/ und Kämpffen; wi
der H. Paulus sagete/ und auch täht; nicht allei-
ne mit grausamen Tihren/ wi di Leute pflégen (in
ansehung/ das böse Leute/ auf gewisse masse/ auch
den grausamen Tihren können verglichen wer-
ben); sondern mit Fürstenthümern und Gewal-
ten:

ten : Nicht der Egypter; sondern der Enakim/ das ist / mit den Risen-Sünden/ und vollwachsenen Versuchungen.

Ich wil mich derowegen nimmer rühmen/ das Ich keine Sünde habe; sondern / das Ich durch Gottes Genade ihr Meister sey: nicht / das Ich nit gestritten habe; sondern das Ich nimahls überwunden worden.

393. **Der Glaube/ und gutte Werke.**

Di gutten Werke ohne den Glauben/ seyn wi ein Kleid ohne den Leib; lebig : der Glaube/ ohne gutte Werke/ ist gleich wi ein Leib ohne Kleider/ ohne Hizze/ ohne Wärme. Gutte Werke ohne Glauben/ seyn keine gutte Werke: und der Glaube/ohne di gutten Werke/ ist so gutt/ als kein Glaube; sondern ein todter Glaube: eines kan ohne das ander nicht bestehen. Was nun Gott zusammen gefüget hat/ sol nimand suchen zu scheiden.

394. **Heilsame Furcht.**

Di Furcht ist in diser Welt meistenteils ohne Ursache ; oder wird nicht eingewendet / wo man Si haben sol. Kein Mensch/oder ja gar wenig fürchten sich böses zu tuhn; sondern böses zu leiden: Also wann wir di Sache eigentlich bedänken/ so fürchten wir unsere beste Freynde (di Anfechtung/und liben unsere Feinde : jene machen/ das wir unsrer selbsten nicht vergessen; dise stellen uns in Sicherheit und Gefahr. Wi gar vil si-

Werke

cherer ist/wachen/als dn einem unbekandten Ohr-
te slasen: Also ist sicherer/ sich für dem Glük/ als
für dem Unglik zu fürchten. Furchte macht klug.

305. Lebens-Bahn.

Es ist überswer/ das gar ein eiteler/ ehrgeitziger
Mensch/ imahls nur den geringsten Smak/
von der liblichen Rühe des Gemüttes habe/ di
durch so vil weise Leute/ zu Wasser und Lande/ mit
verlangen gesucht worden; das/weil er nicht há-
ben kán wás Er wil/ noch di Ehre so Er begehret/
und wi er sich allzeit mehr vermisset als er leisten
kán/ und weder in seinen Kleidern/ noch in der
Haut stékt; so hauet Er gemeiniglich über di
Snüre; dergestalt/das es ihm eben so sauer wird/
wi dénen/ so wider den Strohm swimmen/ oder
einen géhligen hohen Berg auffsteigen: dann/é
mehr Sí gedanken für sich zu kommen; í weiter
kommen Sí hinter sich: hérgegen/ der mit gu-
tem gemach zu lében wündschet/ dér mus sich nicht
alles mérken lassen was ér kán; auch alle eitgle
Pracht/ sowohl in Kleidungen als übrigem Ge-
sünde/ u. w. hindánsäzzen/ und immerdár di
Noht/ nicht/was in vergéblichem Wahn gegrün-
det ist/ für di réchte más halten. Ja/ in Essen/
Trinken und Kleidern/ sol mán sich fürséhen/ dass
nichts darinnen zu finden/ das zu vil auffséhens
bringe: wi es in gleichen auch gutt/ unsere Hóf-
nung zu zähmen/und unser Fürnéhmen nicht wet-
ter zu richten/ als dahin wir getrauen zu gelangen.

Im

Im Reichtuhme stellet es also án / daß ihr es
vilmehr von euch / als vom Glükke habt : im übri-
gen schikt euch also in di Zeit / das / wann euch Ar-
mutt überfälle ; es euch nicht gár zu wibrig sey.
In allen Dingen ist vil darán gelégen / das máir
so wohl / im Tuhn / als in den Gedanken sich mássi-
ge : dann sonsten / wann etwa ein unglüklich Un-
gestümm kommen solte ; würde es uns leichtlich ü-
ber einen Hauffen werffen können / wann es uns /
entweder mit gänz eingezogenen / oder nach dem
Winde ausgespanneten Ségeln ántrifft.   Der
mássige Mensch / welcher das gutte Glük / mit gut-
tem Verstande / vor zweifentlich und unbeständig
achtet ; der kán das zustehende Unglük desto weis-
licher ertrágen.

396. Gott suchet di Seinigen ; rich-
tet Si auff.

Grós ist di Libe und Sorge / So Gott der Herr /
über di Seinigen träget ; also : das / wann Si
schon in Sünden fallen ; Er Si doch darinnen
nicht ligen lásset ; sondern Si suchet / und Ihnen
widerüm aufhilfft   Den *Matthäum* hat Chri-
stus gesuchet im Zollhause : den Paulum auf der
Reise nach Damasko : den Petrum bey der Fische-
rey : den Blinden án der Strássen : und den Ver-
storbenen Jüngling / zu Nain : und sind déren bey
weitem mehr / denen Christus selbst nachgehet ; als
di Ihn suchen.

O wi eine grosse Gütigkeit und Libe des Her-

ren ist es/das Er Uns/und Wir nicht Ihn suchen:
Er Uns/ und nicht Wir Ihn bitten; Er Uns auf-
wékt/ wann Wir slafen: und Er Uns / und nicht
Wir Ihn ruffen: Also/ das di Ursach/ wann wir
endlich verterben und verlohren gehen./ nicht al-
leine ist/ das wir sündigen; sondern vilmehr/ das
wir/ nach begangener solcher Sünde/ nicht wider
zu rükke kehren/noch Uns béssern wollen.

Andern Tages/ nach des König Davids Fall/
schikte der HErr/den Propheten Nathan zu Ihm/
und lis Ihm sagen: Er habe Gott hart erzürnet/
mit seinem begangenen Ehebrüche/ und dem dar-
auf erfolgten Todslage; das derowégen Gott ent-
slossen sey/ Ihn zu sträfen.   Wi David solches
hórete/húb Er seine Augen auf gen Húmmel/und
seufzete hérzinniglich; sagende: **Ich habe ge-
sündiget!** Bald darauf hát Er Genáde/ und
Vergébung seiner Sünden erlanget.

Da nun Gott den David gesucht/wélcher Ihn
doch so gröblich erzürnet hatte; so ist nicht zu zwei-
seln/Er wérde sich auch von uns finden und erbit-
ten/ lassen. wenn wir Ihme von Hérzen dínen;
Dann/di Eigenschafft des Hauses Gottes ist/das
zum hineingehen/ nimand gezwungen; noch é-
nigem das hineingehen/ verwéhret wird.

David hatte gleichwohl gesündiget mit den Au-
gen; mit wélchen Er di Bérhsabe ángeschauet: mit
den Ohren; indéhm Er di Bothschaffte ángehóret;
mit den Hánden; indéhm Er den Brif/ den Urias

zu tödten/ unterschriben hat: auch mit dem Hertzen;
mit déme Er di Unthat fürgenommen: mit dem
Leibe; indéhm Er den Ehebruch vollbracht/ und
hat auch gesündiget mit seinem bösen Exémpel.
Nun lésen Wir nicht/ das David sehr geweinet
habe; grösse Allmosen gegében; bárfus gangen;
seinen Leib kastéyet; gefastet; wallfahrten gangen;
noch sich an einen Heiligen/ ándáchtigen Ohre (wi
vil andere Frohme Christen) verlobet habe; Son-
dern Er hat blösslich gesaget: Ich habe gesün-
diget! Darmit zu verstehen gegében/ das das
Joch unserer Séligkeit/ nich alleine bestehet in vil-
fältigen Wörten; sondern auch/ und vilmehr in
täglicher Bésserung des Lébens und übung Christ-
licher Tügenden: dann/ Gott sihet auch das Her-
tze án.

Der H. David/ hát rechtt sagen können: Ich
habe gesündiget! wi ingleichem der H. Pau-
lus; Maria Magdalena; der H. Petrus; und
der Schächer am Kreuze: dann/ ob schon dise ge-
sündiget; so seyn Si doch wider aufgestanden;
aufs neue darein (mássen dann vil dar án gelégen)
nicht gefallen. Aber/ Ich armer Mensch/ mus
sagen und bekénnen/ das Ich géstern gesündiget;
und dürffte auch morgen wider sündigen/ daférn
mir nicht di Güte und Barmhérzigkeit Gottes/
di hülffliche Hand ánerbeut.

Gleich in dem Augenblikke/ als David sagte:
Ich habe gesündiget! hat Gott auch gesagt:
Ich

Ich habe Dir verzihen. Hirbey ist abzunéh-
men/ das Wir offt selbst verzüglicher/ und nach-
lässiger seyn/ unsere Sünden zu bekénnen; als Gott
ist Uns zu verzeihen: Und scheinet/ als haben sich
in disem Falle/ der Erschaffer und das Geschöpffe/
einer Einhélligkeit mit einander verglichen. Daß
bald nach der Swängerung Béthsabe/ ist erfolget
des Urias Tod: nach des Urias Tode/ folgete der
Verweis des Propheten Nathans: nach dem
Verweis/ folgete das Erkämmnis und di Reu:
nach der Reu/ folgete di Barmhérzigkeit und di
Genade Gottes: Also/ das ében in dér weise/ in
der David den Hérren; Gott Ihn wider gesuchet
hat. O Gütte! O Gnade!

397. Unglimpff.

Was für Unglimpff Mir alhir/ zu Unréchte an-
getahn wird; séhe Ich für einen Durchgang
án/ der keinen Stein bewéget; bedénkend: das
dér/ So ein reines Gewissen hát/ gár leichte zu
friden gestéllet wérden kán: Wir auch nichtes désto
Heiliger/ wann Wir gelobet; noch désto árger/
wann Wir übel Verunglimpfft wérden. Was
Wir seyn/das seyn Wir/und können grösser nicht
geheissen wérden/ als Wir für Gott seyn. Néh-
men Wir wahr/ was Wir inwéndig; so wérden
Wir übermässig nicht eifern/ was Andere aus-
wéndig/ verdékt oder offen/ Uns übel ánhäfften:
Der Ménsch sihet in das Ángesichte; Gott aber
in das Hérze: auch sihet der Ménsch auf di Wör-
te;

re; Gott aber erwéget di Gedańken. Es gehen
Uns dergleichen Irrdische Sachen so sehr zu Hér-
zen/ das wir noch Fleischlich; der Ménschen mehr
als wir sollen/ wahr nehmen.

Ich wérde über meine Feinde/ um Racha nicht
freyen; sondern alles Gott und der Zeit beféhlen/
und seuffzen: das der Göttliche Zorn/ auf ihrem
Haupte/ nicht woke rühen: Si also/ in ihren
Sünden/ mit Sünden/ nicht möchten abgesträft;
noch/ in Anféchtung des Gewissens/ ohne Tröst/
nicht gelassen wérden!

398. Tod-Sünde.

So lange du in einer Tödsünde stékkest/ und doch
im wahren Glauben/ beständig verharrest;
so bist du zwâr/ mit anderen Geréchten/ in dem
Hause/ der *Catholischen* (allgemeinen) Kirche/
da der Himmlische König/ von dem Fleische und
Blutte seines Eingebohrnen Sohnes/ eine mehr
als Königliche/ ja Englische Mahlzeit angerich-
tet; hast aber kein Hochzeitliches Kleid. Wi/
wann heute der König kâme/ di Gäste zu besich-
tigen/ und lisse dich in di euserste Finsternisse wérf-
fen? Oder gébe Dir einen fétten Bissen/ wi
dem Judas?

Was einer Säet/ das érndtet Er.

399. Wohllust.

Nichts ist/ wélches di Hurtigkeit des Gemüttes
also swäche/ und di Kräffte und das Ver-
mögen des Leibes so zerknirsche/ als di Wohllust:
denn/

deñn/ alle Kräffte des Leibes und des Gemüttes /
werden dur' Wirkung und Arbeit ermuntert;
durch den Müßiggang aber / und durch di Wirk-
ligkeit der Wohllust / ermatten Si.   Wer diser
das Messer nicht bey zeiten an di Gurgel säzt; den
bringet Si endlich gar um das Leben und di Sé-
ligkeit selbst.

400. Spiler.

Der Spiler brauch ist / das Si di eine zeit Géld
soll auf haben; bald Armutt leiden: und wañ
Ihnen heur ein Dukaten übrig verbleibet zum
verspilen; das Si den andern Tag müssen hunger
leiden.   Ich bin den Spilern gar nicht neidig um
ihr Géld/ welches Si gewinnen; sondern vilmehr
um ihre Seuffzen/ di Si thun: dann/ ob Si schon
mit Freuden di Würfel aus der Hand wérffen;
so erwarten Si doch der Gabe mit seuffzen.   Der
ist geschikt/ der einen bösen Wurff zum Vortell
kan richten.

401. Saubere Spársamkeit.

Eine reinliche und saubere Spársamkeit / stehet
mässigen und zuchtigen Gemüttern wohl an/
erhält di Gütter. Si verschaffet allein / das wir
Uns nicht/ viler Dinge von nöhten haben/ bewürten
ten lassen; auch nicht / wégen Gewins/ böse Tah-
ten fürnéhmen/damit wir unsern/durch den praß/
oder alzu niblíche und weiche Speisen / erregten
Slund vergnügen: Verúrsachet imgleichen/ das
wir nicht allein mit dem Gégenwärtigen zu friden
seyn;

seyn; sondern auch davon den Armen können
mittetlen.   Was man erspahrt / ist auch gewon-
nen; eines Iden eigen Hab und Gut.
402. Hofe-Glük.

Keiner fällt bey Hofe härter / als der in seines
Fürsten oder Herren Ungenade fällt: dann /
der Brauch bey vilen ist / das der jenige / welcher
von dem Fürsten geliber und in Genaden ist / sich
selbst nicht kennet; und wann einer fällt / das er
alsdann von nimand mehr erkennet / sondern ver-
acht wird/ und idermän/ Holz auf ihm hakken wil.
403. Vergnügt.

Alle neidische Leute sehn rasend toll; dann Si
fressen ihnen selbst das Herze aus dem Leibe /
wann Si sehen / das sich andere in ihre Nahrung
zu schikken wissen: Si haben keine andere Fasten
oder Kasteyen von nöhten / als ihrer Nachbarn
Wohlfahrt/ und bauen Ihnen in anderer Leute
Glükke/ ihren eigenen Galgen/ an welchem Si sich
vil hundert mahl erhenken/ bis Si sich endlich mit
Achitophel / eines für alle darán erwürgen.   Ich
habe also mehr ursache Gott zu bitten/ das Er
mir di Genade gebe / das Ich nicht vil begehren/
als das Ich vil haben möge: dann / wer sich nur
mit dem Seinigen begnügen lässet/ der wird nim-
mermehr gedänken/ das ein ander zu vil habe. So
lasse dann andere haben/ was Si wollen; Ich wil
Ihnen gerne gönnen / das Si mir in allem zuvor
seyn; ausgenommen/ in den Himel zu komen.

404. Ehe-

404. Ehebruch.

Wiewohl alle Gebohte Gottes sehr sträflich/und eine Todsünde wirken; so ist doch in der andern Tafel/das Sechste/vom Ehebruch und Hurerey/ fast das allerverdamlichste/ indehm man wider des Nächsten unwiderbringliche Ehre /wider seinen eigenen Leib/wider seinen Nahmen und Nachkommen/zu förderst aber wider Gottes ernstliches Geboht/dessen Verbrecher Er mit der Steinigung zu straffen befohlen/ sündiget. Es bleibet auch selten di zeitliche Strafe aus/ welche ein böses Gewissen stündlich zu fürchten hat. Huter tegen den Leib zur Buhlschafft; Di Sele zum Teufel.

405. Selen Sicherheit.

Es seyn fürnehmlich drey Sachen/ dadurch di Sele eines Christen versichert wird; als:Mit Geduld di Versuchung aus stehen;Demüttig seyn/ nachdehm man gutte Werke getahn; und liben das/ So man nicht gesehen.

Eine verzweifelte Bosheit ist bey etlichen/ das Si sich verlauten lassen/Si müsten Selig werden/ wann Si nur anders Selig werden solten; gleich/ als wenn Si sich nicht eins nach dem Himmel dürften umsehen; sondern müsten Selig werden/ Si wolten oder wolten nicht. Gott hat nimals/ oder wird in Ewigkeit keinen/ wider seinen Willen/ und Dank/ in Himmel zihen; sondern / wir / ohne Zweis unseres Angesichtes/ Leib und

Sele

Sele nicht können bey einander halten: Also kön-
nen wir auch Gott/ und unsere Sele/ nimmer-
mehr zusammen bringen/ wann wir nichts tuhn/
als stille sizzen: Und werden ihrer gewißlich we-
niger durch ein blösses begéhren in den Himmel
kommen/ als ihrer wenig/ durch wündschen/reich
worden.

Der Wéttelauff mus gelauffen/und der Kampf
gekämpffet seyn: ja/ wir müßen so wohl für das
Ewige/ als für das zeitliche Leben arbeiten.

406. Arme.

Von Gott dem HErrn/ wérden uns/ auf díser
Wélt/ di Armen darüm gegében/ damit wir
einen gewissen Ohrt/ und Weise haben können/
unsere Scházze zu verwahren; und wi wir etwas/
ohne Gefähr oder Verlust/ gewinnen und für sich
spahren möchten: indéhm einmal/ unser HErr
und Heyland Christus/Uns verheischen/das was
wir alhir in díser Wélt/ den Armen guttes tuhn
und gében; Solches uns dort im Himmelreich/
mit grössem Wucher/ widerüm solte zugestéllet
wérden: Also/ das di Armen uns gleichsam ei-
nen Wéchsel machen/vermittels déssen wir unser
zeitliches Vermögen/in di ewige Séligkeit/ ohne
allen Schaden und Kosten/ verschaffen können.

Wér den Armen nicht gérne gibet/ weil Er lé-
bet; der gibet auch ungérn/ was ér Jhnen nach
seinem Tode verschaffet; und ist der Tödten Wu-
cher/ im Himmel verbohten.

S   407. Kreu-

407. Kreuze und Verfolgung.

Di da herrschen wollen; di müssen leiden: dann dise Wélt ist anders nichts/als Gottes Zuchthaus/darinnen Er seine Kinder züchtiget. Wir müssen Uns nicht einbilden/ das wir gár kein Kreuze haben wollen; sondern uns befleissen/ das wir es uns wóhl zu nuzze machen. Ich wil derowégen auf das Kreuze und di Verfolgung gedänken/ ehe Si kommen; damit Ich Si/ wann Si kommen/ könne wilkommen heissen: und so lange Si bey mir verharren/ aufs béste Ich kán/ nuzen: auch éndlich/ wann Si hinwandern/ so wil Ich keinen andern Abschid von Ihnen néhmen/ als von einem virtägigen Fiber/ auf ein pár gutte Tage; darnach mögen Si wider kommen; wann anders Wéter dárnach ist.

408. Mit Gott.

Der Freunde verlangen ist/ das Si vil oder allzeit beysammen seyn mögen; wo nicht mit dem Leibe und in Persón/ idoch mit dem Gemütte; wo nicht mit dénen euserlichen/ idoch mit den innerlichen Sinnen. Warümb wollen wir uns aber Gottes Gegenwárt entzihen? Warüm sollen wir nicht Gott/ unsern gewissen Nohthélffer/ stéts bey uns behalten wollen/bey wélchem wir in Ewigkeit zu bleiben verlangē?So erzwinge deine Gedanken án den hohen Himmel; las dein Gebéhte durch di Wolken dringen/ und hange deinem Erlöser án/ das dich nimand von Ihm scheiden kán. Gott

wil/ das du/ und alle Ménschen félig wérden; so
las deinen Willen auch seinen Willen seyn.

409.   Dank.

Der junge Tobias/ als Ihn der Engel Raphaël
zu seinen Eltern wider anheim gebracht/ wu-
te nicht wi Er sich dankbar erweisen solte/ und
bote Ihm án/ di hélffte seiner Gütter: Also seyn
alle Grósmüttig-gesinnte Dankbar/und beklagen
sich mit jénem/ das Si/ wégen der Wohltahten
Vilheit/ Undankbar stérben müssen.   Ist mán
nun solchen Dank/ den Ménschen schuldig; wi
vil sollen wir mit David sagen: **Danket dem
HErrn/ dann Er ist freundlich/ und seine
Gütte wéhret ewiglich.**

410.   Sträfliche Sicherheit.

Dérer ist mehr als zu vil/ wélche meinen/ weil
GOtt Si in ihren Sünden duldet; Er halte
s gár mit Ihnen: weil Si nicht mit Úsa auf fri-
scher Taht zu boden geslagen wérden/ so wagen
Si es: Si gláuben nicht eher/bis ihnen di Haut
smérzet/ und fürchten sich nicht für Gottes Hand/
bis Si disélbe fühlen. Si dánken án keine Krank-
heit/ bis Si auf dem Tóbbétte seyn; noch án den
Tód/bis Si zur Hölle fahren: dann/Si stéllen in
Vergéssenheit/das Si Gottes Langmüttigkeit zur
Reue und Busse zihen solle.   Er hält seine Strá-
en zurükke/ damit Er di Sünden Uns möchte
vergében. Solte Ich dann mutwillig sündigen/
umit di Genade désto grösser wérde? das sey férne.

411. Más.

Wí der Leib durch víl Arbeit; also kán der Verstand durch víl lésen ermúdet wérden. Ich wil derowégen im studíren sowohl/als im éssen und trinken/ gewisse Más halten: dann/ wann Ich déren einem einmahl zu víl tűhn wúrde / möchte Ich hernach allzeit einen ekel dafür haben.

412. Euserlicher Schein.

Unser Gesichte erstrékt sich nicht weiter/ als auf das auswéndige; auf di Haut: Dahér kömt es/ das di Geréchtigkeit der Pharíseer und Schrifftgelehrten/ einen íglichen gár leichte / für den Leuten / entschuldigen kán. Es mág einer/ der da fastet/ bétet/ und Almosen gíbet /gár wohl mit Uns durchlauffen: dann/ Ich darf nimand beschuldigen/ das Er in seinem Hérze anders gesinnet sey/ als Er mit seinem euserlichen Tűhn zu erkénnen gíbet : ja/wir műssen ins gemein/nach dem Scheine richten ; nimand aussázzig heissen / bis wír di Krázze séhen. Und díses ist di Probe/di Uns unser Séltgmacher lehret : bey ihren Frúchten sollet Ihr Sí erkénnen. Di Heuchler / so lange Sí ihre Sachen in geheim halten/wachsen nicht alleine mit unter dem Weize ; sondern gehen auch für Weize mit durch. Es konte nimand als Gott/ oder ein Prophet/oder vilmehr Gott/ durch eínén Propheten/ den Gehasí Lügen stráfen / und seine Bösheit/ unter seiner Dómutt herfür zíhen. Gott alleine / dér alles weis und kénnet / kénűet auch Sí

Sei-

seinigen / und wird dermahleins den Weize in
ine Scheure samlen ; di Spreu aber / mit un-
auslöschlichem Feuer / verbrennen.

413. Eitelkeit des Menschen.

Das der Mensch di Eitelkeit genennet wird / ge-
schihet vileicht darum / weil Er ein Beschluß
er ganzen Welt / und was darinnen / ist. Dann /
as Er ist ; hat Er gemeinschaft mit den Stei-
en: das Er lebet ; mit den Wurzeln und Bäu-
en: das Er empfindet ; mit dem Vihe : das Er
erstehet ; mit den Heiligen Engeln.   Er hat di
rden in dem Fleische ; das Wasser in seinen
euchtigkeiten ; di Lufft in seinem Ahtem ; das
euer in seiner Wärme : Di Himmel hat Er in
inen Bewegnissen und allem seinem Tuhn.

Der Mensch ist alle Creaturen / saget der H.
regorius ; also / das / wo möglich ist Eitelkeit
. finden in einer Creatur / di da ist / di da le-
t / di da empfindet / di da verstehet / in der
rde / in dem Wasser / in der Lufft / in dem
euer ; di seyn alle mit einander in dem Men-
hen.

Weil nun der Mensch ein Beschluß aller Crea-
ren: so ist Er auch ein Beschluß / ein Einfluß al-
r dero Eitelkeit.   Wohlan / du Einfluß aller
reaturen / erfreue dich: und du Einfluß aller
iner Eitelkeit / bekümmere / schäme und be-
ürtige dich : Dann / du wirst mit allen

deinen Eitelkeiten/ bald vergehen/ erlöschen und
zu nichte werden müssen.

414. Dem Nächsten.

Diine dem Nächsten mit Raht und Taht; und
wás deine Kräfften nicht vermögen/ das lasse
einen hérlichen Wundsch verrichten.   Den Bö-
sen béssere mit Wörten/ und einem gutten Exem-
pel; kanst du Ihn nicht gár zu réchte bringen/ so
leiste doch so vil du vermágst. Hasse das Laster/und
nicht di Persón/wélche damit behaftet ist.   Rah-
te/ ermahne/ dreue; nicht auf deine/ sondern auf
göttliche Beströfung.

Dises ist das Amt der Christlichen Libe/ ob du
gleich vermeinest/ es sey deines Berúffes nicht.
Es ist eine grösse Sache/wañ Ich meinen Freund
eines Lasters entohnigen kan.

415. Neigungen.

Wi schädlich unsere Neigungen/unserer Glük-
séligkeit seyn; wann Si di Vernunfft über-
wunden/und unter sich gebracht haben: so mizlich
seyn Si hérgegen/wann Si von dersélben/ zu för-
derst aber durch Gottes Genade / regiret und ge-
leitet wérden; ja auch so nöhtig/ das wir ohne sol-
che Neigungen nicht glüksélig seyn können: In
Betrachtung/das Si eigentlich der Samen seyn/
aus wélchem di Tugenden / als das Mittel/ das
uns zur wahren Glükséligkeit führet/ in uns auf-
wachsen.

Di Furcht/ di manchen Unvernünfftigen in
Ver-

Verzweifelung stürzet; wird einen Vernünffti-
gen fürsichtig machen. Der Zorn/ der einen
Unbesonnenen zu Mord-und Todslag bewéget;
wird einen Bedachtsamen ántreiben/ Geréchtig-
keit zu handhaben/ und das Bóse zu stráfen.
Di Begirde/ di einen Rúchlosen zum Geize/
zur Úppigkeit/ zur Ehrsucht veránlasset; wird ei-
nem fröhmen Christen das Hérze zerteilen/ und
seinem Séligmacher Christo ösnen/ das es mit
Jhme vereiniget; durch wahre Libe gegen seinem
Náchsten sich táhtig erweisen könne. Weil
dann di Neigungen meiner Selen nüzlich und
nöhtig seyn; so wil Ich GOtt biten/das di inner-
liche Christliche Freudigkeit/durch seines Geistes
Krafft/ in mir vollénden möge/was di innerliche
Libe und Begirde ángefangen hát/ üm Christus
Willen.

416. Der wahrsagende Narr.

Das Fürsten und Herren kurzweilige Tischráh-
te haben/ wird mit dem entschuldiget/ das Sí
Jhnen lachend di Wahrheit sagen dürffen; wél-
che von so zártem Golde ist/ das mán Sí/ohne
Baumwolle aufgetragen/ offt nicht wohl erdulden
tán. Narren und Kinder ságen di Wahrheit
frey heraus; di Klúgen aber wissen sich dafür zu
hütten; weil dém/ der di Wahrheit/ anderer La-
ster betréffend/ geiget/ di Fidel (wi das Sprich-
wort lautet) üm dén Kopff geslagen wird. Der

ist

ist sehr Weise / wélcher zu réchter Zeit einen Narren abgében kán.

417. Líbes-Trank.

Swérlich solte mán glauben / das ein Getrank / des Ménschen Willen veråndern kônte / wann Solches nicht di Erfahrung / der Ungelehrten Lehrmeisterin / beglaubte. Der Wein kán zwár des Ménschen Sinn verwirren / und íhn réchn machen / was Er nicht in willens hát: noch vil mehr áber kán der Líbes-Getrank / dén sonst freyen Willen gefangen führen / und Ihn dahin zíhen / wo sich sonsten seine Neigung nicht hinträzet : das also di Eigenschafft unserer Willkähr / darburch gleichsam über einen Hauffen geworffen wird. Kunst und Betrúg / richten vil.

418. Wélelich.

Dí jénigen / so wélelich gesinnet seyn / strében nach nichts / als nach Wéltlichen Dingen. Laban und Nabal / dánken án anders nichts / als wi Sí ihre Schafe schéren ; sich lustig machen wollen / wann Sí es verrichtet. Sí gedánken mehr án ihre Handtíhrung / und Geschäffte ; als án ihre Séligkeit : dann / Sí halten nicht dafür / das solche auch ein Teil ihrer Geschäfte / sondern eine Sache / wélche di Zeit sonst mit sich bringt. Sí beknottern GOtt seinen Dínst / und besneiden solchen / das es ja nicht zu lange wéhre : ja / das noch mehr íst / Sí bezahlen Gotte das Seinige / wí dort Laban Jacob seinen Lohn / mit Unwillen ;

und

und wolten es wohl gár wider zu rük-néhmen/wañ
Si nur wisten/ wi Si es solten ánfangen. Nichts
désto weniger aber/ wérden dise Leute/ so/zu ihrem
Nuzze und Geschäfften/ vom Gottes-Dinste/ di
Zeit ábstéhlen; widerüm Ihnen Zeit stéhlen/ von
disen ihren Geschäfften / zu ihren Wohllüsten.
Einer/ der einer Stunde Arbeit zu gefallen / den
Sabbaht bricht; wird widerüm / von seiner Ar-
beit eine Stunde abbréchen/ pem Trunke zugefal-
len.   Solche Leute/ halten es für bésser / ihre all-
zudurstige Selen ánzufeuchten; als solche ewig
sélig zu machen.

Gott wird mich behütten/das Ich nimmermehr
das Himmelreich/für einige Gesellschafft verkauf-
fe.   Es ist bésser/ ein gutter Christ; als ein gut-
ter Saufbrüder seyn.

419. Aussaz.

Wi alle Krankheiten nicht am Leibe; so ist auch
nicht aller Aussaz in der Haut: wiwohl es
vilen gutt wäre/ das es seyn möchte.   Eine so-
wedere Sünde/ ist eine Krankheit/ und könen un-
sere Selen so wohl/ als unsere Leiber/ ángestékt
wérden.

Etliche Leute seyn übel auf/und wissen es nicht:
etliche aber / achten es nicht: Beides ist ein ver-
zweifelter Zustand; der lézte aber ist ganz verzwei-
felt: in Ánsehung/ das ein stérblicher Ménsch/
Gottes Rache darzu noch offentlich trozzet/ der
seine Sünde gering achtet; und/ da seine Sele

auf den Tód krank iſt/ dennoch mit Atheiſten und
Epikúrern ſagen darf: Laſſet Uns Eſſen und Trin-
ken; dann wir müſſen ſtérben.   Solte mán auch
wohl einen beklágen/ das Er/ in ſeinem Ausſazze
ſtúrbe/ wann Er nicht einmahl begéhrte geheilet
zu ſeyn?   Wég; dem nicht zu hélffen.

420. Rache.

Di Rache/ als wélcher di Hände án das Hérze
gebunden ſeyn/ iſt di Fréude der Traurigen/
wann Si zu vollzihen; und di Traurigkeit der Frö-
lichen/ wann Si vollzogen.   Jéner hat Si gebil-
det durch einen Igel/ dén di Natúr/ mit vilen
Spizzen gewaffnet/ und eine Hand/ di mit aller
Gewalt darauf ſchläget; zu bedeuten: das/ der ſich
ſélbſt rächen wil/ Jhm den gröſten Schaden tuht.
Wér ſich rächet; bezahlet ſich ſélbſt: Rache bleibet
nicht ungerochen.   Cardanus hält für eine groſ-
ſe Tohrheit/ wann mán einige Feindſchafft läſſet
verſpüren/ indéhm mán keine Gelégenheit hat/ ſich
zu Rächen.   Mán ſól nimand/ auch den geringſ-
ſten in keine Wége nicht beleidigen: dann/ wér ſich
rächet/ der widerſtehet nicht dem Unréchten; ſon-
dern übet ein neu Unrécht: und es iſt auch keiner
ſo geringe/ der ſich nicht wider rächen könne.   Es
beleidiget mich ſélten einer ohne Schaden.

421. Libe.

Wir nénnen/ nach gemeiner Árt zu réden/ di
Neigung zwiſchen den Mannes Perſonen/
Freund-

Freundschafft : zwischen Mann-und Weibes Per-
sonen aber/ Libe. Dise ist vil stärker als jéne ; weil
Si das Freundschafft Band zerstükket/ und wi ei-
nen Faden in den Flammen verbrénnet und zer-
nichtet. Plato klaget über dise Libes-Stärke :
Mars verlässet seine Wäffen / und Apollo seine
Harffen/ und ellen das Gebohr der Libe zu erfüllen.
Pluto lässet sich von der schönen Proserpina über-
winden : Vulkanus empfindet ein einiges Fünk-
lein der Libe vil héftiger/ als alle seine glüende
Offen. Zwischen Eheleuten/ ist di Libe ein Teil
Göttlichen Ségens ; ohne welchen/ solcher Stand
des Satans Trauer-Spil heisset ; mit Sünden
ángefangen ; mit Verdruß forrgesäzt / und mit
zeitlicher und ewiger Stráfe geéndiget wird. Das
Ende der Libe/ ist Leid.

422. Ehr-Geiz.

Wélche auf disem Wélt-Mér / mit dem Glüks-
Winde nach hohen Ehren ausschiffen ; lei-
den/ unter Wéges oder in dem Hafen Schifbrúch:
und ob Si gleich eine zeitlang guttes Wéter oder
Windstille haben ; so folget doch/ bald darauf/ ein
Sturm-Wétter/ das Si/ in Gefahr / üm das Lé-
ben kommen ; ihre Unbedachtsamkeit zu spaht er-
kénnen.

Solchen Ehrsüchtigen möchte mán sagen/ was
dort unser Erlöser/ zu den Kindern Zebedei: Ihr
wisset nicht/ was Ihr bittet.

Der Ehrgeiz ist ein unbeständiges Blaht / wél-

ches

ches der Wind leichtlich abreissen / und von den höchsten Beumen zur Erden wérffen kán. Wér durch Sünde sich Grós machet / der wird mit Schanden wider klein wérden. Di Ehrgeizigen seyn den Babelbauren gleich / di / nach eigenem Guttdünkel / ihr Wérk bis án di Wolken erhében wollen; wérden aber von Gott gestráft / wann Sí am sichersten / und müssen offt ihre selbst eigene Verráhter seyn / wann Sí sonst nimand haben / der Sí in Unglük bringet. Wér zu hóch fleuget / der verbrénnet di Fédern.

423. Sonne.

Di Sone hat ihre Stélle am Himmel / ében wí das Hérze in díser kleinen Wélt; récht in dem Mittel des Leibes: Sí teilet einem ídwedérn Teile das Lében mit. Dann / wann Sí all zu hóch wáre hinauf gesázzet worden; so hátte mán Sí hir-unten gemisset: und wann Sí gár hirunten gewé-sen; so hátte Sí íhre Kráffte den obersten Teilen so wohl nicht können mitteilen: also / das Ich nicht weis / ob Wír Gott dem Herren mehr zu danken haben / das Er di Sonne geschaffen / als das Er Sí so wohl / und nicht in den untersten Umkreis gesázzet hát. Dann / daselbst würde Sí / wi ein ander Phaethon / án stat / das Sí der Wélt leuchten sollen / diselbe verbrénnet haben: Oder aber / das Er Sí nicht bey den höchsten Planeten gestéllet; dann solcher Gestalt würden Wír über di Kálte klagen müssen.

So.

So weislich hát Gott/ in unserer Erschaffung/
für unsere Wóhlfahrt gesorget / das Er Sí Uns
nicht zu nahe/ damit wir ihrenthalben nicht zu kla-
gen ; noch zu férne / damit Wir ihrer nicht gár
entbéhren müsten ; sondern récht ins Mittel gesázt
hát/ da Sí / weder ein böser Nachbar / noch ein
allzuweit abgelégener Fréindling ist. Wann Wir
dann nur das jénige / was Wir haben / récht be-
trachten ; so müssen wir nohtwéndig Gott dem
HERREN trauen / in dem jénigen / was Wir
nicht haben/ und gleichwohl gérne haben wolten.
O HErr! wi récht geschíhet dénen / das Sí der-
mahleins nachséhen müssen/ di díses alles séhen;
und dennoch ein Misstrauen án dich sâzzen.

<h3>421. Di Schönste.</h3>

Es sol billich einem Jden/ di Seinige/ das Schön-
ste Weibesbild in der Wélt seyn: dann/ getreue
Libe beschönet alles ; Sí ébenet und vergleichet di
Pücklichten ; glättet di Blatternarbichten ; über-
weisset di Mohrinnen ; macht aus dem Honige /
gélblichter Wangen / lauter Schne-weissen / o-
der Kantel-Zukker; aus den Türkissen der Lippen /
Korallen und Rubinen. In einem: Sí nimmt
alles vor Líb; sonderlich wann der Knotten allbe-
reit so fésté zugezogen/ das Jhn nichts/ als der Tod
wider auflösen kán. Und wundert mich nicht we-
nig / warüm ihrer so víl / nach der euserlichen
Schönheit forschen ; da doch solche nur ein-schei-
nendes Glás ; eine kurze Frülings-Rose ; und/ wi

Eve-

Gvevarra spricht / di geringste Gabe / eines löblichen Weibes.

Manche ist auswendig án Gestalt gár arm; aber án Zír des Gemüttes désto reicher / allermássen wi iener verächtliche Stáb / damit Brútus den Delphischen Apollo verehret / welcher innerlich / mit reinem klahren Golde gefüttert wár; unángesehen Jhn Andere / di darúm nicht wusten / solches Geschánks halber verlachten.

Das Bild des Verstandes und der Selen / erlöschet nimmermehr; sondern wird i länger i schöner: wann gleich alles Mahlwerk der Natur in unserem Angesichte erbleichet und verswindet.

Jhrer étliche haben wenig Liniaménts; hérgegen désto liblichere Réde / und di Schönheit auf der Zunge; oder in leutséliger Manir und Freundligkeit / damit Sí offt Stärker di Mannesbilder án sich zíhen / als andere mit den zártesten Alabasternen Wangen.

Obgedachter Gvevarra schreibet den Weibern eine gár nüzliche Sminke für / di máchtig-schöne Fárben und Libe mache; nemlich: Verswigenheit; Fridsamkeit; Geduld; Einsamkeit und Zucht: vermeinend / Sí werden ihren Männern am bésten gefallen / so Sí ihre Handlungen darmit ánstreichen.

Welche ist dann nun di Schönste? Di iénige / So den allerschönsten / der Sí erschaffen hat / am meisten libet.

425. Ca-

425. Cáins Wég.

Durch des Teufels Neid / ist di Sünde in di Wélt kommen / sagt di H. Schrifft. Díses ist nicht allein von dem Fall unserer erstⁿ Eltern; sondern auch von dem ersten Brúdermord / fúglich zu verstehen ; wélcher / sonder Zweifel / auch von dem Satan ángestifftet und ángegében worden.

Solcher Meuchelneid ist auch bey Esau / wider Jacob ; bey Josephs Brúdern / bey Saul / wider den unschuldigen David; bey Haman / wider Mardochai ; und noch heute zu Tage / bey vílen Höfen zu verspúren. Solche Neidlinge sollen sich erinnern der Wörte Jacobi / wann Er verfluchet di jénigen / wélche auf den Wégen Cains gehen. Neidhard / ist sein eigen Schinde-Mésser.

426. Sündhaffte Neigung.

Nicht allein ein ibweder Tag ; sondern ein ibweder Laster / hat seine eigene Plage. Unsere sündhaffte Neigungen / gehen vil grausamer mit Uns üm / als kein Dibeshénker nimmermehr wird im Vermügen haben. Di allgemeine Landstráfen / di wégen ihres erſrötlichen Schéines / einem ibwedern eine Furcht einjagen / ja Zittern und Bében machen / seyn nichts / gégen di Stráfen / di ein sündhaffter Ménsch / án und üm sich träget / zu réchnen. Di Péstilénzische Seuchen / di ein ganz Königreich öde machen ; di grausamen Kriges-Verhérungen / di Land und Leute über einen Haufen wérffen ; der Donner sélbst / der unsern Heub-

tern und das Erdböben/ So unsern Füssen/ teils
durch zerschmetternde Strälen/teils durch grausame
Versénkungen drauet: seyn mehr ánmahnungen/
dadurch auch Gott seine Kinder/ zum öffteren zu
warnen pfléget/ als Vollstrekkungen seiner Ge-
réchtigkeit. Di härteste Sträfe/di ihm ein Sün-
der über den Hals ladet/ist/wann Er in seinen
Sünden dérgestalt ersoffen ist/ das Er keine ande-
re Ergézligkeit in der Wélt/ als in denselben fin-
det. Was kán ein Ehrgeiziger für eine grössere
Marter ausstehen/ als ihm di unordentliche Be-
gírde der Ehren ántúhn wird? Dén Unzüchti-
gen kwählet und plaget das schändliche Verlan-
gen nach der Wohllust/ und Üppigkeit ; den Geizi-
gen/der unsátliche Durst nach dem vergänglichen
Reichtühme: Ö GOTT! wi wunderbahr seyn
deine Gerichte.

427. Bluttgirig und Stolz.

Di Blutgirigen und Stolzen/ seyn GOtt und
Ménschen ein Greuel/ und wérden auch zer-
steuben/wi Spreuer in dem Winde/weil Si leich-
te/und keine gutte Frucht/ déssen swéres Kern
gleichsam aus Démutt/ zur Erden fället ; da hin-
gegen di Spreuer-Hülsen empór swében wil. Di-
se Laster/als Töchter des Satans/steuert ihr sorg-
fältiger Vater/ hérrlich aus/und gíbet Jhnen den
ánnéhmlichsten Braut-Smuk mit/úm das di Leu-
te désto leichter ánbeissen ; wérden aber darmit
nicht geédelt. Wi di Demut aller Tugenden
Grund-

Grundfeste; also kán der Hóchmutt aller Laster
Erhöhung (von welcher der Fall/ oder ja der
Swindel sélten entférnet); des Teuffels Affe/ ge-
nénnet wérden: kömmt gemeiniglich für dem Fall.

428. Blind.

Erisius Puteanus hatte eine Tróstschrifft lassen
abgehen/ án alle Blinde/ und in dersélben
bewéglichst ángeführt/ welcher massen di Blinden
viler Verdrúsligkeit überhoben/ und Ihnen sol-
chen Zústánd/ zu innerlicher Erleuchtung solten
dinen lassen/ darzú Si vilmehr Mittel hétten/ in-
déhm ihre Augen von aller hinfallenden Eitelkeit
entférnet/ und von dem vergänglichen und sicht-
bahren entslagen; das Hérze vil leichter/ zu dem
Unvergänglichen und Unsichtbahren erhében kön-
ten/ u. w.

Díser Tröst wolte bey wenigen verfangen/ wél-
che teils di Wohllust úm di Augen gebracht/ wi den
Simson; teils der Unglaube/ wi Zedekiam; teils
di Kunst/ in betrachtung der Himmlischen Lichter/
wi Galilæum Galilæi; teils auch/ di mit séhenden
Augen blind/ und di Zeit ihrer Heimsuchung nicht
erkénnen konten.

Von disen lézten/ sagte der Hochberühmte
Englische Kanzler Verulamius: dises seyn di é-
lendesten Blinden/ dann Si haben Férngláser
und Brillen/ das Gesichte zu befördern; den Au-
gen aber/ ihres Verstandes/ wollen Si auf keine
weise hélffen lassen/ und di bevórstehende Höllen

Gefahr/ auch durch der Wahrheit Férnglâß/ nicht
einmahl betrachten; sondern lassen sich di blinden
Sünden leiten/ bis Si endlich in di Grübe fallen.

Der fróme Jesuit Dréxel / spricht: Daß kein
bésser Perspectiv-Mahler / der Kunst nach / und
bóser dem Betrug nach sey/ als der Satan. Warum
ér pfléget dén Tód/ wélcher Uns am náchsten/ in
eine solche férne zu stéllen / das wir / in beharrli-
cher Sicherheit dahin lében/ und der undrstigen-
den Gefáhr nicht achten.

Wér blind ist/ dér isset vil Mütten.

419. Erwählung der Freunde.

Weil des Ménschen Lében/ ohne Freunde und
Geséllschafft nicht wohl bestehen kán; des
Ménschen Sinne auch nichts méhr befridiget/ als
eine treue Freundschafft; so ist sich wohl fürzusé-
hen/ das mán ihme nicht Lasterhaffte (weil di La-
ster gleich wi das Feuer/ was Jhnen am náchsten/
ánstékken); sondern solche Leute erwähle/ di frid-
lich und glimpflich; libens und beywohnes wéhrt
seyn: wér nun so ein Hérze ántrifft/ déme Er seine
Heimligkeit / sicherlich vertrauen darff; déssen
Raht brauchen; déssen Fróligkeit Jhn ergézzen;
déssen Gégenwart ihme alle seine Arbeit lindern
kán; der hat wohl sich zu freuen úrsach); ihme ein
grós Capital ángeléget.

430. Eiteler Schein.

Es ist kein eiteler Ding in der Wélt / als wann
einer nur darüm etwas tüht / das di Leute mö-
gen

gen von Jhme zu réden haben. Der iénige/wél-
cher darům blós Allmosen gibet/ das Er dadurch
von den Leuten geséhen wérde; hát weder Lób noch
Belóhnung zu gewarten.. Es kán geschéhen/das
mich di Leute séhen/ wann Jch Allmosen gébe; al-
zeit aber wil Jch mich hütten/das Jch es nichtblós
des Auséhens halber tuhe : Es gereichet mir weder
zur Schande/ noch zur Ehre / wann andere Leu-
te/ v́on meiner Gottesfurcht Zeugnis gében kön-
nen. So ungüttlich wil Jch mit mir sélbst nicht
handeln/ das Jch den Himmel / für eitele Ehre/
verkauffen solte.

In einem swarzen Fasse/liget offt gutter Wein.

431. Wáhrheit.

Es ist di Wáhrheit so stark / das Si auch aller
Ménschen Listigkeit übertrifft. Und / wi kán
mán einen hóher lében/als wannEr sich stéts zum
hóchsten der Wahrheit also befleisset/ damit seinen
Wórten mehr Glauben / als anderer Eydswüren
zugeléget wérde.

Di Wahrheit schüzzet sich sélbst : Si gibet ihr
sélbst Zeugnis : Jhr kán nimand fürschreiben : Si
scheuet sich für nichts anders / als das Si im ver-
borgenen ligen solle. Si ist eine Mutter der Hérr-
ligkeit : eine Tochter der Zeit / di nimahls irret;
vom réchten Wége nicht weichet : das Hérze réche
bereitet. Und/ was von der Wahrheit nicht
kömmt ; das mús von sich sélbst zu Grunde gehen.

Aber / Si leidet offt Anstósse; und ist ein altes

Sprich-

Sprichwort: das di Wahrheit Feindschafft ma-
che.

Wér di Wahrheit rédet / der findet keine Hér-
berge.

Si ist bitter/und di Si vórbringen/wérden mit
Bitterkeit erfüllet.   Aber/weil nichts so gefähr-
lich bey Gott/und so schändlich bey den Ménschen;
als/was einer im Hérze hát/das Er dasselbe nicht
mit Wahrheit fürbringet; oder auch diselbe ge-
nungsam verteidiget; so soll keiner einige Feind-
schafft hirinnen ánséhen.   Dann/wér dises rühet/
der wird ein Verrähter der Wahrheit genannt:
Si kömt doch éndlich án Tag. Ob schon di Bós-
heit di Wahrheit vertunkelt; so kán Si doch di-
selbe nicht auslöschen: Si kömmt offt herfür/da
mán Si nicht suchet: Si hat solche Krafft / das
auch ihre Tódfeinde sich schämen/offentlich wider
Si etwas fürzunéhmen. Und wann Si schon ge-
drukt wird/ so richtet Si sich doch wider auf / wi
ein Palmenbaum / und gibet einen liblichen Ge-
rúch von sich/ wi das Gewürze/ wann es zerstössen
oder geríben wird; also/ das auch dem Gemüte /
keine liblichere Speise / als di Erkántnis der
Wahrheit ist: dahér vil bésser / für di Wahrheit
leiden; als wégen Smeucheley/ eine Guttaht ém-
pfangen.

432. Erkántnis seiner selbst:

Dás wir uns nicht béssern wollen; geschihet dar-
úm: weil wir uns einbilden / wir seyn schon
di

di allerbésten Leute. Díses hindert uns am meiſten / das wir uns ſelbſt alsbald wóhlgefallen: ſo wir nur ímand ántréffen / der uns / für verſtándig / frohm / geréchſt oder heilig ausruffet; das néhmen wir bald für bekant án; wollen gár Jupiter Sóhne ſeyn; da wir doch wóhl wiſſen: das alles aus Machiavélliſcher Höfligkeit; offtmahls dik ausgewäſſerte Lügen. Tuht ſich einer herfür mit einem fürnéhmen Amts-Ehren-Kleide ꝛc. Aber / ſuch es Jhme aus; Es iſt gewis vil böſes darunter verborgen: Er wird ſich weidlich darnach úmſéhen; und da betrachte Jhn réchſt innerlich / und urteile hernách. Jn einem: Ein gutes Gewiſſen / iſt der béſte Zeuge / und wann du díſen verachteſt / ſo biſt dú ein récht élender Ménſch.

<h2 style="text-align:center">433. Des Ménſchen Zuſtand.</h2>

Was liebeſt dú doch díſes Zeitliche ſo ſehr / als wenn es dein eigen wäre? Es iſt ganz eine andere Geburt / und vil ein anderer Zuſtand / dén wir zu erwarten haben: darúm ſo ſihe di beſtimmte léſte Stunde / unerſroffen án; und das jénige / ſo úm dich herúm liget / nicht anders / als eines Reiſenden Bündlein: Wir müſſen doch hindurch. Dánn / wi uns di Natúr / für díſem / aus Mutter-Leibe / in díſe Wélt getriben; alſo treibet Sí uns wider hinaus. Ein íder / ſo bald Er án das Tagelicht gebohren wird / mus mit Milch / und einer Windel zu friſ-

den seyn : man darff nicht mehr hinaus néh-
men / als man hérein gebracht hát : ia / du muſt
auch von dem jénigen / ſo du / in diſes Lében mitge-
bracht / ein gröſſes Teil hir laſſen. Dann / was
du um dich haſt / das wird dir abgenommen wér-
den ; némlich : deine euſerſte Dékke / welches deine
Haut iſt. Da wird dir das Fleiſch und das Blut/
welches im Fleiſche herum zerteilet iſt / abgenom-
men wérden ; wi auch di Knochen und Séhna-
dern ; als di Stüzzen und Beféſtigungen des jéni-
gen / ſo da flüſſig und hinfällig. Der Tág/ dén
Du / als den lézten / ſo ſéhr fürchteſt / iſt der Ge-
burts-Tag der Ewigkeit. Achzeſt du ? weineſt
du ? Das tuhn auch di Kinder/ wann Si gebohr-
ren wérden : Was trauerſt du vil ? Alſo pfléget
es hér zu gehen/das di Nachgeburt/mit welcher ein
junges Kind gebohren wird ; verfaulen mus : Du
biſt izt hirmit nur bedékket und eingewikkelt wor-
den ; Es wird aber der Tag kommen/ welcher dich
wider entblöſſen / und aus dem ſtinkenden Bau-
che der Erden/ heraus zihen wird.

So ſwinge dich nun empór/ und gedänke án hö-
here und wichtigere Sachen : es wird dir diſes
Finſternis/ dér mahléins ſchon vertriben wérden ;
kein Schatte oder Tunkelheit dein kicht verfinſtern
können ; ſondern der Himmel án allen Ohrten /
gleich hélle und klár ſeyn.

434. Das Zeitliche.

Von dem Hirſche iſt zu léſen/ das ér alle Jahr
weine / wann Er ſein Gewéihe abwirfft ; ob
Er

Er schon ein weit bessers und grösseres dafür be-
kommet: Eben also sihet man jenes Welt-Kind
betrübt und traurig von Christo gehen; wi Er-ja
ihm saget: verkauffe alles/was du hast; unange-
sehen/ das Er ihme einen Schaz im Himmel dar-
mit solte zu wege bringen. Es wird aber der jeni-
ge/ so mit seinen fleischlichen Begirden/ (in Sa-
chen seine Seligkeit betreffende) zu rahte gehet/seine
Sele swerlich in den Himmel bringen. Was häte
es zu bedeuten/das Ich mit Trähnen säe; wann
Ich mit Freuden einerndte? Ich wil herzlich
gerne / mit der Himmlischen Freude/ di Ich ins
künfftige haben sol/ zu friden seyn; des zeitlichen
mich ganz entschlagen.

434. Erkéntnüs der Selen.

Canius, der Heidnische Welt-weise/ist mit tapf-
ferem und standhafft-frölichem Gemütte / in
den/ Ihme unrechtmässig-aufferlégten Tód gegan-
gen; blos/ verlangt zuerfahren/ was doch di Se-
le / nach dem Tóde-seyn würde: Was solte denn
wohl das gewisse Erkéntnüs/ so wir von der Se-
len Unsterblikeit haben/ und di Hoffnung des E-
wigen/ immerwehrenden/ glükseligen Lebens / bey
dénen rühn/ di Si Ihnen künstlich zu Gemütte
führen? Solten Si uns nicht billich den Tód/und
alle Betrübnüsse (ángesehen solche uns anders
nichts/ als di Wellen/ in disem erwünschten An-
furt treiben) auch süsse/ löblich und ángenehm
machen ? Wann der Sne vergeht/ so wird
sichs finden.

436. Swelgerey.

Di Swelgerey ist nicht alleine wi eine Sünde/ des verbohtes halber; sondern auch wi eine ansteckende Krankheit/ihrer Abscheuligkeit wégen/ zu melden. Dann/ alle andere Sünden fühlen wir nur ins künfftige; Dise greiffet Uns auf frischer Taht án; beraubet uns des zeitlichen sowohl als des Ewigen Lébens/ und stürzet di Sele mit dem Leibe ins Vertérben.

Unsére Leiber seyn ja nicht zu Proviant-Kammern gemacht/ Bír und Brodt hinein zu légen.

Jch wil mich derowégen allzeit erinnern/ das Jch nicht zu dem énde gebohren bin/und deswégen lébe / das Jch alleine Essen und Trinken; Sondern/das Jch nur deswégen Esse und Trinke/das Jch dis Lében erhalten könne.

437. Dürftigkeit.

Gleich wi di Beförderungen zu hohen Würden/ weder aus Osten noch Wésten kommen; Also kömmt auch Armutt alleine von Gott. Diser ist es/ der zu idem Ménschen saget: Führe dit alhir das Regiment; und Dú/ arbeite da; sey dis oder jénes. Warüm murren dann di Leute/ über ihre Dürftigkeit/ weil disélbe nicht dem blinden Glükke; sondern Gottes Fürséhung beyzuméssen. Der iénige ist mehr zu rühmen/ der damit zu friden ist/ das Er sich nicht statlich halten kán; als der/wélcher sich noch so statlich hält. Ja unsere Glükséligkeit bestehet darinnen/ das wir das
Kreuz

Kreuze und Trübsal gedulbig leiden; und niche:
das wir desselben ganz überhoben seyn. J weni-
ger Ich alhír habe; i mehr wérde Ich zu gewar-
ten haben. Kein Lazarus wird / nach disem Lé-
ben / mit dem reichen Manne tauschen wollen;
welcher Reiche Mann/ wann Er wider leben und
wählen möchte/gérne ein Lazarus seyn würde.

438. Di réchte Ehre.

Es ist ein grösser Misbrauch/ in dem Wörte
Ehre/ wann mán durch dasselbe in der Taht/
Ungeréchtigkeit und Tyranney bemänteln wil; wi
di tuhn/ wélche disen Tittel / nur ihre Rauberey/
Einfälle/ Verwüstungen/ Mord/ Todsläge/ Ver-
gifftungen / und andere sehr vil dergleichen Un-
treu zu bedékken/ gebrauchen. Das Wésen des
Gutten/ sol unbeflékt Gutt / und von so Lasterhaff-
ten zúfällen/ unvertorben seyn.

Nichts ist Ehrlich ; was nicht Tugendsam:
nichts Tugendsam; was nicht gutt : nichts gutt;
was nicht billich : nichts billich; was nicht gänt-
lich dergleichen Faulheiten zu wider.

Di wahrhaffte Ehre bestehet darinne/das mán
Gott fürchte / und weder Gutt noch Blutt spahre
seine Ehre zu vermehren; und/ so vil seinen né-
benmenschen ánlanget/aus Hoffnung des Lohnes/
So den Gleubigen bereitet/ denselben von Gefahr
zu erretten.

439. Gottes-Dinst.

 Viler

Viler Leute Eifer im Gottesdinste / bestehet nur in einem Fürsazze / alle Leute auf ihre Meinung zu bringen / di Si etwa in Auslegung eines oder des andern Artikels des Christlichen Glaubens haben ; Wann nicht iderman so glauben wil / wi Si ; so schmähen und schelten Si / und können weder Rast noch Ruhe haben: Und wann es Jhnen endlich gelungen / das Si etwa einen / nach grösser Mühe und Arbeit / auch wohl durch allerhand hinterlistige Überredungen / auf ihre Seite gebracht haben ; so meinen Si / Si haben Gott einen sonderbahren Dinst getahn.

Ich wil meinen Eifer gegen Gott und seinen Dinst / darinnen meistenteils zu erweisen mich bemühen / das Ich Jhme für alles Gutte innigst danke / und mich nach dem Mässe / So Er mir verleihet / in Seiner Erkäntnüs und meinem Christentühme beföstige ; hernachmahls Andern / in meinem Berufe / mit guttem Wandel fürleuchte ; und so vil an mir ist / kein Ärgernüs gebe.

Wegen meines Glaubens / wil Ich / wann es di Nohtdurfft erfordert / ungescheuet Rechenschafft geben / und Andere in ihren Swachheiten (da Si nur im Grunde der Söligkeit mit mir eins seyn) gerne übertragen. Warum solte Ich elender Sünder / der Ich nicht den hundersten teil meiner eigenen Swachheit erkenne / mich über meinen Mitbrüder / um derselben willen erzürnen / da es villeicht Gott selbst nicht rührt ?

440. Der

440. Der Angefochtenen und Swach-Gleubigen Gebähte.

Di gröste Anfechtung und Hinderung des Gebähtes ist: wann Gott di Genade der Andacht und Jnbrünstigkeit entzeucht; Dann solst du am meisten béten. Und/ ob wohl ein inbrünstiges Gebäht Gott dem HErren sehr lib; so ist Jhme doch das Gebéte vil liber/ welches du in deiner Sehlen-Noht/ Anfechtung und Traurigkeit tuhst.

Wi es einen natürlichen Vater vilmehr jammert/ wann Jhn ein krankes Kind/ mit kläglicher Stimme anwinselt; als wann Jhn ein starkes/ gesundes/ mit ganzem Munde anruffet: Also ist dem liben Gott/ eines Kleinmütigen/ Swach-gleubigen/ Tröstlosen/ Geist-Armen Menschen/ innerliches/ heimliches Leiden und Seufzen vil liber; als eines Stark-Gleubigen/ der foller Freuden ist. Christus der Herr wohnet ja durch den Glauben in Uns: ist Jmand nun Swach-Gleubig/ u. w. so verzage Er deswégen durchaus nicht/ sondern getröste sich der verheischenen Genade in Christo: dise verharret fest/ auch bey den Swach-gleubigen. Christus bleibet immer Christus/ und ein Sétigmacher; Er wérde mit swachem oder starkem Glauben ergriffen. Es hat auch der Swache Glaube so vil an Christo als der Starke: denn ein Jder/ Er sey Swach- oder Stark-Gleubig/ hat Christum ganz zu Eigen.

Di verheischene Gnade ist allen Christen gemein;

mein; ewig: Darauf uns der Glaube rûhen; Er
sey swach oder stark.   Gott wird dir zu seiner Zeit
seine Genade wohl wider gében; dir disélbe nicho
versagen; sondern gutten Tröst verleihen; ob Er
bisen gleich/ in deinem Hérze/ eine zeitlang verbir-
get. Pf. 37. v. 24. und 77. v. 11.

441.   Geräfliche Wélt-Sorge und Lust.

Keiner dänket/ das Er ewig lében wérde: Gleich-
woßl dänken di meisten/ das Si itz noch nicht
stérben sollen; sonst würden Si Jhuen áugelégen
seyn lassen/ bésser zu stérben; dahér mehr Sorge
für das Himmlische tragen/ wélches Si besizzen
sollen; als für das Irrbische/wélches Si verlassen
müssen.   Dise im argen ligende Wélt/ kán nicht
ewig wéhren: wird von dem H. Johanne/ nicht
vergéblich beskriben/ das Si behafftet sey/ mit Au-
gen-Lust der Verlibten; Fleisches Lust der Húrer;
und einem Hoffärtigen Lében der Frévlen und
verruchten Unfláter.   Es ist mit Bluttriffenden
Trähnen zu beweinen/ das bey den Christen solche
Greuel-Sünden fürgehen/ dafür di Heyden eine
Abscheu gehábt; wi der Apostel Paulus dem
Bluttschänder bey den Corinthiern fürwirst.
Und ob wohl solche Schandtahten mehr unter zu
drükken; so haben Wir doch in der H. Srifft/das
dergleichen nicht übergangen worden/ wi der So-
domiten/ des Loths/ des Júda/ der Bénjamiten
(darüber fast der ganze Stamm aufgeriben ist;)
der Nicolaiten und Adamiten/ in der Kirchen
Histo-

Historien: und seyn Solche / allen Wohllüstern
zu einem Warnungs-Exempel aufgezeichnet; das
Si das Ende ihres Lebens / und das Ende diser
Wélt / wélchem das Gerichte folget / betrachten
sollen.

442.   Exémpel erbauen.

Anderer Leute Augen / seyn meine stumme Pré-
diger. Wann Ich dort Petrum / seiner Vér-
leumbung wégen / Weinen séhe; so erinnere Ich
mich meines eigenen Abfalles. Warüm solte Ich
den Verlust meiner Freunde / Gesundheit oder Güt-
ter beweinen? Suchet Gott den verlohrnen Gro-
schen nicht; so gehet ér gár swérlich / von sich sélbst
wider in den Beutel.

Wohl dem / dér / was einem andern geschihet /
zu seinem Vorteil richtet.

443.   Wér Gotte zum Freunde hat / dem müssen alle Creatúren dínen.

Dénen / di Gott líben / müs alles zum bésten di-
nen / spricht di H. Srifft / Róm. 8.   Dises
ist offenbahr durch vil Exempel; als: da di Brü-
der den Joseph verlissen; di Anverwandten den
David verjägten; di Freunde dem Daniel nicht
hélffen kónten; mußten di Ungleubigen Egyprier
den Joseph zu einem HErren ánnéhmen / di Phi-
lister den David schüßzen / di Chaldeer den Daniel
zu einem Grós-Fürsten erhében / Gen. 27. 1. Sam.
16. Dan. 3.

Und da bergleichen Frohnue Ménschen di Gott
líben /

liben/ andere Menschen nicht beystehen wolten; so
müssen sich doch Der pi wilden Tihre annéhmen.

Des Reichen Hunde/ musten Lazaro di Swére
lekten/ und also di Leutséligkeit gleichsam ánzihen/
welche Ihr Haus-Herr nicht achtete/ Luc. 16.

Di Raben musten dem Elisáo Fleisch und
Brode zuführen/ in der Wüsteney Horeb/ an der
Bach Critha/ da Er/ wégen der Wahrheit fläch-
tig wár aus Samaria/ 1. Reg. 19.

Es musten di Béhre/ 24. Knaben fréssen/ So
den Eliszum verhöhnten; Ihn einen Kahlkopff
nénneten/ 2. Reg. 2.

Di Leuen musten dem Daniel/ in der Leuen-
Grube/ kein Leid zufügen/ da Ihn di Meder todt
haben wolten; weil Er den wahren Gott Israclis
ehrete/ Dan. 6.

Der Walfisch/ muste Jonam unbeschädigt/
im Bauche fichten/ und an das Land ausspeyen;
Damit Er Gottes Beféhl in Assyria zu Ninive
ausrichtete/ Jon. 2.

Der Fisch/ muste Petro einen Zins-Groschen
gében/ welchen Er vor sich und Christum erlégen
solten zu Kapernaum/ Matth. 17.

Da aber auch di jénigen/ So Gott liben/ von
denen wilden Tihren verlassen wirden; so müssen
di unempfindlichen Elementa sich derselben an-
néhmen.

Das Mér taht seinen Flus von einander/ das
das Volk von Israel/ als es vom Tyrannen Pha-

raone verfolget ward / trokkenes Fusses hinburch
ging / Exod. 12.

Di Steine fielen aus der Lufft über di Könige
der Amoriter / So wider Josuam versamlet wah-
ren / Jos. 10.

Das Feuer verzehrete di Feinde Elisæ 1. Reg. 1.

Das Feuer schonete der Gesellen Danielis im
Feurigen Ofen / und verzehrete di Babylonier /
Dan. 5.

Ja / di Engel im Himmel begleiten des Abra-
hams Knecht / den Jacob / Josuam / Tobiam / Hi-
kiam / und Petrum / welche Gott liben / Gen. 24.
32. Jos. 1. Tob. 5. 2. Reg. 19. Act. 12.

Und für di / So Gott liben / hat Christus / der
einige Sohn Gottes / sein Leben selbst gelassen;
Uns erlöset / Joh. 10.

So bin Ich also gewis / das weder Tod / noch Le-
ben; weder Engel / noch Fürstentühm; noch Ge-
walt; weder Gegenwärtiges noch zukünfftiges;
weder Höhes noch Tifes; noch einige Kreatur /
Uns nicht scheiden kan von der Libe Gottes / di da
ist in Christo Jesu / unserem Herren / Rom. 8.

444. Augen-Pracht.

Wir seyn mit wenigen zu friden / wann wir al-
leine seyn: wer ziher Scharlachene Kleider
an / und wil nicht darmit prangen? Oder / wer
lässet sich mit Silber-Geschirr bedinen / wann ni-
mand ist / der es siher? Di Natur alleine / kostet
wenig zu unterhalten.

Di

Di meisten Leute/ seyn deswégen Géld-Geizig
weil Si Ehr-Geizig seyn/ und sonderlich hóch án-
geséhen seyn wollen. Si wollen vil haben/ damit
Si/ auf ihren Schau-Tischen víl können vórzei-
gen. Ich halte dáfür/ Si würden mehr Verstand
weisen/ wann Si etwas weniger von ihrem Scha-
ze zeigeten; weil Si denselben Schaz/ mehr Jhnen
als ihren Gästen zeigen: als wélche sich nicht über
ihr grósses Vermógen; sondern über ihren gerin-
gen Verstand verwundern. Wo Hóchmutt auf-
gehet; da gehet das Glükke nider.

   445. **Übertrág der Verleumdung.**

Es ist eine sonderliche Grósmüttigkeit/ dérer
   Verleumder Smáchwórte zu übertragen;
nichts zu achten: aber/ di Ménschliche Gebréch-
ligkeit ist dabey zu swach; erzürnet sich; schilt wider/
und eifert mit Eifer/ da Si gesmähet wird.

Also taht nicht David/ da Jhm der Simei flu-
chete/ 2. Sam. 16. Also taht auch nicht Chri-
stus/ da Er gescholten ward; schalt nicht wider/
2. Petr. 2. Si stalten es dém anheim/ der récht
richtet. Und dises ist freilich eine Grósmüttige
Tugend aller déren/ So der Verleumder Smáh-
Worte nichts achten: wélchem Exémpel/ ein ieder
Christen-Ménsch billich náchfolgen soll.

An vilen Heidnischen Weisen/ findet sich in der-
gleichen Fällen/ so etlichen Christen swér eingehet/
wi vom Diogene/ Aristippo/ Antigono/ K. Prole-
mxocagi/ und andern mehr/ hin un wider zu lésen.

Da

Da nun also auch di weisen Heiden / So doch von Gott nichts gewust / vórgangig getahn; wi vil mehr gebühret es Christen-Ménschen / di der Höchst-Getröhnte beruffen / das Si sich der Sanfftmuht und anderer Tugenden befleissen sollen. Weise Geduld / bringet Huld.

445. Vernünftige Sele.

Der hérrlichste und führnéhmste Vórzug / den der Ménsch über alle andere irrdische Geschöpffe hát / bestehet in der vernünfftigen Sele; mit wélcher Er allein / zu bésserem und sollkommenerem Erkäntnisse seines Schöpffers / und seiner sélbst begábt ist. Wann Er sich aber / entweder durch fürsázliche Bósheit derselben gänzlich beraubt; oder aber disélbe durch seine sündliche Neigungen dérmassen niderslagen lässet / das Si zu allen vernünfftigen Verrichtungen untüchtig wirb; so ist Er wohl unter di allerunwürdigsten und geringsten Dinge der Wélt zu achten. Di unvernünfftigen Tihre sélbst / gehen Ihm weit vór / weil Si sich mit dem Gegenwärtigen begnügen lassen / und bey ihrem Unverstande sich rúhig und frólich erzeigen. Ein solcher Ménsch findet nirgend einige Vergnügung; deñ / was Er / seinen sündlichen Hunger zustillen suchet; das errégt Ihn vilmehr / weil Ihm di Vernunft anders nicht dienet / als sein Unglükke und Stráfe zu vermehren. Hat mich nun Gott zu einem vernünfftigen Ménschen erschaffen; so wil Ich auch / durch gött-

liche

liche Genade / der Vernunfft réche gebrauchen; mich niche / durch mein sündtiches Lében / den unvernünfftigen Tihren / geringer und unwéhrter machen.

447. Versorgung seines eigenen Hauses.

Des Apostels Meinung / wann Er saget: das dér / wélcher sein eigen Haus niche versorget / árger sey / als ein Heide; ist / niche alleine di jenigen zu tadeln / so ihre Libe den Jhrigen zu beweisen niche ánfangen: sondern auch di / so náchst disen / ihre Libe bey ihrem Mitnáchsten niche éndigen lassen. Jch bin niche gebohren / Mir und dén Meinigen allein zu dinen; meinen Freunden bin Jch auch etwas schuldig; also auch meinen Nachbarn: Und wil also vor di Meinigen sorgen / das Jch auch andern könne hélffen: und also andern helffen / das Jch den Meinigen keinen Schaden tüh. Es seyn 12. Stunden im Tage; was eine niche gibet / das gibet di andere.

448. Brunst.

Di Unkeusche Libe ist gleich einer Chimera / déren Haupt ein Leu / weil solche Begirde unbezáhmt / wild und rasend ist; der Swanz ein Drachenswanz / der vergifftet wi eine Slange / und nach verübter Taht / ein brandmahliges Gewissen hinterlásset. Si ist vór / in und nach vollbrachter Belustigung hóchst nachteilig und schádlich; welches der Apostel Jacobus sagen wollen / wann Er spricht: Di (ersten Gedanken der) Sünde wann

Si (durch beypflichtenden Willen) empfangen
hat / so gebihrt Si (durch wirkliche Vollzihung)
den (zeitlichen und ewigen) Tod.   Also / das
di erste sündliche / und von dem alten Adam hér-
rührende Bewégungen zwár auch sträflich;   von
Gott uns doch nicht zugeréchnet wird: Di Ein-
willigung aber / das einer ein Weib ánsihet / Ihr
zubegéhren; ist / von der wúrklichen Begehung der
Sünde / der Stráfe-nach / nicht unterschiden.

   Di blinde Brunst / hát einen süssen Anfang /
und ein saueres Ende.

449. Sanfftmuht.

Auch di ungeheure Mérwunder / lassen sich / durch
gutte und leutsélige Beywohnung der Mén-
schen / bezámen; das Si der angebohrnen Wil-
digkeit vergéssen; sich ihren Wohltáhtern zu al-
lem Dinste und Ergézzung ergében.   Ohne zwei-
fel sól ihr mildes Beyspil uns der édlen Sanfft-
muth und Leutséligkeit erinnern;   sonder déren
wir nicht Ménschen / vil weniger Christen ähnlich
lében können.   Dann / di Sanfmuht sázt dén
Ménschen in eine göttliche Vertragsamkeit von
innen und von aussen / in allen Dingen / und be-
nimmt ihm alle wilde Hartmüttigkeit; alle Bit-
terkeit in ihm séblst: macht Ihn sanfftmüttig und
fügig / gegen seinem Náchsten / in allen Dingen /
in Worten und Wérken; fridsam und guttmü-
tig / in seiner auswéndigen Wandlung.

   Si wird mit Fúg genénnet das Schif / oder der

Wägen/ aller anderen Tugenden; ist ein Teil der
Chriſtlichen Libe / von welcher der Apoſtel ſaget:
das Si ſich nicht ärgete/ und nicht erbittern oder
erzörnen laſſe: hat eine göttliche Eigenſchafft / di
der Demutt zugeſäzzet wird; wann unſer Erlö-
ſer ſaget; Jch bin ſanfftmüttig / und von Hérzen
demüttig. Bey ſolcher Tugend erweiſet ſich auch
eine Grosmüttigkeit/ indehm man di Verleum-
dung mit Beſcheidenheit verachtet; dabey nicht
leichtgläubig iſt: Und es kán kein König béſſer re-
giren/ als wann Er in allen Sachen / Gottes
Sanfftmutt und Gerechtigkeit náchfolget.
  Freundliche Regirung/ iſt wi eine Sonne / di
alles erleuchtet.

450.   Falſcher Herren Wörte.

Falſcher Herren Wörte/ ſeyn gleich der todten
Leute Schuhen; der darauf wartet/ wird zwei-
fels ohne barfus gehen müſſen.   Jch halte es für
béſſer/ ein Thomas hirinnen zu ſeyn / und nicht
weiter zu glauben/ als man ſihet: denn auf ſolche
weiſe kán weder Jch ſelbſt/ durch anderer Leute
Verheiſchungen/ betrogen werden; noch Jemand
mit ſolchen betrügen.   Und/ ergreift man den
Beetrug; ſo hält man den Ahl beym Swanze. Zu

451.   Teufels Liſt.

Als der Beelzebub den Tittel erlangte/ das Er
Fürſt der Welt genénnet worden/ hörtigte
di Menſchen/ das Si ihm huldigen ſolten/ und
ihme gehörſam zu ſeyn verſprechen.   Er unter-
ſtun-

funde sich auch / einen grössen Bérg für des Him-
mels Tühr zu bauen / und musten Jhme seine
leibeigene Steine zu tragen / und den Bérg so
hóch aufführen / das kein Ménsch in den Him-
mel kommen solte. Dá nun der Bérg sehr grós
wár / schikte Gott ein Lämmlein / das trug in 34.
Tagen so vil davon / das di Himmels-Tühr wider
eröffnet wurde. Díses Lämmlein lif hin für
des Fürsten Sloss / und verrigelte Jhn / das ér
nicht hinaus kente; versigelte auch das Sloss
mit einem Kreuze. Solche Tühr konte ér mit al-
ler seiner Gewalt nicht bréchen; muste verflos-
sen bleiben. Inzwischen ruffte das Lämmlein
aus: Wér dem Fürsten der Wélt wird absagen /
und Mír nachfolgen / den wil Jch durch di Him-
mels-Tühre führen; von dem Steintragen erlö-
sen. Das Lämlein ginge vór; vil folgeten nach /
vil wolten dem Fürsten der Wélt nicht absagen.

Als nun der Fürst mérkte / das Er den Ri-
gel nicht bréchen konte / hát ér allen seinen Ds-
wern zugeruffen / Si solten / wégen dises Lämm-
lins alle Scháfe wirgen / und di Himels-Strás-
sen verwahren / das keines hinein komme: das
tahten Si; lauerten Tag und Nacht auf di ar-
men Scháflein / di zum Himmel wanderten;
déswégen vil rükfällig / und über di Steine
wider tragen / als solche Gefahr ausstehen
wollen.

Unter Solchen seyn absonderlich di Héxens-

genoſſen und andere/ di von GOtt abfallen / und
ihr Vertrauen auf Gottes Feinde ſtellen; es ge-
ſchéhe ſolches gleich fürſäzlicher oder hinterliſtiger
Weiſe: Weh Ihnen.

452.   Zeitliche Wohlluſt.

Alle zeitliche Wohllüſte/ſeyn zwár eine Zeitlang
angenéhm; vergehen aber bald/wi ein Schat-
te: ja/ mán kán Si faſt béſſer/ als di Phariſeer/
mit den getünchten/oder bemahlten Gräbern ver-
gleichen. Schóne von auſſen; inwéndig aber iſt
nichts / als verfaulter Unflaht; Si ſeyn alle ver-
gänglich/ und nicht alleine ſtérblich/ſondern auch
mórderiſch.   Oder/ mán kán Si den vergülde-
ten Pillen vergleichen/ (ausgenommen/ das Si
keine Arzneyen ſeyn) ſchón ins Auge; aber án ſich
ſélbſt klein und übel ſmékkend.   Wann Si noch
etwa lange wéhreten / oder nur lieblich wáren; ſo
móchte es noch einen Schein haben/das mán ſich
ſehr darinnen verlíbte: weil Si aber ſo bald ver-
ſwinden/ und einen gár widrigen Geſmák haben:
warümm ſolten wir nicht vílmehr darnach ſtrében/
wi wir án ihre ſtat/ ſolcher Wohllüſte genuſſen
móchten/ di in alle Ewigkeit wéhren/ und déren
Líbligkeit kein Ménſch in der Wélt ihm einbilden
kán? Wohlluſt iſt wi eine Flédermaus/ di nur
des Nachts ſich ſéhen läſſet.

453.   Ráht.

Beym Plutarcho iſt zu léſen / vom Hauptman-
ne *Nicia*, das nimahls nichts ſey übel aus-

ge-

geſlagen/das durch ſeinen Raht geſchéhen. Ein
Raht iſt eines náchdánkílichen Gemütes Aufſicht/
oder Betrachtung dérer Dinge/ di zu verrichten
fürfallen: und ſeyn keine beſſere Anſláge/ als di
dem Feinde unbekant: in réchter Zeit/ Ohrt und
Gelégenheit eröffnet wérden. Einem Narren
rahten/ iſt ein Wérk der Lébe: einem Weiſen und
Verſlagenen: iſt ein Zeichen des Ehrgeizes: in
Zeit der Nöht aber einen Vórſlag tuhn; iſt eine
Anzeigung der Weisheit. Máncher léget ſeinen
Réchen-Pfennig hóch: ob ér aber gélten wérde/
das weis GOtt. Víl Ráhte; víl Jrrwiſche.

454. Unſcházbar.

Vír Sachen ſeyn in díſer Wélt unſcházbar: di
Freyheit/ di wir haben; di Kunſt/ di wir
gelérnet; di Geſundheit/ di wir beſizzen; und
di Tügend/ di wir üben. Diſe vír Dinge/ ſol
der Ménſch für ſeinen höchſten Schaz und daß
gröſte Reichtuhm halten: dann/ di Freyheit er-
freuet das Gemüte; di Kunſt ſchärfet den Ver-
ſtand; di Geſundheit erhált das Lében; und di
Tügend macht di Sele beharrlich: alſo/ das diſe
vír Dinge weder mit Gélde zu kauffen; noch gegen
Géld zu ſcházzen ſeyn. Doch iſt auch nichts ſo
gutt; das mán nicht übel könte brauchen.

455. Angenéhme Tódes-Stunde.

Das béſte Mittel/ Uns di Tódes-Stunde ánge-
néhm zu machen/ iſt/ das mán offte darán ge-
dánke. Meines teils wil Jch mich alle Tage/ di

Ich lébe/ erinnern/ das Ich stérben möchte / und
nicht wündschen / das Ich einen Tag länger lébe;
es sey dann / das Ich mich mit demsélben zugleich
etwas béssere. Es wáre mir ja ein sléchter Tróst/
wann Ich étliche Stunden länger gelébet / von
wélchen Ich keine Réde noch Antwort gében kön-
ne.   Der zeitliche Tód/ macht án der Wélt Noht/
ein Ende.

456. Irrende Meinung.

Di Sachen/ so der Ménsch zú háben vermeinet/
und Si doch nicht hát; seyn: vil Freunde;
grósser Witz; grósse Kunst; und grósse Macht.
Dann/ es ist keiner so wóhl gewillet / der nicht et-
wan einen heimlichen Feind habe : kein Ménsch
ist / der nicht etwan einen Schéfer hát / und von
der Tóhrheit ein wenig geschossen ist / Er sey so
Kunstreich als Er immer wolle.   Keiner ist auch
so máchtig / das Er nicht von einem andern kön-
ne überwunden wérden: und keiner ist so witzig
und fürsichtig/ der sich nicht bisweilen gröblich ir-
re; mit allen viren in den Koht falle: Also / das
wir weniger Freunde haben/ als wir vermeinen;
weniger vermógen / als wir begéhren; und weni-
ger wissen/ als wir uns sélbst einbilden; auch we-
niger seyn/ als wir fürgében und berühmen.   Zu
gelégener Zeit/ seine Meinung ándern; ist grósse
Weisheit.

457. Verféhlung.

In vir Wége verféhlt der Ménsch am ehesten/
und kómt am swérsten wider zú réchte; als:
wann

wann mán etwas ánfangs nicht récht ángreiffet;
wann mán den Raht eines gutten Freundes hind-
án sázzet; wann mán sich in eine Sache mischet /
di ihm nicht gebühret; und wann mán mehr ver-
zéhret / als mán hát.   Dann / wann einer in sei-
nem Vórhaben stüzzig ist : wann einer Rahts bey
einem Verständigen nicht pfléget; wann einer
sich mit zu vílen Geschäfften überladet / und der
mehr verzéhret / als sein Einkommen vermag; der-
sélbige wird von wenigen gelíbet / und von Vílen
verhaßt-

Bald ist geéndet; was lange Schändet.

418:   Bauch-Gott.

Was swére Verantwortung / und noch víl swé-
rere Bestrafung wérden doch di Frésser und
ungeréchte Haushalter zu erwarten haben? Ih-
nen / und einem íden / ist nicht nur di Sele; son-
dern auch sein Leib ánvertrauet: von beides Ver-
wahrlosung / mus Er Réchenschaffte gében; wann
Er / án stat der 80. Jahre / 40; oder / an stat der
100. nur 50. stretbet.

Wiklüglich Sí gethan / wann Sí ihre Tage
nicht auf di hélffte bringen / bereuen Sí mehr-
mahls auf ihrem Tódbétte; aber víl zu spaht. Der
Mund ist des Ménschen Arzt und Gewáltiger /
der Ihn in di euserste Finsternüsse verstösset / und
mit heulen und Zähnklappern beharrlich kwählet.

Di verbohtene Frucht hát den Ádam zu einem
Stamm-Vater / der sündigen Nachkommen ge-

V 5

macht;

macht; den **Noah** in schimpstiche Verachtung ge-
stürzet; den **Loth** zu der Blutschande verleitet;
den **Esau** des Rechts der Erstgeburt verlustiget;
di **Kinder Eli** des Pristerruhms beraubet; den
Sissera in der Flucht ermordet; dem König
Belsazar das Reich entwendet; und über di Kin-
der Israel mehrmahls Gottes Zorn und Unge-
nade geführet.

Ich wil mich/ durch Himmlische Hülffe/ der
Welt möglist ganz entzihen; Gott mit Mir lassen
Haushalten; Ihme den gröslen Sak aufhangen.

459. Fürsichtig und Wizzig.

Was macht den Menschen fürsichtig im Leben/
und Wizzig in Reden? Das lesen viler Bü-
cher; das wandern durch vil Länder; das ausstehen
viler Mühe und Arbeit; und sich bemühen mit
wichtigen Sachen. Dann/ wer einen/ der nir-
gends aus ist kommen; auch nicht weis was studi-
ren ist; noch Mühe und Arbeit versuchet hat/
wolte für Wizzig und Geschikt halten; dürffte
sélbst für einen Narren ángesehen werden. Der Un-
wiz *Phormio,* ist in allen Ständen; lehret Hanni-
baln krigē/ Augustum regiren/ Naeman haushaltē.

460. Arbeit.

Hiob saget in seiner Bescreibung des Menschli-
chen Lebens/ von den Tagen des Menschen/
das Si gleich den Tagen eines Tagelöhners seyn.
Nun ist ja niemand so übelgesäzt/ das er Taglöh-
ner ánnéhme und Solche nicht arbeiten; sondern
müssig stehen lisse.   Un-

Unser Leben ist ein langer Tag / hat vil Stun-
den / und alle dise Stunden haben alle ihre Arbeit.
Weil dann ein ider Mensch ein Taglöhner ist ; so
müs Er seine bestimte Arbeit tuhn / wil Er anders
seinen Lohn haben.   Dann / Ich sehe nicht / das
di / so auf dem Markte müssig stehen ; sondern
di / So im Weinberge arbeiten / ihren Gro-
schen bekommen.   Es gebühret Uns nicht / das wir
di Hände auf di Schos legen / alleine zusehen :
Gott / und di Heiligen Engel / sehen Uns zu : wir
müssen arbeiten.   Ich wil herzlich wohl zu friden
seyn / das Ich hir nichtes / als Arbeit sollauf habe ;
damit Ich hernach ewiglich ruhen möge. *Cribro
Homines Aquam hauriunt.*

461. Bau.

Das Lehrgedichte / hat einen freyen Palast auf
den Schauplaz der Wélt erbauet / mit grössen
offenen Fénstern / wi jéner Römer erwündschet :
in demsélben aber war wenig Inngebeue / und nur
eine dikke / runde Spigel-Seule / wélche di wun-
derbahre Eigenschafft / das Si der Ménschen in-
nerliche Féhler und ungestalte Laster / als in einem
Kristallen-Spigel zeigen künte.   Vil nun / di sich
auf disem Markte befanden / liffen hinzú / und sa-
hen zu disen offenen Fénstern hinein : und als Ihr
Gewissen Ihnen gleichsam mit Fingern / man-
chen Lasterflék bédeutete ; swigen di Verstän-
digen still : Di Unverständigen aber fluchten dem
Baumeister des Palasts / und hätten di Spigel-
Seule / für den Wahrsagerlohn / gérne zerbrochen;

hör-

hörten aber einen Papegey/der in dem Tohre án-
gehängt/sagen:

Wér wil bauen án di Gassen:

Mús di Leute { stachen. / reden / spotten / dreuen / lügen / richten / smähen / schänden } lassen.

462. Ehr-und Géld-Begirde.

Der Ehrsüchtige/gleichet einem wohlberichten
Raubvogel/den mán zu hauben und zu blén-
den pfléget/ bis zu der Gelégenheit/ wann mán
Betzen und Féderspil üben wil; alsdann wirfs
mán Ihn in di freye und hélle Lufft/ da ér dann
pfeilgeswind Wolken aufstzeiget/seinen Stós voll-
bringet; und ánstat eines schönen Nidersatzes/
offt in ein anders Land fället.

Ein Ehrsüchtiger Ménsch ist nicht zufriden/
das mán Ihn/ wi den Spérber/ auf den Hánden
träget; sondern Er strébet höher/Andere abzustós-
sen: und wenn es Ihme etlichmahl gelungen/und
Er vermeintlich grösse Dinste geleistet; so fället
Er in ein anderes Land/ und wird/ gleich einem
anderen Ás/ auf den Mist geworffen.

Wi di Géldbegirde; so ist auch di Ehrbegirde
unersátlich: und bestehet darinnen/das der Ehr-
geitz

getzige/ keinen andern über sich/ und keinen nében
sich erdulder: Also/ das Er mit dem Ehren-Stan-
be/ in wélchen Ihn Gott gesázzet hat/ nicht ver-
gnüget; sondern mehrmahls/ durch unzulässige
Mittel/ unablässig bemühet ist/ höher ánzukommen.

Wann di Ehre für ein réchtmässiges Zeugnüs
der Tügend/ und der Erbarkeit genommen wird;
so ist di Begirde/ durch löbliche Vermittelung
Solches zu erhalten / keines wéges zu schänden;
wann sonderlich besagtes Ehren-Zeugnis / von
Geehrten und Verständigen Léuten hérkömmt:
Dann/ wér keine Ehre hat/ der kán auch keinem
andern einige Ehre nicht erweisen; und wird Sol-
che vilmehr wégen des Nächsten gutter Exémpel
als aus Hóchmutt gesuchet und verlanget.

Di falsche Ehre aber ist/ wann mán sich eines
grössen Rúhms / und löblichen Nahmens ánmás-
set/ dén mán noch mit Würdigkeit / noch durch ei-
gene Tügend verdínen kán; sondern aus aufgebla-
senem Stolz/ mit Lastern erwérben; und hir in
dem Lében fréventlich besizzen ; nach dem Tode
auch auf dem Grabe verewigt und unvergéssen ha-
ben wil.   Solche Ehrsucht ist Gott ein Greuel/
wélchem Er mächtiglich widerstrébet/ und Si stür-
zet von ihrem Stühle: Dann/ di damit behaffet
seyn/ können sich/ mit Luzifer/ nimahls hóch genug
hinauf sázzen.

Der Ehrgeizige ist wi ein Sperber/ dér seine
Augen/ wann Er mir nicht gehindert wird / über

di Wolken erhébet/ und náchmahls/ bis in di un-
terste Hölle/ mit Kore/ Dathan/ Abiran/ Go-
liath/ Abſolon/ Roboam/ Robſak/ und vilen an-
dern/ verstóſſen wird.   Dann/ di Ehrſucht krän-
ket den Verſtand/ únd läſſet nicht zú/ das mán
Gottes Allmacht/ und des Stolzen Ohnmacht be-
trachtete.   Si läſſet nicht zú/ das mán das Ende
bedánke: und bauen ſolche Stolzlinge/ nach der
Bleywage/ ihrer eitelen Gedanken/ auf den wei-
chenden Sandgrund der Nichtigkeit/ Babyloni-
ſche Türne; déren Spizzen bis án den Himmel
reichen ſollen. Aber der im Himel ſizzet/ lachet ihr/
und der Herr ſpottet ihr/ der mit Jhnen rédet in
ſeinem Zorn/und Si erſchrökket in ſeinem Grim.

Di Demutt/ wélche der féſte Grund iſt/ aller
andern Tugenden/ bleibet von dem Ehrgeize ent-
férnet/ und kénnet Er ſich nicht/ indéhm Er alles
können wil: ja/ anderer Hoheit und Gaben/ mús
Er verachten/ das Er ſich durch ſeine Beurtei-
lung/ über ſich erhébe/ nicht mit Wérken/ idoch mit
Worten/ und iſt diſes Laſters Kwälle/ di Selbſt-
libe/ wélche in ihrer Blindheit/ ſich ſo hoch ſwinget
das Si oben án ſtóſſet.

Iſt dér Ménſch/ auf dem gröſſen Fúsſchémel
Gottes/ Erde und Aſche/ und mús wider zur Er-
den wérden; ſo fragt mán billich/ was ſich di arme
Erde und Aſche erhébe? Iſt der Ménſch ein Sün-
der/ ſo hát Er Urſache/ ſich in Reu und Buſſe zu
bemüttigen/ und zu erkénnen/ das auch di unver-
núnff-

nünfftigen Tihre hirinnen Ihm vorzuzihen / di
sich án Göttlicher Majestát nicht vergriffen. Ha-
ben Wir alles empfangen / was wir haben; so kön-
nen Wir Uns solcher Gnaden Gaben nicht berüh-
men / wann wir Uns nicht für Undankbahre Fein-
de Gottes erklären wollen.

Worzu dinet aber di Pracht und der höhe Eh-
renrühm? Mán kömmt mit mühsamen Sorgen
darzu; erhält ihn mit wachsamer Gefahr; und
wann wir Todt seyn / so kán Uns di eitele Ehre in
der Séligkeit nicht erfreuen; noch in der Höllen-
pein trösten / noch erkwikken. Und wégen solcher
falschen Ehre / leiden ihrer vil Schifbruch án ih-
ren Seken.

Wér sich án grössem Schatten erfreuet; ber hat
auch Freude án der Ehre.

463. Neigen.

Etliche Leute neigen sich zu Gotte; aber nur mit
den Lippen / wi Judas táht: Andere neigen
sich gegen Ihm / mit ihrem ganzen Leibe / und mei-
nen / mit disen euserlichen Gebérden / allen ihren
Gottesdinst zu verrichten; Sí krichen mit Ahab
in einen Sak / und fallen mit dem Saul auf di
Knih / und Angesichte / und wollen des Todes des
Geréchten so wohl stérben / als einiger Ménsch in
der Wélt / wann es mit wündschen ausgerichet
wáre: Ihr Hérze aber ist nicht aufrichtig.

Dann érst wérden Wir Uns einstéllen / wi wir
solten / wann Wir mit des Apostels Pauli O-
pfer /

pfer/ Uns selbst/ unsere Selen und Leiber netgen werden.

464. Arme und Reiche.

Di Armut ist der Tugend Werkzeug; wi das Reichtuhm eine Veranlassung und ein Mittel zu allen Lastern ist. Dér ist Arm zu nénnen/ wélcher vil zu haben verlanget: und dér ist Reich zu nénnen/ dér seines Reichtuhms wohl gebrauchet; oder vil mehr der jénige/ wélcher Reich ist án Geistlichen Güttern. Dér arme Lazarus/ kán leichter in das Himmelreich kommen/ als der Reiche Mann: und hat auch jéner ein Sorgfreyes Lében; da diser vil zu samlen/ und das Gesamlete zu erhalten beunruhiget ist. Di Tugend ist das glükseligste Vermögen und béste Reichtuhm: wér dise hat; hat alles.

465. Beglüktes Unglük.

Das unter dem Salzwasser in dem Mére/ süsse Brunkwällen gefunden wérden; beglaubet di Erfahrung/ wélche alle vernünfftige Ursachen übetrifft: Gleiche Beschaffenheit hat es in disem Thränen-Tahl; unter dem Salzwasser der Trübsahl/ kán man süsse Kwällen/ und nach ausgestandenem Leide/ Freude finden.

Gleich wi di Wahrheit/ nach Democriti Meinung/ in einem tifen Brunne verborgen liget/ und nicht ohne grösse Bemühung heraus geschöpffet wérden kán; Also scheinet/ das auch di Tugend in dem Hérzen verdékt; durch Trübsahl und Nohtstand eröffnet wérden müsse. Der

Dér sizt dem Unglükke im Néste/ *cui mori So-
latium; vivere Supplicium est.*

466. Stráfe.

Gleich wi di Sünde/ di Úrsache aller Stráfen
ist : Also ist auch di Stráfe/ Si sey gegenwär-
tig oder zukünfftig/ das énde aller Sünden. Nun
ist keiner/der gérne gestráfet wäre/ und gleichwóhl
sündiget ein íder gérne/ also/ das wir der Stráfe
nohtwéndig überhoben seyn müsten/wann wir uns
nur für den Sünden hütten könten: Idoch/ weil
Ich/ so lange Ich hír bin/ohne Sünden nicht seyn
kán ; so lébe Ich der gänzlichen Hoffnung/ das
Ich der Stráfe durch dén / dér di Strafe und di
Sünde mit einander getragen/ entlediget seyn
wérde.   Wén Gott wóhl wil/ dem seyn alle Apo-
stel günstig.

467. Wunder-Réden.

Der sélige *Ægidius*, wélcher sich stéts darinnen
geübet / wi Er seinem Fleische und den Sün-
den abstérben könte ; gebrauchte náchstehend-geist-
liche *Paradoxa*, oder Wunder-Réden/ und sagte :
Wann du wilst überwinden; so befleisse dich zu
verlíren : dann/ tuhst du anders ; so wird dir /
wann du gesigt zu haben vermeinest / der Verlust
am nächsten seyn.   Wann du wilst wóhl séhen;
so reisse dir di Augen aus: wilt dú eigentlich hóren;
so verstopffe di Ohren.   So du wilt wóhl und
vernünfftig réden; so sneid dir di Zunge ab. So
dú begéhrest wol zu lében; so befleisse dich abzustér-
X
ben.

ben. Wilt du wohl essen; so faste. Wilt du wohl
ruhen und slafen: so wache. Begehrest du vil zu
gewinnen; so lerne zu verliren.   Wi nun zu dem
Bücherlesen in gemein; also gehöret hirzu bevor/
der Natur-liecht/ und fürbündige Weisheit.

468. Krankheit.

Wi ein Arzt/wañ Er án einem Kranken/nichts
anders abnehmen kán/ denn dás derselbige e-
hestes sterben werde / und Ihme keines weges zu
helfen ; disen alles/was ihme gefällig/endlich essen
und trinken lässet / und Ihme nichts mehr gebeut
oder verbeut: Also/ wann Gott bey einem Sün-
der erkennet/ das Er sich nimmermehr bessern wil;
lässet Er Ihn/ in diser Welt seine Wohllust wohl
büssen; gestattet auch/ das Er án zeitlichen Gü-
tern und weltlicher Glükseligkeit/ alles/ nach sei-
nem Willen habe.   Darum sehn Krankheiten
(di Todes-Boten zu den Schuldnern)/und andere
Zu-und Unfälle/ gemeiniglich ein Mittel/ damit
Gott di Menschen zur Besserung beruffet/ und
gleichsam mit einer *diat* , zu *curiren* begehret. Vil
ligen in Zügen; zihen doch nicht: und ist ein bö-
ses Zeichen/wann den Kranken dünket/Er sey ge-
sund: Also *in Republ. concussá.*

469. Besuchung der Gefangenen.

Unter dén Werken der Christlichen libe welche
Christus an dem jüngstẽ Gerichte mit dem ewi-
gen freudenleben zu belohnẽ versprochen/wird auch
billich gerühmet di Besuchung der Gefangenen;

bey

bey uns leider ein séltenes/ aber Gott wohlgefälli-
ges Wérk; so vil mehr auch/ wann ein Christli-
ches Almosen darzú kómmt/ von wélchem di Lin-
ke Hand nichts weis/ wann es aus dér Réchten/
den Armen mildiglich zúfleußt. Da heiſt es dann:
Gott/dér in das Verborgene sihet/wird es dir ver-
gélten offentlich.   Für ein gutt Stükke am Mén-
ſchen/ mus man fünf Bóse abréchnen.

470. Erfindungen.

Gleich wi leichter iſt / eines Andern Fůsſtapf-
ſen ergreiffen/ als einen ungebahuten Wég
finden; also iſt auch vil ſwérer/ etwas neues erfin-
den; als dem Erfundenen nachahmen/ und dem-
ſélbigen was beyſázzen.   Eine nüzliche und noht-
wéndige Sache erfinden/ iſt gleichſam eine Er-
ſchaffung des Ménschlichen Verſtandes: da hin-
gegen di Vermehrung des Erfundenen/ oder di
Nachahmung deſſélbigen/ einig und alleine zu der
Erhaltung und Handhabung dinet.

Di Heiden haben einer iden Erfindüng/ einen
Gott zúgedichtet; weil solche von überirrdischem
Eingében hérrühret. Gott lehret di Ménschen/
was Si wiſſen/ saget der 94. Pſ. v. 10. In sei-
ner Hand seyn beides wir ſélbſten/ und unsere Ré-
de/ darzu allerhand Klugheit und Künſte/ in al-
lerley Geschäfften/ Weisheit 7/16.

Es wird zu einer neuen Erfindung/ ein hoher
Verſtand/ tifes Nachſinnen/ ein kunſtartiger
Handgrif/ und di allgemeine Beſſibung auf di

        Noht-

Nohtwéndigkeit/ und den Nuzzen durch zuläſſige
Mittel gegründet/erfordert. Alſo iſt Gott di Uhr-
ſtändige/ der Ménſch di After-Urſache; und dér
es nách machet/ di dritte Urſache.

Wí in einem wohlbeſtälten Regimént/ etliche
gebiten/ etliche gehórſamen; und íde in ihrem
Stande wohl dinen: alſo hat Gott einem Mén-
ſchen eine beſondere Gabe; keinem aber alle gegé-
ben/ und wil/ das einer des andern Handbitung
danktarlich erkénnen ſolle.

Gott hát dem Adam und ſeinem Weibe Klei-
der gemacht von Féllen; wann nun di Árt/ ſich
zu bekleiden/ nicht hätte ſollen geändert und ver-
béſſert wérden; ſo muſten noch alle Ménſchen und
Aaron der Hohe-Priſter/mit ſeinen Leviten in Lé-
der gekleidet/ einher gegangen ſeyn/ und noch ein-
hér gehen: darf mán nun zu Gottes Erfindungen
ein mehres ſäzzen; wi ſolte dann nicht zuläſſig
ſeyn/desgleichen auch bey dén Ménſchen zuerwei-
ſey. Zu ſolchem Ende hát Gott einem Ménſchen
den Verſtand etwas zu erſinnen; dem andern eine
Sache abzuteilen; dem dritten darvon zu urteilen/
oder es wérkſtéllig zu machen/ gegében. Gleich
wi wenig ſeyn/ di einen gutten Brif ſtéllen/ und
zugleich zírlich ſreiben; alſo gíber es wenig/ di eí-
ne Sache erfinden/ und zugleich auch wérkſtéllig
machen können. Der Baumeiſter/ wélcher nicht
Hand ánléget/ tuht doch mehr bey dem Gebeu/ als
di Bauleute und Zimmer-Knéchte.

471. Eb-

471. Ehrensprung.

Mán findet Leute/ di nicht allmählich zu Ehren
aufsteigen; sondern mit einem einzigen Zu-
lauffe hinein springen. Meines teils verstehe Jch
ihren Handgrif und Geschiklifgkeit nicht; kán gleich-
wohl auch ihrer Behändigkeit nicht trauen. Dañ/
mán sihet selten einen/ der in einem Augenblikke
mächtig/ und auch zugleich frohm worden: Jdoch
ist alle das Böse/ So Jch disen Leuten wündsche/
also bewandt/ das Jhnen dises ihr geswindes Auf-
kommen/ keu böses tuh. Dann di jénigen/ di
sich selbst in disem Kaufslagen vervorteilen/
pflégen in gemein/ in bésseren Dingen/ ihre eige-
ne Dibe zu seyn/ und stéhlen sich auch wól gar aus
dem Himmel. Wélche Gott für Anderen/ be-
gábet; di smükt ein Kayser billich mit Adlers Fe-
dern.

472. Neid.

Der Neid widersázt sich/ mit seinem eigenen
Schaden/ den rühmlichen Sigeszeichen Her-
culis. Da Er seinen stach)lichten/ Kolben meinete
zu zerbeissen; was tuht Er anders/ als seinen eige-
nen Schlund bluttig machen/ und ein Rächer sei-
ner selbsten seyn? Neid scheinet dem Eisen gleich
zu seyn/ wélches von dem Blutt/ So es vergeust/
rostig/ und von demselbigen hernach gefréssen wird.
Alle andere Laster haben ihren Uhrsprung/ entwe-
der von einem Schein des Gutten/ oder von ei-
ner erlustigung; dises aber rühret hér von einem

inner-

innerlichen Smérz und Haß/eines Andern wohl-
ergehens.   Allen andern Lastern folget di Stráfe
auf dem Fusse nach ; disem aber pflégt Si vórzu-
gehen.   Der Neid wüttet zuvór in seinen eigenen
Glidmassen (Prov. 14/30.) ; als in des Nách-
sten Ehre : Er ist ein Schatten der Tugend ; wér
dém entgehen wil/ der muß solchen flíhen.

Dén stérblichen Ménschen ist es ángebohren/
des Náchsten blühendes Gelükke/ mit schálen Au-
gen ánzuséhen ; und di Árt des Glükkes von kei-
nen/ als von dénen / wélche wir in einem gleichen
Stande geséhen haben/ erforschen.

Der Neid ist dem unglükséligen Unkraute
gleich/ wélches di Sát ergreifft/ da disélbige schon
grós und fast reif ist.   Wer dérowégen nicht wil
beleidiget wérden/der flíhe den gróssen Rúhm/Eh-
re und grósse Ämter : im mittelmássigen Glüke/ist
di wenigste Gefahr. Das andere Uns beneidigen/
ist ein Zeichen/ das wir fürtréflicher seyn/als Si.

Keine Misgónner haben/ ist ein schléchtes Zei-
chen ; vil bésser ist es/ beneidiget seyn/ als von an-
dern in gleichem Gelükke gehirret wérden.

Der Neid ist ein Stachel der Tugend ; und wi di
Dorne die Rosen erhalten ; also erhält der Neid
di Tugend :   Leicht wórden solche verwahrloset
wérden ; wann Verleumder und neidige Leute ab-
gingen.   Di Misgunst hát vilmehr Andere er-
hoben ; der Neid auch ihrer vil glüksélig gemacht :
und ist nichts bésser/ als di Misgunst geringe ach-
ten /

ten/ und sich befleissen / immer höher zu steigen/
bis dem Neidigen das Gesichte vergehe; Er mit
den Augen nicht mehr folgen könne. Und da heist
es dann recht:	Neid/wird sein eigen Leid.

### 473.	Smuk/ des Menschen.

Der Mensch / das edelste Geschöpffe Gottes auf
Erden / ist von Disem/ mit solchen Smukke
der Vernunft/des Verstandes/des Gemüttes/der
Sprache/ und aller Sinnen/ also hoch geziret/das
es keines auswendigen und von den wilden unver-
nünfftigen Tihren entlehnten Smuktes von nöh-
ten hat.	Sol demnach ein iglicher fürnähmlich
dahin trachten/ das Er sich am allermeisten mit
den innerlichen und ihm angebohrnen Smukke zi-
re; seines Verstandes Gaben/ mit stäter Übung
der Tugend/ fleissigem Studiren/ lesen/nachdän-
ken/ ermuntere und erwekke; so kan Er sich am bé-
sten mit der Tugend/ und ihren Werken/in disem
Lében ziren.

Ja/vilmehr und höher hat uns Gott/ durch sei-
nen H. Geist / mit hohen Geistlichen Gaben des
Glaubens geziret; di in uns / durch das Gehör
göttlichen Wortes und emsiges Gebéte / der H.
Geist erwekken / und ins Werk säzzen wil.	So
seyn wir hérrlich genung gesmukt und gezihrt.

Oft findet man schöne Monstranzen; aber we-
nig Heiligtühm darinnen.

### 474.	Gott verteilet seine Gaben unter
den Menschen/ wi Er wil.

Gleich wi man nicht in allen Ländern einerley
Dinge findet/oder alle Dinge in einem Lande:
also teilet Gott auch seinen Ségen über Uns aus;
Dém einen giber Er einen starken Leib; dem
Andern einen hohen Verstand: Déine Gesund-
heit jénem Wissenschafft: Er hat einem nicht al-
les mitgeteilet; sondern einem Jglichen etwas.
Dér müste über alle mássen élend seyn/ dér gár lér/
ausginge; aber hirmit seyn wir gleichwohl nicht
zu friden: wann ein Jglicher nicht alles hát/ so
fangen Wir án zu murren. Es könte wóhl der
fürnéhmste von den Erz-Vätern sagen: HErr/
was wilst Du mir vil gében; Ich gehe dahin oh-
ne Kinder?

Es kommet Uns ganz sauer und sélzam für/ das
Wir Uns zu friden gében/ wann wir bey einem
andern etwas séhen/ So wir sélbst gérne hätten.
Ich wil mir dise Ungleichheit/ so lange Ich in di-
ser Wélt lébe/ wóhl einbilden; und wann Ich/
mit meinen Augen/ nicht kán einen Bund ma-
chen; so wil Ich doch mein Hérze versichern: und
weil Ich es ja nöhtwendig séhen müs; so wil Ich
doch déswégen den Mutt nicht gár sinken lassen:
Es ist der Herr; lás Ihn tuhn/ was Ihme gefället.

475. Gegen-Libe.

Unser Séligmacher Christus ist in Uns/ was di
Sele im Leibe ist: Er gibet Uns das Lében/und
wir seyn in Ihme/ wi di Ranken am Weinstokke/
von wélchem wir das Lében empfangen. Déro-
wé-

wégen müssen wir Uns ángelégen seyn lassen / das
wir Uns Jhme / von welchem wir unser lében und
régen haben / als lébéndige Opffer dáropffern.

Das ist alles / was Er von Uns sodert : ein Ey
von seiner eigenen Hénne ; das ist : etliche wenige
Minuten von der Zeit / So Er Uns gegében hát.
Was kán Ich weniger tuhn ? Eine Hand wáschet
di andere. Wann Ich di nicht libe di mich liben ;
so bin Ich ia árger als ein Heide. di libe füllet
di Wélt / und mehret den Himmel:

476. Graue Háre.

Es ist nicht allein des Hippokrates / Arstoteles
und Theophrastus / sondern aller Zungen in
der ganzen Wélt offentliche Réde / und allgemeine
Kláge: das der Himmel / in erteilung der Zeit / gegen Uns sich ganz karg erzeiget ; di Er doch den
Raben / Zypréssen / und Steinen so überflüssig / ja
gleichsam verswénderisch verlihen : Und es widerfahre Uns / zu Erlérnung so weitswei stiger Künste /
ein allzu kurzes lében ; zu einer so weiten Reise / eine allzugeringe Zéhrung. Di Zeit ist verlauffen
worinuen di léute wi Eisen und Stahl hart' waren. Der Lébens-Geist ist verswunden / wordurch di léute lebéndig balsamirt wurden ; das /
wan Si nunmehr nahe tausend Jahre erreichten /
Si allererst sich entflossen / von diser Wélt zu scheiden ; mehr überdrüssig des langwürigen Lébens /
als genötiget zu stérben. Wir hérgegen / gleich
als Blumen / so géstern gewachsen / heut welf seyn /

X 5　　　　　　　　und

bfallen/ genüſſen ſo eines kurzen Le-
den. Wir zu nichts anders gebohren/
n. Was bey den Alten eine Ju-
iſt bey Uns ein unvermögliches A[-]
nen. übrig. bliben/ iſt unſer meiſter
[...]nnach von den grauen Haren/ mit
[...]b. weislich. Alexandrinus geſaget:
[...]ere Ewigkeit. O Eitelkeit.
Zuſtand der Menſchen.
[...]nich ungefähr. in der Welt umſehe/
[...]er Leute (di doch nicht eben di fröm-
[...]eit beſſerem Zuſtande gewahr wer-
[...]h mir. ein/ Gott habe meiner vergéſ-
[...]re ein mehrers. : Wann Ich aber-
[...]ft/ So Ich von dem jenigen/ das
[...]n müs. bedenke; ſo dünket. mich/
[...]vil/ und vergéſſe meinen. vorigen
[...]leicht/ wañ Ich mehr zeitlicher Güt-
[...]e Ich Si. deſto. übeler. anwenden..
[...]erluſt/iſt meiſtenteils unſerer Seelen
[...]iſt. Uns gutt/das. wir. in Anféchtung
[...]e. Uns vil ſchädlicher/wann es Uns
[...]t etwas Übel ginge. Manchein
[...]nel wohl gar zu. hoch ſeyn/ wann
[...]isweilen der Brodkorb. etwas hoch
[...]Uns verſorgen müs; der. weis/ was
[...]: und wann Er Uns/ als Lazaros/
[...]reiche Männer :haben; wann Er
[...]h jenen Weg/ als diſen/in den Him-
[...]l; ſo geſchähe ſein Wille.

Er

Er mág alle mein Gutt den Armen gében; meinen Leib verbrénnen laſſen / und mich in den Himmel bringen / wäre es auch in einem feurigen Wágen: Ich wil nimmermehr klágen / das der Wég ſchlimm iſt / der mich zu Gotte bringet.

478. Richter.

Einem Richter / der für Gerécht gehalten wérden wil / iſt von nöhten: Das Er mit Gebuld verhöre; mit Beſcheidenheit antworte; mit der Geréchtigkeit Urteil ſpréche / und mit der Barmhérzigkeit alle Händel ausführe. Dann / wann ein Richter ungeduldig iſt im Verhören; murriſch im Antworten; parteiiſch im Urteil ſpréchen / und unbarmhérzig im verharren; alsdann ſol Derſélbige nicht alleine nicht richten; ſondern vilmehr ſélbſt gerichtet wérden. Ein Schif gehet nicht alzeit wi der Schifmann wil.

479. Aller Verdrús.

Gott / und dén Ménſchen iſt verdrúslich: ein Armer / der hoffártig; ein Richter / dér Geizig; ein Alter / der Unkeuſch; und ein junger Ménſch / der Unverſchámt iſt: Dann / wann einem jungen Ménſchen di Schám; einem Alten di Ehre; einem Armen di Demut; und einem Reichen di Libe mangelt; ſo gehet es gár übel zú.

480. Ehre.

Drey Dinge ſeyn / wélche di Ménſchen am meiſten liben und ſcházzen: di Geſundheit des Leibes; Reichtühm / und erhaltung der Ehre: alſo /

das

das wir Uns/ zu eroberung und unterhaltung der-
selbigen/ fast bemühen und keine Gefahr scheuen.
Dann/ es ist nimand/ der nicht gerne sein zeitli-
ches Leben/in Gesundheit verzehren; di nohtdürff-
tige Unterhaltung haben/und von männiglich ge-
ehret werden wolte: mässen Solches di natürliche
Neigung mitbringet/ und kein Gesäzze verbeut.
Unter disen Dingen aber/sol/noch kan keines mehr
gelten/ als di Ehre/ und das gutte Gerüchte/ So
wir haben.   Dann/ di Ehre ist so ein köstliches
Kleinod/ das Si/ auser der Gesundheit des Leibes
und des Reichtuhms/vil; dise aber/ohne jene/we-
nig oder gar nichts gelten.   Was hat der/der kei-
ne Ehre hat? Und was mangelt dem/ welcher di
Ehre hat? Was gilt der jenige/welcher keine Eh-
re hat? Was kan nicht ein Mann zu wege brin-
gen/ welcher einen gutten Nahmen hat? Wann
wir dem Platoni glauben wollen; so sol billich ein
Ehrlicher Mann nicht sterben/ und ein Unehrli-
cher nicht leben: welches Er gleichwohl/ wegen
des frohmen Ptolemäi/und des bösen Alzibiades
geredet; weil der eine/ di Ehre der Thebaner; der
Andere aber das Swerdt der Athener war.

Ein gutter Nahme ist köstlicher/ als grösses
Reichtuhm/ sagt der weise Mann; in meinung/
wann du di Wahl hättest/unter der Ehre/und un-
ter dem Gutte; so soltest du/ ohne alles mittel/ zu
der Ehre/ greiffen. Dann/besser ist es/du werdest
von männiglichen geehret; als wann du/ in Un-
ehre/di ganze Welt beherrschest.

481. Traͤhnen.

Ein unſaͤglich-groͤſſer Nuz / erwaͤchſt aus den Traͤhnen : dann / es wird dardurch erlanget / di Verzeihung der Suͤnden. Als Maria vernahm / das der H. Jeſus zu Tiſche ſaͤs / in des Phariſeers Hauſe ; erhub Si ſich dahin / ſtund hinden bey Chriſti Fuͤſſen ; fing diſe mit Traͤhnen an zu naͤzen / und mit den Haͤren ihres Haupts zu trukmen ; kuͤſſete und ſalber Si. Und deswegen ſprach Jeſus zu Ihr : Dir werden vergeben vil Suͤnden ; dann du haſt vil geliebet.

Durch verguͤſſung der Traͤhnen / erlanget man erlaͤngerung des Lebens ; vermehrung der Jahre und Tage ; maͤſſen am Koͤnige Ezechia zu ſehen : Dann / nachdeͤhm derſelbe di leidige Zeitung empfangen / das Er ſein Teſtament machen / und ſich zum ſterben bereiten ſolte ; keͤhrete Er ſein Angeſichte zur Wand ; betete / und weinete bitterlich. Weil dann Gott ſein Gebeͤhte hoͤrete / und ſein weinen vernahm ; ſo lis Er ihm / durch den Eſaiam ſagen : Ich habe dein Gebeͤhte erhoͤret / und deine Traͤhnen geſeͤhē ; ſihe / Ich wil dich geſund machen.

Durch das Traͤhnen verguͤſſen / erlanget man auch / was man gerne haben wolte ; wi ſolches erſcheinet an der Anna Samuels Mutter. Dann / weil Si unfruchtbar / und keine Kinder gebahr ; ſolche Unfruchtbarkeit auch ihr von der Peninna / ihrer widerwertigen fuͤrgeworfen / und vil Leides geſchah ; hat Si angefangen nichts zu eſſen ; ſondern

dern nur zu béten und zu weinen. Durch diſes
weinen/ in béten und faſten/hát Si erlanget/ das
Si iſt ſwanger worden;denSamuel gebohren hát.
   Durch vergiſſung der Trähnen/ſeyn di Todten
wider auferwékket worden : wi ſolches zu ſéhen iſt/
am verſtorbenen Jünglinge / wélcher albereit vor
der Stadt Naim heraus getragen wárd / zum be-
graben : weil aber ſeine Mutter hérzlich weinete ;
erbarmete ſich der HErr über Si / und ſprách zu
Jhr; weine nicht : trát hinzu ; rührete den Tód-
ten án/ und ſagte : Jüngling/Jch ſage dir / ſtéhe
auf : und der Todte richtete ſich auf/und fing án zu
réden : und Er gáb in ſeiner Mutter.
   O glükſélige Trähnen / weil ihr Gott ſo ánge-
néhm ſeid ! durch euch erlangen wir verzeihung
unſerer Sünden : durch euch erlangen wir erlän-
gerung unſeres Lébens : durch euch erlangen wir
widerüm das Lében : und dahér iſt gár billich/ das
wir offt; ja allzeit weinen/ über unſere Sünden.
482. **Gutte Wérke im Sünden-Stande.**
Ein ſündiger Ménſch/ob Er ſchon in Tódſünden
   ſtékt/ und noch ſo bóshafftig iſt/ pfléget nichts
déſto weniger zu weilen etliche gutte Wérke/ mit
unter zu miſchen; als da iſt : das Faſten/Béhten/
Allmoſen gében / u. w. Aber/ weil ſolche gutte
Wérke/ von Jhnen begangen wérden in wéhren-
der Tódſünde; ſo ſeyn Si nicht verdinliche Wér-
ke di Séligkeit zu erlangen. Dann/ weil der ge-
réchte Gott / kein guttes Wérk unbelohnet läſſet;
                                                    der-

dergleichen Wérke aber di Séligkét nicht verdi-
nen; so gibet Gott ihnen den zeitlichen Lohn/ und
ergézet Si mit zergänglichen Gütern / Reich-
tuhm/Golde/Silber/ Gesundheit/ Ehre; und/ in
einem: Si haben alles/was ihr Hérze begéhret.

483. Das empfindlichste.

Dinen/ ohne dank; begéhren/ ohne empfangen;
schänken/und nicht erkénnet wérden; und hof-
fen/ohne erlangen; darüber murret der Ménsch
am meisten/und hát am wenigsten Géduld. Dann
déssen Verdinste nicht erkénnet wérden; déme ver-
weigert wird / was Er begéhret; déme mán nicht
zahlet/was Er verdinet; und déme nicht zu teile
wird/was er hoffet;dersélbe mag gleichwohl solches
alles erdulden; aber unmöglich ist es / das es seine
Zunge verschweigen solte.

484. Dank-Schuld.

Wi eine Hand di andere wäschet: also mus auch
allezeit Gottes Ségen/ und unsere Dankbar-
keit bey einander seyn. Wir müssen Uns ja nicht
einbilden/ das Gott Uns nur dinen; wir aber Ih-
me nicht wider dinen sollen. Seine Genaden-Sé-
gen/ sollen Uns nicht alleine ein Hérze machen/
oder so vil als Belohnungen seyn; sondern Uns
Ihme auch wider verbinden. I mehr wir nun ih-
rer geniessen; i mehr seyn wir Gotte schuldig: Und
müssen nicht alleine auf di Einnahme; sondern
auch auf di Widererstattung gedänken. Warum
sol-

solten wir Uns mehr anderer Leute / als GOttes
Schulden abzulégen ángelégen seyn lassen?

485. *Advocat.*

Jenes Tihr / wélches der Prophet geséhen / mit
drey Reyen Zähnen / So ein grösses Teil der
Wélt verzéhret; bildet / érlicher mássen / di Geiz-
und Géldsüchtigen Réchtshándler / wélchen wenig
entstihen / das Si nicht von Ihnen solten gebißen
oder verslungen wérden.   —

Es ist leider / di Geréchtigkeit / bey unsrer Zeit
ein Gewérb; wélches ihrer vil / durch di ungeréch-
te Mittel náhret: und / indéhm man einem Jden
das Seine zuzuurteilen vórschüzzet; nimt mán /
was IhmGott gegében.

Jéner sagte: das di Geréchtigkeit ein Nézze für
dén Augen; eine Goldwáge in der Réchten; und
eine Angel-Rutte in der Linken / mit wélcher Si
Heuser und Land-Gütter fische.

Der Soldate nimt / von seinen Feinden / was
Er in derPlünderung findet; und hat réche darzú.
weil Er Leib und Lében; ja seine Sele in Gefahr
sázzet: Der Sachwalter aber / nimt von seinen
Freunden / was Er ohneRécht erfrábet / und mehr
als ér findet; indéhm Er seinen Gewaltgéber offt
in grosse Schulden stékket / und das Ey isset / in-
déhm ér ihme di léren Schalen der Hoffnung ü-
berlásset.   Keine Plünderung ist so arg / als dise /
wélche unter dem Mantel der Geréchtigkeit ver-
übt wird.

486. Hof

486. Hoffahrt; Hochmut.

Es ist nichts so schlecht in der Welt/ dabey nicht Hoffahrt könne mit unterschleichen: Jener Diogenes Cynicus, mag wohl stölzer in seinem Fasse; als Alexander/ der Grosse/ in besizzung der ganzen Welt/ gewesen seyn. Satwand/ Schleyerzeug/ und Purpur/ stehen auf einem Zettel/ und seynd/ der Hoffahrt wegen/ beide verdamlich. Im Fasten so wohl/ als im üppigen Leben/ kan Hochmut seyn: und ob es wohl selzam scheinet; so ist es doch wahrhaftig: idoch/ so vil besseren Schein jene Hochmut hat; so vil ist Si stolzlicher. Wasser trinken/ und Kamelsharene Kleider tragen/ kan für Heilig mit gehen; ungeach-tet/ das es nur angenommen Werk ist: da hingegen offentliche Hoffahrt/ von der ganzen Welt aufge-muzzet wird. Nun ist von beiden das jenige/welches am wenigsten wahr genommen wird/das ärgste/oder gewislich das swereste zu verbessern.

Eine bekante Krankheit/ wird sich ein ider un-terstehen zu heilen: wann aber die Seuche verbor-gen ist/ nimet sich ihrer nimand an.

Es ist weniger hoffnung an einem Heuchler; als an eitem Atheisten/ oder offentlichen/ ruch-und Gottlosen Menschen. Alles sol ergehen/in Formâ, Figurâ & Modo.

487. Böse Begirligkeit.

Di tägliche erfahrung gibet es; das auch allein durch läsliche Sünden/die Hurtigkeit und der Eifer zum Gutten/ sehr geswächt werden; also/ das nach Solchen/ der Mensch gar swer das Herze und Ge-

Y   mütte

mitte zu Gott erheben und swingen kan, Entgegen
wachsen der bösen Begirligkeit stark di Hörner; Si
leinet sich mit gewalt, wider Uns auf; giber viel zu
schaffen.   Jlänger man aber in solchem Zustande
verharret; i mehr verharret man / und wird immer-
fort swächer: also / das man offt / aus läslichen / in
tödliche swere Sünden gerahtet. Disem Falle für-
zubauen / ist kein kräfftigeres Mittel; als: in wah-
rer Busse / di offt erhohlte Beichte. o Gott!

488. Mörder / Todschläger.

Ein Mörder / und frevenlicher Todsläger / als
eines Gebäkkes Gesippe / sweben in beharrlichen
Furchten: seyn nirgends sicher; wündschen Ihnen
Argus Augen / und auf allen Seiten Spigel / das
Si rükwarts selbst nicht möchten ermorder werden.
Das Gewissen ist ein solcher Spigel / der Dir / du
Mörder / zu aller Zeit / und in allen Ohrten / deine
Mishandlung / des vergossenen Menschen-Blut-
tes / und desselben Bestrafung vorbildet / und dir auf
einem Zedl iz hir / und da / für Augen hält; das du
in steter Befahrung / in jammer und ängsten überal
leben must, bis endlich di Strafe herbey kämt; durch
einen smerzlichen Tod / di beharliche Furcht endiget.

Du / o Mörder / bist nicht wehr / das dich di Luft
angehet; di Erde träget; di Sonne bescheinet. Weh
dir / das du eine / zum Ebenbilde Gottes geschaffene
Kreatur / übel zerstöret / verterhet, umgebracht! Den-
ke nur nicht / ob du dich der Wältlichen Strafe
durch practiken / entzihest; das du der Göttlichen
Rache entrinnen wirst: di zornige Straf-Hand

des

des Geréchten Gottes / ſwébet doch allzeit über dei-
nem Haupte. Di Stimme des geſtürzten Blutes/
ſchreyet Tag und Nacht zu Gott / von der Erde: di
Anverwandten und Beygerahnen ſeüffzen wider
dich: Ihre Trähnen rinnen zwár von den Wangen
herab; ſteigen aber über ſich/ wider dich / der dú Si
heraus gepréſſt/ und werden nicht ablaſſen/bis Gott
drein ſehe; Récht ſchaffe.

Dú Bluthund / nach Blute hát dich gedürſtet:
Blutt haſt dú vergoſſen; mit Blutte haſt dú dich
beſudelt: was gilts/ dú muſt dein eygen Blutt / mit
ſtükken wider ausſpeyen? Dann das Lmnd kán von
dem Blutte nicht verſöhnet werden/ ohne durch das
Blute déſſen / dér es vergoſſen. Gott hát das Mén-
ſchenblutt/ nicht nur án Menſchen durch Mén-
ſchen; ſondern auch án allen Tihren zu rächen ver-
ſprochen. Sihe/ es kömt di Zeit/ das man auch wider
dich wird ſagen können/was Joſua/der Held /wider
Achan / als Er mit ſeinem Raube Bluttſtürzung
unter dem Volke Gottes verirſachet: weil dú ande-
re betrübet haſt; ſo betrübe dich der HErr wider/
án diſem Tage.

489. Geſéllſchafft.

Dionyſius Syrakuſanus / König in Sizilia/
fragte auf eine zeſſ/den Diogenem: was für Leute/ ein
Ehrlicher Mann / in ſeinem Hauſe haben; und mit
was für Perſonen Er ſein Gutt verzéhren ſolle?
Darauf gáb Ihm Diogenes zur antwort: Ein Wei-
ſer Mann/ der gérne ein fridliches Lében führen/und
ſein Gutt nicht übel anlégen wolte; ſol Eſſen und

umgehen mit Alten Männern; damit Si Ihm
rahten: mit Jungen; damit Si Ihme dinen: mit
seinen gutten Freunden; damit Si Ihme beystehen:
und mit den Armen; damit Si Ihn löben. Und ob
wohl Dionysius/ disen des Diogenes Raht fast löb-
te; so hät Er Ihme doch denselben wenig zu nuzze ge-
macht: dann Er wär ein Tyrann im rauben/ und
verswendlich im verzéhren. Itziger Zeit/hät Eigen-
Nuz/alle gutte Gesellschafft und Freunde erwürget.

490. Begéhren.

Wir begéhren offt; wissen doch nicht was/ wi/
von wéhme/ woher/und wann wir etwas von Gotte
begéhren sollen: welches Uns vil Übels verúrsachet.

Dann/ wér hat di Spizze des Wizzes also abge-
sliffen/ das Er nicht einen Irrtuhm begehe im er-
wählen; und das Er allzeit mit fügen begéhre?

Di Jüden begéhreten von Gott/eine Hülffe;aber/
Gott gab Ihnen noch ein grössers Übel:Si begéhr-
ten einen/ der Si richte; Gott gab Ihnen einen/ dér
Si vertérbete. Si begéhrten einen/ der Ihnen di
Geréchtigkeit hand habe; aber/ Gott gab Ihnen ei-
nen/der Si mit Tiranney regirete. Si begéhrten ei-
nen/ der Si nicht verzéhre; aber Gott gab Ihnen
einen/ der Si beraubete. Si begéhrten einen/der ih-
re Kinder befreye; aber Gott gäb Ihnen einen/ der
Sklaven daraus machte. Und schlüslich/ die Jüden
vermeinten frey zu wérden/von ihren Richtern; aber/
Gott gäb Ihnen/ einen König/ dén Si behalten
musten mit Gewalt. O wi grösse Ursach haben Wir
Gott zu bitten/ das Er Uns wolle Wéltliche und

Geist-

Geistliche Regénten beschéren ; nicht / wi unsere
Sünden verdinen ; sondern/wi es seiner Göttlichen
Barmhérzigkeit gefällig ist.

491. Das Mér.

Di alten Deutschen haben zu sagen pflégen/ das
der jénige nichts gesehen/ welcher das Mér nicht ge-
séhen ; das Behältnüs dér Wundertihre/ und so
vilerley Fische/ das derselben mehr Árten/ als Tihre
auf Erden ; wi Skaliger behauptet.

Das Mér ist di Zeugmutter der Korallen ; di
Schaz-Kammer der Pérlen / und Edélsteine ; di
Eenährerin der Erden ; der Brunn der Morgenrö-
the ; das Ende und der Ánfang aller Flüsse ; das
Wirbelspil der Winde/ indéhm di Wéllen Bérg-
hóch aufsteigen/ und mit walzendem Silberschaume
Tahltif hinunter stürzen ; bald Siberhéll glänzet/
bald wüttet und tobet/ sauset und prauset/ rüllet und
brüllet/ erschüttert und zersplittert/ und die aufge-
bürdete Last / mit Félsen, wéren/ unzählichen Flut-
ten/ rasend zu Grunde stürzet/ und überswémmet.

Auf disem unbeständigen Elemént/hát der Mén-
schen Gold-und Ehrgeiz/ eine Brükke/ in eine rei-
chere/ aber nicht Séligere Wélt gebauet : di / mit
viler tausenden Untergang/ beglaubte Gefähr/ kán
den kühnen Sehhahn/ auf dem Lande nicht behal-
ten.

Ein énges Holz/ gegen der offenbahren Se ; ein
swaches Holz/ gegen dén starken Wéllen ; ein nich-
tiges Holz/ gegen dén harten Félsen/ und srofen
Sandbänken/ darf sich mit Péch bewaffnen ; mit

Y 3

Se-

Segeln befahren; mit Ankern versichern; mit Kin-
dern bewähren/ und wider Wind und Wéllen/ die
zwey stärksten Elementa/ zu Félde zihen; wóhl-wis-
send/ daß Solcher Liebkosen (das schöne Wéter/) E-
hebrécherische und betrügliche Líbe; welche sich plös-
lich/ in tödliche Feindséligkeit zu verwandeln pfléget.

Das Schif/ sagt Salomon/ ist erfunden/ Nah-
rung zu suchen/ und; der Meister hát es mit Kunst
zubereitet; aber/ Gottes Fürsichtigkeit/ regiret es;
dér auch im Mére Wége gibet/ und unter den Wél-
len sicheren Lauff.

Solches Holz/ ist Ségens wohl wéhrt; damit man
récht handelt/ und dén Gewin zu Gottes Ehren án-
wéndet; wi Salomon/ das/ von Ophir gebrachte
Reichtuhm/ meistens zu dem Tempelbau gewidmet.

An dem Mér ist vil zu verwundern: seine Grósse
ist unbegreiflich; seine Tífe/ (wélche dén úmgestürz-
ten Bergen gleichet) ist unergründlich; seine Tihre
seyn unzählich/ und haben meistens eine Gleichheit
mit dén Erdtihren; seine Gränzen seyn unveránder-
lich; seine gesalzene Wéllen/ seyn unbeständig; seine
Stille/ ist unversichert; seine Bewégung fast uner-
forschlich; und der Nuz/ dises Elements/ ist unter-
máslich.   Wi án der Spizze der Slacht/ ein gut-
ter Soldate; also wird/ in grössen Sturmwinden
und Gefärrligkeiten/ auf dem Mére/ ein gutter
Steuermann erkant.

492. Uhr.

Di Kunst hatte eine Uhr zubereitet/ auf wélcher
nicht alleine di Tage und Nachtstunden unterschi-
den;

derr/ sondern auch den Planetenlauff; das ab-und
zunehmen des Tages und Mondes; der Wétter und
Virtelslåge/ und alles/ was an dergleichen Wérke
seyn kan zu sehen.

Difes Uhrwérk betrachtete/ der glükséLige Gleich-
nus-Erfinder Lipsius/ und sagte: Wi wir den Zeiger
auf der Uhr séhen/ und di Stunde/ aus seinem Um-
lauffe erkénnen ; den Kunstrichtigen Gang aber/ dé-
rer in einander gehaspelten Rädlein/ nicht verste-
hen; also erkénnen wir zwår Gottes Gnaden und
Strafzeichen ; derosélben geheime Ursachen aber/
wissen und verstehen wir nicht: wie auch der Fürsten
und Herren Tühn/ Uns für Augen liget: ihre Raht-
slåge aber/ und was Si darzu bewåget/ ist für un-
sern Augen vorborgen.

Hirzu kam der Faulwizger Momus/ und sagte/
das dise Uhr zu geswinde gehe ; wuste aber nicht; wél-
che Stunde es wéhre : Gleich wi etliche frühzeitige
Scribénten/ di sich nicht nach der Wissenschafften
Gründen richten ; ihren Wiz in grösserer Unfoll-
kommenheit/ séhen lassen. Hirauf fragte di Kunst:
Wås dann der Uhr féhlt? Momus sagte : Er wisse
solches nicht; dann Er sey kein Uhrmacher. War-
um ? antwortete di Kunst/ urtheilest du von den
Büchern/ da du doch auch kein Büchersreiber bist.
Ins Bád mit Ihme.

493. Frucht.

Di Blösse des Leibes/ kán bisweilen ein Flůch
heissen; die Blösse der Sélen aber ist verflucht: das
Erste ist eine Stråfe; das andere aber eine abscheu-

liche Sünde/ und wird mit der Hölle gestrafet. Wir
seyn nicht deswégen alleine in der Wélt/ damit der
Raum nicht möchte lédig seyn; sondern/ damit wir
Früchte bringen: nicht alleine zur schaue; sondern
auch zum gebrauche.　Unsere fürnéhmste Sorge
mus nicht seyn/ stéts gutte Tage zu haben; oder in
Reichtühm und Wohllüsten zu lében; sondern tau-
senderley nuzbahre Früchte zu bringen.　Dann/
wann wir alleine nach Wohllüsten trachten; so wird
die Hölle unsere Frucht seyn: hérgegen/ wann wir
voll gutter Früchte seyn; so wérden wir solche Lust
darvon empfinden/ di gar nicht haben
wird ein

E N D E.

A, B, Z!

Inhalts = Register;
über die vorstehenden/
Fünf hundert/
kurz gefaßte
Reden/
und gute
Gemüths = Ubungen.

A.   A.

Altes

Gewiß-

Z 2   Jael

Mah-

Scha-

Si-

Verhelschen/	22. 450	Verulamius/	44. 428
Verhöhlen/	387	Verwahrlosung/	458
Verlachen/	18	Verwegenheit/	62
Verlangen/	179	Verwirrung/	230
Verlarven/	390	Verwundung/	343
Verleumdung/	71.112.27.445	Verwundete/	26
VerlibderAugen/	362	Verzagen/	58
Verlibte/	241	Verzärtelung/	55
Verliren/	467	Verzehren/	457
Verlogen/	101	Verzeihung/	34. 155. 167
Vermänteln/	271	Verzug der Strafe/	19
Vermehren/	200	Verzweifelung/	84
Vermessenheit/	166	Verzweifelte Busse/	96
Vermessene/	104	Bir des Geboht/	247
Vermutung/	203	Vogel/	202
Vernunfft/	34. 204. 446. 473	Vorsaz/ 366. der böse/ zu unterbrechen/	378
Vernünfftige Sele/	446		
Verrahten/	160	Vorhaben/	157.457
Verrähterey/	216	Vorklage/	370
Verrichtungen/	452	Vorsichtig/	389
Verschänken/		Vorsorge Gottes/	13
Versmirzen/	445	Vorzug.	189.403
Verswetgen/ 483. Verschwi-genheit/ 74. 390. 429		Vulcanus,	425
Versöhnte/	186	**W.**	
Verstand/26.39.48.55.58.106 298. 203. 470. 424		Waffen/	73
Verständnüs/	98. 473	Wage/	58.105
Verstellen/ 46.189.263.270. 387		Wage-Schalen / 106. Balken /	58
Verstolte/	29	Wahn/	367
Versuchung/ 14. 30. 185. 274 379		Wankelhafft/	125
Verterben/	305	Wahrheit/ 42.49.72.115.116. 196. 416. 431. 465	
Vertrauen/	101. 160.260	Wahrsagerey/	159
Vertreulich/	429	Wahrsagender Narr/	416
Vertreuligkeit ist verkehrt 17		Wangen/So schön/	
		Wandel/	298
		Wankelmütig/	26
		War-	

ENDE.